HENRI PLON, IMPRIMEUR-ÉDITEUR

10, Rue Garancière, près de l'Église Saint-Sulpice, Paris.

NOTRE-DAME DE FRANCE

OU

HISTOIRE

DU

CULTE DE LA SAINTE VIERGE

EN FRANCE

DEPUIS

L'ORIGINE DU CHRISTIANISME JUSQU'A NOS JOURS

PAR M. LE CURÉ DE SAINT-SULPICE

Nous ne pouvons mieux faire connaître combien cet ouvrage mérite d'intéresser la piété de toutes les Communautés et de toutes les âmes chrétiennes, qu'en citant la lettre que nous a écrite M. le Curé de Saint-Sulpice, après l'impression du septième et dernier volume.

A M. PLON, ÉDITEUR de *Notre-Dame de France*.

MONSIEUR,

Arrivé au terme de notre grande entreprise, je tiens à vous adresser mes remerciments et mes félicitations pour la manière si parfaite dont vous l'avez conduite et menée à bonne fin. *Notre-Dame de France* restera une des gloires de votre imprimerie. On ne peut faire mieux, ni pour la beauté des caractères, ni pour la netteté de l'impression, ni même pour la bonne qualité du papier.

J'espère que vous serez dédommagé d'un si beau travail par le débit de l'ouvrage. Quelle est la communauté religieuse, quelle est l'âme chrétienne qui n'aimera à lire dans ces sept volumes les gloires de Marie en France et les manifestations diverses par lesquelles les peuples ont exprimé leur dévotion envers elle? Jusqu'ici ces gloires étaient, en beaucoup d'endroits, comme ensevelies dans l'oubli; peu de sanctuaires avaient leur histoire, et encore le plus souvent ces notices étaient rédigées sans critique et sans goût. Les traditions des anciens âges commençaient à s'effacer sous le souffle de la tourmente révolutionnaire, qui a renversé tant d'églises, brûlé tant d'archives, bouleversé tant de souvenirs. Il était donc important d'arracher aux ruines et à l'oubli tant de monuments du culte de Marie; c'est ce que nous avons essayé de faire avec beaucoup de peine et de recherches. « Vous m'avez » fait connaître mon diocèse, nous écrivait un éminent prélat; » il s'y trouvait beaucoup de sanctuaires de la Mère de Dieu » que je ne connaissais pas; j'en ai déjà relevé une partie, et » je relèverai tous les autres le plus tôt possible. » C'est donc le premier ouvrage de ce genre qui ait paru, et il n'est personne qui n'en comprenne l'importance.

Pour en faciliter l'acquisition, vous offrez, Monsieur, de vendre chaque volume séparément; je ne puis qu'applaudir à ce dessein, dans l'intérêt des petites bourses; mais je vous avoue que si l'on me consultait sur le choix des volumes à acheter de préférence, je serais fort embarrassé, parce qu'il n'en est aucun qui n'offre à la piété le plus vif intérêt. L'Algérie même et la Corse, que je croyais, avant de les avoir étudiées, devoir être stériles en faits, m'ont fourni des pages du plus grand intérêt. A plus forte raison, il n'est pas une seule province, dans notre beau pays de France, qui n'ait des monuments remarquables à la gloire de Marie. Du nord au sud, de l'est à l'ouest, dans les campagnes comme dans les villes, dans les montagnes et les vallées comme dans la plaine, aux rives de la mer comme dans l'intérieur des terres, partout Marie est honorée et bénie; partout se rencontrent des églises et des sanctuaires sous son vocable, où les peuples agenouillés épanchent à ses pieds de ferventes prières et recourent à elle dans leurs angoisses; son image chérie domine les hauteurs, protége les vallées, les routes ou les passages difficiles des rivières et des fleuves. Le nautonier, au milieu des tempêtes, l'implore comme l'étoile de la mer, l'espoir des désespérés; l'homme sur terre l'invoque comme le secours des chrétiens, la consolation des affligés, le refuge des pécheurs; et la confiance de personne n'est trompée. Partout on voit des prières exaucées, des malades guéris, des infirmes rétablis, des affligés consolés, des infortunes soulagées, des malheurs conjurés, des tempêtes apaisées.

Un des sept volumes retranché, que d'aliments soustraits à la piété! Quelle perte pour l'âme de ne plus contempler ce bel ensemble de tant de peuples divers confondus dans un même sentiment de respect, de confiance et d'amour! Magnifique spectacle si propre à ranimer la foi, à accroître la confiance, à réjouir le cœur de quiconque aime la Mère de Dieu. Spectacle plus utile encore que magnifique, puisqu'il est infiniment avantageux au chrétien de connaître les sanctuaires privilégiés où il pourra plutôt obtenir certaines grâces particulières qu'il n'obtiendra point ailleurs; l'expérience nous démontrant que Dieu, libre dispensateur de ses dons, les attache à un sanctuaire plutôt qu'à un autre, comme il fait jaillir les sources d'eau vive d'un endroit de la terre plutôt que d'un autre.

Recevez, Monsieur, l'assurance de ma parfaite considération.

HAMON,
Curé de Saint-Sulpice.

L'HISTOIRE

DU

CULTE DE LA SAINTE VIERGE EN FRANCE

Forme sept beaux volumes in-8º.

Chaque volume est un tout complet
renfermant une ou plusieurs *Provinces ecclésiastiques*.
et peut être acheté séparément.

Premier volume : Province ecclésiastique de Paris. Prix : 6 fr.

Deuxième volume : Provinces ecclésiastiques de Bourges et de Cambrai. Prix : 6 francs.

Troisième volume : Provinces ecclésiastiques d'Albi, de Toulouse et d'Auch. Prix : 6 francs.

Quatrième volume : Provinces ecclésiastiques de Bordeaux, de Tours et de Rennes. Prix : 6 francs.

Cinquième volume : Provinces ecclésiastiques de Rouen, Reims et Sens. Prix : 6 francs.

Sixième volume : Provinces ecclésiastiques de Besançon et de Lyon. Prix : 6 francs.

Septième volume : Provinces ecclésiastiques d'Avignon, d'Aix et de Chambéry. Prix : 6 francs.

Les volumes sont adressés *franco* à toute personne qui en envoie le montant en un bon de poste ou en timbres-poste.

Pour paraître en avril :

HISTOIRE

DE

N. S. JÉSUS-CHRIST

PAR

Mgr L'ÉVÊQUE D'ORLÉANS

DE L'ACADÉMIE FRANÇAISE.

PARIS. TYPOGRAPHIE DE HENRI PLON, IMPRIMEUR DE L'EMPEREUR, RUE GARANCIÈRE, 8.

HENRI PLON, IMPRIMEUR-ÉDITEUR

10, Rue Garancière, près l'Église Saint-Sulpice, Paris

NOTRE-DAME DE FRANCE

OU

HISTOIRE

DU

CULTE DE LA SAINTE VIERGE

EN FRANCE

DEPUIS

L'ORIGINE DU CHRISTIANISME JUSQU'A NOS JOURS

PAR M. LE CURÉ DE SAINT-SULPICE

Il est en France, depuis trente ans environ, un fait religieux singulièrement remarquable : c'est un élan inaccoutumé des âmes vers le culte et l'amour de la sainte Vierge : les enfants de la foi aiment à se revêtir de ses livrées, à porter ses médailles, à décorer ses autels, à lui élever des statues, à visiter en pieux pèlerins ses sanctuaires, à célébrer ses fêtes avec pompe, et à faire de tout le mois de mai en particulier comme une série de solennités en son honneur. L'Orient a vu le drapeau de Marie flotter sur nos navires dans l'expédition de Crimée ; et au retour de cette guerre si glorieuse pour nos armes, la France, avec le concours de son argent et les canons pris à Sébastopol, a érigé à la Mère de Dieu une statue colossale sur un des points les plus élevés de l'empire, sur le rocher Corneille, près de la cathédrale du Puy en Velay.

Ce culte et cet amour de Marie sont-ils une nouveauté dans la religion? Non certainement; c'est au contraire un retour aux traditions de nos pères; c'est le sentiment français qui se réveille, après avoir été quelque temps mis au silence et comme assoupi par la grande voix de la tempête irréligieuse de 93. Aimer et honorer Marie, c'est renouer le présent au passé, c'est continuer nos pères, c'est conserver le dépôt que nous tenons d'eux et cultiver l'héritage qu'ils nous ont légué; comme au contraire être hostile ou seulement indifférent au culte de Marie, c'est renier nos pères, c'est être mauvais Français.

Pour constater cette assertion, on a désiré une histoire qui n'a point encore été faite, et qui cependant offre un immense intérêt : c'est l'histoire du culte de la sainte Vierge en France depuis l'origine du christianisme jusqu'à nos jours. Dans ce but, un comité s'est formé à Paris sous le titre de Comité historique de Notre-Dame de France; et voulant rendre cette histoire aussi complète que possible, il s'est adressé non-seulement à divers archéologues, à l'École des Chartes et à ses correspondants dans les départements, mais encore à tous les évêques de France, réclamant leur concours pour une œuvre si grande et tout à la fois si belle.

Ce concours n'a point fait défaut, et c'est le résultat des recherches exécutées dans tous les diocèses, dont nous achevons en ce moment la publication. Nous avons parcouru chaque diocèse l'un après l'autre, nous y avons passé en revue tout ce qui peut faire ressortir, et dans les temps anciens et dans les temps modernes, la dévotion de la France envers la Vierge Mère, les sanctuaires élevés à sa gloire, les pèlerinages établis en son honneur, les confréries enrôlées sous sa bannière, les hommages divers qu'on lui rend, et les grâces par lesquelles elle répond à la confiance des peuples.

Le culte de Marie entre dans l'essence même du christianisme, puisqu'on ne peut admettre que le Verbe de Dieu s'est fait homme en la sainte Vierge, ou, ce qui est la même chose, qu'elle est la Mère de Jésus-Christ, sans admettre par là même que l'honorer est un devoir pour tout chrétien. La gloire de Jésus-Christ rejaillit essentiellement sur sa Mère, la couvre de ses splendeurs et la rend par là même digne de tout hommage : y manquer, c'est manquer à Jésus-Christ même; c'est le blesser dans son affection de Fils; c'est nous priver nous-mêmes de toutes les grâces qu'une telle Mère peut mieux que toute autre obtenir d'un tel Fils. Aussi l'Évangile nous présente-t-il comme premiers modèles de ce Culte tout ce qu'il y a de plus vénérable : c'est l'archange Gabriel dont nous empruntons les propres paroles pour en faire l'expression de nos hommages : *Je vous salue, pleine de grâce ; le Seigneur est avec vous, vous êtes bénie entre toutes les femmes;* c'est sainte Élisabeth qui, inspirée par l'Esprit divin, répète la louange descendue du Ciel : *Vous êtes bénie entre toutes les femmes,* en y ajoutant cet autre éloge : *Le fruit de vos entrailles est béni.* C'est plus que tout cela ; c'est Jésus-Christ lui-même qui a rendu à Marie pendant trente ans un culte filial de confiance et de tendresse, de soumission et d'obéissance, *et erat subditus illis.* — Aussi voyons-nous le culte de Marie en honneur dès les temps apostoliques.

Cet entraînement des peuples vers Marie s'explique par le charme qu'offre son culte à la piété chrétienne. Marie ayant été constituée par Jésus agonisant Mère des hommes en même temps qu'elle était Mère de Dieu par l'Incarnation, son culte n'est que le doux rapport d'un enfant avec une mère, et une mère essentiellement bonne, dont l'unique mission est d'être miséricordieuse. Nous devons craindre son Fils parce qu'il est notre juge ; mais Marie, nous devons l'aimer sans la craindre, parce qu'elle n'est que mère, chargée d'aimer et non de punir, de prendre en pitié notre misère, notre malice même, et de guérir ceux qui veulent se laisser guérir. Tout dans son culte respire donc douceur, confiance, amour ; Marie est la douceur même, la Vierge clémente, l'étoile de la mer qui conduit les naufragés au port. Voilà pourquoi, à toutes les époques et dans tous les lieux, son culte a été si populaire ; c'est un culte qui va au cœur, qui repose l'âme fatiguée, qui console le cœur affligé, qui rassérène l'esprit désolé, qui fait du bien à tous.

L'*Histoire du Culte de la sainte Vierge* formera sept beaux volumes in-8°.

Chaque volume est un tout complet renfermant une ou plusieurs *Provinces ecclésiastiques*, et peut être acheté séparément.

Premier volume : *Province ecclésiastique de Paris*. Prix : 6 francs.

Deuxième volume : *Provinces ecclésiastiques de Bourges et de Cambrai*. Prix : 6 francs.

Troisième volume : *Provinces ecclésiastiques d'Albi, de Toulouse et d'Auch*. Prix : 6 francs.

Quatrième volume : *Provinces ecclésiastiques de Tours et de Rennes*. Prix : 6 francs.

Cinquième volume : *Province ecclésiastique de Rouen*. Prix : 6 francs.

Sixième volume : *Provinces ecclésiastiques de Besançon et de Lyon*. Prix : 6 francs.

Le septième volume, qui paraîtra dans le cours de cette année 1866, comprendra les *provinces d'Avignon, d'Aix et de Chambéry*.

Les volumes sont adressés *franco* à toute personne qui en envoie le montant en un bon de poste ou en timbres-poste.

PARIS. TYPOGRAPHIE DE HENRI PLON, IMPRIMEUR DE L'EMPEREUR, RUE GARANCIÈRE, 8.

HENRI PLON, IMPRIMEUR-ÉDITEUR,

8, Rue Garancière, près l'Église Saint-Sulpice, Paris.

NOTRE-DAME DE FRANCE

OU

HISTOIRE

DU

CULTE DE LA SAINTE VIERGE

EN FRANCE.

LE 4e VOLUME, TRÈS-BEL IN-8o DE 600 PAGES, VIENT DE PARAITRE

IL RENFERME

LES PROVINCES ECCLÉSIASTIQUES

DE BORDEAUX, DE TOURS & DE RENNES

PAR M. LE CURÉ DE SAINT-SULPICE

Envoi *franco* contre un mandat de poste de 6 francs.

Il est en France, depuis trente ans environ, un fait religieux singulièrement remarquable : c'est un élan inaccoutumé des âmes vers le culte et l'amour de la sainte Vierge : les enfants de la foi aiment à se revêtir de ses livrées, à porter ses médailles, à décorer ses autels, à lui élever des statues, à visiter en pieux pèlerins ses sanctuaires, à célébrer ses fêtes avec pompe, et à faire de tout le mois de mai en particulier comme une série de solennités en son honneur. L'Orient a vu le drapeau de Marie flotter sur nos navires dans l'expédition de Crimée; et au retour de cette guerre si glorieuse pour nos armes, la France, avec le concours de son argent et les canons pris à Sébastopol, a érigé à la Mère de Dieu une statue colossale sur un des points les plus élevés de l'empire, sur le rocher Corneille, près de la cathédrale du Puy en Velay.

Ce culte et cet amour de Marie sont-ils une nouveauté dans la religion ? Non certainement ; c'est au contraire un retour aux traditions de nos pères ; c'est le sentiment français qui se réveille, après avoir été quelque temps mis au silence et comme assoupi par la grande voix de la tempête irréligieuse de 93. Aimer et honorer Marie, c'est renouer le présent au passé, c'est continuer nos pères, c'est conserver le dépôt que nous tenons d'eux et cultiver l'héritage qu'ils nous ont légué ; comme au contraire être hostile ou seulement indifférent au culte de Marie, c'est renier nos pères, c'est être mauvais Français.

Pour constater cette assertion, on a désiré une histoire qui n'a point encore été faite, et qui cependant offre un immense intérêt : c'est l'histoire du culte de la sainte Vierge en France depuis l'origine du christianisme jusqu'à nos jours. Dans ce but, un comité s'est formé à Paris sous le titre de Comité historique de Notre-Dame de France ; et voulant rendre cette histoire aussi complète que possible, il s'est adressé non-seulement à divers archéologues, à l'École des Chartes et à ses correspondants dans les départements, mais encore à tous les évêques de France, réclamant leur concours pour une œuvre si grande et tout à la fois si belle.

Ce concours n'a point fait défaut, et c'est le résultat des recherches exécutées dans tous les diocèses, dont nous commençons aujourd'hui la publication. Nous parcourons chaque diocèse l'un après l'autre, nous y passons en revue tout ce qui peut faire ressortir, et dans les temps anciens et dans les temps modernes, la dévotion de la France envers la Vierge Mère, les sanctuaires élevés à sa gloire, les pèlerinages établis en son honneur, les confréries enrôlées sous sa bannière, les hommages divers qu'on lui rend, et les grâces par lesquelles elle répond à la confiance des peuples.

Le culte de Marie entre dans l'essence même du christianisme, puisqu'on ne peut admettre que le Verbe de Dieu s'est fait homme en la sainte Vierge, ou, ce qui est la même chose, qu'elle est la Mère de Jésus-Christ, sans admettre par là même que l'honorer est un devoir pour tout chrétien. La gloire de Jésus-Christ rejaillit essentiellement sur sa Mère, la couvre de ses splendeurs et la rend par là même digne de tout hommage : y manquer, c'est manquer à Jésus-Christ même ; c'est le blesser dans son affection de Fils ; c'est nous priver nous-mêmes de toutes les grâces qu'une telle Mère peut mieux que toute autre obtenir d'un tel Fils. Aussi l'Évangile nous présente-t-il comme premiers modèles de ce Culte tout ce qu'il y a de plus vénérable : c'est l'archange Gabriel dont nous empruntons les propres paroles pour en faire l'expression de nos hommages : *Je vous salue, pleine de grâce ; le Seigneur est avec vous, vous êtes bénie entre toutes les femmes ;* c'est sainte Élisabeth qui, inspirée par l'Esprit divin, répète la louange descendue du Ciel : *Vous êtes bénie entre toutes les femmes,* en y ajoutant cet autre éloge : *Le fruit de vos entrailles est béni.* C'est plus que tout cela ; c'est Jésus-Christ lui-même qui a rendu à Marie pendant trente ans un culte filial de confiance et de tendresse, de soumission et d'obéissance, *et erat subditus illis.* — Aussi voyons-nous le culte de Marie en honneur dès les temps apostoliques.

Cet entraînement des peuples vers Marie s'explique par le charme qu'offre son culte à la piété chrétienne. Marie ayant été constituée par Jésus agonisant Mère des hommes en même temps qu'elle était Mère de Dieu par l'Incarnation, son culte n'est que le doux rapport d'un enfant avec une mère, et une mère essentiellement bonne, dont l'unique mission est d'être miséricordieuse. Nous devons craindre son Fils parce qu'il est notre juge ; mais Marie, nous devons l'aimer sans la craindre, parce qu'elle n'est que mère , chargée d'aimer et non de punir, de prendre en pitié notre misère, notre malice même, et de guérir ceux qui veulent se laisser guérir. Tout dans son culte respire donc douceur, confiance, amour ; Marie est la douceur même, la Vierge clémente, l'étoile de la mer qui conduit les naufragés au port. Voilà pourquoi , à toutes les époques et dans tous les lieux, son culte a été si populaire ; c'est un culte qui va au cœur, qui repose l'âme fatiguée , qui console le cœur affligé , qui rassérène l'esprit désolé , qui fait du bien à tous.

L'*Histoire du Culte de la Sainte Vierge* formera 6 à 8 beaux volumes in-8°.

Chaque volume est un tout complet renfermant une ou plusieurs *Provinces ecclésiastiques*.

Le premier volume contient la *Province ecclésiastique de Paris*. Prix : 6 francs.

Le deuxième volume contient les *Provinces ecclésiastiques de Bourges et de Cambrai*. Prix : 6 francs.

Le troisième volume contient les *Provinces ecclésiastiques d'Albi, de Toulouse et d'Auch*. Prix : 6 francs.

L'ouvrage est adressé *franco* à toute personne qui en envoie le montant en un bon de poste ou en timbres-poste.

LA TROISIÈME ÉDITION

DE

L'ÉGLISE ROMAINE EN FACE DE LA RÉVOLUTION

Par J. CRÉTINEAU-JOLY,

Vient de paraître. — 2 vol. in-18, ornés de portraits. — Prix : 8 fr.

PARIS. TYPOGRAPHIE DE HENRI PLON, IMPRIMEUR DE L'EMPEREUR, RUE GARANCIÈRE, 8.

NOTRE-DAME DE FRANCE

OU

HISTOIRE

DU

CULTE DE LA SAINTE VIERGE

EN FRANCE.

PARIS. — TYPOGRAPHIE DE HENRI PLON,

IMPRIMEUR DE L'EMPEREUR,

RUE GARANCIÈRE, 8.

NOTRE-DAME DE FRANCE

NOTRE-DAME DE FRANCE

OU

HISTOIRE

DU

CULTE DE LA SAINTE VIERGE

EN FRANCE,

DEPUIS L'ORIGINE DU CHRISTIANISME JUSQU'A NOS JOURS.

PREMIER VOLUME

COMPRENANT

L'HISTOIRE DU CULTE DE LA SAINTE VIERGE

DANS LES SIX DIOCÈSES

DONT SE COMPOSE LA PROVINCE ECCLÉSIASTIQUE DE PARIS;

PAR

M. LE CURÉ DE SAINT-SULPICE.

Regnum Galliæ, regnum Mariæ.

PARIS

HENRI PLON, IMPRIMEUR-ÉDITEUR,

RUE GARANCIÈRE, 8.

1861

INTRODUCTION.

Il est en France, depuis trente ans environ, un fait religieux singulièrement remarquable; c'est un élan inaccoutumé des âmes vers le culte et l'amour de la sainte Vierge : les enfants de la foi aiment à se revêtir de ses livrées, à porter ses médailles, à décorer ses autels, à lui élever des statues, à visiter en pieux pèlerins ses sanctuaires, à célébrer ses fêtes avec pompe et à faire de tout le mois de mai en particulier comme une série de solennités en son honneur. L'Orient a vu le drapeau de Marie flotter sur nos navires dans l'expédition de Crimée; et au retour de cette guerre si glorieuse pour nos armes, la France, avec le concours de son argent et les canons pris à Sébastopol, a érigé à la Mère de Dieu une statue colossale sur un des points les plus élevés de l'empire, sur le rocher Corneille, près de la cathédrale du Puy-en-Velay.

Ce culte et cet amour de Marie sont-ils une nouveauté dans la religion? Non certainement; c'est au contraire un retour aux traditions de nos pères; c'est le sentiment français qui se réveille, après avoir été quelque temps mis au silence et comme assoupi par la grande voix de la tempête irréligieuse de 93. Aimer et honorer Marie, c'est renouer le présent au passé, c'est continuer nos pères, c'est conserver le dépôt que nous tenons d'eux et cultiver l'héritage qu'il nous ont légué; comme au contraire être hostile ou seulement indifférent au culte de Marie, c'est renier nos pères, c'est être mauvais Français.

Pour constater cette assertion, on a désiré une histoire qui n'a point encore été faite, et qui cependant offre un immense intérêt; c'est l'histoire du culte de la sainte Vierge en France, depuis l'origine du christianisme jusqu'à nos jours. On a même pensé qu'il ne pouvait être pour ce travail de moment plus opportun que celui où un monument colossal vient de porter jusqu'aux nues le témoignage de l'amour de la France envers Marie, et qu'à côté de ce monument il convenait de dresser à la gloire de la Mère de Dieu un monument littéraire qui révèle à tous combien la France a toujours aimé la sainte Vierge. Dans ce but, un comité s'est formé à Paris sous le titre de Comité historique de Notre-Dame de France; et voulant rendre cette histoire aussi complète que possible, il s'est adressé non-seulement à divers archéologues, à l'École des Chartes et à ses correspondants dans les départements, mais encore à tous les évêques de France, réclamant leur concours pour une œuvre si grande et tout à la fois si belle.

Ce concours n'a point fait défaut, et c'est le résultat des recherches exécutées dans tous les diocèses, dont nous commençons aujourd'hui la publication. Nous parcourons chaque diocèse l'un après l'autre, nous y passons en revue tout ce qui peut faire ressortir, et dans les temps anciens et dans les temps modernes, la dévotion de la France envers la Vierge-Mère, les sanctuaires élevés à sa gloire, les pèlerinages établis en son honneur, les confréries enrôlées sous sa bannière, les hommages divers qu'on lui rend, et les grâces par lesquelles elle répond à la confiance des peuples.

Mais pour lire cet ouvrage avec plus de fruit, plusieurs notions préliminaires nous semblent indispensables.

I. Il faut bien comprendre que le culte de Marie n'est pas seulement profondément français, mais qu'il est bien plus encore profondément chrétien. Car il entre dans l'essence même du christianisme, puisqu'on ne peut admettre que le Verbe de Dieu s'est fait homme en la sainte Vierge, ou ce qui est la même chose, qu'elle est la mère de Jésus-Christ, sans admettre par là même que l'honorer est un devoir pour tout chrétien. La gloire de Jésus-Christ rejaillit essentiellement sur sa Mère, la couvre de ses splendeurs et la rend par là même digne de tout hommage : y manquer, c'est manquer à Jésus-Christ même ; c'est le blesser dans son affection de Fils ; c'est nous priver nous-mêmes de toutes les grâces qu'une telle Mère peut mieux que tout autre obtenir d'un tel Fils. Aussi l'Évangile nous présente-t-il comme premiers modèles de ce culte tout ce qu'il y a de plus vénérable : c'est l'archange Gabriel dont nous empruntons les propres paroles pour en faire l'expression de nos hommages : *Je vous salue, pleine de grâce ; le Seigneur est avec vous, vous êtes bénie entre toutes les femmes;* c'est sainte Élisabeth qui, inspirée par l'Esprit divin, répète la louange descendue du Ciel : *Vous êtes bénie entre toutes les femmes,* en y ajoutant cet autre éloge : *Le fruit de vos entrailles est béni.* C'est plus que tout cela ; c'est Jésus-Christ lui-même qui a rendu à Marie pendant trente ans un culte filial de confiance et de tendresse, de soumission et d'obéissance, *et erat subditus illis.* — Aussi voyons-nous le culte de Marie en honneur dès les temps apostoliques. Les récentes découvertes faites aux Catacombes romaines nous montrent à côté du portrait de Jésus-Christ le portrait de la sainte Vierge ; preuve que dès lors on l'honorait dans les exercices religieux. Les Évangiles apocryphes, de leur côté, qui, malgré certains récits contestables, n'en portent pas moins l'empreinte de l'esprit et des sentiments des premiers siècles, parlent des hommages que dès lors on rendait à Marie. Enfin les liturgies apostoliques contiennent les plus belles invocations à la Mère de Dieu avec la louange de ses grandeurs et de ses perfections ; et si ces liturgies n'ont été éditées qu'au cinquième siècle, c'est que les fidèles, récitant tous les jours par cœur ces dévotes prières, les conservaient si bien dans leur mémoire qu'on ne jugea pas nécessaire de les publier plus tôt ; ce retard par conséquent ne fait que leur donner plus d'autorité en nous les montrant écrites dans les âmes avant d'être écrites dans les livres (1).

---

(1) Voyez *la Sainte Vierge vivant dans l'Église,* par M. Auguste Nicolas, t. 2, p. 35 et suiv.

II. Quelques lecteurs pourront peut-être trouver étranges tous ces hommages qu'on rend à la sainte Vierge, et qui dépassent sans comparaison le culte qu'on rend aux anges et aux saints. Mais la raison de ce culte exceptionnel rendu à Marie est facile à concevoir ; c'est la prééminence incomparable de sa condition par-dessus tous les anges et les saints. Les anges, en effet, les saints et toutes les créatures, même les plus parfaites qui se puissent imaginer, ne sont et ne peuvent être que les serviteurs de Dieu, les sujets de son royaume. Or Jésus-Christ doit essentiellement à sa Mère une place de distinction au-dessus de tous ses serviteurs et de ses sujets, c'est-à-dire, la place de Reine du ciel et de la terre ; de Reine des anges, des hommes et de toutes les créatures possibles. Il y a donc entre Marie et toutes les créatures possibles la même distance qui existe entre la mère et les serviteurs de la maison, entre la reine et les sujets d'un empire, et par conséquent, si nous honorons les saints comme fidèles serviteurs de Dieu, nous devons bien davantage honorer Marie comme Mère de Dieu. A cette raison fondamentale, nous pouvons ajouter que, si les saints attirent nos hommages par l'éminence de leurs vertus, Marie dont le mérite, élevé à la hauteur de sa divine maternité, dépasse incomparablement toutes les vertus des saints, commande bien plus puissamment à nos cœurs de lui rendre un culte tout exceptionnel.

III. Toutefois le culte de Marie doit toujours demeurer infiniment au-dessous du culte de Dieu, et il ne peut y avoir aucune proportion entre l'un et l'autre. A Dieu seul appartient l'adoration, parce que seul il a le souverain domaine sur toute créature du ciel et de la terre ; seul il est créateur, seul il est Dieu, et par conséquent seul il peut être honoré comme tel. Marie, quelque haut placée qu'elle soit comme Mère de Dieu, n'est jamais qu'une créature, que la servante du Seigneur, ainsi qu'elle se nomme elle-même, *ecce ancilla Domini,* et tout ce qui, dans l'exercice de son culte, paraîtrait s'écarter de cette notion, doit être ou entendu en ce sens, s'il est possible, ou réprouvé. Si, par exemple, on exalte la puissance de Marie, on ne veut pas parler d'une puissance d'action sur la nature, comme si elle pouvait par elle-même en changer les lois; on entend seulement une puissance d'intercession, en ce sens qu'elle est si aimée du Dieu dont elle est la Mère, qu'elle en peut tout obtenir : c'est ce que les Pères appellent *omnipotentia supplex.* En cela, comme on le voit, elle ne sort pas du rôle de créature, et laisse à Dieu le souverain domaine, qui lui donne un droit exclusif à l'adoration. Au quatrième siècle, la secte des Collyridiens (1) imagina de déférer à la sainte Vierge un culte d'adoration directe, semblable aux hommages que les habitants de la Phrygie rendaient à Cybèle, ou les populations germaniques à la déesse Herta. L'Église aussitôt les anathématisa et bannit de son sein ceux qui ne voulurent pas renoncer à cette erreur monstrueuse.

IV. Le culte de Marie ainsi précisé, si nous voyons dans le corps de cet ouvrage les populations recourir à elle dans toutes leurs peines avec une confiance sans bornes, si souvent les pécheurs même confondent à ses pieds leurs hommages avec les justes, il faut l'attribuer à l'instinct chrétien qui porte à croire, et certes avec justice, que la prière d'une Mère telle que Marie est toute-puissante sur le cœur d'un Fils tel que Jésus, que Jésus-Christ comme bon Fils, sait gré de tout l'amour qu'on porte à sa Mère, qu'il nous aime en proportion de cet amour, qu'il en récompense toujours par des faveurs spéciales, et que par toutes ces raisons la prière à Marie est pour l'âme affligée

---

(1) Cette secte, née en Thrace, tirait son nom de petits gâteaux d'orge, κολλύδραι ou κολλυρίδες, qu'elle offrait à la sainte Vierge. *Hist. eccl.* de Fleury, liv. xvii, § 36.

ou coupable un des plus puissants moyens d'obtenir l'assistance en ce monde et le salut dans l'autre. Ce n'est pas que, sans la pratique des commandements, personne puisse entrer au Ciel et que la dévotion à Marie soit un titre à se dispenser d'aucun devoir. Assurément celui-là serait un insensé, qui vivant dans le crime se promettrait le pardon, parce qu'il honorerait Marie du bout des lèvres, qu'il porterait ses livrées ou serait enrôlé dans ses confréries. Mais cependant, et des faits incontestables le prouvent, malgré cette folie, des pécheurs se sont rencontrés qui, dans leurs égarements, n'avaient conservé du christianisme que la dévotion à Marie ; et ils y ont trouvé le retour à la vie. C'étaient des âmes vieillies dans le crime, enfoncées dans le désordre ; et Marie, invoquée par ces bouches impures, n'est point restée sourde à leurs voix, et la vertu de son nom a converti des cœurs que n'avaient ébranlés ni les exhortations les plus tendres, ni les menaces les plus terribles, ni tout ce que peut inspirer un zèle ardent qui voit périr une âme : exemple qui ne doit pas sans doute enhardir la témérité ni favoriser le désordre, mais animer la confiance et relever les courages abattus.

V. Cet entraînement des peuples vers Marie s'explique par une autre considération ; c'est le charme qu'offre son culte à la piété chrétienne. Marie ayant été constituée par Jésus agonisant Mère des hommes en même temps qu'elle était Mère de Dieu par l'Incarnation, son culte n'est que le doux rapport d'un enfant avec une mère, et une mère essentiellement bonne, dont l'unique mission est d'être miséricordieuse. Nous devons craindre son Fils parce qu'il est notre juge ; mais Marie, nous devons l'aimer sans la craindre, parce qu'elle n'est que mère, chargée d'aimer et non de punir, de prendre en pitié notre misère, notre malice même, et de guérir ceux qui veulent se laisser guérir. Tout dans son culte respire donc douceur, confiance, amour ; Marie est la douceur même, la Vierge clémente, l'étoile de la mer qui conduit les naufragés au port. Voilà pourquoi, à toutes les époques et dans tous les lieux, son culte a été si populaire; c'est un culte qui va au cœur, qui repose l'âme fatiguée, qui console le cœur affligé, qui rassérène l'esprit désolé, qui fait du bien à tous.

VI. Cette grande bonté de la sainte Vierge s'est produite au dehors par des miracles sans nombre. Nous ne les dirons pas tous, il faudrait pour cela d'énormes volumes; nous en signalerons seulement quelques-uns parmi les plus autorisés, en nous appuyant sur deux principes qui doivent guider tout esprit sage en cette matière : le premier, c'est de se tenir en garde contre une trop grande crédulité qui accueillerait sans examen comme miraculeux tout fait extraordinaire, même peu constaté. L'Église, pour prémunir ses enfants contre cet écueil, a défendu de publier officiellement aucun miracle sans qu'au préalable elle l'ait sévèrement examiné et se soit prononcée sur sa réalité; le second principe, c'est de ne pas préjuger la négative contre le miracle sans connaissance de cause, et de n'en pas accueillir le récit avec un esprit de défaveur et d'incrédulité, avec la pensée préconçue qu'il n'y a pas de miracle, moins encore avec le désir secret qu'il n'y en ait pas. Rien de plus injuste que cette prévention défavorable : est-ce donc qu'un miracle coûte plus à Dieu que la chose du monde la plus naturelle? Est-ce qu'il lui est plus difficile de multiplier cinq pains, de manière à nourrir cinq mille hommes, que de faire produire à la terre, avec quelques grains qu'on lui confie, de quoi nourrir tout le genre humain? Et d'un autre côté, est-ce que Marie notre Mère ne voudrait pas demander des miracles pour ceux qui l'invoquent avec confiance, et si Marie les demande, est-ce que le Fils de Dieu aime assez peu sa Mère pour les lui refuser? Non, certainement; et quiconque comprend la valeur de ces observations sera plutôt incliné à préjuger le miracle jusqu'à preuve du contraire; s'il ne le croit pas, il respectera du moins la croyance d'autrui, et si l'Église prononce en faveur du miracle, il l'admettra avec bonheur et le croira fermement.

VII. Dans nos récits, nous nous sommes appuyé le plus souvent possible sur des monuments historiques auxquels nul homme sensé ne peut refuser créance ; mais quelquefois aussi nous avons puisé dans les légendes et les traditions des peuples. A ce mot, le critique prévenu gémit de pitié, l'homme de bel esprit sourit ironiquement, l'homme de bon sens écoute ou lit avec bonheur, non pas qu'il croie aveuglément tout ce que contient la légende ou tout ce que raconte la tradition, mais il sait honorer le certain, respecter même l'incertain comme pouvant être vrai, rendre hommage en tous cas à la surabondance de foi, à la piété sincère qui inclinent à croire que Dieu et Marie nous aiment jusqu'à faire pour nous des miracles ; enfin il sait se tenir en garde contre le défaut de foi, contre l'orgueilleuse raison qui incline à accuser de faux tout ce qu'on raconte de la bonté de Dieu ou de Marie sa Mère. Du reste, quoi qu'on pense de la légende, il faut bien se souvenir que le fait qu'elle raconte est seulement l'occasion, mais non la base de la dévotion des peuples envers Marie ; le fait peut être faux, mais la dévotion à Marie demeure vraie et éminemment raisonnable. Ainsi un événement quelconque, comme la découverte prétendue miraculeuse d'une statue, peut être une fable admise à la légère par la crédulité ; mais la dévotion à Marie, qui s'est développée à cette occasion, n'en est pas moins fondée sur les principes solides du christianisme.

VIII. La piété des peuples, provoquée par le fait légendaire ou autrement, se produit au dehors en diverses manières. Sa première et sa plus commune manifestation consiste dans l'érection de statues devant lesquelles on vient adresser à Marie ses hommages et ses prières ; ce n'est pas que le vrai catholique attache une vertu au bois ou à la pierre ; il sait que ces éléments matériels sont impuissants; mais il sait aussi que Dieu, comme maître de ses dons, peut y apposer les conditions qu'il lui plaît et faire dépendre le succès des prières de la circonstance de la statue devant laquelle on les fait, parce qu'alors la statue, prenant à nos yeux un caractère plus vénérable, excite davantage la piété et la ferveur. C'est un fait d'expérience que l'esprit se recueille mieux, le cœur s'impressionne davantage, la prière devient plus fervente devant telle statue qu'ont consacrée les miracles obtenus à ses pieds. — Ces statues du reste sont en général assez peu gracieuses, petites, mal conformées et noires; l'art et le goût n'ont guère à s'en féliciter. Mais Dieu veut nous montrer par là qu'en ceci comme en tout le reste les moindres instruments lui sont bons pour faire les plus grandes choses. Si la statue est souvent noire, c'est pour rappeler la parole du Cantique des cantiques que l'Église applique à la sainte Vierge : *Je suis noire, mais je suis belle. Nigra sum, sed formosa*. C'est pour nous faire souvenir que la beauté qui plaît au cœur de Dieu n'est pas la beauté du corps, mais celle de l'âme : *Omnis gloria filiæ regis ab intus*. En plusieurs endroits, la statue est présentée comme ayant été trouvée par un bœuf ou un agneau creusant la terre de son pied. Que cela soit vrai ou faux, qu'importe, quant au culte de la sainte Vierge, qui repose sur l'essence même du christianisme? qu'importe surtout, quand Dieu prouve par des miracles qu'il aime à voir honorer et prier Marie devant cette statue?

IX. La piété des peuples se produit en second lieu par des églises ou des autels élevés en l'honneur de Marie. Sans doute Dieu seul a droit d'avoir des temples et des autels, parce que le sacrifice, étant la reconnaissance du souverain domaine dans celui à qui on l'offre, ne peut s'offrir qu'à Dieu seul; mais les églises ou autels élevés en l'honneur de Marie ne cessent pas pour cela d'être consacrés à Dieu seul. C'est là qu'on lui offre le sacrifice d'actions de grâces, les louanges et les bénédictions des peuples pour tout ce qu'il a conféré à Marie de grandeur, de pouvoir, de vertu, et qu'on s'excite à honorer tant de grandeur, à invoquer tant de puissance, à imiter tant de perfection, afin de le mieux aimer et servir ; de sorte qu'en dernier résultat à Dieu seul revient l'honneur et la gloire : *soli Deo honor et gloria.* On peut même dire que nulle part il ne paraît plus grand que dans ces sanctuaires, qui sont comme les palais et les portiques de sa miséricorde ; nulle part on ne le prie mieux, parce que là tous les souvenirs du passé et tous les charmes du présent portent à la vertu ; là l'âme se recueille, se repose, recouvre la paix, reçoit la grâce, goûte les joies de la religion, agrandit ses désirs et les élève jusqu'au Ciel ; de là on sort toujours meilleur ; et, avec Marie pour étoile, on reprend avec une ardeur nouvelle sa navigation sur l'Océan du monde vers la céleste patrie. Qu'on interroge les pieux visiteurs de Notre-Dame des Victoires ou de Notre-Dame de la Garde, du Puy, de Fourvières, de Chartres, de Roc-Amadour, de Boulogne ou de Liesse, de Bétharram et de Buglosse, de Verdelais et de Cléry, et tous d'une commune voix diront combien Dieu est glorifié dans les sanctuaires de Marie.

X. De là s'est introduit dans l'Église l'usage des pèlerinages qui, à certaines époques de l'année, amènent les fidèles en foule aux sanctuaires de la Mère de Dieu. Ce n'est pas qu'on ne puisse prier partout, et que la sainte Vierge n'entende de tous les points du globe les prières qu'on lui adresse ; mais il y a dans le pèlerinage fait chrétiennement, c'est-à-dire par un motif de religion, pour y prier, y communier, y devenir meilleur, une grâce spéciale qui ne se trouve point ailleurs. Le souvenir de tant de chrétiens à la foi ardente qui se sont agenouillés là où nous sommes, la pensée des grâces insignes qu'ils y ont obtenues, le recueillement de ces religieux sanctuaires, l'exemple de ceux qui nous accompagnent dans ces saints voyages, tout surexcite la confiance, produit dans l'âme des impressions neuves et fécondes et porte à prier d'un meilleur cœur; car l'homme, n'étant pas pure intelligence, a besoin d'être aidé par des signes extérieurs. Marie de son côté nous dit par le langage des miracles qu'elle a pour agréable le concours des peuples à certains sanctuaires. A ces grâces spéciales et personnelles des pèlerinages se joint un avantage public : ces grandes manifestations religieuses sont un reproche utile aux indifférents, un stimulant pour les tièdes, un sujet d'édification pour tous, et apprennent aux populations endormies qu'elle est encore vivante au fond des âmes, cette religion que quelques voix ennemies proclamaient défaillante ou peut-être déjà morte. C'est donc une bonne et sainte chose que les pèlerinages, et nos pères le savaient bien, puisqu'il fut un temps où la France, presque toute l'Europe et l'Asie étaient presque sans cesse traversées par des pèlerins qui allaient porter leurs vœux à quelques sanctuaires que leur signalait l'instinct de la piété chrétienne.

XI. Aux églises de la sainte Vierge sont souvent attachées des confréries, autre manière de traduire ses sentiments envers la Mère de Dieu. Personne n'ignore la puissance de l'association ; et si le génie du mal s'en sert pour ses sinistres desseins, pourquoi la religion aurait-elle négligé ce moyen de maintenir ou de faire rentrer ses enfants dans la bonne voie? Nous verrons dans le cours de cette histoire comme chaque classe de la société avait sa confrérie, avec sa bannière de la sainte Vierge sous laquelle elle était fière de marcher dans les solennités religieuses, avec ses exercices spirituels et ses règlements ou statuts qui disaient à chacun ce qu'il fallait faire pour se conserver toujours chrétien, c'est-à-dire fidèle à tous ses devoirs ; et de là résultait, en même temps que la gloire de la religion, régulatrice suprême et infaillible de tout ce qui est bien, le bonheur de l'individu, de la famille, de la patrie, de la société qui ne connaissait point alors tous ces étranges bouleversements d'idées et d'ordre dont nous sommes les témoins.

XII. Nous avons inséré dans ce premier volume quelques gravures des types les plus anciens ou les plus célèbres de la sainte Vierge, avec le sceau remarquable de l'abbaye de Jouarre. Nous espérons en ajouter plusieurs autres dans les volumes suivants.

XIII. Nous parlons souvent dans le corps de cet ouvrage de collégiales, de chapellenies et de prieurés. Comme ces expressions pourraient n'être pas comprises des lecteurs peu familiarisés avec le langage ecclésiastique, nous prévenons qu'il faut entendre par *collégiale* une réunion de prêtres chargés de faire dans leur église le même office que font les chanoines dans les cathédrales; une *chapellenie* est un titre qui oblige à desservir une chapelle moyennant un revenu qui y est attaché; un *prieuré* est une communauté de religieux vivant sous un supérieur qu'on nomme *prieur*. Si le prieuré est chargé de desservir une paroisse, on l'appelle *prieuré-cure*. Si le prieuré n'a ni religieux ni paroisse, on l'appelle prieuré simple. Si le prieur est dispensé de la résidence et jouit cependant du revenu, on l'appelle *prieur commendataire*.

XIV. Pour nous conformer au décret d'Urbain VIII, nous déclarons que, s'il nous arrive de donner à quelque pieux personnage la qualification de saint, nous voulons dire seulement qu'il fut remarquable par sa vertu, et nous n'entendons en aucune manière prévenir le jugement de l'Église. Il en est de même des faits merveilleux que nous rapportons : nous ne leur attribuons d'autre autorité que celle qu'ils ont dans les auteurs dont nous alléguons le témoignage.

HISTOIRE

DU

CULTE DE LA SAINTE VIERGE

EN FRANCE.

PROVINCE ECCLÉSIASTIQUE DE PARIS.

Dans le dessein que nous avons conçu de tracer le tableau du dévouement de la France entière au culte de Marie, nous nous sommes demandé : Par où commencer ce grand travail? A quels diocèses donner la priorité? Personne, nous le pensons, ne sera surpris de notre choix. Il est dans l'ordre, comme dans la nature, que nous parlions d'abord de ce que nous connaissons le mieux, de ce que nous avons sous les yeux et touchons pour ainsi dire de nos mains. Là, les renseignements plus abondants nous mettent à même de donner plus d'intérêt au commencement de notre ouvrage, et par cet intérêt d'exciter l'émulation des diocèses qui pourraient ajouter de nouveaux détails à ce qu'ils nous ont déjà envoyé, afin de figurer avec plus d'honneur dans le grand tableau que nous offrons à tous les cœurs catholiques.

Nous commençons donc par la province ecclésiastique de Paris. Cette province comprend six diocèses : Paris, Blois, Chartres, Meaux, Orléans et Versailles. Nous allons parcourir successivement ces diocèses, et y suivre comme à la trace la dévotion des peuples envers la sainte Vierge depuis l'origine du christianisme jusqu'à nos jours.

1

DIOCÈSE DE PARIS.

Le diocèse de Paris, un des premiers de la chrétienté par son influence sur la France et sur le monde, est encore un des premiers par sa dévotion à la très-sainte Vierge. C'est là un fait patent à toutes les époques, et qu'on trouve écrit en quelque sorte à tous les horizons du diocèse. Transportez-vous à la métropole comme à un centre commun ; regardez où vous êtes, regardez tout autour de vous ; la dévotion à Marie vous apparaît partout, attirant les populations par ses charmes, leur inspirant des goûts de pureté et d'innocence, portant toutes les âmes à la vertu. Vous la voyez rayonner de Notre-Dame de Paris à toutes les parties du diocèse, comme les rayons lumineux autour du foyer. Pour constater ce fait si remarquable et peut-être jusqu'à présent trop peu remarqué, nous étudierons, au point de vue du culte de Marie : 1º l'ancien Paris, qui n'était autrefois que l'île formée par la Seine, qu'on appelle aujourd'hui la Cité ; 2º la rive gauche de la Seine ; 3º la rive droite ; 4º le territoire en dehors de Paris ; 5º l'esprit du diocèse considéré dans son ensemble (1).

---

(1) Le *Cartulaire de Notre-Dame de Paris*, publié par M. Guérard en quatre volumes in-4º, contient presque toutes les chartes qui nous ont servi pour connaître ce qui regarde le diocèse de Paris : il en est la dernière et la plus exacte édition.

CHAPITRE PREMIER.

DU CULTE DE LA SAINTE VIERGE DANS L'ANCIEN PARIS.

Quoique le culte de la sainte Vierge remonte à l'origine même du christianisme, puisqu'il en fait partie essentielle, il est difficile d'en trouver des traces à l'époque où saint Denis évangélisa la Cité. Car alors les premiers chrétiens, en butte à des persécutions qui ne se ralentissaient quelques instants que pour se rallumer avec plus de fureur, loin d'avoir des temples publics, trouvaient à peine des asiles assez secrets pour se dérober aux recherches de leurs cruels ennemis. Évidemment, dans des circonstances aussi difficiles, saint Denis n'aura pu réunir ses néophytes que dans des cryptes ou lieux souterrains qu'on ne peut connaître exactement, pour les instruire et les faire participer aux saints mystères. Ses successeurs les plus rapprochés, placés dans des conditions non moins orageuses, et prêchant dans des lieux encore arrosés de son sang, n'auront guère pu faire davantage. Mais lorsqu'en 313 Constantin eut placé la religion sur le trône, et autorisé ou plutôt encouragé la pratique publique du christianisme, aussitôt les évêques de Paris s'occupèrent de faire construire dans la Cité une église qui leur servit de cathédrale ; et quelle fut cette première église? S'il était démontré que ce fut une église consacrée à la Mère de Dieu, ne serait-ce pas là un fait bien digne d'être signalé au début de l'ouvrage que nous entreprenons? Quel cœur chrétien ne caresserait avec amour cette pensée, que la première église où Dieu a reçu des hommages publics et solennels sous le ciel de Paris a été consacrée sous le patronage de la Vierge-Mère, qui a

1.

ainsi partagé avec son Fils les prémices du culte public dans
l'antique Lutèce? Qui ne serait heureux de rencontrer une
église Notre-Dame au berceau même du christianisme, et
dans la suite constamment honorée comme telle par tous les
âges chrétiens? Or, c'est là le beau spectacle qui va nous
apparaître par l'étude de l'histoire.

Pour le bien faire ressortir, il faut distinguer deux époques : la première depuis l'arrivée de saint Denis à Paris
jusqu'au règne de Clovis; la seconde depuis Clovis jusqu'à
nous. Quant à la première époque, il ne nous reste de toute
l'histoire du christianisme dans l'ancien Paris que peu de
documents, encore très-imparfaits; les uns sur l'apostolat et
le martyre de saint Denis, les autres sur les vies de saint
Marcel et de sainte Geneviève; et la vie de saint Marcel est
la seule qui nous parle d'une église bâtie sur les bords de
la Seine et dans l'île, église unique alors, puisqu'elle est
seule mentionnée, et que d'ailleurs elle suffisait bien à
la chétive bourgade celtique qui devait devenir un jour
l'Athènes du monde, église où officiait l'évêque et qui était
par conséquent l'église cathédrale. Mais ce document in-
complet ne nous dit point le nom de l'église. Comment
donc le savoir? Le seul moyen de le découvrir, c'est d'aller
à sa recherche par la voie de l'induction, en demandant à
la seconde époque ce que la première ne nous dit pas.
Dans la première époque, la cathédrale n'est pas nommée,
parce qu'étant alors la seule église de la Cité, elle était suf-
fisamment désignée par le nom générique d'église : dans
la seconde époque, au contraire, quand, sous Clovis et ses
successeurs, on eut bâti plusieurs églises, il fallut bien
l'appeler par son nom pour la distinguer des autres, et ce
nom par lequel on l'appela ne put être autre que le vocable sous lequel elle avait été consacrée dès le principe.
Et peu importe à l'objet de nos recherches que ce fût la
cathédrale même primitive ou une autre cathédrale bâtie

en sa place, puisqu'il n'est nullement probable qu'en reconstruisant la cathédrale on en ait changé le vocable.

Toute la question se réduit donc à savoir quel nom ont donné à la cathédrale de Paris les premiers monuments qui la nomment et tous les âges postérieurs. S'ils l'ont appelée l'église Notre-Dame, en lui assignant ce vocable, non comme nouveau, mais comme usuel et déjà ancien, nous en induirons, au moins avec grande probabilité, que la cathédrale a été dès le principe une église de la sainte Vierge ; c'est-à-dire, comme on le voit, que la seconde époque nous renseignera sur la première. Or c'est un fait facile à établir qu'à partir du sixième siècle, époque où pour la première fois la cathédrale de Paris porte un nom dans l'histoire, elle est appelée l'église Sainte-Marie, l'église de la sainte Mère de Dieu, l'église de Notre-Dame.

En effet, le premier monument historique qui nomme la cathédrale, c'est la charte de Childebert, successeur immédiat de Clovis, en date du mois de janvier 558 (1). Ce

---

(1) Nous suivons dans cette date la chronologie de Gérard Dubois, auteur d'une histoire latine du diocèse de Paris, malheureusement inachevée, aussi remarquable par sa judicieuse critique que par son excellente latinité. Cet habile historien a remarqué dans une très-ancienne copie de la charte de Childebert, conservée aux archives du chapitre de Paris *, une lacune entre les lettres numérales X et VII ; la vétusté en a fait disparaître une lettre qu'il présume avoir été la lettre L, de sorte qu'au lieu de lire, comme certains auteurs qui n'ont tenu aucun compte de la lettre disparue par la vétusté, l'an XVII du règne de Childebert, il faut lire l'an XLVII ; et comme le règne de Childebert a commencé en 511, époque de la mort de Clovis, la quarante-septième année de son règne correspond à l'année 558 de l'ère chrétienne, qui est la vraie date de cette charte, et s'accorde parfaitement avec ce qui y est dit de saint Germain, puisque celui-ci monta sur le siége épiscopal en 554 ou 555.

* Cette charte, extraite du cartulaire du chapitre de Paris qui a pour titre *Le petit pastoral*, a été imprimée en 1639 par Jacques Dubreuil, dans son *Théâtre des antiquités de Paris*, et en 1843 dans l'ouvrage intitulé *Diplomata, chartæ*, etc t. I, p. 115.

prince était malade dans sa maison de campagne de Chelles (*Cellas*), située au confluent de l'Yonne et de la Seine, et abandonné des médecins qui désespéraient de sa guérison, il appelle à son secours Germain, évêque de Paris. Celui-ci se rend aussitôt à la demande de son souverain, prie pour lui, applique ses mains vénérables sur les endroits où se fait sentir la douleur, et le royal malade recouvre aussitôt une santé sur laquelle il ne comptait plus. En reconnaissance d'un si grand bienfait, Childebert, par une charte solennelle, fait don de divers domaines à l'église qu'il appelle « l'église mère de Paris, dédiée en l'honneur de Marie, » mère de notre Seigneur Jésus-Christ, et dans laquelle » on voit officier et présider le seigneur évêque Germain ; » *Matri ecclesiæ Parisiacæ, quæ est dedicata in honore sanctæ* » *Mariæ Matris Domini nosri Jesu Christi.... ubi ipse domnus* » *Germanus præesse videtur.* » Or, peut-on désigner plus clairement la cathédrale de Paris que par ces mots : *l'église mère où l'on voit présider l'évêque ?* et peut-on l'appeler l'église de la sainte Vierge ou l'église de Notre-Dame dans un langage plus net et plus précis que celui-ci : *l'église qui a été dédiée en l'honneur de sainte Marie ?* expressions qui, prises dans leur sens rigoureux, font remonter la dénomination d'église Notre-Dame à l'époque même de sa dédicace ou de sa consécration, c'est-à-dire à sa première origine, puisque, d'après les règles ecclésiastiques, on ne peut ni se servir d'une église sans auparavant la consacrer ou la bénir, ni la consacrer ou la bénir sans la dédier sous un vocable particulier. Et cette interprétation est confirmée encore par les chartes de nos rois, qui, comme nous le verrons plus tard, disent positivement que la cathédrale a été fondée en l'honneur de la Mère de Dieu : *In honore Dei Genitricis fundata* (1).

---

(1) L'abbé Lebeuf, qui, dans son *Histoire du diocèse de Paris*, re-

Nous ne dissimulons pas que la charte de Childebert ajoute au vocable de la Mère de Dieu le nom de plusieurs saints, savoir : des saints martyrs Étienne et Vincent, des douze Apôtres et autres saints dont on possédait les reliques. Mais cette addition n'infirme en rien notre thèse; elle prouve seulement que ce qui existe encore aujourd'hui dans beaucoup d'églises avait lieu alors, c'est-à-dire qu'au patron principal on ajoutait des patrons secondaires. C'est ainsi que deux autres chartes de Childebert, bien incontestablement authentiques, désignent la cathédrale du Mans sous le double vocable de sainte Marie et des deux saints martyrs Gervais et Protais (1). De même, pour la cathédrale de Paris, quoique la sainte Vierge en fût patronne principale, Childebert nomme comme patrons secondaires : 1° saint Étienne, parce que les miracles éclatants opérés à la translation de ses reliques, dans le siècle précédent, célébrés par la bouche éloquente de saint Augustin devant tout le peuple d'Hippone qui en était témoin oculaire, redits si magnifiquement dans son immortel ouvrage de la *Cité de Dieu*, avaient retenti dans tout l'univers et rendu grand et cher à la foi le nom du premier des martyrs; 2° saint Vincent, martyr de Saragosse, parce que le roi qui avait rapporté de son expédition d'Espagne, comme le plus précieux de tous les trophées, les reliques de ce saint

---

jette la charte de Childebert pour en avoir mal compris la date, admet néanmoins que la cathédrale de Paris possédait au sixième siècle les domaines mentionnés dans la charte, savoir : la maison royale de Celles, un petit domaine en Provence, dont les plants d'oliviers devaient fournir à l'église son luminaire, et enfin des salines à Marseille; mais il ne peut assigner l'origine de ces propriétés. Dom Bouquet, dans son savant *Recueil des historiens français*, a été mieux avisé, et admet cette charte sans conteste.

(1) *Analecta vetera*, t. III, p. 86 et 94. — Dom Bouquet, *Recueil des historiens français*, t. III, p. 618.

diacre, les avait fait déposer à la cathédrale en attendant l'achèvement de l'église qu'il faisait construire pour les recevoir, et qui est aujourd'hui Saint-Germain des Prés (1). C'est faute de faire attention à ces usages liturgiques que plusieurs auteurs ont été amenés, par l'impossibilité d'expliquer les divers vocables consignés dans les monuments historiques, à supposer sans preuves, les uns, comme Sauval et Grandcolas, plusieurs églises bâties dans l'île, dont ils ne sauraient fixer ni l'auteur, ni l'occasion, ni l'époque, les autres, deux basiliques juxtaposées, et réduites plus tard en une seule. Toutefois, quoique la supposition de ces deux basiliques ne soit pas nécessaire pour expliquer la charte de Childebert, nous n'en nions pas l'existence. Nous croyons même plus probable que Saint-Étienne le Vieux, où a été tenu le sixième concile de Paris, sous Louis le Débonnaire, était une église de Saint-Étienne attenante à l'ancienne cathédrale, et qui aura été détruite par Maurice de Sully pour bâtir la cathédrale actuelle.

Si l'on nous oppose une charte de Vandimir et d'Erchamberte, dont l'original sur papyrus se conserve aux

---

(1) Il est en effet constant, par la Vie de saint Droctovée *, premier abbé de Saint-Vincent, que l'église ne fut consacrée qu'après la mort de Childebert. Il y est dit que, les évêques et les prélats du royaume étant venus à l'approche de la solennité de Noël rendre leurs hommages au roi, dont ils ignoraient encore la mort, saint Germain profita de leur présence pour consacrer avec toute la pompe possible l'église dans laquelle il venait d'enterrer le prince fondateur, qu'il la dédia, ainsi que le monastère contigu, à sainte Croix et à saint Vincent, et y installa une communauté religieuse, à la tête de laquelle il mit son disciple Droctovée.

* Cette vie fut écrite au neuvième siècle par Gislemar, moine de l'abbaye Saint-Vincent, et a été insérée dans les actes de l'ordre de Saint-Benoît, d'où dom Bouquet a tiré ce fragment, qui se trouve au tome III, p. 436, de son recueil.

archives de l'Empire et que cite Mabillon (1), en date de l'an 690, laquelle ne désigne la cathédrale que sous le nom de Saint-Étienne, *donamus donatumque perpetuo esse volumus*, dit cette charte dans le latin de l'époque, fécond en solécismes, *ad basilica domnæ Stephanæ in Parisius ubi domnus Sigofridus pontifex præesse videtur*, nous répondrons que cette pièce n'infirme ni la charte de Childebert, qui est plus ancienne de cent trente-deux ans, ni la tradition de tous les âges; elle prouve seulement que ses auteurs ont désigné la cathédrale par le nom de son patron secondaire, pour lequel peut-être ils avaient une vénération spéciale.

Nous tenons donc le titre d'*église Notre-Dame* donné à la première église bâtie à Paris comme un fait acquis à l'histoire dès le milieu du sixième siècle. Si de ce point de départ nous suivons dans la cathédrale le culte de Marie à travers les âges, nous voyons d'abord Childebert porter l'élan de sa reconnaissance bien au delà des donations indiquées dans sa charte. Le poëte-évêque Fortunat nous le représente (2) ornant l'église Notre-Dame à ses frais, et lui donnant de brillantes colonnes de marbre et des vitraux radieux.

---

(1) *De re diplomaticâ*, p. 472 de l'édit. de 1682, et 474 de l'édit. de 1709. — *Diplomata, chartæ*, etc., t. II, p. 208.

> Splendida marmoreis attollitur aula columnis,
>   Et quia pura manet, gratia major inest.
> Prima capit radios vitreis oculata fenestris
>   Artificisque manu clausit in arce diem.
> Cursibus auroræ vaga lux laquearia complet
>   Atque suis radiis et sine sole micat.
> Hoc pius egregio rex Childebertus honore
>   Dona suo populo non moritura dedit,
> Totus in affectu divinæ legis inhærens
>   Ecclesiæque juges amplificavit opes.

(2) Pièce xi du liv. II.

C'est-à-dire : Des colonnes de marbre soutiennent un splendide édifice, d'autant plus gracieux qu'il est plus pur. Éclairé par de magnifiques vitraux, il reçoit les premiers rayons du soleil, et l'habile artiste a su renfermer la lumière entre les murs du temple. L'aurore chaque matin inonde les lambris de sa lumière incertaine et les illumine de ses rayons avant ceux du soleil. Telles sont les précieuses et immortelles largesses faites à son peuple par le pieux roi Childebert, qui, tout entier dévoué de cœur à la loi de Dieu, a accru de plus en plus les magnificences de l'église (1).

Peu après, nous voyons l'auteur inconnu de la vie de saint Cloud, qui vivait dans la seconde moitié du sixième siècle, raconter que ce saint donna à l'église mère de Paris, c'est-à-dire, s'empresse-t-il d'ajouter, à Sainte-Marie, *matri ecclesiæ Civitatis, videlicet Sanctæ Mariæ*, le monastère qu'il avait fondé dans la bourgade de Nogent, qui devait dans la suite s'appeler de son nom.

Vers la même époque, quand les chroniqueurs du sixième siècle, copiés par le compilateur Aymoin, rapportent que Frédégonde, après la mort de Chilpéric, se retira, emportant avec elle ses trésors, dans l'église de Paris, ils ont soin d'ajouter qu'ils entendent par là la basilique

---

(1) Quelques éditeurs de Fortunat appliquent ces vers, composés après la mort de Childebert, à l'église Saint-Vincent, aujourd'hui Saint-Germain des Prés. Nous croyons que c'est à tort, car 1° la pièce est intitulée *De ecclesiá parisiacá,* ce qui indique l'église par excellence, l'église cathédrale ; 2° elle est précédée d'une pièce de poésie adressée *Ad clerum parisiensem,* ce qui indique qu'il s'adresse dans ses vers à tout le clergé de Paris, et par conséquent qu'il parle ici de la cathédrale, qui seule est l'église de tous ; 3° surtout, la pièce ne parle pas d'une construction nouvelle, mais d'embellissements et de magnificences ajoutées à d'autres magnificences :

Ecclesiæque juges amplificavit opes.

dédiée à la sainte Vierge, *ad basilicam Parisiacæ urbis, in honore sanctæ Mariæ dedicatam*, et ils remarquent qu'elle s'y conduisit d'une manière qui prouvait qu'elle ne respectait ni le Seigneur ni sa Mère, dans la maison de laquelle elle avait trouvé un asile : *Nec verebatur Dominum aut ejus Genitricem, in cujus manebat domo.*

Mais c'est surtout au temps de Charlemagne qu'abondent les pièces qui assurent à la cathédrale de Paris, avec la vénération des rois et des peuples, le titre de Notre-Dame ou de Sainte-Marie. La première est un décret de Charlemagne, dans un procès qui s'était élevé entre l'évêque de Paris et l'abbé de Saint-Denis, et dont la solution avait été confiée à l'épreuve judiciaire de la croix, subie par les champions que fournit chacune des deux parties. Le champion de l'évêque ayant succombé, Charlemagne constata le fait par un décret qui porte la date de la septième année de son règne, ou de l'an 775 de l'ère chrétienne, et qui redit jusqu'à trois fois que l'évêque a agi au nom de l'église de Sainte-Marie, de Saint-Étienne et de Saint-Germain (1) : paroles qui ont paru décisives à Mabillon, lequel jusqu'à cette époque n'était pas d'accord avec nous.

La seconde pièce que Mabillon estime tout aussi concluante, c'est une charte d'Étienne, comte de Paris (2). Dans cette pièce, datée de l'an 805, le comte Étienne et sa femme, la comtesse Amaltrude, donnent toutes leurs propriétés du lieu appelé *Sulciacus*, dans le Parisis, à la très-sainte église de Marie, mère de Dieu, de Saint-Étienne

---

(1) Mabillon, *De re diplomaticá*, lib. vi, p. 498.

(2) *Histoire latine du diocèse de Paris*, par Gérard Dubois, t. I, p. 556. On y trouve en entier la charte en question, tirée d'un des cartulaires de l'Église de Paris, appelé *Le petit pastoral.* — Baluze, dans ses *Notes sur les Capitulaires*, t. II, p. 1060, en cite le commencement et la fin.

et de Saint-Germain, bâtie dans l'intérieur des murs de la ville, et où l'on voit présider l'évêque Inchad. *Sacrosanctæ Mariæ ecclesiæ Deique Genitricis et Sancti Stephani protomartyris et domni Germani, ubi Inchadus Parisiacæ urbis rector præesse videtur, quæ est intra murum Parisii constructa, ego Stephanus Christi hominis Dei gratiâ comes necnon et Amaltrudis comitissa donamus res nostras quæ sunt in agro Parisiaco, in loco qui vocatur Sulciacus.* Or cette église de Marie, Saint-Étienne et Saint-Germain, quelle est-elle, sinon la cathédrale? Quelle autre peut être appelée l'église où l'on voit présider l'évêque, l'église bâtie dans l'enceinte des murailles, l'église mère, comme on la nomme dans un autre endroit de la même pièce, *ad ipsam matrem ecclesiam?*

Mais voici qui est bien plus clair encore et plus concluant : jusqu'à l'époque où nous sommes arrivés, la cathédrale de Paris se trouve presque toujours désignée sous le vocable de Marie, suivi des noms de plusieurs patrons secondaires. A dater de Louis le Débonnaire, successeur de Charlemagne, il en va autrement; elle n'est plus désignée que sous le vocable de Marie tout seul; et sauf de très-rares exceptions, on ne l'appelle plus que l'église Notre-Dame, soit parce que le langage populaire, qui finit toujours par prévaloir dans la dénomination des choses, est ennemi des longues nomenclatures et veut surtout de la brièveté, soit parce qu'à dater de cette époque les rois, les princes et les peuples, pénétrés de plus en plus de dévotion pour l'église Notre-Dame, semblent n'y voir plus que la sainte Vierge à honorer.

Considérez, en effet, comme son culte y progresse avec la suite des âges. Vers l'an 821 l'évêque Inchad avait prié le roi, au nom de la sainte Vierge, de confirmer l'église de Paris dans la possession de tous ses droits, comme l'avaient fait Pépin le Bref et Charlemagne. A cette requête, Louis le Débonnaire répond que non-seulement il acquiesce à la demande, mais qu'il statue en outre (1) qu'aucun comte, aucun magistrat revêtu du pouvoir judiciaire ne pourra ni exercer ce pouvoir ni lever aucune contribution *sur la terre de Sainte-Marie qui se trouve dans l'île*, et il répète jusqu'à huit fois dans cette ordonnance l'expression si remarquable de *terre de Sainte-Marie*; tant sa piété trouve de bonheur à voir dans Marie non - seulement une mère qui accueille ses enfants dans son temple, mais une reine dont le sceptre vénéré couvre, protége et consacre la terre qui l'entoure.

En 867 l'église de Paris ayant été dépouillée d'une partie de ses biens, soit par les Normands, qui remontaient fréquemment la Seine et pillaient tout le pays, soit par les seigneurs, qui pour s'agrandir usurpaient souvent la propriété du faible, de telle sorte qu'elle ne pouvait plus suffire aux frais du culte, à l'entretien et à la subsistance de son clergé et de ses employés, l'évêque Énée (2) adressa à Charles le Chauve une demande tendant à obtenir la rentrée en possession de ce qu'on lui avait enlevé; et ce prince, mû par le même dévouement à Notre-Dame que ses prédécesseurs, rendit à Compiègne une ordonnance qui restitue « à l'église de la Mère de Dieu et bienheu- » reuse Vierge Marie, sur les réclamations d'Énée son » évêque, l'île de la Seine la plus voisine de la Cité et qui » lui était contiguë du côté de l'orient », c'est-à-dire évidemment ce qu'on appelle aujourd'hui l'île Saint-Louis. *Reddimus insulam eidem civitati in orientali plagâ contiguam*

(1) *Insuper eidem Inchado episcopo suisque successoribus concessimus... ne ullus comes neque ulla judiciaria potestas in terrâ Sanctæ Mariæ in ipsâ insulâ consistente ullum censum de terrâ Sanctæ Mariæ accipiat.* Baluze, appendice aux *Capitulaires*, t. II, col. 1498.

(2) Cet Énée, évêque de Paris, était un savant prélat qui a écrit contre le schisme de l'Église grecque, qu'il avait vu commencer : car il était contemporain de Photius.

atque viciniorem ecclesiæ sanctæ Dei Genitricis et semper Virginis Mariæ (1).

L'année suivante, en 868, le même évêque de Paris, Énée, trouvant les revenus de l'île Saint-Louis insuffisants pour faire face à toutes les dépenses, adressa une seconde requête au roi; et celui-ci lui répondit aussitôt par une ordonnance datée de Senlis, où il déclare restituer à l'église fondée en l'honneur de la Mère de Dieu, toujours Vierge, à l'église gouvernée par l'évêque Énée, un domaine situé en Poitou sur les bords de la rivière du Clain. *Quià honorabilis vir, Æneas Parisii episcopus, deprecatus est ut ecclesiæ sibi commissæ, in honore Dei Genitricis et semper Virginis Mariæ fundatæ, auxilium præberemus..... memoratæ sanctæ sedi Parisii præfatoque episcopo reddidimus, reddentesque restituimus* (2). On ne peut dire plus formellement que la cathédrale de Paris a été fondée en l'honneur de la sainte Vierge.

Aussi Marie, du fond du sanctuaire où elle était si vénérée, faisait rejaillir sur tous les alentours la puissance de sa protection; et dans toutes les angoisses de la vie, c'était à elle qu'on avait recours. Vers les derniers jours de l'année 885, trente mille Normands, sous la conduite de Sigefroy leur chef, assiégeaient Paris; et tous ceux qu'ils pouvaient faire prisonniers, ils les égorgaient sans pitié, puis les jetaient dans les fossés. Déjà le fossé qui défendait l'approche d'une des plus fortes tours était presque comblé, et bientôt ces terribles enfants du Nord, marchant sur les cadavres, allaient faire irruption dans la ville. Dans

---

(1) Cette ordonnance est intégralement citée par Baluze, Gérard Dubois et dom Bouquet. Elle se trouve aussi dans le petit Cartulaire de l'Église de Paris.

(2) Extrait du Cartulaire de Paris, et cité par Baluze, t. II, col. 492.

cette extrémité , Gauzelin, évêque de Paris , s'avance sur
les remparts et voit le chef de l'armée ennemie, immolant
comme de tendres agneaux à la boucherie ses chers dio-
césains, à mesure qu'ils tombent en son pouvoir. A ce
spectacle, il est saisi d'une vive émotion , ses yeux s'em-
plissent de larmes, et élevant les yeux et les mains vers
Marie, le secours des chrétiens : « Auguste Mère du Ré-
» dempteur et du salut du monde, s'écrie-t-il, étoile ra-
» dieuse de la mer qui effacez tous les astres par votre
» éclat, écoutez favorablement la prière du serviteur qui
» vous implore. »

> Alma Redemptoris Genitrix mundique salutis,
> Stella maris fulgens, cunctis præclarior astris,
> Cede tuas precibus clemens aures rogitantis(1).

Allusion remarquable à nos chants sacrés, *Alma Redemp-*
toris Mater et *Ave Maris stella*, d'où nous serions tentés de
conclure que déjà ces deux chants étaient connus dans
l'Église. A peine a-t-il achevé cette courte prière, qu'il saisit
une flèche, lance son trait au chef normand , et le trait
dirigé d'en haut, comme autrefois la pierre qui tua Goliath,
le renverse dans la poussière à côté des prisonniers qu'il
venait d'égorger. Le bruit de cette mort parcourt comme
l'éclair toute l'armée ennemie; ces fiers Normands, privés
de leur chef, sentent leur courage abattu, ils se déconcertent,
s'enfuient épouvantés; et Paris est sauvé. On conçoit mieux
qu'on ne peut dire l'allégresse de tous les habitants, délivrés d'un danger si grand. Mais leur allégresse fut digne
de leur foi, elle fut toute sainte. Se reconnaissant redevables de leur salut à la Mère de Dieu, ils promenèrent son
image en triomphe dans les rues, chantant de toutes parts
des cantiques en son honneur. Écoutons le poëte Abbon,

---

(1) Abbon, chant Ier, vers 343.

auteur contemporain et témoin oculaire des faits qu'il raconte, bien plus qu'il ne les chante dans ses lignes métriques. « On voit, dit-il (1), triompher dans les transports
» de la joie la ville consacrée à l'auguste Marie, dont le
» secours vient de nous sauver et de nous rendre la sécurité;
» offrons-lui, selon toute l'étendue de notre pouvoir, d'inef-
» fables actions de grâces. Que nos voix montent vers elle,
» éclatent en saints cantiques et fassent retentir l'air de
» ses louanges : car elle en est digne. Salut, gracieuse Mère
» du Seigneur, Reine des cieux, qui avez daigné sauver
» Lutèce des mains cruelles et du glaive menaçant des
» Danois. »

> Urbs in honore micat celsæ sacrata Mariæ,
> Auxilio cujus fruimur vitâ, modo tuti.
> Hinc indicibiles illi, si forte valemus,
> Reddamus grates, placitas reboemus et odas ;
> Vox excelsa tonet laudesque sonet, quia dignam.
> Pulchra parens salve Domini, Regina polorum,
> Quæ sævis manibus Danaum gladioque minaci
> Solvere Lutetiæ plebem dignata fuisti.

Remarquons ici comme la dévotion à Marie progresse avec la succession des âges. A la fin du neuvième siècle, ce n'est plus seulement la cathédrale qui est dédiée et fondée en l'honneur de Notre-Dame; ce n'est plus seulement le sol qu'elle possède dans l'île qui est appelé la terre de la sainte Vierge, c'est Paris tout entier qui est consacré à Marie; l'histoire l'atteste par la voix d'Abbon.

> Urbs in honore micat celsæ sacrata Mariæ.

Aussi voyons-nous dans les premières années du dixième siècle (en 907, 909 et 911), Charles le Simple, suivant le

---

(1) Abbon, chant Ier, vers 328.

courant du sentiment public, l'exemple des rois ses prédécesseurs et l'instinct de sa propre piété, faire *à l'église
Sainte-Marie* (c'est ainsi qu'il appelle la cathédrale) et à
son évêque Anschéric plusieurs concessions pieuses, pour
réparer les dégâts qu'y avaient faits les Normands (1); et
cette dévotion s'accrut encore vers le milieu du siècle suivant, à l'occasion du fléau dit le *mal des ardents*. Cette
contagion, qu'il ne faut pas confondre avec le mal de
même nature et de même nom dont Paris fut, en 1129,
miraculeusement délivré par l'intercession de sainte Geneviève, consistait dans des plaies brûlantes qui minaient et
consumaient les corps, jusqu'à ce que la mort en terminât
les tortures ; et ce fléau désolait non-seulement le Parisis,
mais tous les pays des environs. Quelques-uns, dit le
chroniqueur Flodoard (2), contemporain et témoin des faits
qu'il raconte, « quelques-uns échappaient à la maladie en
» se réfugiant dans certains oratoires consacrés aux
» saints ; mais, ajoute-t-il, le plus grand nombre trouva
» sa guérison dans l'église de Marie, la sainte Mère de
» Dieu, et tous ceux, sans exception, qui furent assez
» heureux pour pouvoir se réfugier à Notre-Dame de Paris
» furent guéris du fléau. Quelques-uns, ayant voulu re-
» tourner trop tôt chez eux, sentirent se rallumer dans
» leurs membres l'incendie qui s'était éteint, et ils ne
» purent être délivrés qu'en retournant se renfermer
» à Notre-Dame, où le duc de France, Hugues le Grand,
» père de Hugues Capet, avait la charité de les nourrir et
» de pourvoir à tous leurs besoins. »

La dynastie nouvelle que la Providence plaça sur le trône
à la fin du dixième siècle fut, comme celle qu'elle rem-
plaçait, toute dévouée à Marie. Helgand, historien du roi

---

(1) Dom Bouquet, t. IX, p. 505.
(2) Dom Bouquet, t. VIII, p. 1919.

Robert, nous apprend que la glorieuse maison de Hugues
Capet, cette maison si pleine de foi et de sève chrétienne,
faisait profession d'un culte spécial envers certains saints
qu'il énumère ; et en tête de cette liste figure la sainte
Vierge : *Erant huic generationi speciales amici, sancta videlicet Maria*, etc.... L'église Notre-Dame était l'objet de la
prédilection de ces princes, et la première dans leur estime entre toutes les églises du royaume. Son cloître était
l'école première où ils aimaient à placer les enfants de
France, comme sous l'œil et dans le sein de Marie, qu'ils
estimaient une mère meilleure que toutes les mères selon
la nature. Là, les héritiers du trône étaient formés aux vertus chrétiennes, initiés aux lettres humaines et aux connaissances qui convenaient à leur haute position ; et les charmes
de cette première éducation leur demeuraient dans l'âme
toute la vie comme un doux souvenir. C'est ce que nous
apprend Louis VII dans une ordonnance de l'année 1155.
Thibaud, évêque de Paris, et les chanoines du chapitre
lui avaient demandé pour les possessions de leur église
l'exemption de certaines redevances assez onéreuses.
« Volontiers, répondit-il, nous vous accordons ce que
» vous demandez, par égard pour l'église de Paris, dans
» le sein de laquelle, comme dans une sorte de giron ma-
» ternel, nous avons passé les moments de notre enfance
» et de notre première jeunesse, pour cette église spécia-
» lement chère à nos prédécesseurs, et la première entre
» toutes les églises du royaume. » *Ecclesiam Parisiensem
in cujus claustro quasi in quodam maternali gremio incipientis
vitæ et pueritiæ transegimus tempora, antecessoribus nostris
cariorem et inter regni ecclesias eminentem considerantes* (1).

La huitième année qui suivit cette charte royale vit

---

(1) Extrait du *Grand pastoral*, et inséré par Gérard Dubois dans
son *Histoire de l'Église de Paris*, t. II, p. 17.

une bien autre manifestation de dévotion à Marie, manifestation vraiment digne du douzième siècle, de ce siècle
qui fut comme l'époque de transition du monde ancien au
monde nouveau, le principe de tant de grandes idées dans
tous les genres, et l'aurore de la civilisation européenne.
Sous Charlemagne, des germes féconds avaient été jetés
dans les entrailles de la société; sous les rois suivants ils
y avaient fermenté; au douzième siècle ils commencèrent
à éclore au grand jour, à s'épanouir et à produire leurs
premiers fruits : alors fut conçu et mis à exécution, au
moins en partie, le plan grandiose de l'église Notre-Dame,
de cette insigne basilique qui depuis six siècles est un des
plus beaux monuments de la capitale. Pour exposer sous
toutes ses faces ce grand fait si intéressant à notre point de
vue, nous examinerons les quatre questions suivantes :
1° qu'était autrefois le terrain où fut bâtie l'église Notre-
Dame? 2° qui fut le fondateur de cette église? 3° qui en
posa la première pierre? 4° qui en continua la construction
jusqu'à son complet achèvement?

Première question : qu'était autrefois le terrain où fut
bâtie Notre-Dame? Cette question est pour nous du plus
grand intérêt : car s'il est démontré que la cathédrale actuelle a été bâtie sur l'emplacement de l'église primitive,
il nous sera bien doux de penser qu'en priant dans ce
sanctuaire nous prions dans la première église élevée par
les habitants de Paris en l'honneur de la Mère de Dieu,
que nous nous agenouillons sur le même sol où se sont
agenouillés les premiers chrétiens de l'antique Lutèce, là
même où a commencé dans cette ville le culte de Marie,
pour s'y continuer jusqu'à nos jours à travers les siècles
qui ont vu tout changer sans le voir jamais s'altérer. Or,
ce fait si consolant est démontré par l'inspection même du
terrain. Car dans les fouilles qui se sont faites sous le
chœur de la cathédrale en 1858, on a trouvé les fondations

de l'église antérieure qui occupaient l'espace compris sous l'intérieur du chœur et offraient la même orientation que la cathédrale actuelle. Or, ou cette église antérieure était l'église primitive, ou, si elle ne l'était pas, il y a tout lieu de présumer que celui qui l'a construite aura respecté le sanctuaire primitif en le remplaçant sans le déplacer ; il n'aura point voulu laisser à des usages profanes, en le désertant, un lieu consacré par la piété des premiers chrétiens et par les prodiges que Marie y avait opérés ; il aura tenu au contraire à lui conserver son caractère religieux en le couvrant d'un monument plus digne.

Ce fait établi en éclaircit d'autres qu'un nuage semblait couvrir aux regards de l'histoire, et qu'on n'expliquait que difficilement. Ainsi, en lisant dans les monuments de l'époque que le duc de Bretagne, Geoffroy Plantagenet, fils de Henri II, et Isabelle de Hainaut, première femme de Philippe-Auguste, furent inhumés dans la cathédrale, l'un en 1186, l'autre en 1190, c'est-à-dire à une époque où elle était loin d'être achevée, puisque, comme nous le verrons plus tard, elle ne fut commencée qu'en 1163, on se demandait comment on avait confié ces tombes royales soit à un édifice qu'on allait bientôt abandonner, soit à une basilique en construction. Mais, s'il est démontré que la nouvelle cathédrale fut bâtie sur le même emplacement et dans la même orientation que l'ancienne, qu'elle n'en différa que par le caractère de l'architecture et par les dimensions tellement supérieures, qu'elle put la circonscrire et la renfermer dans son enceinte, alors le mystère de ces sépultures s'explique : évidemment elles ont pu se faire soit dans le chœur de la nouvelle cathédrale s'il était achevé, soit, s'il ne l'était pas, dans l'ancien chœur qui devait plus tard faire partie du nouveau ; et, en effet, dans les fouilles de 1858, on y a trouvé les deux tombes royales dont nous parlons.

Ce fait nous explique également un autre mystère. Comment, disait-on, se fait-il que les historiens ou chroniqueurs contemporains ou peu postérieurs à l'achèvement de la cathédrale se taisent tous, si on en excepte Vincent de Beauvais, sur des événements aussi publics et aussi frappants que la construction de ce grand édifice, que le passage de l'ancienne église à la nouvelle, que la bénédiction et l'inauguration de celle-ci? Ni Rigord, ni Guillaume le Breton, ni Guillaume de Nangis, n'en disent le moindre mot : c'est une chose inexplicable. A cela nous répondons qu'à la vérité, si du vivant de ces auteurs on avait abandonné l'ancienne église et transporté le service divin dans une autre nouvellement bâtie, ce fait aurait dû frapper vivement l'attention publique et être mentionné par les historiens de l'époque; mais que, si la nouvelle cathédrale a été bâtie sur l'ancienne, comme nous l'avons établi, le silence de ces auteurs se conçoit; ils auront vu la nouvelle cathédrale succéder à l'ancienne par parties détachées, d'une manière en quelque sorte insensible; et accusant peut-être la lenteur des travaux dont ils n'appréciaient pas l'inévitable longueur, ils n'auront remarqué dans le progrès et l'achèvement de l'édifice aucun fait saillant digne de l'histoire. On se servait successivement des différentes parties de l'église à mesure qu'elles se bâtissaient, en se contentant de les bénir sans éclat ni solennité, et voilà pourquoi la dédicace solennelle de l'édifice n'a pas encore été faite.

Deuxième question : qui fut le fondateur de l'église Notre-Dame? Dieu ne choisit pour cette gigantesque entreprise ni un puissant monarque ni un grand seigneur : ce fut le fait d'un pauvre longtemps réduit à mendier pour vivre et faire ses études dans Paris, Maurice de Sully, qui n'a rien de commun que le nom soit avec la célèbre famille de Béthune d'où naquit le grand Sully, ministre de

Henri IV, soit avec Eudes de Sully, successeur de Maurice dans le siége de Paris, lequel était allié d'assez près
aux deux maisons royales de France et d'Angleterre.
Maurice était né dans une petite ville du nom de Sully,
située, selon quelques auteurs, dans la Sologne ou le
Berry, et bien différente de Sully-sur-Loire, dans l'Orléanais, qui était le fief de la famille d'Eudes de Sully. Ses
parents étaient des plus pauvres et des plus obscurs.
Étant venu à Paris faire ses études, il acquit par son travail
assidu tant de savoir et d'éloquence, qu'on lui confia une
chaire de haut enseignement. Il s'acquitta si bien de cet
emploi que de la chaire de docteur il mérita d'être appelé
à la chaire de pontife, et ainsi de la pauvreté la plus profonde il fut élevé à la sublime dignité de l'épiscopat (1) :

> Doctor et antistes cathedrâ condignus utrâque,
>   A primâ meruit continuare duas (2).

Fidèle au principe qui avait motivé son élévation, Maurice honora son ministère en ne conférant les bénéfices et
les dignités ecclésiastiques qu'à ceux qui en étaient le
plus dignes, appréciant toujours dans ses choix le mérite,
la science et les mœurs, jamais la naissance ou les solici-
tations (3) : preuve qu'au moyen âge, comme à son berceau,
l'Église ne faisait point acception de personne, que le
mérite individuel, les vertus et les talents étaient à ses

---

(1) *Ob industriam litterarum eximiam, et disertitudinem linguæ
præcipuam, de infimo magnæ paupertatis gradu ad pontificalis de-
mum erectus est apicem dignitatis.* (Chronique de Robert, moine de
Saint-Marien d'Auxerre. — Recueil des historiens français, par
dom Bouquet, t. XIII, p. 298.)

(2) Épitaphe de Maurice de Sully, par un de ses contemporains.

(3) *Inter bona quibus emicuit,* dit Pierre de Blois, *id præcipuum
habuit ut in beneficiis conferendis non ad genus precesve, sed ad
mores scientiamque respiceret.* (Gérard Dubois, t. II, p. 312.)

yeux sinon toujours l'unique, du moins le principal titre
d'admissibilité aux emplois, et qu'en pleine féodalité elle
proclamait et pratiquait des maximes dont on a voulu plus
tard faire honneur aux seuls progrès de la raison. Nous
savons bien qu'à ces faits on peut en opposer d'autres qui
les contredisent; mais ces derniers sont exceptionnels; la
statistique prouverait au besoin qu'à toutes les époques,
en commençant par la nôtre, l'Église est de toutes les hié-
rarchies sociales, sans en excepter l'armée, celle où le
mérite et les services sont le mieux appréciés; celle où un
avancement en quelque sorte inévitable poursuit ceux
qui le fuient et voudraient s'y dérober. L'Espagne elle-
même, cette nation si fière de son aristocratie, en est un
magnifique exemple : de tout temps elle éleva aux évêchés
et aux dignités des chapitres des religieux de mérite, mais
le plus souvent de naissance obscure, tels que l'immortel
cardinal Ximenès; et ses grands seigneurs, quoique ecclésiastiques, demeuraient ordinairement dans des postes
inférieurs, à moins que leur mérite ne les rendît dignes
de monter plus haut.

A cette parfaite impartialité dans la collation des bénéfices, Maurice joignait toutes les autres vertus qui font les
grands évêques, une foi intègre, un zèle ardent pour la
prédication, un amour des pauvres qui se traduisait en
d'abondantes aumônes (1), une administration intelligente
des revenus de l'évêché, qui lui permit de les accroître (2),

---

(1) Sana fides, doctrina frequens, eleemosyna jugis,
      Clamant Parisios non habuisse parem.
     Horrea pauperibus, scrinia semper aperta
      Exposuit miseris semper aperta manus.
      (Épitaphe de Maurice; lettre CCLXᵉ d'Étienne de Tournay.)

(2) *Reditus episcopales multipliciter amplificavit.* Nécrologe de
l'Église de Paris.

de fonder quatre abbayes ou monastères (1), de faire construire en pierre un pont sur la Seine et l'autre sur la
Marne (2), de bâtir un palais épiscopal (3), d'ouvrir en
face de la basilique une grande place, après avoir acheté à
haut prix les habitations qui couvraient le terrain (4), enfin
de mériter d'être cité par tous les écrivains de son époque
comme l'un des meilleurs et des plus grands évêques
qu'eût encore possédés la capitale, comme l'un des ornements de l'épiscopat français, comme un vase utile et un
olivier riche de fruits dans la maison du Seigneur (5).

Quelque belles et éclatantes que fussent toutes ces œuvres, Maurice eut la gloire d'en fonder une plus magnifique encore et plus durable, je veux dire la cathédrale
de Notre-Dame. Chose étonnante, on compte jusqu'à cinq
ou six contemporains qui s'accordent à lui en faire hommage, et des auteurs postérieurs se sont avisés de lui con-
tester cette gloire! — Robert, religieux du monastère de
Saint-Marien d'Auxerre, après avoir signalé dans sa chronique, à l'an 1175, l'éclat que jetait Maurice, nous dit :
« Parmi les autres travaux qui illustrèrent son pontificat,
il jeta les premiers fondements de l'église à la tête de la-

---

(1) *Quatuor abbatias novellas sub Ecclesiâ Parisiensi plantavit.*
Nécrologe de l'Église de Paris.

(2) *Duos pontes lapideos, alterum super Sequanam, alterum super
Matronam, instituit.* Ibid.

(3) *Domos episcopales novas ædificavit.* Ibid.

(4) *Novum vicum de suo proprio factum temporali antè portas
ecclesiæ aperuit.* Ibid. — *Plateam antè ipsam ecclesiam inter utrum-
que pontem dilatavit, redempto magno pretio à civibus loco multis
mansionibus occupato.* Chronique d'Anchin.

(5) *Mauritius Parisiacæ civitatis episcopus vas utile et oliva fruc-
tifera in domo Dei floret inter coepiscopos suos in Galliâ.* Chronique
de l'abbaye d'Anchin, en Artois, sur l'an 1182. — Recueil des historiens français, continuation de dom Bouquet, t. XVIII, p. 536.

quelle il était placé (1). » Robert de Thorigny, appelé par
plusieurs auteurs Robert du Mont, parce qu'il était abbé
du monastère du Mont-Saint-Michel, près Avranches, est
encore plus précis et plus explicite. Dans la chronique qui
continue celle de Sigebert de Gembloux, il dit, à l'année
1177 : « Il y a déjà longtemps que Maurice, évêque de
» Paris, travaille activement à l'église de cette ville et en
» avance la construction. Le chevet est déjà terminé, à
» l'exception de la plus grande toiture. Si cet ouvrage
» s'achève, il n'y en aura point en deçà des monts qu'on
» puisse lui comparer (2). » Une autre chronique rédigée
au monastère d'Anchin, dans l'Artois, après avoir fait de
l'évêque un brillant éloge dont nous avons cité les premières paroles, ajoute, à l'an 1182 : « A ses frais plus
» qu'à ceux d'autrui, et par un travail des plus magnifiques
» et des plus coûteux, il a rebâti l'église de la bienheu-
» reuse Vierge Marie mère de Dieu, à laquelle le siège
» épiscopal est attaché (3). »

Césaire d'Heisterbach, moine de Cîteaux, autre auteur contemporain, après avoir montré Maurice prêchant
la générosité d'exemples aussi bien que de paroles, nous
le montre tout préoccupé de son entreprise, convoquant
à la bonne œuvre toutes les personnes qu'il rencontre :
« Un opulent usurier lui demande ce qu'il doit faire pour

---

(1) *Hic inter præclara opera sua, ecclesiam cui præerat à funda-
mentis extruxit.* Recueil des historiens français, par dom Bouquet,
t. XII, p. 298.

(2) *Mauritius, episcopus Parisiensis, jam diù est quod laborat et
proficit in ædificationem ecclesiæ prædictæ civitatis, cujus caput jam
perfectum est, excepto majori tectorio : quod opus si perfectum fuerit,
non erit opus citrà montes cui apertè debeat comparari.*

(3) *Ecclesiam beatissimæ Virginis Dei Genitricis Mariæ in quâ
ipse residet episcopus, propriis magis sumptibus quàm alienis, de-
centissimo et sumptuoso opere renovavit.*

» obtenir le pardon de ses fautes. Aidez-moi à bâtir mon
» église (1), lui répond-il, et Dieu vous pardonnera. Celui-ci
» frémit à la pensée du sacrifice; il va consulter le chantre
» du chapitre de Paris, nommé Pierre. — L'évêque a
» raison, répondit le théologien exact, donnez à Dieu et
» aux pauvres, mais auparavant commencez par restituer
» tout ce que vous devez à ceux à qui vous avez fait
» tort. »

Un témoignage encore plus frappant que tous ceux que
nous venons de citer, c'est l'épitaphe même de Maurice,
composée par un des hommes les plus distingués de ce
siècle, l'abbé de Sainte-Geneviève de Paris, qui devint
plus tard évêque de Tournay. A la prière des religieux
de l'abbaye de Saint-Victor, dans l'église desquels Maurice fut inhumé, l'abbé de Sainte-Geneviève composa une
épitaphe en six distiques, qui se lisent dans la lettre CCLX[e]
de sa correspondance imprimée; et le quatrième distique
dit positivement : « La maison qu'il a bâtie et le temple
» qu'il a fait élever attestent sa magnificence, comme
» l'étranger et le pauvre qu'il a secourus révèlent sa
» munificence. »

> Magnificum structura domûs et fabrica templi,
> Munificum perhibent advena, pauper, inops.

Et comme ce temple est consacré à Marie, le poëte
termine ses distiques par cette invocation à la Vierge : « O
» Marie, sauvez un pontife d'un si grand mérite, qui fut
» pour vous un serviteur si dévoué. »

> Pontificem tanti meriti servumque fidelem
> Serva Mauritium, Virgo Maria, tuum.

----

(1) *Cùm in ædificatione ecclesiæ beatæ Mariæ Virginis nimis fer-*
veret, consuluit ei pecunias suas ad structuram inchoati operis con-
tradere.

Le tombeau pour lequel était faite cette épitaphe s'étant dégradé dans la suite des temps, les religieux de Saint-Victor, en le faisant relever dans le chœur de leur église, substituèrent à l'ancienne épitaphe une inscription plus courte et en prose, mais qui reproduit nettement l'assertion relative au titre de fondateur de Notre-Dame :

HIC JACET REVERENDUS PATER
MAURITIUS PARISIENSIS EPISCOPUS,
QUI PRIMUS BASILICAM BEATÆ MARIÆ VIRGINIS INCHOAVIT.

A tous ces témoignages si clairs, si positifs, qu'oppose-t-on? Premièrement, dit-on, le nécrologe de l'Église de Paris, qui, énumère toutes les autres belles actions de Maurice, ne dit pas un mot de la fondation de la cathédrale. A cela nous répondons 1º que peut-être crut-on devoir ne lui attribuer officiellement que les œuvres qu'il avait consommées, et non celles qu'il avait commencées; que les œuvres qu'il avait faites par lui seul, et non une œuvre comme la cathédrale, à laquelle tant de personnes avaient concouru. Nous répondons 2º que peut-être on estimait plus glorieux à la religion de laisser dans la postérité à ces immenses constructions leur caractère d'œuvre collective de plusieurs générations, et en conséquence d'y rattacher le moins possible de noms propres. Voilà sans doute pourquoi il est bien des cathédrales auxquelles on ne saurait rattacher aucun nom : ce sont comme de gigantesques végétations de pierre qui semblent avoir surgi du sol ou plutôt de la foi et de la piété des peuples. Nous répondons 3º que si le nécrologe de Paris ne parle pas de Maurice comme fondateur, il ne parle pas davantage des autres évêques ses successeurs qui ont continué et achevé l'édifice, qu'ainsi on ne peut rien conclure de son silence.

On objecte, en second lieu, que les historiens du règne de Philippe-Auguste, sous lequel Maurice termina sa longue carrière, ainsi que les écrivains des temps postérieurs, gardent le silence sur ce point. A cela nous répondons que le silence des auteurs postérieurs ne peut infirmer le témoignage si précis des contemporains; que Vincent de Beauvais, dans son *Speculum historiale*, copie sur Maurice le témoignage du moine d'Auxerre et par conséquent représente Maurice comme le fondateur de Notre-Dame, et que le silence des autres s'explique par le passage lent et peu sensible de l'ancienne cathédrale à la nouvelle, comme nous l'avons dit en traitant la première question.

On objecte encore que la cathédrale a dû être achevée entre la bataille de Bouvines et la mort de Philippe-Auguste, c'est-à-dire de 1214 à 1223, par conséquent de vingt à trente ans après la mort de Maurice; et on appuie cette conjecture sur ce que la statue de Philippe-Auguste, tenant dans sa main le globe impérial en témoignage de sa victoire sur l'empereur Othon de Brunswick, venait clore sur le frontispice du grand portail de Notre-Dame la série des vingt-huit rois qui y étaient autrefois représentés et que l'on s'occupe d'y replacer aujourd'hui. Or, ajoute-t-on, pour que la cathédrale ait pu être achevée de 1214 à 1223, il faut qu'on en ait commencé la construction non au douzième siècle, sous le pontificat de Maurice, mais vers la fin du dixième, sous Hugues Capet ou son fils Robert.

A cette difficulté plus spécieuse que solide, nous répondons que l'objection s'appuie sur un faux supposé : car elle suppose que la décoration du frontispice fut la clôture de tous les travaux et compléta l'achèvement de la basilique. Or, loin qu'il en soit ainsi, le portail qui s'ouvrait du côté du midi sur le transept n'était pas même commencé dans les premières années de la seconde moitié du treizième siècle. C'est ce que nous révèle une inscription en deux vers

latins qui se lisait autrefois au-dessus de ce portail, attestant que « cet ouvrage avait été commencé au mois de
» février 1257, en l'honneur de la Mère de Notre-Seigneur
» Jésus-Christ, par maître Jean de Chelles, tailleur de
» pierres. »

ANNO DOMINI 1257

MENSE FEBRUARIO IDUS II

HOC FUIT INCŒPTUM CHRISTI GENITRICIS HONORE,

KALENSI LATOMO VIVENTE JOANNE MAGISTRO.

L'objection est donc dénuée de fondement, et il demeure constaté que Maurice est le fondateur de l'église Notre-Dame. Nous passons maintenant à la troisième question.

Troisième question : Qui posa la première pierre de la cathédrale ?

Dans le *Mémorial historique,* ouvrage attribué à Jean de Saint-Victor, qui vivait au commencement du quatorzième siècle, on lit ces paroles remarquables, citées par Gérard Dubois et par Dubreuil : *Mauritius, Parisiensis episcopus, prima novæ cathedralis ecclesiæ jecit fundamenta, cujus primum lapidem posuit summus Pontifex Alexander III, dùm esset in Franciâ.* C'est-à-dire : Maurice, évêque de Paris, jeta les premiers fondements de la nouvelle cathédrale ; et le Pape Alexandre III en posa la première pierre, pendant son séjour en France. — Et ce témoignage est en parfaite harmonie avec l'histoire : car il est certain qu'en 1163 le Pape Alexandre III était en France. Les démêlés avec l'empereur Frédéric Barberousse l'avaient contraint à s'éloigner pour un temps de l'Italie, qui, alors mieux inspirée que de nos jours, considérant comme éminemment national le successeur de saint Pierre, l'avait placé à la tête de la ligue des cités lombardes et appelait de son nom une de ses villes, Alexandrie en Piémont. Il vint à Paris vers la fin du carême, y célébra les fêtes de Pâques, et posa la première pierre de la nouvelle cathédrale. Ainsi ce grand édifice commença vers Pâques de l'an 1163, précisément la troisième année de l'épiscopat de Maurice : ce qui explique comment en 1177, c'est-à-dire quatorze ans plus tard, on pouvait dire, ainsi que nous l'avons vu, que Maurice y travaillait *déjà depuis longtemps*, que *le chevet était achevé*, et que *l'on pouvait entrevoir combien l'œuvre terminée aurait de grandeur et de beauté.*

Quatrième question : Qui continua la construction de Notre-Dame jusqu'à son complet achèvement?

Maurice, malgré son long pontificat, qui commença en 1160 et finit en 1196, ne put achever l'œuvre qu'il avait commencée. Il ne put faire que les grosses colonnes de l'intérieur, les galeries supérieures du chœur et les grandes parties de murs élevés sur les galeries. Aux premières années du treizième siècle, on fit la magnifique façade occidentale, les éperons et les galeries de la nef, ainsi que l'arrangement des grandes fenêtres. En 1257, sous saint Louis, maître Jean de Chelles éleva ou refit le portail méridional du transept, modifia tout le système d'architecture et substitua les roses aux fenêtres. En 1270 on fit les chapelles entre les contre-forts; en 1312 on bâtit le portail méridional avec l'argent provenant de la vente des biens des Templiers, qui venaient d'être supprimés.

Ainsi deux siècles travaillèrent sans relâche, avec tout leur art, toute leur science et au prix de tous les sacrifices, à élever cette reine des cathédrales, longue de 130 mètres, large de 46 en mesurant d'une porte à l'autre de la nef transversale, haute de 34 mètres 66 centimètres, comptant cent vingt grosses colonnes en style roman qui soutiennent sa voûte, puis au-dessus des bas-côtés une suite de galeries divisées par cent huit colonnes, chacune d'une seule pièce, et enfin cent treize vitraux de verroterie blanche entourée d'un liséré jaune et blanc, sans compter la grande rose de là façade principale et les deux magnifiques roses des faces latérales.

Tous les évêques qui s'assirent après Maurice sur le siége épiscopal de Paris mirent tout leur zèle et leurs revenus à cette grande œuvre; tous les rois qui se succédèrent sur le trône de France, depuis le moment où ce grand travail fut commencé jusqu'à celui où il fut complétement terminé, y contribuèrent généreusement. Toutefois, ni les revenus de l'évêché de Paris ni les dons des rois ne suffirent à la dépense. Le peuple y contribua de ses deniers et de ses bras : du milieu du douzième siècle jusqu'à la fin du treizième, ce fut de sa part un dévouement empressé; et pour mener à bonne fin cette immense et majestueuse entreprise ni les fatigues ni les sueurs ne semblèrent lui coûter. Aussi de tous les monuments de la capitale, Notre-Dame, qui est de beaucoup le plus ancien, est en même temps le plus national, puisque toute la nation y a concouru; le plus populaire, puisque nul n'y a contribué pour une part plus forte que le peuple; et du haut de ses tours au sommet desquelles il aime à monter, l'homme du peuple pourrait se dire avec fierté en regardant cette grande basilique, s'il en connaissait l'histoire : C'est là notre ouvrage; nous y avons contribué plus qu'aucun roi, qu'aucun grand du monde; et les deux seuls noms dignes d'être gravés sur ces murs, les deux seuls que l'histoire ait conservés, sont ceux de deux d'entre nous, celui de Maurice, ce pauvre étudiant qui devint évêque, et celui du tailleur de pierres maître Jean de Chelles.

Cette cathédrale si belle avait encore l'avantage d'avoir à sa gauche le palais épiscopal, et à sa droite le cloître. Le palais épiscopal, bâti aussi par Maurice de Sully, reconstruit en 1697 par le cardinal de Noailles, embelli en 1750 par M. de Beaumont, devint en 89 le siége de l'Assemblée constituante, en 94 l'annexe de l'Hôtel-Dieu. Rendu à sa destination en 1803, il fut démoli en 1831 par la populace insurgée, et le lieu où il était n'est plus aujourd'hui qu'une promenade plantée d'arbres.

Le cloître comprenait l'espace, aujourd'hui couvert de quais et de rues, qui se trouve au nord entre la cathédrale et la Seine, et de l'est à l'ouest depuis la rue de la Colombe jusqu'au parvis. Il renfermait la chapelle Saint-Aignan avec deux églises qui ont servi successivement de baptistère à la métropole, savoir : Saint-Jean le Rond, qui était appuyée au chevet de la cathédrale et fut démolie en 1748, et Saint-Denis du Pas, qui était au côté droit et fut démolie en 1813. Mais ce qu'il y avait de plus intéressant dans ce cloître, c'était la célèbre école qui s'y tenait sous la direction du chapitre au moyen âge, qui éleva plus d'une fois les enfants de nos rois, et donna à l'Église six Papes, vingt-neuf cardinaux, une multitude d'évêques, et une foule d'hommes illustres par leur science profonde, leurs connaissances littéraires et leur sainteté.

Ce n'était pas là la seule gloire comme le seul privilége du chapitre ; il avait encore sous sa dépendance les églises collégiales de Saint-Merry, du Saint-Sépulcre, de Saint-Benoît et de Saint-Étienne des Grès, qu'on appelait pour cette raison les *quatre filles* de Notre-Dame, et qui en conséquence étaient exemptes de la juridiction épiscopale.

L'église Notre-Dame, entourée de tant de gloire et d'honneur, attira bien plus encore qu'autrefois la dévotion des peuples et des rois. C'était là que dans les calamités publiques, le clergé et les fidèles venaient en pèlerinage conjurer la colère du Ciel par celle qui est la Mère de miséricorde ; et quand ces premières prières n'étaient pas exaucées, on allait prendre les corps des saints dans les églises où ils reposaient ; on les portait en procession à Notre-Dame, comme pour réunir ensemble le ciel et la terre aux pieds de Marie, et la solliciter plus efficacement, par la

jonction des prières des saints avec celles des fidèles, de s'interposer au-devant des coups de la justice divine. C'était là le lieu ordinaire de station où les fidèles venaient prier pour gagner l'indulgence des jubilés qu'accordait le saint-siége. C'était là comme le rendez-vous commun de tous ceux qui avaient quelque grâce insigne à demander à Marie. « Tous ceux, dit un auteur en 1643 (1), qui se por-
» teront à Notre-Dame seront témoins du grand concours
» qu'on y voit tous les jours, à l'occasion des miracles qui
» s'y font ordinairement, et dont le cours interrompu du-
» rant quelques années a été renouvelé depuis peu. »
C'était là enfin que les plus saints personnages de la capi-
tale, surtout au dix-septième siècle, venaient fréquemment rendre leurs hommages à Marie, la visitant au départ et au retour quand ils faisaient quelque voyage, lui recommandant leurs entreprises avant de les commencer et la remer-
ciant après le succès. Ainsi faisait, entre autres, M. Olier, le pieux fondateur de Saint-Sulpice. Notre-Dame lui était si chère, qu'il voulut contribuer à sa décoration, non-seu-
lement par une somme considérable, mais par le don de ce qu'il avait de plus précieux. Notre-Dame était son refuge contre les persécutions de madame Olier, qui s'irritait de de ne pouvoir le déterminer à se produire dans le monde et à briguer les honneurs du sanctuaire : alors il venait à Notre-Dame se jeter aux pieds de Marie. « Je vous prends
» pour ma mère, lui disait-il, puisque ma mère me rebute.
» Sainte Vierge, servez-moi de mère, s'il vous plaît (2). »
Et lorsque, dans les infirmités qui lui survinrent, on lui conseilla quelques promenades, il n'eut de plaisir qu'à aller visiter Notre-Dame; ce plaisir était si doux à son cœur,

---

(1) Le P. Poiré, dans l'ouvrage qui a pour titre : *la Triple Couronne de la sainte Vierge*, t. I, p. 428.

(2) *Vie de M. Olier*, par M. Faillon, t. I, p. 45.

que dans une attaque d'apoplexie il fit vœu d'y aller jusqu'à huit fois (1).

Ces sentiments religieux pour l'église Notre-Dame étaient
partagés par les corporations entières qui dans ces siècles
de foi existaient sous le nom de confréries. Nous en trouvons un trait remarquable dans la confrérie des orfévres.
Cette confrérie, depuis l'an 1449, donnait chaque année
à Notre-Dame ce qu'on appelait alors un mai, c'est-à-dire
un gros et énorme bouquet qu'on offrait le premier jour
du mois de mai : pratique qui nous prouve que, dès cette
époque, le mois de mai était regardé comme spécialement
consacré à la sainte Vierge, par conséquent que la dévotion
connue aujourd'hui sous le titre du mois de Marie n'est
nouvelle que dans sa forme. Le fond en était dès lors dans
les esprits et les cœurs. Voici comment se faisait cet acte
religieux.

Chaque année, la corporation des orfévres élisait le
prince du mai, et celui-ci avait la charge d'en faire tous
les préparatifs et d'en avancer tous les frais, que les confrères se partageaient ensuite entre eux. A minuit du premier jour du mois, on déposait le mai devant le grand
portail de Notre-Dame sur un pilier en forme de tabernacle à diverses faces, sur chacune desquelles étaient pratiquées de petites niches contenant diverses figures de personnages de l'Ancien et du Nouveau Testament, faites en
tissu de soie, d'or ou d'argent, avec des inscriptions au bas,
indiquant en vers français le sujet représenté et son rapport
avec la sainte Vierge ; car l'on sait que la Mère de Dieu fut
figurée par les femmes illustres de Juda comme Jésus-
Christ par les grands hommes de l'ancienne loi. Le mai
restait là jusqu'après les vêpres, et alors on le portait dans
l'église devant une statue de la sainte Vierge qui était à

_____

(1) *Vie de M. Olier*, t. II, p. 534.

l'entrée du chœur, et on l'y laissait jusqu'au mai de l'année
suivante. Ce temps arrivé, on le portait dans la chapelle
Sainte-Anne, où il restait encore un an entier.

Cet usage se conserva jusqu'aux premières années du
dix-septième siècle, et alors il fit place à un autre témoignage de dévotion envers la sainte Vierge. Depuis cette
époque, chaque année au mois de mai, les orfèvres faisaient don à la cathédrale d'un grand et magnifique tableau. Ils en mettaient l'exécution au concours; les pein-
tres se disputaient la gloire de l'emporter, soit à raison
de l'honneur qui revenait à celui qui obtenait la palme,
soit à raison de la générosité avec laquelle les orfèvres ré-
compensaient le talent; et c'est à ce pieux usage que la
cathédrale de Paris doit tous les tableaux qui couvrent le
contour du chœur.

Les rois ne le cédaient point aux particuliers dans la
dévotion à Notre-Dame. C'est dans les spacieuses enceintes
de cette grande basilique qu'ont eu lieu dans tous les
siècles les baptêmes, les mariages et les funérailles des
souverains. C'est là qu'au retour de leurs exploits guerriers
nos rois sont toujours venus remercier Dieu et Marie du
succès de leurs armes, et se sont plu en cent autres circonstances à lui offrir un des plus grands hommages qui
puissent lui être faits sur cette terre, l'hommage *du plus
beau royaume après celui du ciel.* Louis VII, ainsi que nous
l'avons vu, en aimait le cloître comme le giron maternel
où avait été élevée son enfance; et son amour pour Notre-
Dame devint bien plus tendre encore soit quand, dans un
âge avancé, il eut obtenu par l'intercession de Marie ce
fils si longtemps désiré qu'il surnomma *Dieudonné*, soit
quand par son secours il le vit sauvé d'une maladie dan-
gereuse qui avait failli l'enlever à sa tendresse. Ce fils de
Louis VII, Philippe-Auguste, ne dégénéra point de la dévotion de son père pour Notre-Dame. Au retour de la

3.

guerre qu'il avait terminée par la mémorable journée de Bouvines, on le vit, après son entrée triomphale à Paris, aller à la cathédrale se prosterner devant la Mère de Dieu, lui faire hommage du succès de ses armes, et attester sa reconnaissance, tant par les riches présents qu'il fit à la basilique, que par cette église de Notre-Dame de la Victoire qu'il éleva près de Senlis. Louis VIII, la reine Blanche son épouse, le saint roi Louis IX, Philippe III son fils, tous montrèrent le même dévouement pour Notre-Dame. Le premier des Valois, Philippe VI, digne successeur de ses pieux ancêtres, vint de même à Notre-Dame faire hommage à Marie de la victoire remportée à Cassel; et pour perpétuer en quelque sorte cet hommage, il fit placer à la droite de l'autel une statue équestre qui le représentait tout armé, tel qu'il était sur le champ de bataille.

Le roi Jean, délivré d'une longue captivité, alla porter à Notre-Dame le tribut de sa reconnaissance avant de rentrer dans son palais. Henri IV lui-même, comme saint Louis, vint plusieurs fois prier dans la cathédrale de Paris.

Louis XIII fit mieux encore; dans le bel acte tout à la fois religieux et national par lequel il consacra la France à la sainte Vierge, et que nous raconterons en son lieu, il donna à la métropole de Paris un témoignage tout particulier de sa piété.

« Pour monument, y dit-il, et pour marque immortelle » de la consécration que nous faisons de notre personne » et de notre royaume à Marie, nous ferons construire de » nouveau le grand autel de l'église cathédrale de Paris, » avec une image de la Vierge qui tiendra entre ses bras » celle de son précieux Fils, et où nous serons représenté » nous-même aux pieds du Fils et de la Mère, leur offrant » notre couronne et notre sceptre. »

Louis XIV ne montra pas moins de dévouement pour Notre-Dame. Non-seulement il satisfit à la promesse que

les circonstances avaient empêché Louis XIII d'accomplir ;
le grand autel de la cathédrale, commencé par ses ordres
en 1699, fut achevé en 1714 ; mais encore il y ajouta un
hommage spécial de sa dévotion personnelle à Notre-Dame.
Pendant la captivité du roi Jean, la ville de Paris, inspirée
par cet amour de ses souverains qui était tout à la fois et
une preuve de son bon sens et un gage d'ordre et
de sécurité, avait fait vœu, pour obtenir la délivrance du
monarque, d'offrir tous les ans une bougie de la longueur
du tour de la ville ; et l'agrandissement successif de
Paris rendant ce vœu d'une exécution de plus en plus
difficile, on l'avait commué dans le vœu d'offrir, une fois
pour toutes, à la sainte Vierge une magnifique lampe d'argent en forme de navire. Louis XIV, dans une visite à
Notre-Dame, ayant remarqué cette belle lampe qui brûlait
devant l'autel de la sainte Vierge, eut la religieuse pensée
d'en donner six autres en argent et d'un travail digne du
trône. La chose se fit ainsi en effet, et par là l'autel de la
sainte Vierge eut la gloire de resplendir du plus beau lam-
padaire qu'il y eût peut-être dans le monde (1).

C'est ainsi que toujours les rois et les peuples s'unirent
dans un même sentiment de vénération et d'amour pour la
cathédrale de Paris ; et ce noble sentiment, transmis d'âge
en âge dans les souverains avec la valeur et les droits du
trône, comme dans les sujets avec le patriotisme et l'a-
mour de leurs rois, valut à Notre-Dame toutes ces belles
peintures et sculptures, tous ces vases antiques et précieux,
ces ornements de tout genre et ces reliques insignes dont
elle fut et demeura enrichie jusqu'aux dévastations de 1792.

Quoique la Cité occupe un territoire si restreint, l'église
Notre-Dame n'y était pas le seul monument où se manifestât
la dévotion du peuple à Marie : on y voyait l'église Saint-

_____

(1) *Tableau de Paris*, par Saint-Victor, t. I, p. 316.

Denis de la Chartre, *ecclesia Sancti-Dionysii de Carcere* (1),
où la sainte Vierge était honorée sous le nom de Notre-
Dame des Voûtes, à cause des voûtes souterraines pratiquées sous le pavé de l'édifice et où se réunissait une confrérie de drapiers-chaussetiers (2); l'église Sainte-Croix,
qui avait une confrérie des cinq Plaies de Notre-Dame, et
qui fut démolie en 1797. On y voyait encore *Notre-Dame de
l'Étoile*, là où est aujourd'hui la Sainte-Chapelle; et saint
Louis, en y faisant construire une des plus curieuses merveilles de l'architecture gothique pour y recevoir les saintes
reliques récemment apportées de l'Orient, n'eut garde de
déposséder la Mère de Dieu. La partie basse de la Sainte-
Chapelle lui demeura dédiée, et il en fit faire sous son vocable la dédicace solennelle en 1248. Vers l'autre extrémité
de la cathédrale, là où est aujourd'hui Saint-Louis en l'Ile,
était une chapelle de la Vierge, sous le vocable de *Notre-
Dame de l'Ile*, et ce fut sur ses ruines qu'on bâtit l'église
plus vaste aujourd'hui dédiée à saint Louis.

Enfin, l'église de la Madeleine, située dans le passage
qui porte son nom, rue de la Juiverie, offrait la plus éclatante manifestation de la dévotion du peuple parisien
envers la Mère de Dieu. Là florissaient, sous les auspices
de Marie, les confréries des marchands drapiers, des porteurs d'eau, des bateliers, des marchands de poisson;
mais là surtout brillait du plus vif éclat *la grande confrérie
de Notre-Dame aux seigneurs, prêtres et bourgeois de Paris*.
Dans le principe, cette confrérie ne se composait que
d'hommes; encore fallait-il qu'ils fussent de la haute classe
de la société, et le nombre même en était limité à soixante-

---

(1) Les uns tirent ce nom du voisinage de la prison publique, les
autres d'une tradition sans fondement selon laquelle saint Denis aurait été emprisonné dans ce lieu.

(2) *Tableau de Paris*, par Saint-Victor, t. I, p. 273.

douze, en l'honneur des soixante-douze disciples de Notre-Seigneur. Trente-six devaient être prêtres et trente-six laïques ; mais dans la suite le nombre fut porté à cent, dont cinquante devaient être prêtres et cinquante laïques ; et en 1224 la reine y ayant été admise sur sa demande, puis quelques autres dames, qu'on ne pouvait refuser sans inconvénient, ayant sollicité la faveur d'y être reçues, on se décida à admettre aussi cinquante femmes.

La confrérie était administrée par un abbé, un prévôt et un doyen, un greffier, un receveur et un clerc. Nul n'y était admis que par voie d'élection ; et les électeurs, au nombre de quatre, étaient nommés dans l'ordre suivant : un frère laïque par l'abbé et un autre par la communauté des prêtres, un frère prêtre par le prévôt et un autre par la communauté des laïques.

On choisissait les prêtres parmi les hauts dignitaires des églises, surtout parmi les chanoines et les curés de la ville, et ils devaient tous être bénéficiers rentés résidant à Paris. Les laïques étaient des ducs ou comtes, des magistrats du parlement ou de la cour des comptes, ou des gens du conseil du roi, des bourgeois honnêtes, bien famés, vaillants, puissants et bien rentés. Les cinquante sœurs devaient être aussi de bonne famille et dans l'aisance, et l'on choisissait de préférence les femmes des confrères. Philippe-Auguste, saint Louis, Philippe le Bel, Charles V, Philippe son frère, duc de Bourgogne, beaucoup d'autres princes, princesses et personnages illustres tinrent à honneur de faire partie de cette pieuse association. Cependant, si l'on exigeait que tous les membres fussent rentés, ce n'était point par une prétention orgueilleuse et par un amour de caste, mais par un esprit de charité intelligente, pour qu'ils pussent aider la confrérie dans les aumônes qu'elle répandait chaque jour sur la classe malheureuse, comme dans les frais du service divin.

Tous les confrères devaient assister dévotement aux offices des fêtes de la sainte Vierge, la regardant comme leur patronne, ou plutôt comme leur mère. Ils s'assemblaient de temps en temps pour les affaires de la société dans une maison qui leur appartenait, auprès de la Madeleine, et qu'on appelait le bureau de la grande confrérie. Tous les deux ans, ils se réunissaient aussi un certain jour pour prendre ensemble un modeste repas qui rappelait les agapes des premiers chrétiens : tous les frères y étaient assis, chaque prêtre en surplis et en aumusse, à côté de son associé laïque en habits propres et décents; et cette réunion, dit l'historien, ressemblait à un réfectoire d'abbaye bien réglée ou à un vénérable sénat, plutôt qu'à une compagnie particulière de séculiers.

Un membre était-il atteint d'une maladie grave? les prêtres devaient dire la messe pour lui, les laïques y assister et de plus donner aux pauvres, à l'intention du malade, cinq aumônes de pain. S'il venait à décéder, les prêtres devaient réciter pendant sept jours l'office des Morts, les laïques assister au service, dire certaines prières et de plus faire pendant les sept jours une aumône de pain à l'intention du défunt.

En 1468, trois cents ans après la fondation, les statuts et règlements de la *grande confrérie* furent renouvelés, et cette pieuse association existait encore au commencement du dix-septième siècle (1).

_____

(1) Voyez dans les Mémoires de la Société des antiquaires de France un mémoire très-développé de M. le Roux de Lincy sur la *grande confrérie de Notre-Dame.*

CHAPITRE DEUXIÈME.

HISTOIRE DU CULTE DE LA SAINTE VIERGE DANS PARIS,
SUR LA RIVE GAUCHE DE LA SEINE.

Tout près de la Seine, se trouvait dans l'illustre abbaye de Saint-Victor une crypte ou chapelle souterraine qu'on appelait *la sainte Chapelle de Notre-Dame de Bonne-Nouvelle*. Les chanoines de l'abbaye l'entretenaient avec grand soin ; les fidèles y venaient prier avec un zèle plus grand encore, et « c'est, dit un écrivain du dix-septième siècle (1), un » des lieux où la sainte Vierge est plus honorée, et où » elle distribue ses faveurs avec plus de libéralité ». La statue qu'on y vénérait avait la tête légèrement inclinée, et les religieux de l'abbaye en donnaient cette raison : Adam de Saint-Victor, ce grand poëte latin du moyen âge, quand il voulait écrire à la louange de la sainte Vierge quelqu'une de ces hymnes où la plus pure doctrine revêt la grâce de la plus belle poésie, se retirait dans cette crypte consacrée de toute antiquité à la Mère de Dieu ; et là, devant son image, à la faveur de la demi-obscurité, il s'élevait aux plus hautes pensées. Un jour, enivré par l'inspiration, après avoir composé avec transport le commencement de sa prose la plus célèbre, *Salve, Mater Salvatoris*, il écrit ces deux magnifiques strophes (2) :

> Salve, mater pietatis
> Et totius Trinitatis
> Nobile triclinium ;

----

(1) Le P. Poiré, *Triple Couronne de la sainte Vierge*, t. I, p. 434.
(2) *OEuvres poétiques de Saint-Victor*, par L. Gautier, p. 78.

Verbi tamen incarnati
Speciale majestati
Præparans hospitium !

Aussitôt, disent les Annales de Saint-Victor, la crypte est inondée de lumière, la Mère de Dieu lui apparaît souriant et inclinant la tête comme pour le remercier, *gloriosa Virgo apparens ei, cervicem inclinavit;* et cet événement, attesté par toute l'abbaye, fut représenté dans un monument consacré à en perpétuer le souvenir. Telle est l'origine de cette statue à la tête inclinée (1).

Non loin de l'abbaye, la congrégation de Notre-Dame, fondée par le vénérable Pierre Fourrier, curé de Mattaincourt, avait un établissement pour l'instruction des jeunes personnes.

Près de là encore, au faubourg Saint-Marcel, se trouvaient trois églises de la sainte Vierge : la première, portant le nom de *Notre-Dame des Ardents*, rappelait un mal qui a sévi plusieurs fois au moyen âge, et dont on avait obtenu la guérison en priant celle que l'Église appelle la Santé des malades, *Salus infirmorum.* La seconde, sous le titre de *Notre-Dame de la Miséricorde*, située rue Censier, n° 11, fut fondée avec un hospice adjacent, en 1624, par Antoine Séguier, président du parlement, en faveur de cent pauvres orphelines. On les y recevait dès l'âge de six ans; elles en sortaient à vingt-cinq, après avoir appris la religion et un métier; et quand elles se mariaient, la maison leur donnait une dot. La troisième, située à l'entrée de

---

(1) L'abbaye Saint-Victor comptait, outre le poëte Adam, plusieurs hommes illustres : Guillaume de Champeaux, qui en était fondateur, célèbre par ses tournois de subtilité, d'éloquence et d'érudition contre son disciple Abaylard, Hugues de Saint-Victor, Richard de Saint-Victor, plus tard Santeuil, etc. Saint Bernard y descendait quand il venait à Paris. Saint Thomas de Cantorbéry s'y réfugia. La bibliothèque de l'abbaye renfermait plus de 2,000 manuscrits précieux.

la rue Copeau, sous l'invocation de *Notre-Dame de Pitié*,
fut fondée en 1612 avec un hôpital, en faveur des men-
diants qui envahissaient chaque jour les rues de la capitale.
Plus tard, on y plaça des enfants pauvres et orphelins, et
enfin, en 1809 on en fit une annexe de l'Hôtel-Dieu.

Au pied de la montagne Sainte-Geneviève se trouvaient
également trois autres églises où le culte de la sainte
Vierge était en grand honneur : la première était celle de
Saint-Séverin, qui, dans son amour pour la Mère de Dieu,
s'était complu autrefois à la représenter à toutes ses
avenues, sur ses portes, sur ses vitraux, dans tout le corps
de l'édifice et jusque sur ses orgues. Cette église a la
gloire d'avoir été la première en France à ériger une chapelle en l'honneur de la Conception de la sainte Vierge. Ce
fut l'an 1311. Déjà vingt-trois ans auparavant un évêque
de Paris, Renaud de Homblière, avait légué par testament
trois cents livres pour fonder l'office de la Conception ; déjà
même en 1228 une confrérie, sous le titre de la Conception de la sainte Vierge, s'était formée à Londres, sans se
soucier des disputes des écoles touchant le privilége de la
pureté de Marie : preuve que sur ce point comme sur
tant d'autres la piété avait pris les devants sur la science
et le cœur sur la pensée : l'amour est plus habile que la
dialectique à scruter les mystères de Dieu. Mais cependant,
avant la chapelle de Saint-Séverin, Paris n'avait eu encore
aucun monument en l'honneur de la pureté de Marie. Cette
chapelle était alors là où est aujourd'hui le sixième pilier
du contour de l'église, près l'entrée du chœur à gauche ;
et lorsqu'en 1495 on voulut arrondir le chevet de l'église
et en augmenter les ailes, on la transporta derrière le sanctuaire, là où elle est encore aujourd'hui (1). Bientôt la dévotion des fidèles se porta vers ce nouveau sanctuaire ; les

---

(1) Lebeuf, t. I, p. 1161.

papes Alexandre VI et Grégoire XV l'enrichirent d'indulgences; les évêques de Paris Jean Simon, les de Gondi, les de Harlay et leur successeurs le prirent sous leur haut patronage, et les fidèles de toute condition lui firent des largesses qu'on employait à l'entretien de la chapelle et du chapelain, et, dans les grandes calamités, au soulagement des pauvres. Le tableau chronologique des donations (1) en contient soixante et une, et il faut y ajouter le produit des troncs et des quêtes, ainsi que les présents particuliers que se plaisaient à faire à cette chapelle les plus illustres personnages de la cour et de la ville. La fête de la Conception se célébrait avec grande pompe chaque année dans cette chapelle : on y venait de tous les points de Paris, sur l'avis d'un crieur qui proclamait la fête dans tous les quartiers, distribuant partout l'image de Marie immaculée avec une notice sur les indulgences que gagneraient tous ceux qui visiteraient la bénite chapelle.

En 1840, M. l'abbé Hanicle, nommé à la cure de cette paroisse, eut la pensée de placer tout son ministère sous le patronage de Marie, appelée par l'Église Mère de la sainte espérance : *Mater sanctæ spei;* et jaloux d'inspirer la même dévotion à son peuple, il conçut le projet de continuer l'ancienne confrérie de la sainte Conception par une association qui s'appelait *la confrérie de l'immaculée Vierge, Notre-Dame de Sainte-Espérance.* Ce projet fut accueilli avec bonheur par la paroisse; bientôt plus de quatre cents membres furent inscrits, et fournirent une lampe qui depuis lors ne cesse de brûler nuit et jour devant l'autel de Notre-Dame de Sainte-Espérance. Cette institution fut comme l'ère d'une vie nouvelle pour la paroisse; la piété

(1) Ce tableau se conserve dans les archives de Saint-Séverin, ainsi que les renseignements que nous venons de donner.

s'y réveilla, les vertus y fleurirent, les sacrements y furent plus fréquentés ; les frères des Écoles chrétiennes et plus tard les sœurs de Charité s'y établirent ; de nombreux *ex-voto* appendus aux murailles de la chapelle attestèrent les grâces obtenues et la reconnaissance des fidèles ; le saint-siége accorda à l'association de nombreuses indulgences, l'érigea en archiconfrérie, et enfin la gratifia de la faveur insigne qui ne s'accorde qu'aux statues les plus privilégiées, la faveur du couronnement solennel de la statue vénérée au nom du souverain Pontife et du chapitre de Saint-Pierre de Rome. Depuis cette auguste cérémonie, des fidèles de diverses contrées se sont affiliés à la confrérie ; le troisième samedi de chaque mois, tous les samedis du mois de Marie, toute l'octave de l'Assomption, il y a grande réunion à la chapelle de Notre-Dame d'Espérance pour entendre la messe, avec une instruction sur la sainte Vierge, et chanter ses louanges. Ce nom de Notre-Dame d'Espérance console les cœurs affligés, relève les âmes abattues, ranime les courages défaillants et calme les inquiétudes. C'est ainsi que dans cette église le culte de Marie tend à refleurir comme aux jours anciens.

La seconde église glorieuse à Marie au pied de la montagne Sainte-Geneviève, c'était l'église du grand couvent des Carmes, située là où est aujourd'hui le marché qu'on appelle le marché des Carmes. Elle était le siége de la grande confrérie de Notre-Dame du Mont-Carmel, fondée en 1246, par le bienheureux Simon Stock, général des Carmes. A quelque distance de là, rue de la Montagne-Sainte-Geneviève, s'élevait le collége de l'*Ave Maria*. Jean de Hubant, conseiller du roi, qui l'avait fondé en 1336, l'avait placé sous la protection de la sainte Vierge. Au-dessus de la porte d'entrée on voyait la statue de la Mère de Dieu, et à ses pieds les deux mots *Ave Maria*, gravés en lettres d'or, qui devinrent ensuite le nom de la maison même. Ce collége dura jusqu'en 1767, où il fut réuni à celui de Louis le Grand.

Arrivé au sommet de la montagne, on voyait de même rayonner de toutes parts des monuments à la gloire de Marie. Dans la seule église de Sainte-Geneviève, dont il ne reste plus aujourd'hui que l'emplacement entre l'église Saint-Étienne du Mont et le lycée Napoléon, il y avait trois oratoires de la sainte Vierge. Le premier dans l'intérieur de la basilique, et c'était celui du monastère; le second au-dessous, et ce fut l'église paroissiale pour la population du quartier, jusqu'à ce qu'on eut bâti l'église Saint-Étienne du Mont (1); le troisième dans le voisinage des bâtiments du monastère; et c'était une grande et belle église du treizième siècle, appelée d'abord, on ne sait pourquoi, Notre-Dame de la Cuisine, et plus tard, du nom plus convenable de Notre-Dame de la Miséricorde.

Près de là, la rue des Postes contenait à elle seule quatre établissements consacrés à la sainte Vierge, savoir : la maison des religieuses de la Présentation de Notre-Dame, occupée aujourd'hui par le collége Rollin, et en face, à l'entrée de la rue Neuve Sainte-Geneviève, les filles de la congrégation de Notre-Dame pour l'instruction de la jeunesse, auxquelles ont succédé depuis la révolution les Dames de la Miséricorde. Avançant ensuite dans la rue, on trouvait la maison de la congrégation de Jésus et Marie, nommée aussi des Eudistes, et la communauté de Notre-Dame de la Charité, fondée en 1724, par le cardinal de Noailles, pour loger d'abord un certain nombre d'élèves pensionnaires; puis, dans des bâtiments séparés, les filles

---

(1) L'église actuelle de Saint-Étienne du Mont fut commencée au seizième siècle et achevée au dix-septième; mais dans la première moitié du treizième siècle il y en avait une autre sur le même emplacement.

pénitentes qui voulaient revenir à la vie chrétienne. Si ces communautés n'existent plus aujourd'hui, d'autres les remplacent, également dévouées à Marie et heureuses de vivre sous sa bannière. Au n° 27, sont les sœurs de l'Immaculée Conception, et au n° 52, les religieuses de Notre-Dame du Calvaire.

Non loin de là aussi, entre la rue Saint-Jacques d'une part, et de l'autre le boulevard de Sébastopol, était l'église Saint-Étienne des Grès, où Marie a été pendant des siècles en singulière vénération. Quelques auteurs en font remonter l'origine jusqu'à saint Denis : ils supposent que cet apôtre, trouvant cet endroit éminemment propre au recueillement de la prière, parce qu'alors il était isolé dans la campagne et entouré de vignes, y éleva un oratoire en l'honneur de saint Étienne; et de là, selon eux, le nom de Saint-Étienne des Grecs, *à Græcis*, et non pas des Grès, *à Gressibus*, parce que saint Denis était Grec, ainsi que les compagnons de son apostolat, saint Rustique et saint Éleuthère : de là aussi cette croix de pierre, très-antique, que l'historien de l'église Saint-Étienne dit avoir vue en 1648 devant le portail et au bas de laquelle on lisait cette inscription : *C'est la croix de Monsieur saint Étienne, bâtie par Monsieur saint Denis.* Ce qu'il y a de certain, c'est, premièrement, qu'au onzième siècle cette église fut érigée en collégiale, c'est-à-dire confiée à un chapitre composé de onze chanoines et d'un chefcier que nommaient deux chanoines de Notre-Dame, dont elle était une des quatre filles, comme nous l'avons vu, et à un desservant que nommait le chapitre de Saint-Étienne. C'est, en second lieu, que cette église a, de temps immémorial, tiré toute sa célébrité d'une Vierge noire, dite *Notre-Dame de Bonne-Délivrance*, placée dans une de ses chapelles; et qu'au seizième siècle il s'y forma en son honneur une confrérie qui devint illustre, sous le titre de confrérie de Notre-Dame de Bonne-Délivrance.

Voici comment un chroniqueur naïf en raconte l'institution :

« Ordonnances faictes pour l'érection de la confrérie de la charité de Nostre-Dame de Bonne-Délivrance, en l'honneur de Dieu nostre Créateur et de la glorieuse Vierge Marie sa très-digne Mère, et pour entretenir en dévotion singulière tous vrays chrestiens et chrestiennes :

» Le dymanche, vingtième jour d'apvril, l'an 1533, messire Jean Olivier, prestre et chanoyne de Sainct-Estienne des Grecs, homme grandement pieux, *dévot à Nostre-Dame,* de bonnes mœurs et menant une vie fort honnête ; et maistre le Pigny, et Quentin Froissant, gens de bien et fort affectionnés au service de la reyne des anges, tous deux jurés bourgeois de Paris, s'adjoignirent pour commencer l'établissement d'une société saincte, sous le titre de *Confrérie royale de la charité de Nostre-Dame de Bonne-Délivrance,* dans une chapelle de l'église Sainct-Estienne des Grecs, assyse hors du chœur et le joignant du côté de main gauche en entrant dans icelle église, ayant vue sur la rue Sainct-Estienne et au chevet de la dicte église ; le tout sous le bon plaisir de Mgr le révérendissime cardinal du Bellay, évesque de l'Église de Paris, et par la permission de messieurs du chapitre de Nostre-Dame, pour y faire leurs assemblées spirituelles, et s'encourager mutuellement à la vertu par des actes de dévotion, pratiquer les bonnes œuvres, et délyvrer les prisonniers.

» Tous ceux et celles qui auront dévotion et se voudront faire enregistrer au registre de la dicte confrérie royale seront participants, à toujours, aux bienfaicts, prières, oraisons et divers servyces qui se feront et se célébreront, en donnant pour l'homme et la femme, le jour de l'entrée, dix deniers tournois, pour chaque semaine de l'an.

» Nul ne sera admis dans cette confrérie royale s'il ne s'est, par une humble confession de ses péchés, réconcilié avec Dieu, son Créateur, et si en même temps il ne promet d'obéir aux supérieurs de la congrégation et d'assister, selon les règles de la charité, les confrères malades et faire une aumône pour la délivrance des prisonniers. »

Telle fut l'humble origine de cette confrérie qui devait bientôt acquérir tant de célébrité. En effet, on y accourut de toutes parts; et bientôt plus de douze mille confrères se furent inscrits sous l'étendard de Notre-Dame de Bonne-Délivrance. Ce seul titre parlait à tous les cœurs : car qui n'a pas besoin d'être délivré de quelque peine d'esprit, de quelque angoisse de cœur, de quelque infirmité de corps, de quelque passion qui tyrannise au dedans ou de quelque contradiction qui vient du dehors? Mais ce titre touchait surtout les prisonniers pour dettes, les femmes à l'approche de leur terme, et les malades en danger de mort (1). Il touchait les étudiants des colléges eux-mêmes; et ces bons jeunes gens, fidèles aux pieuses traditions du foyer domestique, venaient en foule s'enrôler au service de la Reine des vierges pour mettre sous sa garde l'honneur de leurs premières années. Ils se levaient avant le jour pour réciter l'office de Notre-Dame, et se réunissaient en commun autour de la statue vénérée pour dire le chapelet.

De ce nombre fut, en 1578, François de Sales, alors âgé de dix-sept ans. Ses plus délicieux moments étaient ceux qu'il passait aux pieds de l'image miraculeuse de Marie, lui racontant tout ce qui se passait dans son âme innocente, se nourrissant du souvenir de ses bienfaits et de la reconnaissance qu'ils faisaient naître dans son cœur. Ce fut là que, dans les saintes ardeurs de sa piété, il prit la ferme résolution de se consacrer à jamais à Dieu et à Marie et de garder la chasteté perpétuelle; ce fut là surtout qu'il

----

(1) *Histoire de l'église Saint-Étienne des Grecs*, par Jacques Doublet, bénédictin. Paris, 1648, in-8°.

4

obtint la délivrance d'une tentation terrible qui faillit le
conduire au tombeau. Ce saint jeune homme avait été saisi
de la pensée que peut-être il ne serait pas sauvé, que peut-
être il irait dans l'enfer et serait privé toute l'éternité du
bonheur de voir Dieu et de l'aimer, de voir et d'aimer
Marie, sa tendre mère; et cette pensée l'avait tellement
accablé qu'il ne pouvait ni manger, ni boire, ni dormir;
il en desséchait à vue d'œil; et la jaunisse, envahissant tout
son corps, lui causait des douleurs aiguës. Enfin, un jour,
revenant du collége, il entre dans l'église Saint-Étienne
des Grès, va se prosterner devant Notre-Dame de Bonne-
Délivrance, et lui dit avec beaucoup de larmes, plus encore
du cœur que des lèvres : « Souvenez-vous, ô vierge Marie,
» ma tendre mère, que jamais il n'est arrivé à aucun de
» ceux qui ont eu recours à votre protection et imploré
» votre assistance d'être rejeté. Animé de cette confiance,
» ô Vierge, mère des vierges, je cours à vous, je me jette
» à vos pieds, gémissant sous le poids de mes péchés.
» O mère du Verbe, ne méprisez pas mes prières, mais
» rendez-vous propice à mes besoins et exaucez-moi. »
Puis s'adressant à Dieu, il lui demande, par l'intercession
de Marie, que son esprit et son corps soient rendus à leur
premier état, fait vœu de chasteté perpétuelle et promet de
réciter chaque jour, en mémoire de ce vœu, un chapelet de
six dizaines. A peine a-t-il dit ces mots, qu'une pleine santé
lui est rendue, et son âme, rassurée, rentre, après six semaines de souffrances inouïes, dans une paix profonde (1).

Plein de la même confiance en Notre-Dame de Bonne-
Délivrance, le père Bernard, surnommé *le pauvre prêtre*,
dont le clergé de France a plusieurs fois sollicité la béati-
fication, obtint devant la même statue une grâce non moins

_____

(1) *Vie de saint François de Sales*, par M. le curé de Saint-Sulpice, t. I, p. 43 et suiv.

signalée. Revenu d'une vie d'égarement à une conduite chrétienne, il se trouva exposé à un péril imminent par l'arrivée dans la maison où il demeurait d'une personne très-dangereuse, qui voulait y fixer son domicile. Dans cette crise, il court se jeter aux pieds de Notre-Dame de Bonne-Délivrance, il la prie de toute son âme, il rentre à son logis, et la personne en était déjà partie pour n'y plus revenir (1).

Ces faits et plusieurs autres accrurent la dévotion des fidèles pour ce religieux sanctuaire. Les souverains pontifes l'enrichirent à l'envi des plus précieuses indulgences ; les plus illustres personnages, les rois et les reines, les princes et les seigneurs, les hommes d'armes et les femmes du monde, se firent inscrire dans le registre de la confrérie, et leurs noms y figurent à côté des noms les plus vulgaires. On y voit Louis XIII et Anne d'Autriche, Louis XIV encore enfant, et, à son exemple, tous les enfants de France, inscrits dès leur naissance, le duc d'Orléans, frère de Louis XIII, et le duc d'Anjou, frère de Louis XIV, le grand Condé et la princesse de ce nom, le prince et la princesse de Conti, Marie-Thérèse d'Autriche, épouse de Louis XIV, et Louis, Dauphin. Nous n'en finirions pas si nous voulions dire toutes les célébrités qui venaient se confondre avec le simple peuple sous la bannière de Marie ; et leur piété se montrait généreuse à l'égal de leur vénération pour Notre-Dame de Bonne-Délivrance. Louis-XIII donna pour la décoration de sa chapelle un présent en argenterie vraiment royal, Anne d'Autriche des chandeliers d'argent fleurdelisés, une magnifique lampe et un bénitier, l'un et l'autre d'argent, enfin un ornement complet de velours rouge. Excités par l'exemple de la cour, les uns donnaient de riches vêtements et des robes précieuses pour couvrir la sainte image

---

(1) *Vie du père Bernard.*

4.

aux grandes solennités ; d'autres versaient dans le trésor de la confrérie d'abondantes aumônes qui étaient consacrées à la délivrance des prisonniers pour dettes. De plus, une quête avait lieu à tous les offices pour cette belle œuvre ; et chaque année les gouverneurs de la confrérie se répandaient dans les diverses prisons de Paris, munis des dons faits à Notre-Dame de Bonne-Délivrance, en faisaient ouvrir les portes aux infortunés débiteurs, et les rendaient à leur famille attendrie et reconnaissante (1).

Cependant la ferveur de ces fidèles serviteurs de Marie ressort encore mieux des offices religieux que célébrait la confrérie, et dont la multiplicité, comme la durée, effrayerait si fort aujourd'hui la tiédeur de notre siècle.

Chaque dimanche, après la messe du chapitre, on célébrait en l'honneur de la sainte Vierge une messe solennelle avec diacre et sous-diacre, chapiers et orgues, et le célébrant y récitait un *De profundis* après l'offertoire et un autre après la messe, pour les confrères décédés. De même, l'après-midi, les vêpres du chapitre étaient suivies d'un office chanté à neuf psaumes et neuf leçons.

Tous les premiers dimanches de chaque mois, il y avait le soir les vêpres de la sainte Vierge, procession autour de l'église, où l'on chantait les litanies, le *Salve, Regina* ou autre hymne, selon le temps, le *Domine, non secundum*, l'*Exaudiat* avec l'oraison pour le roi, le *Languentibus* et le *De profundis*; puis un salut solennel.

Chaque lundi, on chantait laudes et messe solennelle de *Requiem* pour les confrères décédés. Chaque mardi, messe solennelle de saint Roch avec mémoire de saint Sébastien, suivie d'une messe basse de Notre-Dame de Pitié. Chaque mercredi, messe solennelle du Saint-Esprit.

---

(1) *Institution de la confrérie de la charité de Notre-Dame de Bonne Délivrance*, par Laurent Féval. Paris. 1729. in-8°.

Chaque jeudi, messe solennelle du Saint-Sacrement, suivie d'une messe basse de saint Étienne. Le soir, salut solennel, et, tous les premiers jeudis du mois, procession du Saint-Sacrement. Chaque vendredi, messe solennelle de la Sainte-Croix, suivie de la lecture de la Passion. Enfin, chaque samedi, messe solennelle de la sainte Vierge suivie du *Stabat Mater*. On ne dérogeait à ces règles que dans les fêtes où la rubrique s'y opposait; et à la fin de chaque messe on disait le *De profundis* pour les confrères défunts.

Outre cela, il se disait chaque jour une messe pour les bienfaiteurs de la confrérie. A toutes les fêtes de la sainte Vierge, on chantait tout l'office du bréviaire, à commencer par les premières vêpres; il y avait de plus deux grand'-messes; puis, soir et matin, exposition du Saint-Sacrement avec prédication. Aux fêtes de saint Pierre et de saint Jean-Baptiste, de saint Étienne et de saint Denis, de saint Roch et de saint Sébastien, de sainte Geneviève et de sainte Barbe, qui étaient les patrons de la confrérie, on chantait également tout l'office. Enfin, au décès de chaque confrère, on chantait vêpres des morts, matines à neuf psaumes et neuf leçons, laudes et recommandations, trois grand'messes et l'absoute.

Mais ce qu'il y avait de plus remarquable, c'était la procession générale qui se faisait tous les ans, le 1er mai et le 24 août, depuis l'église Saint-Étienne jusqu'à une autre paroisse qu'on choisissait chaque année. On partait à huit heures du matin, et tous les confrères et sœurs y assistaient avec un nombreux clergé. Nous laissons un auteur contemporain nous décrire cette curieuse procession dans son langage naïf qui nous montre si bien l'esprit de foi de nos pères :

« Après le *Veni, Creator* chanté au pied de l'autel, nous dit-il, un jeune homme, revestu d'une aube de belle toile blanche, bien plissée, ayant un chapelet pendant à sa ceinture, un écusson sur la poytrine, où est l'image de l'assomption de Nostre-Dame, de relief, en broderies, une couronne de fleurs sur sa teste, nuds pieds, porte une riche bannière de velours cramoisy, ornée de l'image de Nostre-Dame, entourée d'anges, le tout en broderies d'or de relief, parsemé de fleurs de lys d'or et franges de soye et d'or.

» **Suit** après celui qui porte la croix d'argent doré, enrichie de pierreries, ainsi revestu : orné et nuds pieds, avec deux enfans de chœur, ayant aubes et précédans, portant chacun un grand chandelier d'argent, avec un cierge de cire blanche allumé, et une couronne de fleurs sur la tête.

» **Puis,** le beau baston de la confrérie de Nostre-Dame, ayant deux anges, qui tiennent chacun un cierge allumé, le tout doré de fin or, et la hante couverte de fleurs de lys d'or sur un champ d'azur, porté par un jeune homme revestu d'aube de fin lin, nuds pieds, et le reste ainsi que le premier. Ce baston est accompagné de deux torches allumées, et les porteurs revestus de surplis et tuniques, chacun une couronne de fleurs sur la teste.

» **Marche** devant ledict baston un crieur public, revestu d'une riche tunique de velours cramoisy, toute parsemée de fleurs de lys d'or, de relief, et les franges de soye et d'or, ayant une couronne de fleurs en teste, et tenant en sa main droite une verge et de l'autre un grand bouquet.

» **Derrière** ledict baston, va la bastonnière vestue de beaux habits, ayant une riche couronne de belles perles sur la teste.

» **Va** après une croix d'argent doré, portée par deux anges d'argent, ornée de pierres précieuses, en laquelle il y a du précieux bois de la vraye croix de nostre Sauveur; le pied d'icelle ou soubassement d'argent bien efflabouré.

» Suit une belle image de Nostre-Dame, environnée de rayons de soleil et d'anges avec son piédestal, le tout d'argent.

» Derrière ladicte image, il y a deux jeunes hommes, et aussi deux autres devant icelle, revestus d'aubes blanches bien plissées, ayant chacun une couronne de fleurs sur leur teste, un chapelet à leur costé, une plaque sur leur poytrine où est l'image de l'assomption de Nostre-Dame, en broderies de relief, nuds pieds, lesquels portent chacun un gros cierge de cire blanche allumé, pesant vingt-cinq livres, et à chaque cierge une couronne, avec un écusson de l'image de l'assomption de Nostre-Dame, comme dessus attaché.

» Après, suit l'image de Monsieur sainct Pierre, laquelle est toute d'argent, tenant une clef d'argent.

» Celle de sainct Jehan-Baptiste, avec un agneau, le tout d'argent.

» L'image de Monsieur sainct Roch, avec l'ange et le chien, tout étant d'argent.

» Celle de sainct Sébastien, attaché à un arbre, ayant au-dessus de la teste un ange qui le couronne, le tout d'argent.

» Lesquelles sainctes reliques marchent avec un bel ordre, et avec une distance bien séante, modestie et gravité convenables. Elles sont portées chacune sur un brancard, orné de parements de damas blanc, rouge, vert et jaune, sur les épaules de deux jeunes hommes, revestus d'aubes de fine toile, bien plissées, nuds pieds, et le surplus ainsi que cy-dessus.

» Devant icelles vont des bedeaux, revestus l'un d'une belle grande robe violette, l'autre d'une robe mi-partie de blanc et de bleu, et le troisième d'une robe mi-partie de bleu et de tanné, ayant des couronnes de fleurs sur leurs testes, et en leurs mains une verge, avec un grand bouquet de fleurs, et sur le bras gauche chacun une grande plaque d'argent où sont les images de Nostre-Dame et de sainct Estienne, en bosse et de relief d'argent.

» Icelles sainctes reliques sont accompagnées de quantité de torches et de luminaires.

» Chemynent après, en rang de chaque costé, trente jeunes hommes revestus d'aubes de fin lin, plissées modestement et décemment, d'un pas grave, nuds pieds, ayant chacun une couronne de fleurs dessus la teste, un chapelet au costé, un écusson sur la poitrine où est l'image de l'assomption de Nostre-Dame, de relief, en broderies, et en la main un cierge de cire blanche, ardent, avec un grand bouquet.

» Ensuite est le vénérable clergé, composé d'un bon nombre de gens d'église, revestus de surplis et chappes de damas de diverses couleurs et de velours, allants en deux rangs; et des deux côtés au-dessus marchent messieurs les chanoynes au nombre de dix, et derrière, le révérend chefcier, portant une croix d'or ou reliquaire en la main, revestu de surplis, estole, et d'une riche chappe, et deux chanoynes, l'un faisant le diacre, revestu d'aube, d'estole, et d'un riche précédant, et l'autre le soubz-diacre, revestu d'aube, fanon, et d'une riche tunique, qui vont devant lui, tous ayant une couronne de fleurs en la teste, et un grand bouquet de fleurs en la main, et en ce bel ordre on s'achemyne en quelque église, où là se célèbre la messe par le sieur chefcier; on y fait la prédication, et puis on revient de mesme en l'église Sainct-Estienne des Grecs.

» Suyvent finalement les quatre maistres de la confrérie qui sont en charge, et les autres qui sont hors de charge, ayant chacun un cierge de cire blanche, ardent, en la main, avec un grand bouquet de fleurs; puis une grande multitude de peuple d'un et d'autre sexe, en grande dévotion.

» Messieurs de la ville donnent à ladicte confrérie royale, tous les ans, douze grands flambeaux de cire blanche, ornés des armes de la ville, et envoyent aussi plusieurs officiers, archers et gardes de la ville pour maintenir le bon ordre, et empescher la confusion par la foule qui est toujours très-nombreuse (1). »

Telle était la pompe pleine de naïveté et de foi du culte de Notre-Dame de Bonne-Délivrance : elle comptait deux siècles d'existence et de gloire, lorsque, le 6 février 1737, le Parlement de Paris, possédé de la manie de s'ingérer dans les choses spirituelles, jugea à propos de supprimer cette procession, qui réjouissait tous les cœurs chrétiens et ne molestait que le regard du jansénisme, alors en grande vogue, ou de l'impiété naissante alors au sein de la patrie. Mais si la puissance humaine pouvait supprimer une cérémonie extérieure, elle ne pouvait rien diminuer de la confiance et de l'amour des enfants de Marie pour leur mère. Aussi le sanctuaire de Notre-Dame de Bonne-Délivrance continua à être l'objet de la dévotion des fidèles et le but de leurs pieux pèlerinages.

Enfin arrivèrent les jours mauvais de la révolution et le triomphe suprême de l'impiété. On chassa les prêtres, on pilla les églises, et dans cette dévastation sacrilége on n'eut garde d'oublier Saint-Étienne des Grès. Cette église offrait à la cupidité un appât trop séduisant pour échapper à la fureur des dévastateurs. Elle fut donc dépouillée de toutes les richesses que la foi des princes et des fidèles y avait amassées depuis plusieurs siècles : on enleva l'or, l'argent, le fer, les grilles, les marbres, les boiseries, tous les ouvrages d'art qui décoraient les murs, enfin la statue elle-même, pour vendre le tout aux enchères. Une pieuse

_____

(1) *Histoire.... de la très-ancienne église Sainct Estienne des Grecs*, etc., par Jacques Doublet.

dame, la comtesse de Carignan Saint-Maurice, informée
du fait, court aussitôt à la municipalité de Paris, vient à
bout d'acheter la sainte statue, la fait transporter à son
hôtel, et là lui dédie un petit oratoire où un prêtre caché
célébrait tous les jours les saints mystères. La pieuse
comtesse jouissait de son trésor dans le secret, lorsque,
selon la façon de faire d'alors, elle fut incarcérée comme
suspecte dans la maison de la rue de Sèvres appelée *les
Oiseaux*, qui avait été transformée en prison supplémen-
taire ; mais la sainte statue, échappée aux regards des malfaiteurs, demeura toujours dans son petit oratoire ; et le
4 octobre 1794 la pieuse comtesse, mise en liberté par
une protection de Notre-Dame de Bonne-Délivrance qu'elle
avait invoquée tous les jours durant sa captivité, reprit ses
prières devant la sainte image. Quatre mois après, apprenant que les dames hospitalières de Saint-Thomas de Villeneuve, qu'elle affectionnait singulièrement, étaient sur le
point d'être chassées de leur communauté par le gouvernement, elle fit vœu de donner sa statue chérie à ces
dames, si le gouvernement, renonçant à ses desseins hostiles, cessait de les inquiéter. De leur côté, les religieuses
firent une neuvaine à Notre-Dame de Bonne-Délivrance ;
tant de prières furent exaucées, et les religieuses restèrent
tranquilles dans leur communauté. La comtesse de Carignan offrit alors d'accomplir son vœu : les dames de Saint-
Thomas l'acceptèrent avec bonheur, s'empressèrent de
bâtir une chapelle pour recevoir la statue ; et, le 1er juillet
1806, l'image miraculeuse fut transportée à Saint-Thomas
de Villeneuve, où elle devint aussitôt l'objet d'un culte
fervent et le but de nombreux pèlerinages. Ainsi fut remplacée la célèbre chapelle de Notre-Dame des Grès, qui
tomba, ainsi que l'église, sous le marteau des démolisseurs.

En s'avançant sur le plateau de la montagne Sainte-

Geneviève, on rencontre le couvent des Carmélites de la rue d'Enfer. Là était autrefois l'église Notre-Dame des Champs, ainsi appelée parce que ce terrain n'était dans l'origine qu'une grande plaine à l'entrée de la route d'Orléans. On ne connaît pas d'une manière certaine l'origine de cette église. Les uns supposent qu'elle ne fut d'abord qu'une grotte formée par la nature, convertie en crypte, telle qu'on l'a retrouvée, en effet, en 1856; et que là saint Denis réunissait ses néophytes pour les exercices religieux; mais qu'ensuite, comme sur cette grotte était superposée une autre crypte, puis par-dessus un temple dédié à une divinité païenne, saint Denis, après y avoir prouvé sa mission divine par un miracle, fit de ce temple une église qu'il consacra à Dieu et à la sainte Vierge: d'où il suivrait que, dès le temps de l'apôtre de Lutèce, la sainte Vierge aurait été honorée à Paris dans l'église de Notre-Dame des Champs. Les autres attribuent moins d'antiquité à cette église, et supposent que, la campagne où elle était bâtie étant couverte de sépultures, on y avait élevé d'abord un oratoire à saint Michel, sous la protection duquel on aimait, à l'entrée du moyen âge, à placer les morts, et que cet oratoire fut converti ensuite en église de Notre-Dame. Quoi qu'il en soit, cette église offrait deux choses remarquables, qu'on voyait encore dans la première moitié du dix-septième siècle : la première, c'était une statue mutilée que les uns disaient avoir été une divinité païenne, les autres un saint Michel, selon la tradition qu'on admettait; la seconde, c'était une image de la sainte Vierge tenant son Fils sur ses genoux, ainsi qu'on avait coutume de la représenter en la primitive Église. Cette image était placée dans un des murs de l'église, sur une pierre d'environ un pied de diamètre; elle était émaillée et peinte des plus vives couleurs d'or et d'azur, et encadrée dans une autre pierre au-dessous de laquelle une inscription en quatre vers latins invitait le voyageur à s'arrêter pour adresser ses hommages à Marie :

> Siste, viator, iter; Mariam reverenter honora.
> Nam fuit hæc saxo primùm depicta minori,
> Quod medium spectas; at sculptam primitùs ædes
> Et basilica tenet tanto de nomine dicta.

Inscription qui semble énoncer deux faits remarquables : le premier, c'est que cette pierre était la première image de la sainte Vierge, *peinte* à Paris, *Primùm depicta*; le second, c'est que la première image de Marie qui ait été taillée ou sculptée à Paris, *primitùs sculpta*, était placée à l'intérieur de la basilique dédiée à la sainte Vierge. Quelle était cette basilique? Les uns pensent que c'était la cathédrale : et en effet le père Poiré disait, en 1643 (1) : *Cette image en bosse est placée dans la grande nef, où elle est jusqu'à présent honorée.* Les autres présument que c'était l'église elle-même de Notre-Dame des Champs.

Quant au modèle sur lequel avait été peint le portrait de la sainte Vierge, la tradition suppose qu'il avait été apporté par saint Denis dans les Gaules; et, pour en mieux faire ressortir le mérite, elle en réfère à une légende qui se trouve dans quelques chroniqueurs ou hagiographes byzantins, et particulièrement dans Nicéphore, suivant laquelle saint Denis l'Aréopagite aurait vu la Mère de Notre-Seigneur, ayant été, disent-ils, par une faveur miraculeuse qui lui aurait été commune avec les apôtres, transporté près de son lit de mort, avant qu'elle rendît à Dieu sa belle âme : de sorte que le portrait en question aurait été peint d'après nature (2).

---

(1) *Triple couronne de la sainte Vierge*, t. II, p. 429.
(2) Tout ce qui précède est extrait en grande partie de l'*Histoire du diocèse de Paris*, par Dubreuil.

Si maintenant, sortant du domaine de la tradition, dont il est aussi difficile de démêler l'origine que de garantir l'exactitude, nous entrons dans le domaine de l'histoire, nous trouvons l'église Notre-Dame des Champs mentionnée comme basilique de la sainte Vierge dans un monument de l'an 700 à 710. C'est un testament d'Ermentrude, dame franque aussi libérale que chrétienne (1). Cette noble dame énumère onze églises de Paris ou des environs auxquelles elle fait différents legs (2); et parmi ces onze églises se trouvent nommées, d'une part, *la très-sainte église de Paris, sacrosancta ecclesia civitatis Parisiorum,* ce qui désigne évidemment la cathédrale, et, de l'autre, la basilique de sainte Marie, *Basilica domnæ Mariæ,* ce qui désigne, aux yeux de tous ceux qui ont étudié les antiquités de Paris, l'église Notre-Dame des Champs, puisque, après la cathédrale, c'était la seule qui portât le vocable de la sainte Vierge.

Cette église fut rebâtie vers la fin du dixième siècle ou le commencement du onzième, sous le règne de Hugues Capet ou celui de Robert le Pieux : à la faveur des désordres qui avaient signalé le règne des derniers carlovingiens, des seigneurs laïques l'avaient usurpée, ainsi que le vaste enclos qui l'entourait. En 994, ils en confièrent le service aux religieux de l'abbaye de Marmoutiers, propriétaires de quelques terrains voisins de Saint-Étienne des Grès; et

---

(1) Ce testament est cité page 92 et suiv. du supplément donné par Mabillon à son traité *De re diplomaticá,* et il y est représenté comme tiré de l'original qu'on suppose conservé dans les archives de Saint-Denis. *Ex authentico Dionysiano.*

(2) Ces onze églises sont, dans Paris, la cathédrale, Notre-Dame des Champs, Saint-Étienne des Grès, Saint-Pierre et Saint-Paul dit plus tard Sainte-Geneviève, Saint-Gervais, Saint-Symphorien, Sainte-Croix ou Saint-Vincent dit plus tard Saint-Germain des Prés, Saint-Martin; et, hors de Paris, l'église de Bonzy, la basilique de Saint-Georges à l'abbaye de Chelles, et la basilique de Saint-Denis.

en 1084 une donation leur en fut faite, en toutes les
formes, par Adam Payen et Guy Lombard, qui disent dans
l'acte *tenir* cette église *de leurs ancêtres*. Dès lors Notre-
Dame devint un prieuré dépendant de l'abbaye de Marmoutiers. Les bénédictins ainsi établis dans ce lieu y donnèrent, de 1217 à 1220, une fraternelle hospitalité aux
premiers frères prêcheurs que Saint-Dominique envoya à
Paris pour y fonder une maison de son ordre naissant ; ils
leur permirent même d'officier et de prêcher dans leur
église, en attendant que ces religieux en eussent fait construire une qui leur fût propre, sur un terrain que leur
concéda l'université. Cet acte de généreuse charité attira
les bénédictions de Dieu et des hommes sur le prieuré de
Notre-Dame des Champs, et les bénédictins jouirent de sa
possession paisible jusqu'en 1604, où, sur la demande de
la princesse de Longueville et de l'abbé de Bérulle, qui fut
plus tard cardinal, ils en firent cession à la première colonie de carmélites que sainte Thérèse envoya d'Espagne
à Paris pour y propager sa réforme. Confiée aux anges du
Carmel, l'église Notre-Dame des Champs gagna beaucoup
au changement. Marie de Médicis la fit décorer avec la plus
grande magnificence : elle sépara le sanctuaire de la nef par
une grille soutenue de belles colonnes de marbre chargées
de flammes de bronze doré. Elle donna également pour le
grand autel quatre colonnes de marbre, un tabernacle en
argent massif représentant l'arche d'alliance, et d'autres
ornements en bronze doré. Quant aux murs, elle les fit
couvrir de belles fresques de Philippe de Champeaux, ainsi
que d'un grand nombre de tableaux dus au même artiste,
à Lebrun, à la Hire, à Stella et au Guide lui-même. On
voyait encore dans cette riche église un crucifix de bronze,
chef-d'œuvre de Sarazin, et un bas-relief représentant l'Annonciation, qui était l'œuvre du sculpteur Flamen. Néanmoins il était une décoration plus magnifique qui embellissait

ce sanctuaire; c'était la piété qu'on y respirait, l'arome de vertu et d'innocence dont on s'y sentait comme embaumé. Les âmes pieuses venaient avec bonheur y associer leurs prières aux prières si pures des carmélites : là le recueillement leur semblait plus facile, le cœur s'épanchait plus volontiers, et en si bonne compagnie on se croyait déjà dans le ciel. Aussi ce fut là que, le 24 juin 1633, un des plus saints prêtres de son temps, M. Olier, fondateur de Saint-Sulpice, voulut offrir pour la première fois le saint sacrifice de l'autel; et le même jour il y prêcha le discours d'entrée en religion de mademoiselle de Bussy (1). Ce fut là que la célèbre pénitente mademoiselle de la Vallière vint à trente et un ans expier les écarts de sa vie passée, par une vie toute céleste, sous le nom de Louise de la Miséricorde. Ce fut là enfin que le Carmel fit épanouir des vertus si sublimes, qu'il couvrit de l'éclat de sa sainteté le nom même de son antique église, jusqu'à le faire disparaître entièrement. Le peuple, dans son admiration, ne dit plus : l'église Notre-Dame des Champs, mais l'église des Carmélites. Un nom consacré par une antiquité si haute allait donc tomber dans l'oubli, lorsque heureusement on l'en retira en le donnant d'abord à une rue voisine, la rue Notre-Dame des Champs; puis, en 1858, à une paroisse nouvellement érigée dans les environs, et destinée à faire refleurir toutes les gloires de l'église dont elle porte le célèbre vocable.

A peu de distance de Notre-Dame des Champs était l'église de Notre-Dame du Val-Vert, *Vallis viridis,* ou, par altération, de Vauvert, nom qui indique le site charmant où elle était placée. C'était dans la partie du jardin du Luxembourg qui s'étend depuis la rue d'Enfer jusqu'à la rue Notre-Dame des Champs. Dans cette riante campagne,

---

(1) *Vie de M. Olier*, par M. Faillon, t. I, p. 65.

qui faisait partie du domaine de la couronne, les rois de
France s'étaient bâti un château ; mais depuis longtemps
ils avaient cessé de l'habiter ; et soit que des malfaiteurs
en eussent fait leur repaire nocturne, soit, comme tout le
monde le croyait alors, que des revenants ou des démons
s'y rassemblassent, il en sortait la nuit des hurlements affreux qui jetaient l'épouvante dans le quartier, et souvent
même les hideux habitants de ce château tombaient sur
les passants et les frappaient rudement : ce qui fit donner à
la rue voisine le nom de rue d'Enfer, qu'elle porte encore
aujourd'hui. Le roi saint Louis, pour faire cesser cet état
de choses qui troublait la paix publique, établit à l'hôtel
Vauvert des religieux de la grande Chartreuse, qu'il avait
en grande vénération, convaincu que, si les démons habitaient ces lieux, la sainteté de ces anges de la terre les
forcerait à s'enfuir. En effet, le 21 novembre 1257, les
chartreux, installés dans cet hôtel, consacrèrent leur nouvelle habitation à la sainte Vierge, l'adoptant pour patronne et la priant d'en chasser les mauvais esprits. Leur
demande fut exaucée, et ce lieu d'effroi devint un lieu de
paix. Le peuple en fut si touché que, dans l'élan de sa reconnaissance pour Marie, à qui il attribuait cette victoire
sur l'enfer, il se mit à l'œuvre pour lui bâtir une église ; et
bientôt Notre-Dame de Vauvert devint non-seulement l'espoir et la confiance de tout le quartier, mais encore un lieu
de pèlerinage. Sire de Joinville, dans son histoire de saint
Louis, raconte qu'en revenant de la terre sainte, un pas-
sager du vaisseau qui le précédait étant tombé à la mer,
s'écria au moment de sa chute : *Notre-Dame de Vauvert,
sauvez-moi,* et aussitôt la reine du ciel vint à son secours,
le soutenant sur l'eau jusqu'à l'arrivée du navire suivant,
qui le recueillit à son bord (1). Malheureusement l'église

---

(1) Le P. Poiré, *Triple couronne de la sainte Vierge,* t. I, p. 430.

et le couvent furent démolis en 1792, et il n'en reste plus aucune trace.

Quittons donc ce lieu qui n'a plus rien que de profane, et montons la belle avenue de l'Observatoire. Voyez-vous à gauche ce magnifique sanctuaire de la sainte Vierge que couronne un dôme majestueux? c'est Notre-Dame du Val-de-Grâce. Son histoire rappelle les plus glorieux souvenirs. Il y avait autrefois, à quatre lieues de Paris, sur la paroisse de Bièvre-le-Château, une abbaye de bénédictines qui remontait au moins au douzième siècle. Au commencement du quinzième, la reine Anne de Bretagne, qui s'en était déclarée protectrice, y avait fait introduire la réforme par l'évêque de Paris, et substituer au nom de *Val-Profond*, que le monastère tenait de sa situation, le nom plus aimable de *Val-de-Grâce de Notre-Dame de la Crèche*. Anne d'Autriche, qui honora d'un intérêt non moins tendre ce monastère, y fit nommer pour abbesse, en 1618, une des personnes les plus recommandables de son siècle, la vénérable Marguerite d'Arbouze; et comme les bâtiments qui pendant le siècle précédent avaient subi les ravages du protestantisme et de deux grandes inondations, appelaient une reconstruction générale, elle se préoccupa des moyens de remédier à une position si fâcheuse. D'un côté, le monastère de Bièvre étant insalubre, elle ne jugea pas expédient de le rebâtir; de l'autre, les religieuses des couvents de femmes établis à la campagne, aspirant généralement alors à venir se fixer dans les villes, conformément au vœu du Concile de Trente, pour y être plus en sûreté, elle estima sage de transporter à Paris le couvent du Val-de-Grâce. Or, précisément, de vastes terrains propres à recevoir de grandes constructions se trouvaient à vendre vers l'extrémité du faubourg Saint-Jacques. C'était autrefois une propriété du connétable de Bourbon, auquel on les avait confisqués lors de sa défection; et Pierre de Bérulle, qui les occupait alors avec ses religieux,

I.   5

devait bientôt les quitter pour aller se fixer à l'Oratoire, dans
la rue Saint-Honoré. Anne d'Autriche, par ses largesses, fa-
cilita aux religieuses l'achat de ces terrains au prix de trente-
six mille livres, et obtint la remise des droits du domaine.
Le 20 septembre 1621, celles-ci vinrent s'y installer, et dès
ce moment la maison prit le nom de Val-de-Grâce de Notre-
Dame de la Crèche, sous lequel la communauté était connue
à Bièvre depuis plus d'un siècle.

Le 3 juillet 1624, la reine posa la première pierre des
bâtiments du cloître; et la mort de la vénérable abbesse,
qui arriva peu après, ne diminua rien de l'intérêt que
cette princesse portait à la communauté. Elle s'y était
réservé un appartement où elle allait de temps à autre
faire des retraites et se consoler des chagrins dont les
palais ne sont pas plus exempts que les chaumières. Là,
ses prières s'étaient souvent élevées vers Dieu pour lui demander un fils; et elle y avait fait vœu, si cette grâce lui
était accordée, de rebâtir l'église et le monastère du Val-
de-Grâce avec une magnificence vraiment royale.

Louis XIV lui ayant été donné, elle n'eut garde d'oublier
sa promesse; et le 1er avril 1645, deux ans après la mort
de Louis XIII, elle mena l'enfant roi, âgé de sept ans,
poser la première pierre de l'église. La cérémonie eut lieu
en présence de l'archevêque de Paris et de toute la cour.
Une médaille d'or avait été encadrée dans cette pierre;
l'une des deux faces représentait la reine avec le roi enfant,
l'autre le frontispice de la future église, autour duquel se
lisaient ces mots : *Ob gratiam diù desiderati regii et secundi
partûs,* c'est-à-dire : En actions de grâces de l'heureuse
naissance si longtemps désirée d'un fils du roi.

Les troubles de la Fronde n'empêchèrent point la reine
régente de poursuivre son œuvre; et quand, cinq ans après
la pose de la première pierre, l'église fut achevée, une
inscription qu'on peut lire autour de la coupole attesta

que la pieuse princesse attribuait la soumission de tous ses ennemis à la grâce que Dieu lui avait faite d'élever un temple à sa gloire : *Anna Austriaca, D. G. Francorum regina regnique Rectrix, cui subjecit Deus omnes hostes ut conderet domum in nomine suo*. A. M. D. G.; et en même temps les mots : *Jesu nascenti Virginique Matri*, mis au-dessus du portail, rappelaient le vocable du Val-de-Grâce de Notre-Dame de la Crèche, sous lequel avaient été dédiés l'ancien et le nouveau monastère.

En 1655, une nouvelle cérémonie eut lieu au Val-de-Grâce : il manquait encore des constructions pour achever les cloîtres et les dortoirs, commencés depuis plus de trente ans. La reine y mena, pour poser la première pierre, le second fils de Louis XIII, Philippe, duc d'Anjou, qui, après la mort de Gaston, son oncle, prit le titre de duc d'Orléans; et la truelle et le marteau d'argent dont il se servit, ainsi que ceux qu'avait eus en main Louis XIV dans la cérémonie précédente, furent conservés dans le trésor du monastère. Onze ans après, la reine fondatrice mourut; et son cœur, comme elle l'avait désiré, fut déposé dans l'église, près des cœurs de plusieurs des petits-enfants que ses deux fils lui avaient donnés et que la mort avait ravis à sa tendresse d'aïeule. En ce moment, on travaillait encore aux décorations intérieures de l'église, et Mignard peignait la coupole, qu'il ne termina qu'en 1669. Ce grand édifice, élevé sur les dessins de Mansart, est un des plus beaux de Paris et un des plus réguliers qu'ait élevés le dix-septième siècle. La façade se compose d'une double ordonnance corinthienne, l'une superposée à l'autre, et surmontées chacune d'un fronton. L'intérieur offre une nef séparée des bas-côtés par des arcades et pilastres corinthiens cannelés. Le maître-autel est couronné par un baldaquin reposant sur six colonnes torses composites de marbre noir, avec des bases et chapiteaux de bronze doré. Le

5.

dôme est, après Sainte-Geneviève et les Invalides, le plus élevé de tous ceux de Paris, et sa belle coupole est digne du génie de Mignard.

Cette église demeura aux Bénédictines jusqu'à la révolution de 1792, qui la dévasta : depuis 1820, restaurée et rendue au culte par le zèle de M. le duc de Clermont-Tonnerre, alors ministre de la guerre, elle sert à l'hôpital militaire qui occupe l'ancien couvent des religieuses.

Si du Val-de-Grâce nous dirigions nos pas vers la campagne, nous trouverions le magnifique établissement des Augustines du Saint-Cœur de Marie, dans la rue de la Santé; et, un peu plus loin, trois autres églises de la sainte Vierge, savoir : à gauche, Notre-Dame de la Gare; à droite, Notre-Dame de Plaisance, et, entre elles deux, l'Intérieur de Marie à Montrouge; et si de là nous rentrions dans l'ancienne enceinte de Paris, nos regards seraient d'abord frappés, rue d'Enfer, d'un dôme gracieux, de construction toute moderne : c'est une église de la sainte Vierge qu'a fait bâtir pour son usage le premier monastère de la Visitation. Puis, descendant par la rue Notre-Dame des Champs, nous rencontrerions presque à chaque pas un souvenir de Marie : ici, c'est sur la droite, rue Carnot, n° 8, l'église et le couvent des religieuses augustines de Sainte-Marie, où les jeunes personnes reçoivent une éducation si sage et si chrétienne; c'est Notre-Dame de Sion, asile des enfants juives qui veulent se faire catholiques, et, tout à la fois, centre de l'association des mères chrétiennes qui mettent en commun leurs prières pour le bien temporel et spirituel de leurs enfants. Là, c'est Notre-Dame des Petites-Sœurs des pauvres, et, derrière leur chapelle, Notre-Dame des Bonnes-Œuvres, sanctuaire ouvert à tout ce qui soulage et sanctifie l'humanité; c'est Notre-Dame de la Convalescence, heureux asile pour les filles pauvres au sortir de l'hospice;

Notre-Dame des Enfants délaissées, où la religion élève dans le travail et la vertu de jeunes filles abandonnées; et presque en face, dans la rue du Mont-Parnasse, la Société des prêtres de Marie : un peu plus bas, c'est Notre-Dame de Bon-Secours, avec sa charmante chapelle en style gothique du treizième siècle, dont les nervures de voûtes fines et hardies retombent en gerbes de colonnettes, formant des piliers qu'unit entre eux une galerie aérienne ornée de trèfles et de dentelles de pierre. L'autel, de marbre blanc avec des ornements de bronze doré, est surmonté d'une statue de la Vierge, peinte selon la coutume du moyen âge, et les bas-côtés sont éclairés par des ogives où s'enchâssent des vitraux modernes remarquables. C'est là que, sous les auspices de Marie, vivent ces sœurs de Bon-Secours si intelligentes et si dévouées dans le service des malades.

Un peu plus bas encore, c'est, dans la rue du Regard, la chapelle de l'Immaculée-Conception des pères de l'Oratoire, résurrection bénie d'un ordre qui a rendu de si grands services à l'Église. Près de là, au n° 25 de la rue du Cherche-Midi, était encore l'église avec le couvent de Notre-Dame de Consolation, habité par des Bénédictines; mais la révolution de 1792 l'a fait disparaître, et aujourd'hui ce n'est plus qu'une maison particulière.

La rue de Vaugirard n'est pas moins féconde en églises ou chapelles de la sainte Vierge : on en compte jusqu'à cinq : au n° 88, c'est la chapelle des Sœurs de la Charité du 6e arrondissement; au n° 91, c'est la chapelle des Sœurs Marie-Joseph, dévouées à la pénible mission de ramener à la vertu les jeunes personnes qui s'en sont éloignées; au n° 93, ce sont les religieuses du Saint-Cœur de Marie de Nancy, et au 101, les sœurs de Notre-Dame de Lorette, deux communautés qui, animées du même zèle, recueillent un petit nombre de jeunes personnes pauvres pour leur apprendre un état, avec la pratique de la vie chrétienne ; au n° 140, c'est le second monastère de la Visitation, où les filles de Saint-François de Sales, pleines de son esprit, forment les jeunes personnes à tout ce que la vertu a d'aimable et de généreux.

La rue de Sèvres a aussi, comme la rue de Vaugirard, ses cinq églises ou chapelles de la sainte Vierge : c'est d'abord l'hospice Necker, autrefois couvent et église de Notre-Dame de Liesse, où habitaient des religieuses de ce nom; plus tard hospice de Saint-Sulpice, où étaient recueillis les indigents de cette paroisse, sous le patronage de la sainte Vierge, et, depuis la révolution, hospice public. C'est ensuite le couvent de la congrégation de Notre-Dame, dit *des Oiseaux*, avec sa gracieuse chapelle gothique dédiée à Marie; c'est l'église de l'Annonciation de la sainte Vierge, aujourd'hui servant à l'hospice des Incurables (femmes); plus loin, c'est le couvent de Saint-Thomas de Villeneuve, avec sa chapelle récente bâtie en 1830, son autel restauré en 1860, et sa Vierge noire si vénérable, si honorée pendant des siècles à Saint-Étienne des Grès sous le nom de Notre-Dame de Bonne-Délivrance. C'est là un des sanctuaires où le cœur qui aime Marie éprouve plus de facilité et de bonheur à s'épancher. D'un côté, tout invite au recueillement de la prière, soit le local toujours propre dans sa simplicité, soit le jour sombre et religieux qui l'éclaire, soit le silence et la paix qui y règnent, soit l'exemple des saintes religieuses et des âmes pieuses qui s'y rassemblent pour prier : d'un autre côté, l'image vénérée qu'on a sous les yeux, et qui rappelle de si beaux souvenirs, parle délicieusement au cœur. A sa vue, on se rappelle et saint François de Sales et le pauvre prêtre Bernard et tous les associés de l'antique confrérie de Notre-Dame de Bonne-Délivrance, qui ont épanché devant la même image tant de ferventes prières. Nous croyons faire

plaisir au lecteur qui ne pourra aller se prosterner devant
cette image de Marie, en la lui mettant ici sous les yeux,
exactement reproduite. Il pourra y remarquer deux choses:
il verra la Vierge couverte de cœurs; c'est la reconnais-

sance de bienfaits reçus, qui a voulu attacher son cœur au
cœur de Marie, pour lui témoigner son amour; il verra une
ancre, symbole de l'espérance, suspendue au bras de l'enfant Jésus : c'est pour signifier que toute notre espérance

est en Jésus, notre sauveur, par l'intercession de Marie, notre mère.

Un peu au-dessous de Saint-Thomas de Villeneuve et presque en face, est l'Abbaye-aux-Bois, qui dédia en 1720 son église sous le vocable de Notre-Dame des Sept-Douleurs, qui, pendant un demi-siècle, la livra pour servir d'église paroissiale, et qui, depuis 1824, possède une statue miraculeuse de *Notre-Dame de Toute-Aide*.

Cette statue, autrefois propriété de la communauté des *Filles-Dieu*, y a été en grande vénération pendant plus de

deux siècles, à raison des nombreux prodiges tant spirituels que temporels, qui ont attesté combien la sainte
Vierge avait pour agréable d'être honorée devant cette
image et sous le titre de *Notre-Dame de Toute-Aide*. C'est
aux pieds de cette statue que furent guéris autrefois un
jeune homme atteint d'une fièvre ardente et continue, l'abbesse de Notre-Dame de Meaux, madame de la Vieuville,
paralysée des deux jambes, et dont on voit encore aujour-
d'hui dans la main de la sainte Vierge l'*ex-voto* commémoratif; la prieure du monastère, victime d'un accident qui
lui brûla le visage en 1692, et dont la trace même disparut après deux jours de prières devant l'image miraculeuse; madame Bailly, religieuse du monastère de Collinances, au diocèse de Meaux, qui, affligée d'une extinction
de voix rebelle à tous les remèdes, y recouvra la parole en
1713. Saint François de Sales bénit cette statue en 1618,
lorsqu'il visita le monastère des Filles-Dieu. A la révolution
de 1792, une religieuse du monastère, madame de Flavigny,
la sauva des mains de l'impiété, et la laissa, en mourant, à
madame Leclère, son ancienne élève, qui pendant les
troubles de la France lui avait accordé une généreuse
hospitalité. Madame Leclère, à son tour, la laissa, en
mourant, à madame Leroy, religieuse Fille-Dieu, qui, en
1824, en fit hommage au couvent de l'Abbaye-aux-Bois.
Cette maison, heureuse de posséder un tel trésor, aime à
venir prier devant cette antique statue, et a souvent
éprouvé qu'on n'y prie point en vain.

A peu de distance de là, la rue de Varennes vous offre
un double souvenir de la sainte Vierge : le premier est la
maison des prêtres de la Miséricorde, puisque le titre de
leur congrégation est celui de l'Immaculée-Conception ; le
second se rencontrait à l'angle que forme cette rue avec
la rue du Bac : là était autrefois l'église des Filles de
l'Immaculée-Conception, bâtie par Louis le Grand, ache-

vée en 1694, et vendue pendant la révolution de 92 à des particuliers qui l'ont démolie.

La rue de Grenelle, voisine et parallèle de la précédente, vous offre aussi un souvenir de Marie, mais un souvenir qui déchire le cœur : c'est l'église de Notre-Dame de Pentemont, bâtie par des bénédictines venues de la montagne de Saint-Symphorien, près Beauvais, sur le penchant de laquelle était leur monastère, ce qui leur fit donner le nom de *Pentemont*. Le Dauphin, père de Louis XVI, en avait posé la première pierre en 1755; Coutant, architecte du roi, l'avait commencée, et Fransque, son élève, l'avait achevée : ils en avaient fait une jolie chapelle, d'une grande fraîcheur d'exécution, d'une extrême propreté, et avaient orné le portail sur la rue de deux colonnes ioniques surmontées d'un fronton circulaire; et tout cela n'a abouti qu'à préparer un temple à l'hérésie, qu'à élever une chaire où l'on attaque le culte de la Mère de Dieu, en l'honneur de laquelle l'église a été bâtie. C'est bien le cas de dire que si les pierres avaient une voix, elles crieraient à la profanation : *Lapis de pariete clamabit*.

Pourquoi faut-il que, revenant de là à Saint-Germain des Prés, nous ne trouvions plus aussi la chapelle de Notre-Dame du Cloître, qui touchait à l'Abbaye? La révolution n'en a laissé aucune trace; et cependant c'était une merveille dans son genre. Le génie de Pierre de Montreuil l'avait élevée comme la Sainte-Chapelle, et elle passait même pour son chef-d'œuvre. Là était le tombeau de ce célèbre architecte, avec cette inscription qui atteste dans ce grand homme l'alliance de la vertu et du talent :

Flos plenus morum, vivens doctor latomorum,
Monsterolo (1) natus, jacet hic Petrus tumulatus.

---

(1) *Monsterolum* est une abréviation de *Monasteriolum*, et désigne ici Montreuil près Vincennes, appelé autrefois Montreuil-sur-Bois, et aujourd'hui Montreuil-les-Pêches.

Moins ancienne, mais aussi mieux conservée, est la chapelle de la sainte Vierge de l'église Saint-Sulpice, commencée en 1646 par M. Olier, et achevée par M. Languet, un de ses successeurs. Tout est magnifique dans cette chapelle et rappelle les plus beaux sanctuaires d'Italie. Tout s'y réunit pour en faire l'un des plus curieux monuments de ce genre en France, et la Vierge Immaculée qui semble déjà régner au ciel parmi les Anges sur le monde qui est à ses pieds, et ces murs qu'embellissent à l'envi l'or, le marbre et la peinture, et cet autel dont le bas-relief, représentant les Noces de Cana, est un chef-d'œuvre de sculpture en bronze; et ces sept lampes toujours allumées, travaillées avec tant de goût, et ces huit lustres qui, dans les réunions du soir, donnent à la nuit la clarté du plus beau jour; et cette coupole surtout où la main habile du peintre a dessiné si heureusement Marie au sein de la gloire, ravie dans une délicieuse extase, les Anges qui l'environnent, l'admirent et la vénèrent, saint Pierre et saint Sulpice qui lui recommandent les paroissiens; les paroissiens eux-mêmes, à la partie inférieure du tableau, dans des attitudes si variées, des poses si saisissantes d'admiration, de respect et de piété; les apôtres enfin, les docteurs, et parmi eux M. Olier en étole pastorale, prêchant à tous l'amour de Celle qui leur est montrée comme reine du ciel et de la terre. Mais il est quelque chose de plus beau encore dans cette chapelle; c'est la piété des fidèles qui y prient tout le jour et viennent dire à Marie leur dévouement et leur confiance, leurs peines et leurs besoins; c'est la foule qui s'y rassemble tous les soirs au nombre de cinq à six cents, venant aux pieds d'une mère reposer leur âme des sollicitudes du jour, et demander pour le lendemain des grâces nouvelles. Aussi on ne saurait dire toutes les faveurs que Marie se plaît à y verser sur ses fidèles serviteurs : la reconnaissance en a gravé naguère un souvenir sur le marbre;

on peut l'y lire. Cette chapelle est le siége d'une confrérie qui est affiliée à Notre-Dame des Victoires et qui en partage les priviléges.

Au sortir de l'église Saint-Sulpice se présentent à droite et à gauche des souvenirs de la sainte Vierge. A droite, dans l'espace qui sépare la rue Bonaparte de la rue des Canettes, était autrefois le couvent de Notre-Dame de la Miséricorde, transféré maintenant rue Neuve-Sainte-Geneviève. Le père Yvan, de l'Oratoire, l'avait fondé pour procurer un asile à des filles de qualité ou du moins de bonne famille qui n'avaient pas le moyen de payer la dot requise pour entrer dans une maison religieuse; la Providence, favorisant ce pieux projet, avait fait arriver entre les mains de la supérieure cinquante mille francs, prix de l'achat de la maison, le jour même de la signature du contrat; et le roi, en 1662, avait déclaré cette maison de fondation royale.

A gauche est le séminaire Saint-Sulpice, qui est proprement la maison de la sainte Vierge : on l'y honore comme supérieure, on l'y aime comme mère, on l'y invoque comme dispensatrice des grâces : son image y est partout devant les yeux, sa louange y est dans toutes les bouches et son amour dans tous les cœurs.

En tournant vers l'orient, on trouve la rue Servandoni, appelée autrefois la rue des Fossoyeurs; et cette rue seule avait deux maisons de la Mère de Dieu : dans la partie la plus rapprochée de l'église, du côté de la rue Garancière, était la maison des *Filles de l'Intérieur de la sainte Vierge*, destinée à instruire les jeunes personnes et à leur apprendre les travaux propres à leur sexe. Au côté opposé et un peu plus haut, à l'angle que forme cette rue avec la rue du Canivet, était la communauté des *Orphelins de la mère de Dieu*, destinée à recevoir les enfants que la mort de leurs parents laissait sans appui et sans autre ressource que la charité des fidèles. Cette maison, autorisée par lettres pa-

tentes du roi en 1678, comptait, quelque temps après sa
fondation, jusqu'à cent orphelins. On les y recevait dès la
plus tendre enfance ; on les élevait et on les instruisait avec
beaucoup de soin, jusqu'à ce qu'ils fussent placés avanta-
geusement ou mis en apprentissage. Huit sœurs dirigeaient
la maison, sans y être astreintes par aucun vœu, et la
chapelle était dédiée sous le titre de l'*Annonciation*.

CHAPITRE TROISIÈME.

La rive droite offre, comme la rive gauche, dans toutes ses parties, des monuments ou des souvenirs glorieux à Marie. Tout y parle de Marie; tout y montre qu'à toutes les époques de l'ère chrétienne, Marie a été, après Jésus-Christ, le grand objet de la vénération publique, de l'amour et de la confiance des fidèles.

Si en effet nous commençons par une extrémité de la rive, pour suivre autant que possible un ordre itinéraire, nous trouvons Notre-Dame de Bercy, dite *Notre-Dame de Bon Secours*. Desservie autrefois par la congrégation des clercs réguliers de la Doctrine chrétienne, cette église était tout à la fois un lieu de pèlerinage où l'on venait de divers endroits, mais surtout des vallées de Fécamp, et un centre de confrérie pour les jardiniers. L'année 1660, le pape Alexandre VII, par un bref en date du 8 décembre, y attacha une indulgence plénière pour le jour de la Nativité de la sainte Vierge, qui en était la fête titulaire, à trois conditions, les deux premières de se confesser et de communier, la troisième de visiter l'église ce jour-là et d'y prier selon les intentions du saint-siége. Le 23 février 1752, Benoît XIV, voulant favoriser la confrérie autant que le pèlerinage, accorda plusieurs indulgences plénières à tous les confrères fidèles au règlement de la confrérie, et cette association existe encore aujourd'hui. L'église ancienne, détruite à l'époque de la révolution, fut remplacée provisoirement, au rétablissement du culte, par la cha-

pelle du château du Petit-Bercy; et en 1823 la ville de
Paris fit construire l'église actuelle, malheureusement
trop petite pour la population (1).

Si de là nous passons à la rue Picpus, nous trouvons dans
cette seule rue *Notre-Dame de la Victoire de Lépante*, établissement fondé en 1640 pour des chanoinesses régulières de
l'ordre de Saint-Augustin, devenu propriété particulière
depuis 1810, et occupé longtemps par un pensionnat de
jeunes demoiselles; la congrégation de la Mère de Dieu,
au n° 43, toujours subsistante et pleine de vie; le couvent
de Picpus au n° 15, où l'on honorait une statue remarquable de Notre-Dame de Pitié, due au ciseau célèbre du
frère Blaise, placée dans une grotte formée de rocailles et
de coquilles au milieu d'un vaste enclos; mais surtout dans
la communauté qui occupe les numéros 33 et 35, la piété
envers Marie est puissamment excitée par tous les souvenirs qui se rattachent à la mémorable statue de Notre-Dame
de Paix, qu'on y vénère de temps immémorial. Cette statue
s'était transmise de génération en génération dans la famille de Joyeuse, une des maisons les plus illustres de
France, lorsqu'au seizième siècle elle tomba en partage à
Henri de Joyeuse, comte du Bouchage. Ce seigneur fit
construire pour cette statue une chapelle dans son hôtel:
étant peu après devenu veuf, il renonça au monde,
entra dans l'ordre des Capucins, où il fit profession sous
le nom de frère Ange, le 4 décembre 1587, et y apporta
la sainte image, qui fut placée au-dessus de la porte principale du couvent. Honorée dans ce lieu par la vénération
des fidèles pendant près de soixante ans, et devenue
célèbre par plusieurs guérisons miraculeuses et bien
constatées, fruit des prières épanchées en sa présence,
elle fut transférée dans l'église des Capucins, d'abord

---

(1) Extrait des archives de l'église de Bercy·

près de la tombe du père Ange, et plus tard dans une
chapelle qu'y fit élever la famille de Joyeuse.

Depuis cette époque, Notre-Dame de Paix fut plus que
jamais un rendez-vous de prières pour un grand nombre
d'habitants de Paris, jusqu'au temps où la révolution, sup-
primant tous les ordres religieux, obligea les capucins de
quitter leur couvent. Ceux-ci remirent la sainte image à
une personne de confiance, et de main en main elle arriva
à la supérieure de la congrégation de Picpus, avec une dé-

claration de l'archevêque de Paris constatant l'identité de la statue. On fit aussitôt bâtir dans l'église du couvent une chapelle où l'on plaça la sainte image, et, depuis ce temps, on n'a cessé de lui rendre comme autrefois des hommages publics; on la prie avec une confiance toute spéciale, et on en obtient souvent des grâces signalées.

De Picpus, descendant à la rue Saint-Bernard, on y trouvait autrefois le couvent des filles de *Notre-Dame des Vertus*, que les duchesses de Noailles et de Lesdiguières avaient fait venir d'Aubervilliers pour instruire les filles pauvres du faubourg Saint-Antoine. Passant de là à Popincourt, on trouve l'église qui fut consacrée en 1639 sous le vocable de *Notre-Dame de Protection,* et qui fut longtemps occupée par les Annonciades, qu'avait établies sainte Jeanne de Valois, en l'honneur des dix vertus de la sainte Vierge. Montant ensuite vers le nord, on arrive à Charonne, et là, au n° 95, était une église de *Notre-Dame de Bon-Secours,* église qui avait un aspect assez agréable, mais que la révolution a fermée et que l'industrie a convertie en manufacture. Continuant la route vers le nord, on arrive à Ménilmontant; et là, l'église paroissiale vous parle encore de la sainte Vierge. *Notre-Dame de la Croix* est son vocable. Heureuse inspiration! On ne pouvait trouver un titre qui convînt mieux à un quartier qu'habitent tant de familles pauvres. Quoi de plus propre à leur inspirer la patience et la résignation que la pensée de la Mère de Dieu souffrant plus que tous les martyrs; pensée que place sous leurs yeux le groupe de Notre-Dame des Sept-Douleurs qu'on voit au fond du chœur? En 1835, Mgr de Quélen bénit cette église comme chapelle vicariale de Belleville; en 1847, Mgr Affre l'érigea en église paroissiale, et à bien juste titre, puisque aujourd'hui Ménilmontant compte vingt-huit mille habitants.

Descendant de là vers la Bastille, la rue des Tournelles

vous offrait autrefois l'hôpital de la *Charité Notre-Dame*, fondé pour recevoir les femmes ou filles malades, qui, nées dans une condition honnête, mais sans fortune, répugnaient à aller se faire traiter à l'Hôtel-Dieu. Cet établissement était une belle inspiration de la délicatesse de la charité; ce n'est plus aujourd'hui qu'un atelier de filature. Rentrant ensuite dans la rue Saint-Antoine, vous trouvez encore deux églises de la sainte Vierge, *Notre-Dame des Anges*, bâtie en 1682 pour le couvent de la Visitation, d'après les dessins de Mansart, sur le modèle de Notre-Dame de la Rotonde, à Rome, et depuis 1802 livrée au culte calviniste; et *Notre-Dame de Sion*, bâtie en 1633 pour le couvent des chanoinesses régulières anglaises et réformées de l'ordre de Saint-Augustin.

Vous arrivez ensuite à l'hôtel de ville; et là, de toutes parts, dans un rayon peu étendu, se multiplient les souvenirs de la sainte Vierge. Ici, c'est l'église et le couvent de l'*Ave-Maria* concédés par Louis XI en 1480 à des religieuses du tiers ordre de Saint-François, qui vivaient d'aumônes, jeûnaient toute l'année, excepté les dimanches et le jour de Noël, marchaient nu-pieds en tout temps, couchaient sur la dure, et chantaient tous les jours l'office au chœur, debout depuis minuit jusqu'à trois heures. Cette église est aujourd'hui un magasin de bois, et le couvent forme la caserne dite de l'*Ave-Maria*.

Là, c'est *Notre-Dame de la Charité*, dans la rue des Billettes. L'emplacement de cette église était autrefois l'habitation d'un juif qui fit avec une femme pauvre l'horrible marché de lui rendre ses vêtements qu'il gardait en gage pour un prêt usuraire, à condition qu'elle lui livrerait l'hostie qu'elle recevrait à la communion. Une fois possesseur de cette hostie, le juif la perce à coups de canif, et le sang en coule avec abondance : furieux, il la jette dans le feu, et l'hostie en sort intacte; plus furieux encore, il se jette dessus avec un couteau, et le sang coule plus

abondamment : ne se possédant plus de rage, il la jette
dans une chaudière d'eau bouillante, elle teint toute l'eau
en sang, puis va se placer en haut contre la muraille,
au-dessus de sa portée. Une femme du peuple entre dans la
maison; l'hostie descend alors, vient se reposer sur le petit
vase qu'elle tenait à la main; et la femme court aussitôt
la porter au curé de Saint-Jean-en-Grève, sa paroisse. La
nouvelle du sacrilège et du miracle se répand bientôt dans
tout Paris; la femme et les enfants du juif se convertissent;
en place de la maison, on bâtit une chapelle, qu'on appela
la chapelle des Miracles, et plus tard une église qui, le
13 mai 1408, fut consacrée sous le titre de *Notre-Dame de
la Charité*. Chose étrange, bien faite pour affliger tout cœur
catholique ! en 1812 les protestants de la confession d'Augs-
bourg s'emparèrent de cette église; et le monument d'un
miracle qui avait constaté la présence permanente de
Jésus-Christ dans l'Eucharistie fût livré pour servir de
temple aux luthériens, qui la nient.

A peu de distance des Billettes, vous trouvez l'église de
Notre-Dame des Blancs-Manteaux, ainsi nommée du manteau blanc que portaient les religieux qui la desservaient
sous le titre de serviteurs de Marie. Ces religieux, établis
aux Blancs-Manteaux en 1258, furent remplacés, en 1297,
par les Guillemites de Montrouge, auxquels on réunit, en
1618, les Bénédictins réformés. En 1685, on reconstruisit
l'église et le monastère, qui depuis cette époque ne ser-
virent plus qu'aux savants et modestes religieux de la congrégation de Saint-Maur, jusqu'à la révolution de 1792
qui les dispersa.

Un peu plus loin était *Notre-Dame des Bois*, ainsi appelée
à raison de sa situation près la rue Saint-Denis, qui était
alors un bois. Les uns font remonter la fondation de cette
église jusque vers le temps de saint Denis; d'autres, à la
dernière moitié du neuvième siècle; d'autres enfin, aux

premières années du onzième : ce qu'il y a de certain, c'est qu'elle était jointe à l'église qu'on éleva sous le règne de Louis le Bègue en l'honneur de sainte Opportune, dont Hildebrand, évêque de Séez, avait apporté les reliques à Paris pour les soustraire aux dévastations des Normands (1). Notre-Dame des Bois disparut au treizième siècle avec l'église Sainte-Opportune qui tombait en ruine et qui fut seule relevée alors, puis érigée en église paroissiale au quatorzième siècle, et détruite en 1792.

En nous avançant vers le nord de Paris, nous trouvons, à l'église Saint-Laurent, la chapelle de Notre-Dame des Malades, dotée d'une archiconfrérie qui compte des affiliations en diverses villes de France, et dont le but religieux est d'éveiller la sollicitude des familles sur le salut des malades, et de procurer à ceux-ci, sinon toujours la guérison, au moins une mort chrétienne.

De là passant à Montmartre, nous voyons au pied de la colline le lieu où était autrefois une église sous le vocable de sainte Marie et de saint Denis, où vinrent pendant des siècles de nombreux pèlerins, attirés tout à la fois par la dévotion à Marie et par le souvenir des martyrs qui avaient arrosé de leur sang cette terre bénie.

Le clergé de la cathédrale s'y rendait en procession aux Rogations et le vendredi d'avant le dimanche des Rameaux. L'abbaye de Saint-Denis y venait à son tour aux fêtes de Pâques et de la Pentecôte ; et ce qui fait ressortir mieux encore la dévotion qu'on avait à cette église, ce fut là que l'an 1392 on vint en procession remercier Dieu et Marie d'avoir préservé le roi Charles VI du danger imminent qu'il avait couru d'être brûlé vif au milieu d'un bal.

---

(1) Sainte Opportune, abbesse d'un monastère près de Séez, était sœur de saint Chrodegand, évêque de cette ville, et mourut vers l'an 780.

Ce fut là que le jour de l'Assomption 1534, saint Ignace et les premiers pères de sa compagnie prononcèrent leurs premiers vœux; là aussi que, le 2 mai 1645, M. Olier renouvela avec deux de ses prêtres l'engagement déjà pris, trois ans auparavant, de se dévouer à l'œuvre des séminaires pour former à Jésus-Christ de saints prêtres et à l'Église des ministres vraiment animés de l'esprit de Dieu. Ce sanctuaire avait appartenu autrefois à un des vassaux de la maison de Montmorency, qui, en 1113, le céda aux moines du prieuré de Saint-Martin de Paris; et dix-sept ans plus tard ceux-ci le cédèrent à Louis VI et à sa femme la reine Adélaïde, qui y établirent des religieuses de l'ordre de Saint-Benoît. Malheureusement, il ne reste plus trace de ce célèbre sanctuaire, et l'on ignore même en quel endroit précis les martyrs qui ont fait donner à ce lieu le nom de Montmartre, *Mons martyrum*, ont versé leur sang pour la foi. Le seul monument religieux qu'ait conservé Montmartre, c'est l'église bâtie au sommet de la colline, sous le vocable de saint Pierre. L'historien Frédégaire nous la montre, dès l'an 627, rebâtie successivement pendant les siècles suivants : elle fut consacrée en 1147 par le pape Eugène III, ayant pour diacre son ancien maître saint Bernard, l'illustre abbé de Clairvaux, et pour sous-diacre Pierre le Vénérable, abbé de Cluny.

En descendant de la montagne, on trouve Notre-Dame de Bonne-Nouvelle, *Nostra Domina à bono nuntio*, située dans un quartier qui se nommait autrefois Villeneuve. Ce quartier étant devenu très-populeux, on y bâtit une chapelle avec la permission du Parlement, du curé de Saint-Laurent, d'où dépendait ce territoire, et de l'évêque, qui y mit pour condition que les baptêmes, mariages et convois continueraient de se faire à la paroisse Saint-Laurent; et, en 1563, l'évêque de Luçon la consacra sous le vocable de la sainte Vierge. Les guerres de la Ligue étant survenues, on rasa en 1593 la chapelle et les maisons du quar-

tier pour y élever des fortifications. En 1624, sous
Louis XIII, le quartier s'étant repeuplé, on obtint de l'archevêque de Paris et du curé de Saint-Laurent, à raison de
l'éloignement où l'on était de l'église paroissiale, la permission de relever l'ancienne chapelle dont on voyait encore alors quelques restes. Un an après, le nouveau
sanctuaire fut béni sous le titre de *Notre-Dame de Bonne-
Nouvelle* et ouvert à la piété des fidèles. En 1674, l'église
fut érigée en cure; en 1790 elle fut supprimée, vendue
comme bien national et démolie peu de temps après. Quelques années plus tard, la ville de Paris racheta l'emplacement qu'elle occupait, et de 1823 à 1828 on y éleva l'église
actuelle, divisée en trois nefs non voûtées, que séparent
des colonnes ioniques, et précédée d'un portail d'ordre dorique que décorent des pilastres et deux colonnes. Cette
église est petite et simple, mais la piété envers Marie, sa
patronne, y est grande. La Mère de Dieu y est bien aimée,
et par une conséquence infaillible, la vertu y fleurit, la
religion y compte beaucoup d'âmes ferventes.

A peu de distance de là, au côté opposé du boulevard,
se trouve une autre église de la sainte Vierge, c'est Notre-
Dame de Lorette, nom qu'elle a hérité d'une ancienne
chapelle ainsi appelée, située au bout du faubourg Montmartre, à l'extrémité de la rue Lamartine, et aujourd'hui
entièrement détruite. Commencée en 1823, achevée en
1836, elle offre dans sa décoration intérieure un assem-
blage éblouissant de dorures et de peintures murales. Elle
se compose d'une nef et de deux bas-côtés, qui en sont séparés par quatre rangs de huit colonnes corinthiennes. Le
portail consiste en quatre colonnes d'ordre ionique, surmontées d'un fronton où est un bas-relief en ronde-bosse
représentant un hommage à la sainte Vierge.

Mais tous ces sanctuaires semblent s'effacer devant celui
de Notre-Dame des Victoires. C'était d'abord une église

d'Augustins déchaussés, vulgairement dits les *Petits-Pères*, qu'avait fait bâtir Louis XIII, sous le vocable de Notre-Dame des Victoires, en reconnaissance de diverses victoires qu'il avait remportées, et surtout de la réduction de la Rochelle contre les protestants. Le roi lui-même en avait posé la première pierre le 9 décembre 1629. Puis, la population du quartier s'étant accrue, et les fidèles se portant en foule à la chapelle de Notre-Dame des Sept-Douleurs qu'on honorait dans cette église, le vaisseau se trouva trop petit. En 1656, on construisit l'édifice qui existe encore aujourd'hui; et Anne d'Autriche, à laquelle un religieux de ce couvent avait prédit la naissance de Louis XIV, fit elle-même, par reconnaissance, décorer et revêtir de marbre la chapelle de la sainte Vierge, devenue depuis si célèbre. Agrandie en 1737, devenue paroisse constitutionnelle en 1791, après l'expulsion des religieux augustins, puis église paroissiale par le Concordat de 1802, elle fut pendant plus de trente ans une église déserte, que presque personne ne fréquentait. Située au centre du commerce et des affaires, entourée de théâtres et de lieux de plaisir, agitée par tous les mouvements politiques qui semblaient partir de ce quartier et y aboutir, on eût dit qu'elle n'y était qu'un hors-d'œuvre inutile : son culte négligé, les sacrements abandonnés, les pratiques pieuses et les plus grandes solennités même délaissées comme usages surannés, bons pour la simplicité de nos pères, tout annonçait une population morte à la foi. M. l'abbé Desgenettes est nommé pasteur de cette église en 1832; pendant quatre ans il gémit sur son ministère stérile; enfin, le 3 décembre 1836, il se sent, pendant la messe, intérieurement pressé de consacrer sa paroisse au très-saint et immaculé cœur de Marie. Il prend d'abord ce sentiment pour une illusion; car jamais il n'avait pensé à honorer le cœur de Marie. Mais voilà que pendant son action de grâces et même après qu'il l'a finie, ce même sentiment devient plus vif, plus pénétrant, plus pressant. Alors, quoique avec peine, il se décide à suivre ce mouvement intérieur; il rentre dans sa chambre, se met à rédiger les statuts d'une association du saint cœur de Marie, et est tout surpris de la facilité avec laquelle il exécute ce travail inaccoutumé. Il va sans délai le présenter à Mgr de Quélen, archevêque de Paris, qui approuve aussitôt l'association. Le dimanche suivant, il annonce au prône la nouvelle confrérie, et indique la première réunion pour le jour même, à sept heures du soir : c'était le troisième dimanche de l'Avent, 11 décembre 1836. A peine est-il descendu de chaire, que deux négociants de sa paroisse, qu'on ne voyait jamais à l'église, viennent le prier de les entendre en confession; et tels furent les premiers fruits d'une œuvre qui devait en produire tant d'autres.

Pendant toute la journée, le zélé pasteur se trouva partagé entre la crainte et l'espérance; mais, le soir, quelles ne furent pas sa surprise et sa joie, lorsque, entrant dans l'église à l'heure indiquée, il la trouve pleine de personnes accourues à l'inauguration de la nouvelle œuvre, et parmi elles un grand nombre d'hommes. L'exercice commence par le chant des vêpres de la sainte Vierge, qui sont entendues avec assez d'indifférence; mais l'instruction qui les suit sur l'objet de la réunion est écoutée avec un recueillement remarquable; et l'entrain, l'animation de toutes les voix en chantant les prières du salut et les litanies de la sainte Vierge, la spontanéité avec laquelle on répète trois fois l'invocation : *Refugium peccatorum, ora pro nobis,* ainsi que le *Parce Domine,* révèlent que tous les cœurs sont gagnés, le succès de l'œuvre assuré. M. Desgenettes profite de l'émotion générale pour faire demander à Dieu par l'assemblée la conversion d'un de ses paroissiens, ancien ministre de Louis XVI, qui, amené par son grand âge aux portes de la tombe, vivait encore dans l'incrédulité.

Le lendemain, il se rend auprès du vieillard ; il en est bien reçu ; il réveille en lui les sentiments chrétiens ; enfin il le confesse, et a la consolation de le voir entrer dans une voie nouvelle où il persévéra jusqu'à la mort.

Le dimanche suivant, les mêmes exercices eurent lieu à la même heure avec la même affluence ; et lorsque, le dimanche 12 janvier 1837, on eut publié les statuts de l'association et ouvert le registre d'inscription des associés, il y eut foule pour s'inscrire. Dix jours ne s'écoulèrent pas que déjà on comptait deux cent douze associés, presque tous paroissiens ; les jours suivants, on ne suffisait pas à l'empressement des fidèles des diverses paroisses de Paris et d'ailleurs qui venaient se faire inscrire. Le saint-siége, informé du développement prodigieux de la bonne œuvre, l'érigea en archiconfrérie, avec droit de s'affilier des sociétés semblables ; et bientôt de tous les points de l'univers catholique arrivèrent des demandes d'affiliation ; de sorte que Notre-Dame des Victoires est devenue un grand centre de prières pour la conversion des pécheurs, but essentiel de la confrérie. A chaque réunion, on recommande à Marie quelques conversions ; et des prodiges de miséricorde s'obtiennent ; on lui demande même parfois des grâces temporelles, comme moyen de toucher les cœurs et de les ramener au salut, et on ne saurait dire le nombre de guérisons ou autres faveurs obtenues. Aussi l'église, autrefois si déserte, est-elle aujourd'hui la plus fréquentée de la capitale ; à quelque heure du jour que ce soit, il y a affluence devant l'autel de Marie ; et aux réunions du soir de chaque dimanche, la foule se presse attentive, recueillie, émue : c'est un des plus beaux spectacles que la religion puisse offrir.

Enfin, ce qui mit le comble à l'illustration de cette église, les souverains pontifes, après lui avoir accordé les indulgences les plus abondantes, y ajoutèrent un privilége

réservé aux sanctuaires de la sainte Vierge les plus vénérés. Mgr Pacca, neveu de l'illustre cardinal de ce nom,
vint, le 9 juillet 1853, couronner solennellement la statue
de Notre-Dame des Victoires, au nom du souverain pontife et du chapitre de Saint-Pierre de Rome, qui est en
possession d'accorder cette honorable distinction.

A quelque distance de ce célèbre sanctuaire, l'église de
l'Assomption rappelle encore le souvenir de Marie aux re-

gards et au cœur du voyageur dans cette rue Saint-Honoré où les préoccupations des choses de la terre distraient et absorbent tant d'attentions. Ce monument est dû au zèle du cardinal de la Rochefoucauld, évêque de Senlis, qui fut un des plus fermes soutiens de la doctrine catholique contre les jansénistes, et un des principaux points de mire de leurs injures. Ce pieux cardinal, comme grand aumônier de France, avait sous sa juridiction des religieuses nommées *Haudriettes*, du nom d'Étienne Haudri, leur fondateur; et sur leur demande il les avait soumises à la règle de Saint-Augustin. Deux ans après cette réforme, sur la plainte qu'elles lui firent de l'insalubrité de leur couvent exposé aux débordements de la Seine, il les transféra dans ce lieu, qui dès lors prit le nom de couvent de l'Assomption. Jusqu'en 1670, elles n'eurent qu'une très-petite chapelle; mais alors la communauté étant devenue plus nombreuse, elles firent bâtir l'église qui existe aujourd'hui, sur les dessins d'Errard, peintre du roi et premier directeur de l'Académie de France à Rome. En six ans elle fut achevée. C'est une tour élevée, surmontée d'un dôme de vingt et un mètres de diamètre, dont l'intérieur, peint à fresque par Lafosse, représente l'Assomption de la sainte Vierge. Le portail, décoré de colonnes corinthiennes couronnées d'un fronton dans le genre du portique du Panthéon d'Agrippa, est assez agréable si on le considère à part; mais beaucoup trop petit pour l'ensemble général, il est écrasé par le dôme. En 1802, cette église fut choisie pour remplacer l'antique église paroissiale de la Madeleine située à la Ville-l'Évêque, démolie par la révolution de 93; et elle servit à cet usage jusqu'en 1842, où fut inaugurée la nouvelle et splendide église de la Madeleine. Le décret des récentes circonscriptions paroissiales la désigne comme une future succursale; et, en attendant l'exécution de ce décret, elle sert de chapelle de catéchisme.

En face de cette église et dans la même rue, était encore autrefois le couvent des Filles de la Conception; mais comme il a été détruit et est remplacé aujourd'hui par des maisons particulières, il est inutile de nous y arrêter. Passons sans retard aux quatre derniers sanctuaires de la sainte Vierge qui nous restent à visiter sur la rive droite de la Seine. Commençons par les Batignolles. L'église principale est l'église Sainte-Marie, ainsi appelée d'une statuette en bronze de la sainte Vierge tenant l'enfant Jésus sur ses genoux, qu'on trouva enfouie en terre lorsqu'on faisait les fouilles pour la fondation de l'église. Mgr de Quélen la consacra sous ce vocable le 4 octobre 1829; et la sainte Vierge bénit visiblement la paroisse nouvelle qui venait de l'adopter pour patronne; car la population s'accrut en peu de temps jusqu'au nombre de cinquante mille âmes; l'église s'agrandit successivement en proportion du plus grand nombre des habitants; l'esprit religieux s'y développa de même, et la piété y est en honneur.

Descendant des Batignolles vers l'ouest, nous trouvons à Chaillot, d'un côté Notre-Dame de la Paix, là où est aujourd'hui l'établissement de Sainte-Perrine pour les vieillards; de l'autre, Notre-Dame de Toutes-Grâces dans l'ancien couvent des Minimes, qui fut donné à saint François de Paule par Anne de Bretagne, épouse de Charles VIII et de Louis XII. A Passy, l'église paroissiale est consacrée à l'Annonciation de la sainte Vierge; à Auteuil, l'église est dédiée à Notre-Dame. Ainsi, il est vrai de dire que la rive droite est, comme la rive gauche, couverte de souvenirs ou de monuments glorieux à Marie. Tout y parle d'elle dans le passé comme dans le présent, tout porte à l'honorer, à l'aimer, à l'invoquer.

CHAPITRE QUATRIÈME.

HISTOIRE DU CULTE DE LA SAINTE VIERGE
DANS LES ENVIRONS DE PARIS.

A quelque point de l'horizon qu'on porte ses regards dans les environs de Paris, on aperçoit un monument en l'honneur de la sainte Vierge. Il convenait qu'à toutes les portes de la grande ville où fermentent tant de passions, où tant d'espérances sont déçues, où le malheur se présente sous tant d'aspects, le cœur pût rencontrer celle qui est la consolatrice des affligés, le secours des chrétiens, le repos des âmes fatiguées, *consolatrix afflictorum, auxilium christianorum*. A l'ouest, ce sont le séminaire Saint-Sulpice à Issy, Notre-Dame de Boulogne à Boulogne-sur-Seine, et Notre-Dame de Pitié à Puteaux ; au nord, ce sont Notre-Dame des Vertus à Aubervilliers, et Notre-Dame de Drancy ; à l'est, ce sont Notre-Dame de Vincennes et Notre-Dame de Saint-Mandé ; au sud, ce sont Notre-Dame des Miracles à Saint-Maur-les-Fossés, Notre-Dame de Presles et Notre-Dame du Mèche, près Creteil.

Le séminaire Saint-Sulpice, à Issy, est tout entier comme un sanctuaire de la sainte Vierge. Dès la cour d'entrée, Marie se présente aux regards, comme pour dire : C'est là ma maison ; et l'inscription de son piédestal vous dit de son côté le motif puissant de vous attacher à elle ; c'est qu'elle est la dispensatrice des trésors du ciel, c'est que Dieu veut que nous ayons recours à elle pour obtenir toutes les grâces que nous désirons : *Deus nos totum voluit habere per Mariam* (**1**).

---

(1) S. Bernard.

Vous pénétrez plus avant; que voyez-vous? partout
Marie. A gauche est la grande chapelle destinée aux
offices publics du séminaire, et Marie s'y montre au-dessus
de l'autel comme dans son trône. Au bout de cette
chapelle est le sanctuaire si pieux, si mystérieusement
sombre et si recueilli de Notre-Dame de Toutes-Grâces.
Revenant de là vers le grand parc, vous trouvez Notre-
Dame du Carmel, statue vénérable, venue des Carmélites
de Saint-Denis, devant laquelle Madame Louise, cette
royale et angélique fille de Sainte-Thérèse, épancha des
prières si ferventes pour sa famille et pour la France. Et
pourquoi oublierais-je la petite statue de Notre-Dame des
Pauvres, avec sa petite cassette qui appelle l'aumône des
visiteurs, en faveur de l'indigence qui vient frapper à la
porte du séminaire? Entré dans le grand parc, vous trouvez Notre-Dame de Lorette, copie parfaite du sanctuaire
de ce nom dont l'Italie est si justement fière, de cette
chapelle qui est la maison même où vécut le Verbe incarné avec Marie et Joseph, et que les Anges apportèrent de Nazareth à Lorette, comme la critique la plus
sévère a été forcée de le reconnaître. Oh! que de larmes
d'amour ont arrosé le pavé de ce religieux sanctuaire! Que
de prières ferventes y ont été offertes à la Vierge mère et
à son divin Fils par de pieux lévites, de saints prêtres, et
d'éminents prélats! C'est là que le célèbre père de Ravignan
a reçu la première tonsure des mains de Mgr de Frayssi-
nous, son guide et son ami. Là on sent que le lieu où l'on
marche est sacré, et le silence est prescrit dès le vestibule
qui conduit à la chapelle.

Au sortir de ce béni sanctuaire, vous montez dans le
saint asile où les prêtres qui aspirent à entrer dans la
compagnie de Saint-Sulpice se disposent à leur sublime
ministère; et là encore, là surtout, que voyez-vous? Partout Marie, Marie dans une petite et gracieuse chapelle

gothique où tout porte au recueillement de la prière,
Marie au milieu de belles allées destinées à la promenade,
Marie dans les classes ou salles d'exercices, Marie dans
les lieux de récréation, Marie dans tous les corridors,
Marie dans toutes les chambres, et ce qui serait bien plus
beau encore, si l'œil humain pouvait le voir, Marie dans
tous les cœurs.

Notre-Dame de Boulogne, moins remarquable par l'entrain de la piété, l'est bien davantage par son ancienneté,
car elle date du quatorzième siècle. Alors un grand nombre
d'habitants de Paris étaient dans l'usage d'aller, chaque
année, en pèlerinage à Boulogne-sur-Mer pour y vénérer la
sainte Vierge dans un de ses sanctuaires les plus renommés.
Mais trouvant ce voyage long et pénible, quelquefois même
impossible en raison des affaires, de la dépense ou de la
santé, ils imaginèrent un moyen de satisfaire en tout temps,
sans frais comme sans fatigue, leur dévotion à Marie; et,
semblables à ces hommes qui obligés d'abandonner leur
patrie, tantôt s'en retracent l'image dans les contrées
lointaines où ils se fixent, tantôt donnent à leur ville
nouvelle le nom de celle dont ils ne peuvent perdre le
souvenir, les pèlerins de Boulogne-sur-Mer projetèrent
d'établir aux portes de Paris un pèlerinage qui eût quelque
ressemblance avec celui qu'ils ne pouvaient plus visiter, et
de l'appeler Boulogne-sur-Seine.

Il existait dans l'ancienne circonscription de la paroisse
d'Auteuil un hameau situé sur la rive de la Seine, comme
Boulogne sur les grèves de la Manche; hameau peu éloigné de Paris, où conduisait un chemin solitaire le long
d'un bois, propre au recueillement de la prière; et dans
ce hameau, deux des pèlerins dont nous parlons possédaient
un terrain de cinq arpents qu'ils offrirent pour y bâtir une
église. La réunion de tant de circonstances favorables ne
permit pas d'hésiter. On demanda au roi, qui était alors

Philippe le Long, l'autorisation d'élever cette église avec
une confrérie et un pèlerinage. Le prince, qui se souvenait
d'avoir autrefois accompagné Philippe le Bel, son père,
dans un pèlerinage à Notre-Dame de Boulogne, et qui
d'ailleurs avait lui-même une dévotion spéciale à la sainte
Vierge, donna son plein assentiment à la requête par ses
lettres écrites du château de Viviers-en-Brie, et datées du
mois de février 1319 ou plutôt 1320, selon la manière de
compter d'aujourd'hui; car alors l'année ne commençait
qu'à Pâques. L'abbesse du prieuré de Montmartre, de qui
le hameau relevait comme fief, accorda la même autorisation sous forme de lettres d'amortissement; et aussitôt
on organisa une association sous le titre de grande confrérie de Notre-Dame de Boulogne-sur-Mer, se composant
de pèlerins et pèlerines, fondée dans l'église de Notre-
Dame de Boulogne-la-Petite, près Saint-Cloud. *Magna con-
fratria Dominæ Nostræ Boloniensis, juxtà mare, constans pere-
grinis utriusque sexus, fundata in ecclesia Dominæ Nostræ Boloniensis parvæ propè Sanctum Clodoaldum.* La confrérie, conformément à son titre, déclara vouloir bâtir l'église en
l'honneur de la glorieuse Mère de Dieu, et la rendre si
semblable à l'église de Notre-Dame de Boulogne, qu'on
pût l'appeler Notre-Dame de Boulogne-sur-Seine ou de
Boulogne-la-Petite. Philippe le Long posa la première pierre
et on se mit aussitôt à l'œuvre; mais, quelque célérité
qu'on mît à presser les travaux, ni Philippe V, ni Charles
le Bel son frère et son successeur, ne la virent terminer;
elle ne fut achevée qu'à la fin de la première année du
règne de Philippe VI, vers la fin de 1329 ou le commencement de 1330.

Charles IV avait voulu, comme son frère, se faire inscrire dans la confrérie et s'en était montré le généreux et
zélé protecteur. Par lettres patentes du mois de mai 1326,
il lui avait accordé la remise des deniers qu'il pouvait récla-

mer en vertu de ses droits seigneuriaux sur quelques ac-
quisitions de fonds et de rentes que la confrérie avait faites.
Philippe VI ne lui témoigna pas moins de bienveillance
que ses deux prédécesseurs, et obtint du pape Jean XXII
l'érection en paroisse de la nouvelle église et de son territoire, en la séparant d'Auteuil. En conséquence, au mois
de juillet 1330, l'église fut bénite et solennellement érigée
en paroisse, ayant, à ce titre, ses fonts baptismaux et son
cimetière qui furent aussi bénits.

Les espérances qu'avaient pu concevoir les fondateurs
de ce nouveau sanctuaire de Marie furent bientôt réalisées
et même sans doute dépassées. Car, moins de quinze ans
après, en 1343, Foulque de Chanac, évêque de Paris,
dans une transaction qu'il crut devoir conclure avec eux,
rendait à leur œuvre ce magnifique témoignage : « Par l'in-
» tercession de la Mère de Dieu, dit-il, des miracles s'o-
» pèrent journellement dans la nouvelle église paroissiale
» de Notre-Dame de Boulogne. On y voit grossir le con-
» cours des populations pieuses, et en même temps le pro-
» duit des offrandes, legs et autres donations. Les res-
» sources et les biens de cette église croissant de jour en
» jour, permettent de donner plus de pompe au service di-
» vin, et font naître l'espoir qu'on pourra bientôt y fonder
» quelques chapellenies (1). »

A ces largesses la reconnaissance des fidèles joignit de
nombreux *ex-voto* appendus aux murailles, attestant les
grâces et faveurs extraordinaires ou même miraculeuses
par lesquelles la sainte Vierge avait justifié la confiance de

(1) Ubi per ipsam Dei Genitricem multa de die in diem panduntur
miracula; crebrè Deo devotus affluit populus, et de bonis sibi à Deo
collatis multas oblationes, legata et alia pia donaria felici proposito
per Dei gratiam largiuntur, etc.... On peut voir dans son entier ce
curieux document dans *l'Histoire du diocèse de Paris,* par Gérard
Dubois, t. II, p. 635 et suiv.

7

ceux qui étaient venus l'implorer; et la plupart de ces *ex-voto* faisaient souvenir que l'église des bords de la Seine était en quelque sorte la fille de l'église des rivages de la Manche : car les uns représentaient comme à Boulogne la Vierge debout sur le pont d'un navire; les autres rappelaient des hommes sauvés soit du naufrage sur les flots de la mer, soit de la submersion dans les eaux de la Seine.

Les rois s'associèrent au peuple dans les témoignages de la vénération générale pour Notre-Dame de Boulogne-sur-Seine. Aux noms de Philippe V, de Charles IV et de Philippe VI, inscrits en lettres d'or à la tête du catalogue de la confrérie, s'ajoutèrent, dans la suite des temps, ceux du roi Jean, de Charles le Sage, de Charles VI, et une inscription qui se lit encore aujourd'hui dans cette antique église (1) nous apprend qu'un de nos rois lui avait donné un fragment de la vénérable image de Notre-Dame de Boulogne-sur-Mer, qu'on y a conservé précieusement jusqu'à la révolution de 1793. Ce fragment était sous la protection spéciale du roi. Pour le faire sortir de l'église, il fallait une permission, en forme d'arrêt, de la Cour des comptes : encore ne l'accordait-on qu'une fois l'an, et alors c'était un grand jour de fête; les pèlerins accouraient en foule, et l'on portait en procession la sainte relique sous un dais, pieds nus, avec flambeaux et encens, jusqu'à l'abbaye de Notre-Dame de Longchamps, qu'avait fondée, sous le vocable de l'humilité de la sainte Vierge, la bienheureuse Isabelle, sœur de saint Louis. Hélas! le luxe mondain, qui presque chaque jour étale en ce lieu tout ce qu'il a d'élégance et de splendeur, se doute peu que le sol sur lequel roulent ses équipages n'était guère foulé, il y a

___

(1) *Précis historique de la fondation de l'église et de l'érection de la grande Confrérie de Notre-Dame de Boulogne-la-Petite, près Saint-Cloud,* par J. Lecot, curé de cette paroisse.

cinq siècles, que par les pas des pèlerins; et l'unique pompe qu'on y voyait consistait dans une procession annuelle se rendant d'un sanctuaire à un autre sanctuaire, de Notre-Dame de Boulogne-la-Petite à Notre-Dame de Longchamps.

Les papes, de leur côté, honorèrent par d'abondantes indulgences le sanctuaire vénéré. Dubreuil atteste qu'au commencement du dix-septième siècle on voyait encore, dans la nef de l'église, un tableau des indulgences accordées par le saint-siége à ceux qui y venaient prier. Ce tableau comprenait une longue série qui commençait à Jean XXII, en 1330, pour finir à Urbain VIII, en 1631; et grand nombre de cardinaux et d'évêques exerçant les fonctions de légats en France, y avaient ajouté les faveurs qui étaient en leur pouvoir.

Aussi Guillaume Chartier, évêque de Paris, voyant qu'une église si mémorable n'avait été que bénite en 1330, voulut la consacrer solennellement; et le 9 juillet 1469 il en fit la dédicace, et ordonna qu'à perpétuité la fête anniversaire de cette dédicace se célébrerait le second dimanche de juillet.

Enfin, au mois de mai 1853, la confrérie établie dans cette église depuis Philippe le Long, et détruite à l'époque de la révolution, fut reconstituée par le curé de la paroisse et enrichie par Pie IX de nouvelles faveurs spirituelles, énoncées dans deux rescrits, l'un du 29 novembre et l'autre du 15 décembre de la même année.

Au-dessus de Boulogne, vers le nord-ouest, se trouve Notre-Dame de Pitié, à Puteaux, qui n'offre rien de mémorable qu'un souvenir de Marie rappelé aux habitants de la contrée.

Il en est bien autrement de Notre-Dame des Vertus, placée au nord-est de Paris, dans la plaine qui s'étend entre Saint-Denis et la capitale. Ce n'était autrefois qu'un hameau ou plutôt la maison de campagne d'un nommé Albert, *Alberti villa*, d'où est venu le nom actuel d'Aubervilliers (1). Alors il n'y avait là qu'une petite chapelle avec un autel et une statue de la sainte Vierge; mais, en 1338, le second mardi de mai, une jeune fille voulant parer l'autel et entourer la statue de flambeaux et de fleurs, pria un jeune homme de venir l'aider dans ce pieux office. Pendant qu'ils s'occupaient de ce soin, voilà que tout à coup la statue se couvre de sueur, et l'eau coule sur sa face; phénomène d'autant plus extraordinaire que le temps était très-sec et la chaleur excessive pour la saison. Dans leur surprise, ils appellent d'abord un voisin, puis un cavalier qui passait : l'un et l'autre s'assurent du prodige par un examen attentif, montent même sur l'autel pour contempler la merveille de plus près, et enfin ils convoquent tous les habitants au son de la cloche (2). Le peuple accourt et admire. Bientôt le bruit du prodige se répand dans Paris et aux environs; et de toutes parts on vient en foule à l'église d'Aubervilliers. Le roi Philippe VI et la reine s'y rendent eux-mêmes et y laissent des témoignages de leur munificence : à leur exemple, le duc d'Alençon, le comte d'Étampes et plusieurs autres seigneurs de la cour, non-seulement viennent avec leurs femmes, leurs enfants et toute leur maison, mais font présent de riches ornements à l'église. Le maréchal de Toulouse seul ose railler ce qu'il appelait la superstitieuse crédulité des visiteurs, et à l'instant il est affligé d'une enflure. Effrayé d'un châtiment si subit, il fait vœu d'être

_____

(1) Lebeuf, *Histoire du diocèse de Paris*, t. III, p. 278.

(2) *Théâtre des antiquités de Paris*, par Dubreuil, p. 1042 et suiv. Cet écrivain, pensant bien que tous les lecteurs ne goûteraient pas également son récit, rapporte néanmoins le fait *pour la consolation des gens de bien et fidèles catholiques; car pour autres manières de gens*, ajoute-t-il, *ne me chaut si la chose leur sera agréable ou non.*

désormais plus respectueux envers la Vierge d'Aubervilliers si elle daigne le guérir; à l'instant il se sent guéri; et, sans tarder, il va rendre ses actions de grâces à Dieu et à la sainte Vierge dans l'église d'Aubervilliers. De là l'*ex-voto* de son portrait en cire, qu'il fit, quelque temps après, suspendre à la muraille.

Ce miracle fut suivi d'un grand nombre d'autres qui firent appeler la statue *Notre-Dame des Vertus*, c'est-à-dire des Miracles, car c'est ce qu'on entendait au quatorzième siècle par le mot de *vertus*. On cite, entre autres, la résurrection de deux enfants opérée subitement devant la statue et avec un concours de circonstances qui ne permet pas de révoquer les faits en doute. L'un de ces enfants, fils d'un mercier, s'était noyé dans la Seine; le père, qui était absent au moment de l'accident, voyant à son retour le cadavre de son fils, le fait porter à Notre-Dame des Vertus; bientôt l'enfant revient à la vie, et pour perpétuer le souvenir du prodige, les merciers du pays forment une confrérie sous l'invocation de la sainte Vierge. Un autre enfant était né mort; on le porte à Notre-Dame des Vertus, et il est ressuscité : l'historien du fait précise le jour où la chose arriva, c'était le 21 février 1582; il nomme le père et la mère, le prêtre qui baptisa l'enfant, le parrain et la marraine qui le tinrent sur les fonts de baptême, et ajoute les noms de cinq ou six autres témoins. Quelque temps après, un enfant d'Argenteuil, sourd-muet de naissance, âgé de sept ans, est amené à la même église, et immédiatement il peut non-seulement émettre des sons articulés, mais parler très-parfaitement. Un autre, venu au monde par un douloureux accouchement, après trois jours entiers passés sans aucun signe de vie, ressuscite, est baptisé et grandit heureusement. Un *ex-voto* suspendu au mur contenait le récit de ce miracle, et portait la date de l'année 1598. L'historien qui raconte les faits que nous venons d'énoncer ajoute que, lorsqu'il s'opérait ainsi un miracle, le son des cloches avertissait les populations voisines de venir en prendre connaissance et en rendre grâces à Dieu : « Par l'espace d'une heure, dit-il, on n'oyoit que » le son des cloches qui sonnoient en branle et carillon. »

Ces miracles et plusieurs autres qu'il serait trop long de raconter mirent dans une vogue extraordinaire le pèlerinage de Notre-Dame des Vertus; l'église se trouva trop petite pour l'affluence des fidèles; on l'abattit pour en reconstruire une autre, dont on vantait au dix-septième siècle la belle architecture, jusque-là qu'on disait qu'elle ressemblait à une cathédrale plutôt qu'à une église de village.

En 1452, le cardinal d'Estouteville, légat du pape, attacha à la visite de cette église cent jours d'indulgences aux fêtes de la Nativité et de l'Assomption, au second mardi de mai, fête patronale de l'église et du village, ainsi qu'au jour de sa dédicace et de Saint-Christophe, son ancien patron.

En 1474 et 1476, Louis XI y vint lui-même en pèlerin; en 1529, le clergé de toutes les paroisses de Paris, accompagné d'une multitude de fidèles, s'y rendit en procession, pour supplier la sainte Vierge d'arrêter les progrès du protestantisme qui commençait à envahir la France : on partit de la cathédrale, chacun portant à la main des torches ou flambeaux; et il y en avait un si grand nombre, dit l'historien, que des hauteurs de Montlhéry on crut que Paris était en feu (1).

Enfin tel devint le concours des pèlerins, surtout les jours de fête et les samedis, que, pour les recevoir et satisfaire à leur dévotion, l'archevêque de Paris ne trouva d'autre moyen d'y entretenir un clergé assez nombreux que de céder la cure à la congrégation de l'Oratoire. Celle-ci

---

(1) Dubreuil, p. 1043 et 1048.

y plaça d'abord huit prêtres, mais bientôt il fallut dépasser ce nombre, tant les fidèles affluaient à Aubervilliers. Le père Garnier, savant jésuite, y allait tous les ans, à pied et à jeun : l'illustre madame de Pollalion y venait souvent de Paris, nu-pieds, même pendant les grands froids de l'hiver (1); M. Alain de Solminihac et une foule d'autres saints personnages aimaient à venir prier Marie dans ce sanctuaire; M. Olier s'y retira pour consulter Dieu sur la fondation de sa société; M. de Bretonvilliers commençait toujours ses vacances par ce pieux pèlerinage; enfin le séminaire Saint-Sulpice, tout entier, s'y rendait en corps tous les ans, le mardi de la Pentecôte, avec toute la paroisse, qui y allait en procession et en revenait de même, après avoir chanté la grand'messe devant l'image vénérée. Cette dévotion n'a point disparu avec les siècles; encore aujourd'hui les populations s'y pressent le second mardi de mai; les mères y apportent leurs enfants, et viennent les recommander à Notre-Dame des Vertus.

Un peu au nord-est d'Aubervilliers, dans la plaine du Bourget, se trouve un pèlerinage moins ancien, mais cependant bien digne d'intérêt; c'est le pèlerinage de Notre-Dame de Drancy. Personne n'ignore les dangers auxquels sont exposées les jeunes personnes placées en apprentissage dans divers ateliers d'une grande ville comme Paris, où le désordre et la corruption d'une partie des habitants égalent les hautes vertus et la sainteté de l'autre partie. Touchées de leur position et brûlantes du zèle de les sauver du naufrage, des dames charitables ont formé l'œuvre pie du *patronage des jeunes ouvrières ou apprenties*, les visitent dans les ateliers, les réunissent chaque dimanche pour adresser des encouragements à celles qui se conduisent bien, d'utiles avis à celles qui se relâchent, et stimulent l'émulation de

(1) Lebeuf, p. 279 et 282.

toutes par des distributions trimestrielles de récompenses.

Après la définition du dogme de l'Immaculée Conception, ces dames, pieuses autant que charitables, placèrent l'œuvre sous la protection spéciale de Marie Immaculée, et en donnèrent la statue à chaque maison de patronage. L'œuvre dès ce moment prit une extension plus rapide, et la vertu des jeunes ouvrières s'accrut visiblement comme leur nombre. Pour développer ces heureuses dispositions, on érigea à Drancy une chapelle en l'honneur de la Vierge Immaculée, qu'on appela Notre-Dame du Patronage; on y plaça la même statue que dans les maisons de patronage de Paris, et il fut réglé qu'au moins deux fois l'année, le dimanche dans l'octave de la Nativité de la sainteVierge, et le dimanche qui suit le 24 mai, fête de Notre-Dame Auxiliatrice, les jeunes ouvrières y viendraient en pèlerinage. Elles y viennent en effet, elles y communient, elles y prient Notre-Dame du Patronage, s'animent à imiter ses vertus et chaque fois en reviennent meilleures. Une si bonne œuvre conquit les plus hautes sympathies; Pie IX accorda une indulgence plénière pour les deux jours du pèlerinage : son nonce à Paris alla lui-même porter à Drancy le bref qui accordait cette faveur, bénit la statue de Notre-Dame du Patronage, et tout fait espérer un prompt et large développement de la dévotion à ce nouveau sanctuaire.

Si de là nous descendons à l'est de Paris, nous trouvons Notre-Dame de Vincennes et Notre-Dame de Saint-Mandé. Ni l'un ni l'autre de ces sanctuaires de Marie ne nous offre soit un pèlerinage, soit une confrérie de quelque célébrité. Pleins des sentiments pieux puisés aux pèlerinages voisins, les habitants de ces deux paroisses se sont contentés de se placer sous l'aile protectrice de Marie, et de donner à leur église un vocable qui rappelle continuellement à leurs cœurs le souvenir de la Mère de Dieu.

Passant de là au midi, nous trouvons dans la péninsule

que forme la Marne avant de se jeter dans la Seine, Notre-Dame des Miracles à Saint-Maur-les-Fossés. Déjà, vers le

milieu du cinquième siècle, le sang des populations chrétiennes, versé par les farouches soldats d'Attila, avait sanctifié cette terre, et les noms de Félix, Agoard et Aglibert, vulgairement appelés les saints de Creteil, s'y étaient conservés dans les cœurs comme un souvenir de foi et d'héroïsme chrétien. Vers le milieu du septième siècle, en 645, sous le règne de Clovis II, un dignitaire de l'Église de Paris, l'archidiacre Blidégésile, conçut le projet de fonder, sur une terre ainsi consacrée, un monastère avec une église dédiée à la sainte Vierge et aux apôtres saint Pierre et saint Paul. Babolein, qui en fut le premier abbé, y fut inhumé et ne tarda pas à être mis par l'Église au nombre des saints. Plus tard, les bénédictins y ayant apporté de la célèbre abbaye de Glanfeuille le corps de saint Maur, compagnon et disciple de saint Benoît, pour le soustraire aux mains sacriléges des Normands, il s'y opéra grand nombre de miracles qui valurent à cette abbaye non-seulement la qualification de sainte, *sancta Fossatensis ecclesia*, disent les chartes, mais encore le nom même de Saint-Maur, que l'érudition bénédictine devait, dans la suite des temps, environner de tant d'éclat. Les reliques nombreuses que possédait cette église contribuèrent aussi à l'illustrer : car outre les corps des saints de Creteil, de saint Babolein et de saint Maur, elle possédait des restes précieux de saint Pierre, de saint Philippe, de saint Matthieu, et même, disait-on, des trois rois Mages.

Mais ce qui attirait surtout à Saint-Maur un grand nombre de dévots pèlerins, c'étaient les traditions merveilleuses qui se . rattachaient à cette église. D'abord, une antique tradition portait que le Sauveur était venu en personne en faire la dédicace (1). En second lieu, c'était une croyance générale qu'en 1061, Guillaume, comte de Corbeil, héritier de la piété de ses ancêtres et de leur zèle pour l'abbaye de Saint-Maur, ayant voulu lui faire don d'une image qui représentât la Vierge debout au pied de la croix, cette statue se trouva toute faite sans mains d'homme, au moment où le sculpteur Rumnol s'apprêtait à dégrossir le bois dont il voulait la tirer; ce que l'historien de Saint-Maur a exprimé par le titre suivant donné à son récit : *Iconia beatæ Mariæ virginis quam effigiavit virtus Altissimi.*

---

(1) *Histoire du diocèse de Paris*, par Lebeuf, t. V, p. 133 et 134.

Quoi qu'il en soit de l'origine de cette statue, il est certain qu'en priant à ses pieds on y obtint des guérisons sans nombre qui firent appeler la chapelle où elle était placée du nom de *Notre-Dame des Miracles* (1) et qui la rendirent si vénérable, que les religieux de Saint-Maur n'y entraient jamais que pieds nus.

Au quatorzième siècle on rebâtit presque en entier l'église qui possédait un si précieux sanctuaire; la chapelle de Notre-Dame des Miracles fut reconstruite en dehors de la basilique, sur l'emplacement de l'église précédente, et conserva la statue miraculeuse ainsi que le cercueil en pierre de saint Babolein. Ce renouvellement de l'édifice sembla renouveler la piété des fidèles, et le concours devint plus grand que jamais. On y venait surtout en foule le 23 juin, parce qu'au motif de la dévotion à Marie se joignaient plusieurs autres raisons plus ou moins parfaites: on croyait qu'à pareil jour avaient été martyrisés les saints de Creteil, et on aimait à venir célébrer ce glorieux anniversaire : les reliques de saint Maur étaient exposées ce même jour à la vénération publique, et on était aise de les vénérer. Enfin, ce jour-là avaient lieu trois cérémonies intéressantes : l'ouverture des assises de l'abbaye, l'hommage féodal rendu à l'abbé par ses vassaux, et le feu Saint-Jean; et c'était une jouissance pour la curiosité parisienne d'assister à ces scènes diverses.

Il y avait plus de huit cents ans que la sainte Vierge était ainsi honorée dans cette chapelle, lorsque Mgr de Gondy, premier archevêque de Paris et doyen-né du chapitre de Saint-Maur, autorisa l'établissement d'une confrérie sous le nom de Notre-Dame des Miracles, par ordonnance du 3 août 1624; et, le 13 mai 1627, le pape Ur-

(1) *Vie de saint Maur*, par le P. Ignace de Jesus-Maria. 1640, in-8°, p. 567 et suiv.

bain VIII accorda plusieurs indulgences aux fidèles de l'un et de l'autre sexe qui s'engageraient dans cette confrérie.

Peu d'années après, touché d'une dévotion spéciale pour Notre-Dame des Miracles, le père de Condren, cet homme éminent en sainteté, l'oracle et le modèle du clergé de son temps, réunit en communauté, à Saint-Maur, un certain nombre d'ecclésiastiques d'élite pour les y exercer, sous l'œil de Marie, aux vertus sacerdotales et les préparer aux travaux de l'apostolat. M. Olier, jaloux de s'adjoindre à cette pieuse compagnie, quitta la maison maternelle, et entra dans la nouvelle communauté fondée à Saint-Maur (1). Là, il aimait à aller passer de longues heures dans la chapelle de Notre-Dame des Miracles, à épancher son cœur dans le cœur de Marie sa mère, et il témoigna dans la suite qu'il avait reçu beaucoup de grâces dans ce saint lieu.

Malheureusement, en 1791, la sainte chapelle fut détruite; mais l'image miraculeuse fut, avant l'arrivée des démolisseurs, transférée en grande pompe dans une chapelle de l'église Saint-Maur où elle est encore aujourd'hui. Là, furent rétablies, après les mauvais jours de la révolution, les pratiques et solennités en usage dans l'ancienne chapelle; au mois de mai 1806, l'antique confrérie fut réorganisée, et Pie VII lui accorda de nombreuses indulgences. Chaque année, le second dimanche de juillet, la fête de la dédicace de cette chapelle se célèbre avec octave, suivie du service solennel pour les confrères défunts; et chaque mois une procession avec station à la chapelle rappelle aux fidèles la dévotion à Notre-Dame des Miracles si chère à leurs aïeux. Le pèlerinage continue d'être fréquenté, et les paroisses des environs s'y rendent avec empressement.

_____

(1) *Vie de M. Olier*, par M. Faillon, t. I, p. 247.

Tout près de Saint-Maur et à l'extrémité de la paroisse de Charenton, s'élevait au fond d'un petit vallon Notre-Dame de Presles, *de Pratello*, ou du Petit-Pré. En 1459, cette chapelle avait une confrérie avec un prêtre chargé de la desservir en même temps que l'église de la Varenne; et, à diverses époques, des ermites se fixèrent auprès de cet humble et paisible sanctuaire, si favorable au recueillement de la prière.

Au sud de Saint-Maur, dans le voisinage de Creteil, se rencontrait la chapelle de Notre-Dame du Mèche (1), nom assez bizarre, qui jusqu'ici n'a pas encore été expliqué d'une manière satisfaisante. Il y avait, sur le portail de l'église, une tête couverte d'un bonnet avec une pointe entourée de trois mèches allumées, et la tradition porte que cette tête n'était autre que le buste du roi Jean, qui s'était fait représenter ainsi en souvenir d'un stratagème couronné d'un heureux succès dans ses guerres contre les Anglais, et qui par reconnaissance avait fait vœu de bâtir une église en l'honneur de Notre-Dame des Mèches ou du Mèche. Ce qu'il y a de sûr, c'est que le 9 septembre, lendemain de la fête annuelle de cette église, on y célébrait un service annuel pour l'héroïque et glorieux vaincu de Poitiers. Il se forma depuis lors un pèlerinage très-fréquenté à Notre-Dame du Mèche; et, en 1394, Pierre d'Orgemont, évêque de Paris, de concert avec le roi Charles VI, y établit une confrérie. En 1395, le saint-siége confirma cette érection, et accorda quarante jours d'indulgences à ceux des confrères qui visiteraient l'église le jour de la Nativité de la sainte Vierge, sa fête principale. Quant à ceux qui ne pouvaient se rendre à Creteil, la confrérie avait une sorte de succursale dans une chapelle de l'église Saint-Honoré, à Paris, où ils se réunissaient.

---

(1) *Histoire du diocèse de Paris,* par Lebeuf.

CHAPITRE CINQUIÈME.

DE L'ESPRIT DU DIOCÈSE DE PARIS RELATIVEMENT AU CULTE
DE LA SAINTE VIERGE.

Jusqu'à présent nous n'avons guère étudié que les monuments élevés en l'honneur de la sainte Vierge dans le diocèse de Paris ; mais il est une autre étude plus propre à nous faire comprendre les sentiments du diocèse aux diverses époques de notre histoire : c'est l'étude des âmes, si je puis ainsi dire, l'étude de l'esprit public, relativement à la sainte Vierge, et des faits particuliers qui nous apprennent à le connaître.

Commençons par nos rois et nos princes, comme étant ceux en qui se reflète le mieux l'esprit de chaque siècle, soit par l'influence qu'ils en reçoivent, soit par celle qu'ils lui donnent, selon la maxime du poëte :

Regis ad exemplar totus componitur orbis.

Clovis donna le premier l'exemple à tous les rois ses successeurs ; il aimait la sainte Vierge jusqu'à visiter souvent ses sanctuaires et surtout celui de Notre-Dame de Bethléem au monastère de Ferrières, qu'il enrichit de ses largesses ; il savait que la pieuse reine Clotilde avait obtenu par Marie sa conversion, et il lui en était reconnaissant. Childebert, son successeur immédiat, combla de ses dons Notre-Dame de Paris, comme le prouve sa charte que nous avons citée au chapitre premier ; et saint Cloud lui fit hommage du monastère qu'il avait fondé sur les rives de la Seine. Si de là nous passons à la seconde race de nos rois, Charlemagne avait pour la Mère de Dieu une dévo-

tion si tendre, qu'il portait toujours au cou son image suspendue par une chaîne d'or. Il lui attribuait tous les succès
qui couronnèrent ses entreprises comme toutes les grandes
choses qui illustrèrent son règne ; et il fit construire en
son honneur cette magnifique église d'Aix-la-Chapelle (1)
où il voulut être couronné roi des Romains, pour dire par
là à l'univers et à tous les siècles qu'il estimait tenir de
Marie son sceptre et sa couronne. Cette église de la Mère
de Dieu faisait ses délices ; il y prodigua l'or, le marbre,
le porphyre ; il y rassembla les plus précieuses reliques de
la Palestine ; il y convoqua pour son sacre le pape Léon III,
avec plus de trois cents évêques, archevêques, cardinaux
et grands de l'empire ; et il aima tous les jours de sa vie
à venir y prier Marie, lui consacrer ses États et sa personne.

A l'exemple de son père, Louis le Débonnaire portait
toujours sur lui l'image de la sainte Vierge ; et souvent
même parmi les divertissements de la chasse, il se retirait à l'écart pour prier à genoux devant cette image.

Mais c'est surtout dans nos rois de la troisième race
qu'éclate admirablement la dévotion à Marie. Hugues-Ca-
pet et le pieux roi Robert bâtissaient des sanctuaires à
Marie et aimaient à les visiter. Presque tous les rois leurs

---

(1) Le poëte saxon dit au livre V^e de ses *Annales métriques*,
vers 455 :

> Quùm fuerit regno tam clarus in amplificando,
>   Intentus bellis continuis animo,
> Ornatus operis varios tamen et decus ingens
>   Fecerat et visu mœnia pulchra nimis ;
> È quibus imprimis meritò laudatur *Aquensis*
>   *Sedis* mirificè condita basilica,
> Quam piè, Christe, tibi sanctæque tuæ Genitrici
>   Ad laudem studuit perpetuam facere,
> Ad quæ marmoreas præstabat Roma columnas,
>   Quasdam et præcipuas pulchra Ravenna dedit.

successeurs se firent inscrire en tête des confréries établies en son honneur, et tenaient à gloire d'en être membres.

Louis VII, élevé dans le cloître de Notre-Dame, tenait la sainte Vierge pour sa mère; Philippe-Auguste, son fils, partageait les mêmes sentiments, et quand, avec ses cinquante mille guerriers, il eut battu à Bouvines les cent cinquante mille hommes de l'empereur Othon (1), il se proclama redevable de cette prodigieuse victoire à la Vierge Marie, fit bâtir près de Senlis une chapelle, avec une abbaye, en l'honneur de Notre-Dame de la Victoire, et fonda deux lampes d'argent destinées à brûler à ses frais devant l'image de la Vierge. Louis VIII, son fils, conserva l'héritage de piété envers Marie légué par son père; et, après une vie toute dévouée à la Mère de Dieu, il ordonna par testament (2) qu'aussitôt après sa mort on vendît toutes les pierreries, tout l'or de ses couronnes, bagues et autres joyaux pour construire une abbaye en l'honneur de la bienheureuse Vierge Marie. Sa sainte épouse, la reine Blanche, désireuse de donner à la France un monarque digne d'elle, s'adressa à Marie pour obtenir cette grâce, récita et fit réciter en cette vue aux personnes les plus pieuses le Rosaire récemment établi par saint Dominique; et par là elle obtint un fils qui mit la sainteté sur le trône, qui fut à la fois un grand saint et un héros incomparable, qui consacra sa couronne par toutes les vertus chrétiennes et illustra son règne par les plus beaux exploits.

---

(1) L'évêque nommé de Senlis commandait l'armée sous les ordres du roi, *non mie pour combattre, mais pour admonester les barons et les autres chevaliers à l'honneur de Dieu, du roi et du royaume.*

(2) Volumus ut omnes lapides nostri pretiosi qui sunt in coronis nostris vel extra coronas, vendantur et de pretio earum construatur nova abbatia de ordine Sancti Victoris in honore beatæ Mariæ semper Virginis, et omne aurum quod est in coronis vel in annulis vel in aliis jocalibus similiter vendatur ad opus prædictæ abbatiæ.

Saint Louis, se sachant redevable de l'existence à la sainte Vierge, se montra toute sa vie dévoué à son service. Il soutint par ses largesses beaucoup de fondations en l'honneur de Marie, et grand nombre de communautés vouées à son culte; et en 1235, conformément aux dernières volontés de son père, il éleva avec le produit de la vente de toutes les pierreries, de tout l'or des couronnes, des bagues et autres joyaux de Louis VIII, une abbaye en l'honneur de la sainte Vierge, à Yverneau, diocèse de Meaux, selon les uns; à Maubuisson, diocèse de Paris, selon les autres. Chaque samedi, jour qui est consacré à la Mère de Dieu, il rassemblait les pauvres dans son palais, leur lavait les pieds qu'il baisait avec respect, après les avoir essuyés de ses mains royales, les servait lui-même à table et leur distribuait une riche aumône. Pour couronner par son dernier soupir les hommages rendus chaque samedi à la Mère de Dieu, il désira de mourir ce jour-là, et cette grâce lui fut accordée : la sainte Vierge le reçut dans la gloire un samedi, jour cher à son cœur d'enfant de Marie.

Philippe le Bel, petit-fils de saint Louis, remporte une célèbre victoire à Mons en Puelle; Philippe de Valois triomphe à Cassel des Flamands, en dépit de l'inscription qui se lisait sur le retranchement au-dessous de la figure d'un coq : *Quand ce coq chanté aura, le roi Cassel conquêtera;* et les deux monarques font hommage à Marie de l'une et de l'autre victoire.

Le fils de Philippe de Valois, le roi Jean, fonde en 1351 l'ordre militaire de Notre-Dame de la Noble-Maison, autrement dit l'ordre de l'Étoile; et comme c'est là le premier ordre de chevalerie que nous rencontrons dans cette histoire, il est juste d'en décrire l'origine. Il y avait à Saint-Ouen, près Paris, un grand et beau domaine, cédé d'abord en 730 par Charles Martel à l'abbaye de Saint-Denis, racheté ensuite, après être passé en différentes mains, par Charles de Valois, qui y fit construire un château célèbre où l'on admirait, outre la magnificence et les vastes proportions de l'édifice, une salle immense avec quatre cheminées pratiquées dans quatre tours qui s'élevaient aux quatre coins; et ce château fut appelé la *Noble-Maison*.

Ce fut là qu'en 1351, cinq ans après la défaite de Crécy, cinq ans avant celle de Poitiers, le roi Jean résolut de fonder, sous l'invocation de Marie, un ordre militaire qu'il nomma l'ordre de Notre-Dame de la Noble-Maison. Dans sa pensée, cet ordre devait être à la chevalerie religieuse, telle qu'elle s'était développée au douzième siècle dans la Palestine, à peu près ce que les confréries séculières étaient aux congrégations monastiques, ou ce qu'était le tiers ordre dans les deux grandes familles religieuses des Dominicains et des Franciscains. C'est ce qu'il révèle clairement dans l'ordonnance relative à cette fondation.

« Grâce, dit-il, à l'intercession de la très-glorieuse Vierge » Marie auprès de Dieu, tant pour nous que pour nos vas- » saux, nous avons le ferme espoir que Notre-Seigneur » Jésus-Christ versera dans sa miséricorde l'abondance de » ses grâces sur ladite société, de telle manière que les » chevaliers avides d'honneur et de renom montreront à » l'avenir, dans tous leurs faits d'armes, assez d'unanimité » et de valeur pour que cette fleur si vantée de la cheva- » lerie française qui, depuis quelque temps et sous l'ac- » tion de certaines causes, commençait à se décolorer et » à se flétrir, reprenne tout à coup sa fraîcheur et son » éclat pour l'honneur du royaume et de nos fidèles vas- » saux (1). »

Cette pensée si pieuse et si française ne se montre pas moins dans la lettre de convocation que ce monarque

---

(1) Voyez dans le *Spicilegium* de dom Luc d'Achéry, t. III, p. 734, le texte entier de cette ordonnance.

adressait en novembre 1351 aux premiers membres de l'ordre :

« Biau cousin, dit-il, nous, à l'honneur de Dieu et en
» exhaussement de chevalerie et accroissement d'honneur,
» avons ordonné de faire une compagnie de chevaliers qui
» seront appelés Chevaliers de Notre-Dame de la Noble-
» Maison. »

Après ce début, le roi expose dans sa lettre tous les règlements de l'ordre, tant religieux que militaires, tous empreints
de l'amour de la sainte Vierge, et des sentiments les plus
chevaleresques et les plus français. Les chevaliers, y est-il
dit, devront jeûner tous les samedis, ou, s'ils ne le peuvent, remplacer le jeûne par une aumône de quinze deniers en l'honneur des quinze joies de Notre-Dame (1).
Tous les ans, ils devront se trouver à la Noble-Maison depuis le matin de la veille de l'Assomption jusqu'après
les vêpres du lendemain ; et s'ils ne peuvent s'y rendre,
ils devront, en quelque lieu que ce soit, pourvu qu'ils se
trouvent au nombre de cinq, se réunir en habit de l'ordre
pour assister au service divin. Après leur mort, on en-
verra à la Noble-Maison leur bague et la boucle de leur
chaperon, dont la valeur sera employée à faire prier Dieu
pour eux ; et chaque chevalier, de son côté, fera dire des
messes pour son confrère défunt.

Le roi passe de là aux statuts militaires : les deux premiers sont de ne jamais quitter, sans ordre, le champ de
bataille et de ne jamais refuser d'exécuter un commandement. Toute infraction à ces deux points est punie par l'éli-

_____

(1) On entend par là les circonstances de sa vie qui furent pour la
sainte Vierge un sujet de joie, savoir : sa Conception immaculée, sa
Nativité, sa Présentation au Temple, l'Annonciation, la Visitation,
la Naissance du Sauveur, la Purification, les Noces de Cana, la Résurrection de Jésus-Christ, l'Ascension, la Pentecôte, sa Mort, sa
Résurrection, son Assomption et son Couronnement dans le ciel.

mination temporaire de l'ordre, la défense d'en porter le costume et d'entrer dans la Noble-Maison; l'écusson du coupable sera retourné contre la muraille de la grande salle, jusqu'à ce que, par quelque haut fait, il ait effacé sa honte et obtenu d'être réintégré dans ses honneurs et dignités.

Les chevaliers, en outre, s'engagent à donner au roi de bons et loyaux conseils sur la guerre ou toute autre matière, et à ne faire aucun voyage en pays étranger sans son autorisation. Appelés à combattre soit pour la foi, soit pour le roi, ils pourront arborer la bannière de l'ordre, drapeau écarlate semé d'étoiles, avec l'image de la bienheureuse Vierge Marie, brodée en blanc. Une étoile blanche avec un petit cercle d'azur, au centre duquel brillera un soleil d'or, se détachera sur le chaton en émail rouge de la bague des chevaliers; et deux autres étoiles brilleront, l'une sur la boucle du chaperon, l'autre sur la partie du manteau qui couvrira l'épaule gauche; d'où leur vint plus tard le nom de chevaliers de l'Étoile. De là, le choix qu'ils firent de la fête de l'Épiphanie pour leur fête patronale; de là aussi leur devise : *Monstrant regibus astra viam*; Ce sont les astres qui montrent aux rois leur chemin.

Enfin le roi fixe à cinq cents le nombre des chevaliers, et statue que les rois de France en seront de droit les grands maîtres.

Le roi Jean inaugura cet ordre le jour de l'Épiphanie, 1351, selon la manière de compter de ce temps-là, et 1352 selon la nôtre. Les premiers chevaliers reçus furent le dauphin Charles, avec les trois autres fils du roi; Charles comte d'Évreux, roi de Navarre; Pierre, duc de Bourbon, avec son frère Jacques de Bourbon; le connétable Charles d'Espagne; les maréchaux de France Arnault d'Andréham et Jean de Clermont; Gautier de Brienne, duc d'Athènes; Jean d'Artois; Jean, vicomte de Melun; Charles de Tancarville, et George, comte de Charny.

La veille et le jour de l'inauguration de l'ordre, une table d'honneur réunit dans la Noble-Maison trois princes, trois chevaliers bannerets et trois bacheliers ; et pour la suite, il fut décidé que, tous les ans, on ferait asseoir à cette table, dans les trois classes de princes, chevaliers bannerets et bacheliers, les trois membres qui dans le cours de l'année se seraient le plus distingués par leurs hauts faits, sans tenir toutefois aucun compte des duels auxquels on aurait pris part dans un intérêt privé.

Tel fut le premier ordre de chevalerie séculière établi en France : il diffère essentiellement, comme on le voit, soit de l'ordre de la Jarretière, établi en Angleterre en 1349, et dont le nom seul, comme la devise, indique le caractère moins grave et moins élevé ; soit des ordres des chevaliers Hospitaliers de Saint-Jean de Jérusalem, des chevaliers du Temple, des chevaliers Teutoniques, des autres ordres militaires d'Espagne, de Portugal et d'Allemagne, qui avaient un caractère purement religieux et ecclésiastique.

Malheureusement, un ordre si bien conçu ne fut pas de longue durée ; on le prodigua tellement sous Charles VI, qu'il fut complétement dédaigné par la haute noblesse ; et Louis XI lui substitua l'ordre de Saint-Michel ; mais il n'en prouve pas moins la piété du roi Jean pour la sainte Vierge ; ce qui est le point important à notre sujet.

Après les rois Charles V, fils et successeur du roi Jean, après Charles VI et Charles VII, qui furent, comme leurs ancêtres, dévoués à Marie, vint Louis XI, célèbre dans l'histoire par la dévotion qu'il montra toute sa vie pour la sainte Vierge. Il en portait toujours la médaille à son chapeau ; il allait souvent en pèlerinage à Notre-Dame de Cléry et aux autres sanctuaires de la Mère de Dieu ; il céda près de l'église Saint-Paul de Paris, à des religieuses du tiers ordre de Saint-François, une maison qu'avait fondée saint Louis pour les Béguines de Flandre, à condition que le nouveau

monastère prendrait le nom de couvent de l'*Ave-Maria;*
enfin il fit mieux encore, il fonda en France la belle institution de l'*Angelus*, par laquelle le son des cloches invite
le monde, trois fois le jour, à honorer le Dieu qui s'est
incarné pour le sauver, et la Vierge au sein de laquelle il
s'est incarné. Déjà, dès les premières années du quatorzième siècle, l'église de Saintes avait établi l'usage de
sonner les cloches au déclin du jour, pour avertir les fidèles
de réciter à cette intention la Salutation angélique; et le
pape Jean XXII s'était empressé d'encourager cette dévotion en accordant, par ses bulles du 18 octobre 1318 et du
7 mai 1327, dix jours d'indulgence pour chaque fois qu'on
réciterait à genoux cette prière. En 1423, le concile de
Cologne avait prescrit de faire dans le même but sonner
les cloches au lever du soleil, et accordé des indulgences
à ceux qui réciteraient alors trois fois la Salutation angélique; enfin, en 1472, Louis XI ordonna de sonner aussi
chaque jour les cloches à midi, pour avertir chacun de
réciter alors l'*Ave, Maria*. C'était compléter la dévotion de
l'*Angelus* et l'amener à la forme qu'elle devait garder dans
toute la catholicité, au grand applaudissement et avec les
faveurs du saint-siége.

Sans doute il est très-regrettable qu'à une dévotion
si insigne envers Marie, Louis XI ait mêlé tant de
défauts qui ont flétri son nom. Toutefois, il y aurait de
l'injustice à ne voir là qu'un immoral et superstitieux
bigotisme ou une odieuse hypocrisie. Non, Louis XI
n'était point un hypocrite; il ne tenait pas à être réputé
meilleur qu'il n'était; et il est probable même qu'à tout
prendre, sa réputation ne lui déplaisait point : non, il ne
s'imaginait pas que la sainte Vierge lui obtiendrait, sans le
repentir, le pardon de ses fautes passées et l'impunité de
celles qu'il pourrait commettre à l'avenir. Il était trop in-
struit et surtout trop sensé pour avoir une pareille pensée.

Mais il obéissait à un de ces bons sentiments que dépose dans l'âme une éducation première, et qui souvent y persistent longtemps, parfois même toujours, à côté d'une conduite avec laquelle ils sont en contradiction. Probablement aussi, il était dominé par l'influence d'une loi secrète que subissent, soit sciemment, soit à leur insu, les souverains les plus absolus, la loi de la réaction des sentiments des peuples sur le prince qui les gouverne. Un sentiment national lui avait inspiré d'instituer l'ordre de Saint-Michel, comme un témoignage de la reconnaissance de la France envers l'Archange dont Jeanne d'Arc soutenait avoir entendu la voix; de même, la dévotion à la sainte Vierge étant, à son époque, un des sentiments les plus vivants dans le cœur de la France, rien d'étonnant qu'il s'y soit complétement associé.

Pourquoi ne dirions-nous pas enfin que ceux qui occupent le premier rang en ce monde éprouvent parfois, dans l'isolement que leur fait leur grandeur, le besoin de rencontrer, plus haut qu'eux, des protecteurs, qu'ils ne trouvent pas sur la terre; que l'étendue de leur pouvoir ne les préserve pas de craintes mortelles, ou quelquefois même leur cause de vives appréhensions, et qu'alors ils implorent un appui plus solide que leurs armées? Aussi, quand, dans la vie si tourmentée de Louis XI, nous rencontrons ce fait honorable et pleinement chrétien de sa dévotion à Marie, nous le recueillons avec joie comme une précieuse épave surnageant au milieu même de la tempête.

En 1498, l'épouse de Louis XII, sainte Jeanne de Valois, fut heureuse d'échanger un trône contre un cloître, parce que, dans ce cloître, elle allait se dévouer tout entière à Marie et lui gagner une nouvelle famille : elle institua l'ordre de l'Annonciade, dont le but est d'étudier, d'honorer et d'imiter les vertus de la sainte Vierge.

Mais ce fut surtout en 1528 que la Providence se plut à faire voir sur le trône un exemple remarquable de dévotion à Marie. Un des premiers actes par lesquels le protestantisme signala sa présence à Paris avait été de mutiler et de décapiter, rue des Rosiers, près de la petite porte Saint-Antoine, une statue de la Vierge qui y était en grande vénération. A la nouvelle de cet attentat, qui blessait profondément le sentiment national, l'émotion fut profonde et générale. François Ier, partageant les religieux sentiments de toute la nation, ordonne aussitôt de faire une statue d'argent semblable à celle qui avait été profanée. Au bout de douze jours, elle est terminée; il convoque dans une église, voisine du lieu de la profanation, tous les corps ecclésiastiques de Paris, avec huit évêques, le parlement, la chambre des comptes et le corps de ville, les princes du sang, les ambassadeurs et tous les grands officiers de la couronne. On y offre le saint sacrifice en expiation de l'attentat commis, et de là on se rend en procession sur le théâtre du crime, le grand aumônier de France portant la nouvelle statue et le roi le suivant un cierge à la main. Arrivé au lieu désigné, l'évêque dépose la statue sur un autel préparé; la musique de la chapelle royale chante l'ancienne *Ave, Regina cœlorum* devant toute l'assemblée à genoux; après quoi le roi se lève, prend la statue, la baise respectueusement, la place lui-même dans la niche, ferme le treillis destiné à prévenir de nouvelles insultes, se remet à genoux, prie quelque temps avec larmes, et fait porter en grande pompe la statue mutilée dans l'église Saint-Gervais, où elle a été depuis honorée pendant des siècles sous le titre de *Notre-Dame de la Tolérance;* charmant et éloquent enseignement qui montrait dans Marie la Vierge douce et clémente, la Mère de la miséricorde.

Ce titre ne toucha point les sectaires; dix-sept ans plus tard, en 1547, ils brisèrent la grille et volèrent la riche statue : on la remplaça par une statue de bois, et en 1551 ils la brisèrent également. Eux, qui réclamaient la tolérance pour leur culte, étaient les plus intolérants des hommes pour le culte de toute la nation, pour les croyances des catholiques, parmi lesquels ils n'étaient qu'une imperceptible minorité. Plus audacieux à mesure qu'on les ménageait davantage, ils amenèrent sur la France toutes les horreurs de la guerre civile, auxquelles vinrent se joindre les guerres étrangères. Heureusement, Louis XIII triompha de tous ses ennemis du dedans et du dehors; mais ce prince religieux, au lieu de rapporter la gloire de tant de succès à l'habileté de ses ministres ou à la valeur de ses généraux, en fit remonter l'honneur à Dieu même et à la très-sainte Vierge, qu'il vénérait dès lors comme la patronne de la France; et pour payer à l'un et à l'autre la dette de sa reconnaissance, il fit paraître, le 10 février 1638, des lettres-patentes où il commence par énumérer toutes les faveurs qu'il a reçues du ciel depuis le commencement de son règne, « les mauvais desseins de ceux qui avaient voulu profiter de la faiblesse de son âge à son avénement au trône, confondus à leur naissance; les divisions qu'on avait voulu semer, au très-grave préjudice de la tranquillité de son royaume, promptement étouffées; la rébellion de l'hérésie abattue; les armes de la France toujours victorieuses, et les ligues que ses ennemis avaient formées contre lui frappées d'impuissance. »

« Par tous ces motifs, nous prosternant, dit Louis XIII, aux
» pieds de la Majesté divine que nous adorons en trois per-
» sonnes, et à ceux de la sainte Vierge et de la croix sacrée
» où nous révérons l'accomplissement des mystères de notre
» rédemption par la vie et la mort du Fils de Dieu en notre
» chair, nous nous croyons obligé de nous consacrer à la
» grandeur de Dieu par son Fils, rabaissé jusqu'à nous, et
» à ce Fils, par sa Mère, élevée jusqu'à lui, sous la protec-
» tion de laquelle nous voulons très-spécialement nous met-
» tre pour obtenir, par son intercession, la protection de la

» sainte Trinité elle-même, et par son autorité et exemple
» la protection de toute la cour céleste. En conséquence,
» ajoute-t-il, nous déclarons par les présentes que prenant
» la très-sainte et très-glorieuse Vierge pour protectrice
» spéciale de notre royaume, nous lui consacrons parti-
» culièrement notre personne, notre État, notre couronne
» et nos sujets; la suppliant de nous inspirer une si sainte
» conduite et de défendre avec tant de soin ce royaume,
» que, soit en guerre, soit en paix, il ne sorte point des
» voies de la grâce qui conduisent à celles de la gloire. Et
» pour que le souvenir de cette consécration demeure à
» jamais dans la postérité, nous ordonnons qu'il soit fait
» chaque année, le jour de l'Assomption, après les vêpres,
» dans toutes les églises, cathédrales, paroissiales ou con-
» ventuelles de nos États, une procession très-solennelle
» où assisteront toutes les autorités judiciaires et civiles.
» Notre intention est que les évêques recommandent à tous
» nos peuples d'avoir une dévotion spéciale envers la bien-
» heureuse Vierge, et d'implorer, en ce jour solennel, sa
» protection sur la France, afin que, sous une si puissante
» patronne, notre royaume soit à couvert de toutes les en-
» treprises de nos ennemis, qu'il jouisse d'une longue paix,
» et que Dieu y soit servi et révéré si parfaitement que nous
» et nos sujets puissions arriver à la fin bienheureuse pour
» laquelle nous avons été créés. »

Cet édit fut mis à exécution le 15 août suivant; et le 5 septembre, après une stérilité de vingt-deux ans, la reine ac-
couchait d'un enfant qui fut le plus grand roi qu'ait jamais
eu la France; ce fut Louis XIV; et de ce vœu éminemment
national jaillit le grand siècle : car c'est une chose remarquable, que les beaux génies qui portèrent si haut alors, en
tous les genres, la gloire de l'esprit humain, eurent presque
tous un cachet religieux. Bossuet et Corneille, qui marchent
à leur tête, furent l'un et l'autre les plus humbles serviteurs
de Marie.

Louis XIV, digne d'être le roi de tels sujets, renouvela fidèlement, chaque année, la consécration faite par son père, et il le fit avec un cœur franchement dévoué à Marie : car, tous les jours, il récitait le chapelet en son honneur; et un jour que le père Larue, son confesseur, l'avait surpris dans ce pieux exercice, il lui dit : « N'en soyez pas tant » étonné, mon père; je tiens cette pratique de la reine ma » mère; j'en fais gloire, et je serais fâché d'y manquer » un seul jour. »

L'année séculaire après l'émission du vœu de Louis XIII, Louis XV le renouvela solennellement, et jusqu'à nos jours où ce vœu s'accomplit encore chaque année, si on excepte l'époque désastreuse où le culte du vrai Dieu était interdit dans nos temples, la France n'a jamais cessé de vénérer dans Marie sa glorieuse patronne; comme Marie n'a jamais cessé de nous protéger, arrachant ce royaume aux plus affreuses tempêtes, et du fond de l'abîme où plusieurs fois on l'a cru englouti, le faisant toujours surgir et reparaître à l'horizon le premier royaume du monde.

Et que n'aurions-nous pas à dire de la sainte épouse de Louis XV, Marie Leczinska, qui travaillait de ses mains à la décoration des autels de la sainte Vierge, et voulut qu'après sa mort son cœur reposât à Nancy, sous les auspices de Notre-Dame de Bon-Secours, à côté de celui de son auguste père Stanislas, prince le plus hautement dévoué au culte de la Mère de Dieu? Que n'aurions-nous pas à dire de son angélique fille, Madame Louise, laquelle alla pleurer au Carmel les désordres d'une cour indigne de posséder une vertu si pure, et trouva aux pieds de Marie la consolation à ses douleurs, avec les grâces qui en ont fait une sainte? Mais il est temps de porter ailleurs notre regard.

Si maintenant, descendant du trône, nous étudions les diverses classes de la société, que de merveilles de dévotion à Marie s'offrent à nous! Partout c'est un zèle admirable à élever des oratoires ou des églises à Marie sous tous les noms les plus touchants : ici, Notre-Dame de Pitié, Notre-Dame de Bon-Secours, Notre-Dame de Bonne-Délivrance; là, Notre-Dame de la Charité, Notre-Dame des Miracles, Notre-Dame des Victoires; et ce ne sont pas seulement de hauts et puissants seigneurs, de riches abbés ou des prélats opulents qui fondent ces églises; ce sont les personnes de la condition la plus humble : une marchande de gâteaux nommée Jeanne la Fouassière fonde la chapelle de la très-sainte Vierge à Sainte-Opportune; une marchande de volailles nommée Geneviève la Paonière fonde la chapelle de l'église abbatiale, dite Notre-Dame des Paons.

Point d'église qui n'ait sa chapelle de la sainte Vierge, vénérée entre toutes les autres chapelles; et souvent la même église avait plusieurs chapelles de Marie, honorée sous différents noms, comme Notre-Dame de l'Annonciation, Notre-Dame de la Compassion, Notre-Dame de l'Assomption; tant l'esprit public se complaisait dans tout ce qui lui rappelait la sainte Vierge. A la plupart de ces oratoires étaient attachés des revenus, tant pour leur entretien que pour la rétribution des clercs chargés de les desservir; espèces de bénéfices qui s'appelaient des chapellenies, et dont le but était de pourvoir à ce que la Mère de Dieu y fût toujours honorée par la prière et le sacrifice : car c'était à elle, comme au secours des chrétiens, *Auxilium christianorum*, qu'on avait recours en toute circonstance. Ainsi, en 1393, une femme trouve enfoui dans un tas d'ordures, près de la porte Saint-Martin des Champs, le cadavre d'un enfant qu'une mère barbare avait étouffé à sa naissance. Que fait-elle? elle le prend dans ses bras, le porte à l'église Saint-Martin, suivie de plus de quatre cents personnes que l'attentat avait mises en émoi; elle le dépose sur l'autel de la sainte Vierge, prie et invite toute l'assemblée à prier, pour que cet enfant, revenant à la vie, puisse recevoir le baptême. Au bout de quelques moments, l'enfant donne des signes de vie, rejette avec effort le linge que sa mère lui avait enfoncé dans la gorge pour le suffoquer, et fait entendre un cri. On chante aussitôt le *Te Deum*, on sonne les cloches, et l'affluence ne permettant pas d'aller jusqu'aux fonts baptismaux, on baptise l'enfant sur l'autel même de la sainte Vierge (1). — Voilà comment nos pères avaient confiance en Marie et en obtenaient des miracles.

Cet ardent amour pour la sainte Vierge se manifestait surtout par les confréries. On s'unissait pour s'exciter tous ensemble à l'aimer davantage.

A la cathédrale, il y avait la confrérie de la très-sainte Vierge Marie, fondée dans le but de fournir des assistants à l'office de la nuit, *confraternitas Beatæ Mariæ Virginis surgentium ad matutinas*. On ne trouvait pas convenable que l'église fût déserte, pendant que les chanoines chantaient l'office; et les fidèles que l'indépendance de leur position laissait libres, venaient, sous les auspices de Marie, mêler leurs chants à ceux du clergé. A Saint-Étienne des Grès, il y avait la confrérie de Bonne-Délivrance, qui comprenait des confrères de toutes les classes de la société.

Outre ces confréries générales, chaque condition, pour ainsi dire, avait la sienne, avec sa bannière de la sainte Vierge, ses statuts, ses règlements, ses exercices. A Sainte-Madeleine de la Cité était la haute classe qu'on appelait la Grande Confrérie; puis la confrérie des marchands d'eau (2), autorisées l'une et l'autre par Charles VI;

---

(1) Ce fait est raconté dans l'*Histoire de l'Église gallicane*, ouvrage d'une critique si sévère.

(2) On entendait par là ceux qui, entreprenant un commerce plus étendu, faisaient venir par la Seine, de pays éloignés, les marchandises et fournitures nécessaires à la ville de Paris. Ils achetèrent une place hors de la ville pour y construire un port, qui s'appela le *port Papin*, du nom du premier propriétaire.

à Saint-Eustache, la confrérie de Notre-Dame des notaires et secrétaires royaux ; ici, les confréries des officiers de justice, des huissiers, des sergents de la compagnie du guet ; les confréries des six corps de marchands de Paris, savoir : les drapiers, les épiciers, les merciers, les fourreurs, les bonnetiers et les orfèvres ; là, les Pénitents bleus, rouges ou blancs, selon la couleur de la tunique surmontée du capuchon qui couvrait le visage ; ailleurs, les confréries dévouées aux œuvres de charité, au soulagement des pauvres honteux, à la visite des malades, à l'ensevelissement et aux obsèques des morts. Enfin, autant il y avait d'arts et métiers, autant il y avait d'associations spéciales. Dans chaque état, tous ceux qui l'exerçaient formaient comme une seule famille, un seul corps ; tous les membres se soutenaient et se protégeaient ; tous avaient des règles consacrées par la religion, qui les maintenaient dans le devoir et prévenaient les écarts ; chacun estimait sa profession et s'y trouvait heureux sous le patronage de la Mère de Dieu ; et l'on ne connaissait point ces mécontentements de sa condition, ces désirs de sortir de sa sphère, ces rivalités jalouses heureuses de se nuire mutuellement, qui sont dans notre société actuelle une source de malaises, une menace continuelle de bouleversements et de désordres.

Je sais que deux de ces confréries ont eu une fois le tort de s'immiscer dans la politique, l'une sous Étienne Marcel, prévôt des marchands, l'autre au temps de la Ligue ; mais quelle est l'institution humaine qui traverse les âges sans avoir jamais aucun tort ? et que sont d'ailleurs ces torts en comparaison des avantages ? La suppression de ces confréries a été un mal immense, une des causes les plus actives de la corruption des diverses classes de la société. On les a remplacées dans les classes élevées par la franc-maçonnerie et dans la basse classe par le compagnonnage : tant il est vrai qu'il faut toujours que l'homme s'associe ; l'isolement le décourage en lui révélant sa faiblesse. Mais nous en appelons à toute âme droite, quelle différence entre les anciennes confréries et les nouvelles ? Les premières étaient des écoles de religion et de vertu, d'ordre et de paix ; les secondes, des sociétés secrètes, hostiles à la religion catholique qu'elles voudraient voir disparaître, immiscées continuellement dans la politique, nuisibles à l'ordre et à la paix des États, comme l'ont révélé au monde, il y a peu d'années, les frères maçons de la Belgique, dans des discours d'une épouvantable franchise.

La dévotion à Marie se traduisit encore d'une autre manière au moyen âge dans le diocèse de Paris : alors les premiers enfants de Saint-Dominique prêchèrent la pratique du Rosaire, les Carmes la confrérie du Scapulaire, et les uns et les autres enrôlèrent de nombreux associés. Saint Louis voulut recevoir le scapulaire ; les princes et les princesses, les bourgeois et le simple peuple, tous ambitionnèrent de porter la livrée de Marie, encouragés par les prodiges dont le ciel la favorisait. Ici, c'est un soldat frappé d'une balle qui, après avoir traversé ses habits, s'applatit sur le scapulaire ; et Louis XIII, témoin du fait, s'empresse de prendre le saint vêtement ; là, c'est la flamme de l'incendie qui respecte le scapulaire en consumant tout ce qui l'environne.

Au sortir du moyen âge, nous voyons l'Université de Paris se prononcer hautement pour le plus glorieux des priviléges de la sainte Vierge, sa Conception immaculée. Cette école célèbre, dont on venait de tous les points de l'univers entendre les doctes leçons, et qui, par la science de ses docteurs, la sagesse de ses décisions, a mérité d'être appelée le concile permanent des Gaules, était tellement dévouée à la Mère de Dieu, que, le 23 août 1497, elle obligea tous ses docteurs en théologie à jurer de défendre jusqu'à la mort la vérité de son immaculée Conception, et statua que désormais aucun ne serait reçu docteur qui n'eût fait le même serment.

Jusqu'au dix-septième siècle, la dévotion à Marie va toujours croissant; et là, plus que jamais, elle resplendit de toutes parts : elle est vivante en toutes les âmes, elle entre comme élément principal dans toutes les institutions que produit ce siècle incomparable, si fécond en saintes œuvres autant qu'en saints personnages. Dans l'impossibilité de tout dire, nous citerons seulement deux hommes comme les représentants de leur époque. Le premier est le père Bernard, qui se surnommait par humilité le pauvre Prêtre : il prêchait partout le respect et la confiance pour Marie; il semblait qu'il ne savait dire autre chose, et on l'écoutait toujours avec bonheur. Il répandit jusqu'à deux cent mille exemplaires de la prière si célèbre dans les fastes de l'Église : *Souvenez-vous, ô très-pieuse Vierge Marie*, etc. *Memorare, ô piissima Virgo Maria*; et par là il opéra des prodiges, surtout en fait de conversions. Un jour qu'il allait au Châtelet exhorter les prisonniers, il rencontre un religieux, se jette à son cou en lui disant : « Mon frère, ré- » jouissez-vous; vous devrez votre salut à la sainte Vierge. » Le religieux, qui ne le connaissait pas, le prit pour un fou; mais, plusieurs années après, ce religieux ayant oublié tous ses devoirs, jusqu'à mériter une condamnation à mort, le père Bernard descend dans le cachot où celui-ci était renfermé, l'embrasse, le conjure de penser à son salut. Celui-ci le repousse; le saint insiste : « Au moins, dit-il en lui » présentant sa prière, *Souvenez-vous*, récitez cette courte » invocation à la sainte Vierge. » Même refus obstiné du criminel. « Eh bien, lui dit le père Bernard en la lui » mettant à la bouche, puisque tu ne veux pas la dire, tu » la mangeras. » Le malheureux ne pouvant se défendre à cause de ses fers, cède à l'importunité; et à peine a-t-il prononcé les premières paroles de la prière, qu'il se trouve tout changé. Un torrent de larmes coule de ses yeux, et le. regret de sa vie coupable lui fait pousser des cris déchirants. « Consolez-vous, mon enfant, lui dit le saint prêtre; » Marie, qui vous a obtenu la grâce de la pénitence, vous » obtiendra celle du salut : préparez-vous à faire une » bonne confession. » Hélas! il n'en eut pas besoin ; car, pénétré de l'horreur de ses péchés et de la miséricorde de Dieu, il expira de contrition et d'amour.

Représentant de la seconde moitié du dix-septième siècle, comme le Père Bernard le fut de la première moitié, M. Olier portait toujours au cou une chaîne, en témoignage de la servitude qu'il avait vouée à Marie, en qui il vénérait la souveraine maîtresse de toute sa personne; il lui offrait dans les églises qui lui étaient consacrées les diamants et joyaux précieux dont on lui faisait don ; il lui demandait sa bénédiction avant de sortir soit de Paris, soit de sa maison, soit même de sa chambre; et il la lui demandait de même en rentrant. Toujours il tenait devant lui son image, et saluait respectueusement toutes celles qu'il rencontrait. Chaque jour il récitait le chapelet; et le temps libre entre ses missions était sanctifié par un pèlerinage à quelque sanctuaire de la sainte Vierge. Dans presque tous ses discours, il parlait de Marie, et alors son cœur se dilatait : chaque jour il faisait dire trois messes en l'honneur de la sainte Vierge, la glorifiant. dans la première, comme la reine et la joie de l'Église triomphante; dans la seconde, comme la reine et l'avocate de l'Église militante; dans la troisième, comme la reine et la consolatrice de l'Église souffrante. Mais par-dessus tout, il recommandait l'imitation de ses vertus, comme l'hommage dont elle était le plus jalouse.

Ce que nous disons de M. Olier, nous pourrions le dire, à quelques modifications près, de tous les saints personnages qui brillèrent à cette époque : car plus on est saint,

9

plus on aime Marie ; la manière de rendre cet amour peut
varier, mais le fond est toujours en proportion avec la sainteté de la personne. Dans l'impossibilité de tout dire, nous
mentionnerons seulement un des plus beaux hommages que
Marie ait jamais reçus et qu'elle reçoit constamment depuis
cette époque ; c'est l'oblation que firent à la sainte Vierge
saint Vincent de Paul, et mademoiselle Legras, de la compagnie des Filles de la Charité. Lorsqu'en 1658 les lettres
patentes qui reconnaissaient la communauté sous le titre de
Filles de la Charité furent enregistrées au parlement, la
pieuse fondatrice pria Vincent de Paul d'offrir le saint
sacrifice *au nom de toute la compagnie,* c'est son expression,
pour placer toutes ses filles sous la protection de Marie ;
et, dans ses écrits, on trouve sous le titre *d'Oblation de la
compagnie des Filles de la Charité à la sainte Vierge,* ces
belles paroles : « Vous nous avez, Seigneur, inspiré de
» faire choix de votre sainte Mère pour unique mère de
» notre petite compagnie, avec la pensée qu'elle n'en au-
» rait jamais sur la terre le titre, et qu'aucune de nous
» n'en porterait le nom. »

Fidèles aux sentiments de leur fondatrice, les Filles de
la Charité ont toujours fait haute profession de dévotion à
Marie : elles l'ont toujours vénérée, non-seulement comme
leur mère, mais comme leur modèle dans la pratique des
vertus les plus touchantes, les plus héroïques et les plus
utiles à l'humanité.

A la mort de Louis XIV, tout le grand siècle sembla
descendre avec le grand roi dans la tombe ; l'esprit religieux et, par une conséquence nécessaire, l'amour de la
sainte Vierge s'affaiblirent sous la Régence, diminuèrent
plus encore sous le souffle glacé du jansénisme, ennemi-né,
comme toutes les erreurs, du culte de la sainte Vierge : les
jours néfastes de la France se préparaient, et les plus clair-
voyants les apercevaient déjà à l'horizon. 93 arriva, et les

temples furent fermés. Ils se rouvrirent en 1803; mais il fallut du temps pour réparer tous les ravages faits dans les intelligences et dans les cœurs.

Peu à peu, sous le premier Empire et sous la Restauration, le culte de Marie reprit son antique splendeur : cependant bien des âmes encore étaient insouciantes et peu zélées, lorsqu'en 1830 éclata la grande catastrophe qui brisa un trône de quinze siècles et fit reprendre le chemin de l'exil aux fils de saint Louis. Alors, au milieu de ces tempêtes politiques et religieuses qui menaçaient de tout engloutir, les yeux se levèrent vers l'étoile tutélaire de la mer : on eut recours à Marie. On frappa une médaille de l'Immaculée Conception, avec cette prière pour exergue : *O Marie conçue sans péché, priez pour nous qui avons recours à vous.* On la distribua à profusion, on la multiplia par milliers, et il s'en suivit des prodiges innombrables, qui la firent nommer justement par la voix publique la médaille miraculeuse. Ici c'est la conversion inattendue de ceux-là mêmes qui la portaient sans le savoir, et, à plus forte raison, de ceux qui consentaient à s'en revêtir; là ce sont des dangers conjurés, des soldats et autres personnes échappés comme par miracle à mille périls de mort. — « Comment, demandait-on un jour au maréchal Bugeaud à son retour de la bataille d'Isly, comment avez-vous pu » échapper à tant de balles des Arabes dirigées contre vous? » — Voilà, répondit le vieux militaire en montrant la médaille qu'il portait toujours sur lui, voilà le bouclier qui m'a » protégé. » Et c'était là tellement la conviction de l'armée française, que, quand elle partit soit pour la Crimée, soit pour la guerre d'Italie, grand nombre de soldats voulurent avoir une médaille, et les plus hauts officiers même de l'armée la portaient avec bonheur et confiance.

Ce qu'ont fait nos soldats dans ces deux circonstances, beaucoup de particuliers le font encore, surtout depuis la

9.

définition du saint-siége qui a érigé en dogme ce qui n'était auparavant que la croyance libre, mais générale de l'Église. Les mères attachent la médaille au cou de leurs enfants, les femmes au cou de leurs maris pour les protéger et les défendre. C'est de toutes parts un zèle unanime à honorer Marie comme conçue sans péché ; et ce qu'on n'aurait pas osé faire il y a un demi-siècle, aujourd'hui on le fait avec gloire. Qui aurait dit, il y a cinquante ans, qu'un jour nos navires vogueraient vers l'ennemi avec la bannière de Marie en tête, et que nos soldats, allant au combat, voudraient avoir sur eux et scapulaire et médaille? Ce qui eût semblé incroyable alors, nous l'avons vu réalisé de nos jours, et voilà comment la dévotion à Marie a progressé dans ce diocèse. Voilà comment, mieux encore qu'au dixième siècle, Paris peut être proclamé la brillante et glorieuse cité de Marie.

Urbs in honore micat celsæ sacrata Mariæ (1).

---

(1) Abbon, *De obsidione Parisiensi*, v. 369.

DIOCÈSE DE BLOIS.

Après Paris, l'ordre alphabétique des diocèses qui en composent la province ecclésiastique nous amène à Blois ; à Blois qui, pendant quatorze siècles, fit partie du diocèse de Chartres, et qui par conséquent partagea, dès le principe, l'antique dévotion du peuple chartrain pour la Vierge-Mère. Longtemps ce fut dans ce pays un pieux usage d'aller en pèlerinage à *Notre-Dame de Sous-Terre;* et cet usage, ainsi que la dévotion à Marie qui en était à la fois le principe et le fruit, s'accrut merveilleusement par les beaux exemples de Louis Ier, comte de Blois, qui aimait à visiter Notre-Dame de Chartres, et même lui fit présent du chef de sainte Anne, qu'il avait rapporté de la Palestine (1). Qu'on lise les discours de Pierre de Blois, une des gloires de l'Église au douzième siècle, un des hommes qui ont le plus aimé la sainte Vierge et qui en ont le mieux raconté les grandeurs (2) ; et le saint enthousiasme avec lequel il parle de la Mère de Dieu, ses brûlantes exhortations, pur reflet du sentiment de ses compatriotes, expression des plus vives et des plus populaires sympathies des habitants du Blésois, feront comprendre dans quel milieu dévoué à Marie fut élevé ce grand homme, né à Blois même.

Pour classer avec ordre ce que nous avons à dire sur ce diocèse, nous raconterons l'histoire du culte de la sainte Vierge : 1° dans la ville de Blois et les pays qui bordent la Loire ; 2° sur les rives du Cher et dans la Sologne ; 3° dans le Vendômois.

---

(1) *Parthénie de Sébastien Rouillard,* p. 206. — Bernier, *Histoire de Blois,* p. 305.

(2) Voyez ses quatre sermons pour l'Assomption et ses autres discours pour les diverses fêtes de la sainte Vierge.

CHAPITRE PREMIER.

HISTOIRE DU CULTE DE LA SAINTE VIERGE DANS LA VILLE DE BLOIS ET LES PAYS QUI BORDENT LA LOIRE.

La ville de Bois signala, entre toutes les villes du diocèse, son amour pour Marie par les monuments qu'elle lui éleva. Dès le septième siècle, elle possédait la belle église de Bourg-Moyen, placée sous le patronage de la Mère de Dieu, dont le maître-autel était surmonté d'un beau groupe représentant l'Assomption (1). C'était là que les fidèles aimaient à venir prier, les comtes de Blois à épancher leurs largesses et à donner les marques les moins équivoques de leur haute protection. Saint Louis même, en 1269, y envoya une épine de la sainte Couronne : et trois paroisses de la ville faisaient gloire de dépendre de ce sanctuaire privilégié (2).

Quelque temps après l'érection de Bourg-Moyen, l'église Saint-Laumer, aujourd'hui Saint-Nicolas, dédiait à Marie, sous le vocable de Notre-Dame de Bonne-Nouvelle, une gracieuse et élégante chapelle, où a été transporté, depuis que le marteau révolutionnaire a démoli l'église de Bourg-Moyen, le groupe de l'Assomption dont nous venons de parler (3). Tout près de là s'élevait la chapelle de Notre-Dame de Pitié, fondée au quinzième siècle par Guy Pot, gouverneur de l'Orléanais et du Blésois (4).

---

(1) L'historien de Blois, Bernier, pense que l'abbaye de Bourg-Moyen, annexée à l'église de ce nom, est celle qui fut fondée par Adéodat, évêque de Chartres, et dont Mabillon, *De re diplomaticá,* p. 478, donne le titre de l'an 696.

(2) Bernier, p. 11, 12, 49.

(3) *Idem*, p. 43.

(4) Manuscrits de Noël Mars, bénédictin de Saint-Lanmer, à la bibliothèque de la ville de Blois.

Dans une autre partie de la ville, l'église collégiale de Saint-Sauveur, où fut bénit l'étendard de Jeanne d'Arc marchant au secours d'Orléans, possédait à elle seule quatre chapelles de Notre-Dame, dont la principale, placée derrière le chœur, avait été fondée en 1385 par Guy II de Châtillon, comte de Blois (1).

La chapelle de l'ancien Hôtel-Dieu, dont l'origine remontait au douzième siècle, était également dédiée à Notre-Dame. Une confrérie en l'honneur de sa Conception y faisait célébrer tous les ans, le 9 décembre, le lendemain de sa fête patronale, un service pour les membres décédés dans le cours de l'année; et, chose digne de remarque, l'Hôtel-Dieu lui-même est désigné dans les plus anciens titres de la maison, sous le titre de l'*Aumône Notre-Dame*, comme si on eût voulu désigner par là que c'était l'amour de la sainte Vierge, consolatrice des affligés et refuge des malheureux, qui avait inspiré au commencement et soutenait encore tous les jours cette fondation charitable (2).

Le douzième siècle vit aussi s'élever à Blois l'église de *Notre-Dame des Anges*, bâtie par des chanoinesses de l'ordre de Saint-Augustin, nommées Véroniques (3). Au siècle suivant, les Jacobins, dont la maison fut fondée par le comte de Blois, Jean de Châtillon, en 1275, dédièrent dans leur église une chapelle à *Notre-Dame de la Santé*, où Marie d'Orléans, duchesse de Chartres, voulut être et fut en effet inhumée en 1656 (4). Au commencement du dix-septième siècle, les Capucins élevèrent une église qui fut

---

(1) Archives de la préfecture, liasse de Saint-Sauveur.

(2) *Recherches sur l'Hôtel-Dieu* par M. Dupré, bibliothécaire de la ville de Blois.

(3) Les Ursulines l'occupent aujourd'hui.

(4) Bernier, p. 56.

consacrée sous le titre remarquable de *la Sainte Conception*, et dont les ruines se voient encore dans l'ancien cimetière de la ville (1). Enfin, de quelque côté qu'on porte ses pas dans la ville de Blois, tout y révèle l'amour de ses habitants pour Marie. Là où est aujourd'hui la préfecture, existe encore une chapelle de la sainte Vierge, bâtie par les Dames de la Visitation, et malheureusement affectée, depuis la révolution, à des usages profanes. Là où est aujourd'hui un petit temple protestant, était une chapelle de Marie sous le vocable de *Notre-Dame des Neiges*, ouvrage d'un bon laboureur nommé Bourdin, jaloux d'y faire honorer une image de la Vierge, sculptée en bois, qu'il avait trouvée dans son champ en le cultivant (2). Là où est la prison, était une église des Cordeliers avec une chapelle de *Notre-Dame de Pitié*, où tous les ans, le 11 août, le clergé de Blois se rendait processionnellement pour y remercier la sainte Vierge, par une messe solennelle, d'avoir préservé la ville de l'invasion des Anglais sous Charles VII (3). Enfin, il n'est pas jusqu'aux haras qui ne recouvrent un terrain où était autrefois une chapelle de la sainte Vierge, bâtie par les Carmélites en l'honneur de l'Assomption.

Noble émule de la ville en dévotion à Marie, le faubourg connu sous le nom de faubourg de Vienne, possédait et possède encore une chapelle dédiée à *Notre-Dame des Aides*, où, dans les calamités publiques et privées, les fidèles vont réclamer la protection toute-puissante de Celle que l'Église appelle le Secours des chrétiens. Le souverain pontife Pie IX vient de donner un nouveau lustre à cette célèbre chapelle, en autorisant le couronnement de la sta-

---

(1) Archives de la préfecture.
(2) Fournier, *Essais historiques sur Blois*, p. 87.
(3) *Processionnal de Blois*, p. 214.

tue qu'on y vénère, privilége qui ne s'accorde qu'aux plus illustres sanctuaires de Marie.

Riche en édifices élevés à la gloire de Marie, Blois était plus riche encore en piété et en zèle pour l'honorer. Tous les vendredis, le soir, après l'office, on chantait dans l'église de Saint-Solenne, aujourd'hui la cathédrale, le *Stabat Mater* en l'honneur des douleurs de Marie au pied de la croix, et les fidèles y assistaient en grand nombre. Tous les jours de l'année, après complies, on chantait aux Ursulines le *Salve, Regina*, pour remercier Marie d'avoir protégé la communauté contre un malfaiteur, lequel s'y était introduit pour la piller, et s'enfuit, épouvanté par l'apparition subite d'une grande dame qui se présenta à lui à l'entrée de l'église, et qu'il crut être la sainte Vierge. Cet usage subsiste encore aujourd'hui chez les Ursulines de Blois. Dans toute la ville, comme à la cathédrale et dans les communautés, on célébrait toutes les fêtes de la sainte Vierge avec une piété remarquable; et partout on respirait comme un parfum de dévotion envers l'auguste Mère de Dieu.

Toutefois, nulle part cette dévotion n'était plus remarquable qu'à *Notre-Dame des Aides*, dans le faubourg de Vienne. Tous les samedis on y venait de Blois en grand nombre entendre la messe, et toutes les processions générales se faisaient à ce béni sanctuaire. Lorsque le protestantisme naissant livrait à l'Église ses premiers assauts, les fidèles du faubourg s'associèrent dans une pieuse confrérie, dite de *Notre-Dame des Aides*, pour s'opposer en masse aux attaques que dirigeait l'hérésie contre le culte de Marie, se soutenir les uns les autres dans la défense de la foi et en demander à Dieu la conservation. Cette prière fut exaucée; car à aucune époque l'hérésie n'a pu s'implanter dans le faubourg de Vienne (1).

_____

(1) Archives de la préfecture. — *Histoire de Blois*, p. 71.

Pour mieux mériter encore de la Mère de Dieu, les pieux fidèles érigèrent en son honneur une autre confrérie, dite de *la Sainte-Conception de Notre-Dame* (1), en ajoutant au sanctuaire de Vienne un petit hospice, appelé du même nom, qui semble avoir donné naissance à l'hôpital érigé depuis; et les archives de Saint-Dyé-sur-Loire mentionnent plusieurs dons et legs faits par les fidèles de cette paroisse à *la Maison-Dieu de Notre-Dame de Vienne* (2).

Lorsqu'en 1631 une peste meurtrière, contre laquelle tous les efforts de l'art étaient impuissants, dépeuplait la ville de Blois, les habitants tournèrent leurs regards vers Notre-Dame des Aides. Le conseil municipal, par délibération du 6 septembre de la même année, fit vœu d'aller en procession à la Vierge de Vienne, d'y faire célébrer une messe solennelle, et de renouveler chaque année, pendant trente ans, la même cérémonie. Le procès-verbal de la délibération qui se lit encore dans les registres de la ville (3), est digne d'attention : « Porteront les échevins, y est-il » dit, à l'offerte (c'est-à-dire l'offrande), un cierge de cire » blanche du poids d'une livre; et sera faite prière à Dieu, » à ce que, par l'intercession de la glorieuse Vierge Marie, » il lui plaise d'apaiser son ire (c'est-à-dire sa colère) et » faire cesser les maladies contagieuses dont cette ville et » le pays sont affligés. » La procession se fit en effet avec une grande pompe et un concours plus grand encore, le 8 septembre, fête de la Nativité de la sainte Vierge. Le chef des échevins prononça le vœu au pied de l'autel, et aussitôt le vœu prononcé, la peste cessa.

---

(1) Titres du seizième siècle (aux archives de la préfecture de Loir-et-Cher, liasses de la paroisse de Vienne).

(2) *Codex testamentorum* de Saint-Dyé, manuscrit du seizième siècle (de 1526 à 1547).

(3) Registre n° 19, folio 77.

« Les habitants de Blois, dit l'annaliste Bernier, n'eu- » rent pas plutôt fait leur vœu, que la colombe des Can- » tiques leur apporta le rameau d'olivier (1). » Miracle frappant de la protection de Marie, qu'attestent tout en- semble et les registres de la municipalité qui en font foi, et plusieurs manuscrits du temps, et le fait même de l'ac- complissement du vœu, qui depuis lors, jusqu'en 1793, a été fidèlement exécuté chaque année, enfin deux mo- numents destinés à en perpétuer le souvenir : le premier est un tableau commémoratif, qui se voit encore aujour- d'hui dans l'église de Vienne, au-dessus de l'autel de la sainte Vierge, et où sont représentés les officiers muni- cipaux avec un père capucin, dans un coin du tableau, pour rappeler aux âges futurs le dévouement des religieux de cet ordre au service des pestiférés (2). Le second est la pose de statuettes de la sainte Vierge sur les cinq princi- pales portes de la ville, en vertu d'une délibération mu- nicipale du 2 mars 1632 (3) : « Pour rendre grâces à Dieu, » y est-il dit, de ce qu'il lui a plu apaiser son ire aussitôt » que le vœu a été fait. » Une de ces statues se voit encore aujourd'hui à une maison de la rue *Porte-Côté,* qui fait angle avec la grande rue.

Touchés, comme le conseil municipal, de la plus vive reconnaissance pour la Mère de Dieu, les habitants de Blois placèrent de toutes parts, surtout au-dessus de la porte de leurs maisons, des statuettes de Marie : on en voyait à la fontaine des Élus, à la fontaine de l'Arcis, au- jourd'hui place Louis XII, où existe encore la niche, hélas! vide, et au coin de la rue qui avait pris de là le nom d'*Ave, Maria.*

---

(1) *Histoire de Blois,* p. 27.
(2) Registre de la ville, n° 49, folio 110.
(3) *Ibid.,* folio 92.

Lorsqu'en 1696 le pays fut affligé de pluies torrentielles qui ravageaient les campagnes et minaient les habitations, les pieux Blésois n'eurent garde d'oublier leur protectrice : ils vinrent en procession à la Vierge de Vienne, et à peine la messe chantée à son autel fut-elle terminée, qu'aussitôt les pluies cessèrent; le ciel revêtit une sérénité depuis longtemps inconnue, et un beau soleil réjouit tous les regards.

A deux autres époques, le 11 novembre 1784 et le 3 août 1803, le faubourg de Vienne fut menacé d'être submergé sous les eaux de la Loire, qui, débordée et grossissant sans cesse ses ondes en fureur, allait tout envahir. Les habitants effrayés courent à leur patronne et se précipitent vers son autel; on y célèbre le saint sacrifice, et au moment même de l'élévation, les ondes furieuses s'arrêtent, se retirent peu à peu, rentrent dans leur lit, et Vienne est sauvé. Frappé d'une protection si visible, un honorable habitant conçut l'idée d'un monument qui fût comme une prière permanente à la sainte Vierge, pour qu'elle continuât à jamais le même bienfait à ses concitoyens; et pour cela, il ordonna par testament d'élever sur sa tombe, au cimetière, une chapelle à la sainte Vierge, avec cette inscription : *Je dédie cette chapelle à Marie, en la priant de protéger le faubourg de Vienne contre les inondations de la Loire.*

Mais ce n'était pas seulement dans les calamités publiques qu'on recourait à *Notre-Dame des Aides;* chacun venait encore confier à cette puissante protectrice ses peines privées; et de nombreux *ex-voto,* qu'a détruits la révolution de 1793, attestaient qu'on ne l'invoquait point en vain. Ce n'était pas non plus seulement le simple peuple qui avait foi à la Vierge de Vienne; les plus hauts personnages venaient la prier avec confiance et aimaient à manifester par des actes publics combien elle leur était

chère. Anne de Bretagne, épouse de Louis XII, fit reconstruire en 1512 le grand portail de l'église avec les
deux premières travées, et la mort seule l'empêcha à
son grand regret de continuer toute la nef sur le même
plan. Catherine de Médicis, qui mourut à Blois en 1589, et
après elle Marie de Médicis, ne se montrèrent pas moins
dévouées à ce pieux sanctuaire. Catherine, non contente
d'ordonner que ses entrailles y fussent déposées, fit don
à la chapelle de la Vierge d'une lampe d'argent, d'un
ostensoir en vermeil de grand prix, de magnifiques chapes
brodées d'or, d'un crucifix de grandeur naturelle, merveilleusement travaillé, et d'une rente perpétuelle pour
l'entretien de la lampe qui devait toujours y brûler devant
l'image de Marie, comme symbole de l'amour qu'elle voulait toujours lui porter (1).

Lorsqu'en 1588 les États généraux se tinrent à Blois,
on voulut, avant de les ouvrir, les placer sous le patronage
de Notre-Dame de Toutes-Aides (2), et en conséquence une
procession solennelle, composée du roi, de la reine, des
députés des trois ordres et des hauts dignitaires de l'État,
se rendit du château à l'église de Vienne, qu'on avait pour
cette circonstance toute tendue des plus riches tapisseries
de la cour. Là, le splendide cortége entendit la messe du
Saint-Esprit célébrée par l'archevêque de Bourges, et, prosterné aux pieds de Marie, implora par elle les lumières du
ciel pour traiter dignement les graves questions d'intérêt
public qui devaient être proposées à la délibération des
États, et sur lesquelles les vues de la sagesse humaine sont
toujours trop courtes et sujettes à se tromper.

Quelques années plus tard, Louis XIII renouvela dans

---

(1) Bernier, p. 70 et suiv.
(2) *États de France*, par Florimond de Rapine, p. 67 et suiv. —
Histoire du château de Blois, par M. de la Saussaye, année 1588.

l'église de Vienne la consécration de sa personne et de son royaume à la sainte Vierge, et fit don à l'église, pour en perpétuer le souvenir, d'un grand *ex-voto* où il était représenté se consacrant à la Mère de Dieu, lui et toute la France. Animé des mêmes sentiments, son frère Gaston d'Orléans confirma la fondation faite par Catherine de Médicis d'une rente perpétuelle pour l'entretien de la lampe qui devait brûler jour et nuit dans ce sanctuaire ; Louis XIV, à son tour, confirma cette disposition du prince son oncle (1), et cette rente a été payée par le domaine jusqu'à la révolution de 1793.

Encouragées par des exemples descendus de si haut, les populations voisines, et d'autres même assez éloignées, venaient processionnellement chaque année en pèlerinage à l'église de Vienne. Le lundi de la Pentecôte, c'était la paroisse de Landes, située aux limites du Vendômois ; le jour de sainte Anne, c'était la paroisse des Montils, distante de trois lieues ; d'autres jours, c'étaient Vineuil, Saint-Claude, Villebaron et plusieurs autres. La paroisse Saint-Léonard, au mois de mai 1772, franchit à pied une distance de sept lieues pour venir demander à la *Bonne-Dame* de Vienne la cessation d'une sécheresse prolongée qui désolait le pays, et son espoir ne fut pas trompé (2). Malheureusement, depuis la révolution de 1793, ces pieux usages sont tombés, comme tant d'autres bonnes choses que la tempête a fait disparaître. Mais le principe est demeuré, et la dévotion à Marie vit encore de nos jours au cœur des Blésois.

Lors de l'invasion du choléra en 1849, comme à la terrible inondation du 3 juin 1856, ils retrouvèrent leur an-

---

(1) Archives départementales, liasse de Saint-Saturnin.
(2) *Annales de Marchenoir et des environs*, ouvrage manuscrit de M. Péan, vice-président du tribunal de Blois.

tique foi à Notre-Dame des Aides : ils vinrent la prier
pendant que le fléau sévissait, et la remercier lorsqu'il eut
cessé de sévir. Si la confrérie de Notre-Dame des Aides
n'existe plus, ils l'ont remplacée par divers autres témoignages d'amour ou gages de dévouement envers Marie :
c'est d'abord la confrérie affiliée à la congrégation établie à Rome dans le Collége romain, et qui célèbre, tant
par la communion que par de pieuses réunions, toutes les
fêtes de la sainte Vierge, surtout deux fêtes qui lui sont
chères, la fête de Notre-Dame Auxiliatrice ou *des Aides*,
le 24 mai, et la fête de Notre-Dame des Agonisants, le
premier dimanche d'août. C'est, en second lieu, la double
archiconfrérie du Cœur Immaculé de Marie et de Notre-
Dame de Bonne-Espérance, établie dans la cathédrale.
C'est enfin une dévotion remarquable à l'Immaculée Conception, à laquelle sont consacrées et l'ancienne église du
collége, devenue paroissiale en 1847, et la chapelle tant
du petit séminaire Saint-Louis que du grand séminaire.
Les anciennes chapelles si nombreuses qui rappelaient les
mystères douloureux de Marie ne sont plus; on les a remplacées, dans l'église de l'Immaculée-Conception, par
l'autel de *Notre-Dame de Pitié*, devant lequel la dévotion
des fidèles entretient plusieurs lampes qui y brûlent jour
et nuit.

Que n'aurions-nous pas à dire encore de ces éclatantes
manifestations de piété envers Marie dont la ville de Blois
a donné l'exemple depuis 1846, époque de l'apparition
de Notre-Dame de la Salette? Que de prières ferventes
adressées à la Mère de Dieu! que de grâces obtenues!
Que n'aurions-nous pas à dire surtout de l'enthousiasme
religieux qui accueillit à Blois, en 1854, la définition du
dogme de l'Immaculée Conception? Que de transports de
joie! quelles belles fêtes! quelles splendides illumina-
tions! Et cependant tout cela fut encore surpassé, le

20 mai 1860, par la fête du couronnement de Notre-Dame des Aides. Dans ce jour, dont la mémoire restera impérissable au cœur des Blésois, les rues, les places, la ville entière, semblaient transformées en un temple immense. Ce n'étaient partout que trophées et arcs de triomphe couverts de symboles religieux, qu'étendards et banderoles où se lisaient des invocations à Marie, que saints cantiques chantés, avec l'élan de l'âme, par une foule innombrable, au visage radieux de bonheur, aux mains tendues et suppliantes. On voyait s'avancer, en bel ordre, un pieux cortège, composé des paroisses voisines accourues à la cérémonie avec leur bannière, leur confrérie et leurs reliquaires, des écoles chrétiennes avec leurs oriflammes et leurs guidons, de toutes les communautés de la ville, d'un clergé nombreux : venait ensuite le cardinal Donnet, archevêque de Bordeaux, présidant la fête avec Mgr l'évêque de Blois, suivis des premiers magistrats et des hauts fonctionnaires de la cité, des conférences de Saint-Vincent de Paul et autres fidèles. Portée en triomphe au milieu de cette brillante procession, la statue de Notre-Dame des Aides attirait tous les regards, électrisait tous les cœurs, enflammait tous les chants. Dès qu'elle est arrivée au trône qu'on lui avait élevé, le cardinal, d'une voix solennelle, prépare, par un discours de circonstance, son immense auditoire à la cérémonie qui était l'objet de la fête; puis, sur l'invitation de Mgr l'évêque de Blois, pose les couronnes sur la tête de l'Enfant Jésus, sur celle de sa divine Mère ; et, au même moment, le canon donne le signal de l'allégresse : toutes les cloches de la ville, les cantiques sacrés, les symphonies militaires, retentissent comme une vaste acclamation, annonçant aux flots de la multitude que la Vierge protectrice du pays a reçu la couronne, symbole multiple de la victoire, de la royauté, de la reconnaissance. Tous

les cœurs émus répondent par des cris de joie ; des chants de bonheur saluent avec transport la *Bonne-Dame* de Vienne, et lui promettent le même amour, la même confiance qu'elle a reçus dans les âges anciens. Ainsi se passa cette belle fête, une des plus consolantes que Blois ait jamais vues. Mais il est temps de quitter cette ville de Marie et de passer aux autres parties du diocèse.

Tout près de la ville, au-dessous du coteau des Grouels, est la chapelle de l'Hermitage, où une statue de la Vierge-Mère, qu'on y conserve encore, était, avant la révolution, l'objet d'une vénération toute spéciale. A Chambord est une autre chapelle de Marie, fondée par les anciens comtes de Blois, à laquelle Louis XIV ajouta un nouvel édifice sous le vocable de Saint-Louis, et attacha une chapellenie dont le prêtre devait tous les samedis offrir le saint sacrifice pour le roi régnant (1). Plus loin, dans la forêt Marchenoir, était l'abbaye de l'Aumône, autrement dite le *Petit Cîteaux*, fondée en 1121 par Thibaut IV, comte de Blois, sous le vocable de *Notre-Dame*, et qui possédait une statue vénérée de la Mère de Dieu, placée aujourd'hui dans l'église de Viévy (2). A la Guiche, dans la paroisse de Chousy, était une nouvelle abbaye, fondée sous le nom de *Notre-Dame de la Garde*, par un autre comte de Blois, Jean de Châtillon : c'était un lieu de pèlerinage très-fréquenté ; on y venait de six à sept lieues à la ronde, surtout aux fêtes de la Pentecôte, où douze à treize paroisses s'y rendaient en procession (3). Malheureusement, aujourd'hui cette antique abbaye, dans laquelle ont été offertes tant de fer-

---

(1) *Histoire de Chambord*, par M. de la Saussaye, p. 33 et suiv. — Archives de la préfecture.

(2) *Gallia christiana*, p. 419. — Bernier, *Histoire de Blois*, p. 221 et 633.

(3) Bernier, p. 205 et suiv. — Archives de la préfecture.

ventes prières, n'est plus qu'une exploitation rurale, à laquelle est jointe une petite chapelle où se célèbre de loin en loin le saint sacrifice.

Non loin de Chambord, dans la forêt de Boulogne, était une chapelle fondée par l'ordre de Grammont, sous l'invocation de la sainte Vierge. Au château de Bury, aujourd'hui en ruine, se trouvait une autre chapelle élevée sous le vocable de *Notre-Dame de Lorette*, par Florimond Robutet, ministre des finances sous Louis XII et François Ier. Le marquis de Rostaing, seigneur du lieu, y fonda en 1644 une messe de la sainte Vierge pour tous les samedis, à perpétuité (1).

A Vineuil, au hameau des Hautes-Noëlles, est une chapelle bâtie par Jacques Viart, bailli de Blois, et bénite, en 1577, sous le titre de *Notre-Dame du Bon-Reconfort*. Les habitants, heureux de posséder ce sanctuaire, se plurent à l'enrichir à diverses époques de dons et de legs (2).

Cour-sur-Loire n'était pas moins heureux de sa chapelle de la sainte Vierge, restaurée en 1694, constamment honorée d'une dévotion particulière par les fidèles du lieu et des environs, et dotée d'une confrérie qui célébrait en grande pompe la fête de l'Assomption comme sa fête patronale. On y voyait un *ex-voto* représentant un petit vaisseau offert par un marin qui se reconnaissait redevable à la Mère de Dieu d'avoir échappé au danger de périr dans une tempête.

Si de là nous allons à Onzain, à Chaumont-sur-Loire, à Françay, nous trouvons dans tous ces lieux un autel de *Notre-Dame de Pitié*, où viennent prier de nombreux pèlerins, le jour de la fête de Notre-Dame des Sept-Dou-

---

(1) Bibliothèque de Blois. — *Recueil mémorial des lettres patentes du château de Bury*, p. 38.

(2) Archives de la préfecture.

leurs. Si nous passons à Conan, à Saint-Dyé, on nous y dira l'antique ferveur d'une confrérie du Rosaire datant du milieu du dix-septième siècle ; laquelle, tous les dimanches après vêpres, chantait le *Salve, Regina,* avec les litanies de la sainte Vierge, et solennisait toutes les fêtes de Marie par une messe chantée à laquelle se faisaient un grand nombre de communions (1).

Plus intéressante encore était la confrérie de la paroisse de Josnes : tous les membres de cette association se donnaient le nom de frères ou de sœurs, mettaient en commun leurs mérites et leurs bonnes œuvres, s'engageaient à honorer tous les jours la sainte Vierge par une prière commune, et surtout par une charité mutuelle, qui ne faisait d'eux tous, pour ainsi dire, qu'une seule famille sous une même mère, ou plutôt un seul cœur et une seule âme, avec le cœur de Marie pour centre et pour rendez-vous. Touchante confrérie, alors très-nombreuse, aujourd'hui moindre, mais cependant existant encore et survivant à tous les orages !

Au milieu de tant de belles institutions à la gloire de Marie, l'église de Notre-Dame de Chitenay occupait une place éminente. Tous les premiers dimanches du mois, elle faisait célébrer une messe basse du Rosaire à l'autel de la sainte Vierge, une messe chantée à ses cinq principales fêtes ; presque tous les samedis, il s'y disait plusieurs messes fondées les unes par la paroisse, les autres par des particuliers ; et plusieurs des principaux habitants demandaient par testament à être inhumés dans cette chapelle aux pieds de Celle qu'ils avaient toujours aimée comme une mère. Animées de la même dévotion que les paroissiens de Chitenay, les populations voisines y venaient souvent en pèlerinage, et la foule s'y pressait surtout aux

---

(1) Renseignements envoyés par les curés des lieux.

fêtes de l'Assomption et de la Nativité. C'est qu'en effet des
grâces sans nombre et même des miracles éclatants, y récom-
pensaient la foi des fidèles. « Marie, écrivait le curé de cette
» paroisse, le 1er août 1674, semble avoir choisi spéciale-
» ment ce lieu pour y faire sentir son pouvoir et sa bonté ; »
et les souverains pontifes Clément X et Grégoire XV,
frappés de ce qui se passait à Chitenay, enrichirent ce sanctuaire d'abondantes indulgences qui redoublèrent encore
le zèle pour ce pèlerinage. Malheureusement aujour-
d'hui, ce zèle s'est bien refroidi ; toutefois il y vient encore
des pèlerins, même souvent d'assez loin ; l'église, restaurée
par de pieuses libéralités, a été de nouveau consacrée solennellement, le 8 octobre 1855, sous le vocable de l'Assomption ; des fondations et associations nouvelles ont
remplacé les anciennes, que la révolution de 1793 avait
supprimées ; et l'on espère que peu à peu la piété envers
Marie se relèvera à la hauteur où elle était autrefois, et
resplendira comme alors dans ce béni sanctuaire (1).

---

(1) Renseignements fournis par les curés des lieux.

CHAPITRE DEUXIÈME.

Autant nous avons trouvé le culte de Marie en honneur
sur les bords de la Loire, autant nous le verrons répandu
et glorifié sur les rives du Cher et dans la Sologne. A nos
regards s'offre, en première ligne, l'antique église de Nanteuil, près Montrichard. Le culte de la sainte Vierge en ce
lieu, s'il en faut croire la tradition répandue dans le pays,
remonte jusqu'aux premiers temps de l'établissement du
christianisme dans ces contrées. Alors une statue de Marie
ayant été découverte parmi le feuillage d'un grand chêne,
on la retira pour la placer sur le bord d'une fontaine voisine où l'on pouvait plus facilement la voir et l'honorer;
mais, dit la légende, la statue étant revenue d'elle-même
au lieu où on l'avait trouvée, on lui éleva une chapelle à
double étage dans l'emplacement même du chêne. Le premier étage s'appelait la chapelle basse; le second étage,
qui contenait la branche où reposait la statue, était la chapelle propre du pèlerinage; et ces deux chapelles super-
posées étaient placées à l'angle extérieur du bas de l'église
de Nanteuil, avec laquelle la chapelle supérieure communiquait par un escalier.

Quoi qu'il en soit de cette légende, le premier document
écrit que nous ayons sur l'église de Nanteuil se trouve
dans l'histoire manuscrite de l'abbaye de Pontlevoy, laquelle nous fait connaître que l'église et le prieuré de
Nanteuil appartenaient à cette abbaye dès les premières
années du douzième siècle, et suppose qu'ils lui furent

donnés, en 1110, par Hugues de Chaumont, seigneur de
Montrichard, rentré en possession du fief de Nanteuil dont
s'étaient emparés les comtes d'Anjou. Tout porte à croire
que l'antique sanctuaire ayant souffert des ravages de la
guerre, on le fit restaurer et peut-être reconstruire en
partie à cette époque : car le chœur avec l'abside, les bras
de la croix et leurs chapelles latérales, portent tous les caractères de l'architecture du commencement du douzième
siècle; et le reste de l'édifice, les murs de la nef avec leurs
fenêtres à lancettes et la voûte la plus rapprochée du centre, révèlent le style des âges suivants. On en attribue
la construction à Philippe-Auguste, qui voulut par là témoigner sa reconnaissance à Marie pour un double bienfait : le premier, c'était qu'elle lui avait obtenu une pluie
abondante pour désaltérer son armée qui se mourait de soif;
le second, ce fut la victoire sur le roi d'Angleterre et la
prise de Montrichard. En effet, la seconde colonnette qui
soutient la voûte du côté droit, porte la face de ce monarque, et les autres colonnes les figures des principaux
chefs de son armée.

Inspirés par la même foi en Marie que Philippe-Auguste,
le seigneur de Montrichard et son épouse firent don à
cette église, en 1218, d'une de leurs terres, avec tous les
droits qui s'y rattachaient, ne se réservant sur ces biens
que le haut domaine (1). En 1461, Louis XI, après avoir
annexé à la couronne le territoire de Nanteuil, où il venait
souvent en pèlerinage depuis Plessis-les-Tours, fit bâtir
d'abord le grand portail en y plaçant ses armes unies à
celles de Charlotte de Savoie sa femme; puis les trois
premières voûtes de la nef, une des retombées de la voûte
centrale, une petite chapelle latérale à gauche du chœur,
et enfin la chapelle entière où se vénérait l'antique statue.

---

(1) *Histoire manuscrite de Pontlevoy*, p. 57.

La dévotion des rois et des seigneurs pour la Vierge de
Nanteuil était partagée par les fidèles; de toutes parts
on y venait en pèlerinage, surtout le lundi de la Pentecôte; ce qui donna naissance à une foire renommée qui
s'y établit ce jour-là dès avant le quatorzième siècle (1), et
au nom historique de *Pré des Pèlerins,* que porte encore
aujourd'hui la vaste prairie voisine de l'église, ainsi appelée parce que les pieux voyageurs avaient droit d'y faire
paître leurs montures. Les habitants de Tours se dis-
tinguaient entre tous par leur dévotion pour ce sanctuaire; et les registres des dépenses municipales de la
ville pour l'année 1470 nous en offrent un naïf et touchant
témoignage : « *Item,* y est-il dit, pour avoir fait faire un
» cierge du poids de soixante livres de cire, et pour avoir
» été icelui présenté à Notre-Dame de Nanteuil pour la
» santé et convalescence de M. le sénéchal de Touraine. »
Neuf ans auparavant, le 26 mai 1461, Guillaume d'Harcourt, seigneur de Montrichard, avait fait mieux encore :
il avait fondé une rente de huit louis pour entretenir à
perpétuité une lampe devant la célèbre statue, « à laquelle,
» dit l'auteur qui raconte ce fait (2), tout le pays a une
» dévotion particulière. »

Les guerres de religion et les troubles de la Ligue qui
désolèrent le seizième siècle n'empêchèrent point les pèlerins du Blésois, de la Touraine et du Berri de se
rendre à Nanteuil. Malgré les bouleversements politiques,
l'affluence ne discontinua pas, et souvent même, dans les
calamités publiques, les paroisses entières s'y rendaient
et faisaient le vœu d'y revenir tous les ans.

Au dix-septième siècle, même affluence; et, parmi
les nombreux pèlerins, on compte un des plus saints

---

(1) Savary, *Dictionnaire du commerce,* t. II, p. 80.
(2) *Histoire manuscrite de Pontlevoy,* p. 122.

prêtres de cette époque, M. Olier, curé de Saint-Sulpice (1).

Enfin, au dix-huitième siècle, le bienheureux Joseph Labre vint y passer quinze jours, et la haute idée qu'il y laissa de sa sainteté est encore vivante dans le pays. Malheureusement, par une mésintelligence entre le curé de Nanteuil et le prieur de l'abbaye, dom François de Croisy, qui se renvoyaient l'un à l'autre les frais d'entretien et de réparation, l'église tomba dans un tel état de délabrement qu'on fut obligé de faire les offices dans la chapelle du château, et que le titre d'église paroissiale fut transporté à Sainte-Croix, que Louis XV venait de bâtir. Cependant la dévotion au sanctuaire de Nanteuil ne se ralentit point : M. de Laboullaye, écuyer vétéran de la maison du roi, fit faire un grand vitrail au-dessus de la porte d'entrée ; et en 1790, depuis le 30 mai jusqu'au 8 septembre, il y vint en procession jusqu'à vingt-six paroisses, dont les noms se lisent encore aujourd'hui dans les archives de Montrichard. Le pèlerinage de Saint-Aignan fut un des plus remarquables ; cette paroisse était venue demander la cessation d'une longue sécheresse qui désolait le pays ; elle s'en retourna ; pleine de reconnaissance, sous une pluie abondante qui accompagna les pèlerins jusqu'au retour et qui rendit la fertilité à leurs campagnes ; mais ce fut là aussi le dernier pèlerinage avant la fermeture des églises par la révolution de 93.

Cette époque désastreuse fut annoncée par les traits attristés de la figure de Notre-Dame de Nanteuil et par les larmes qui coulèrent de ses paupières. Plusieurs, qui refusèrent d'y croire, vinrent examiner le fait de leurs propres yeux, et furent obligés d'en convenir. Les révolutionnaires n'en tirèrent d'autre conséquence qu'une haine plus passionnée pour la Vierge miraculeuse ; ils dévastè-

---

(1) *Vie de M. Olier,* par M. Faillon, t, II, p. 23.

rent entièrement son église, brisant les autels et les taber-
nacles, lacérant les tableaux, pillant tout ce qu'ils espé-
raient vendre à leur profit et brûlant tout le reste. Après
ces exploits de Vandales, ils passèrent une corde au cou
de la statue vénérée et la firent tomber violemment à leurs
pieds, où elle se brisa. La tête, séparée du tronc, roula
dans la poussière; et une femme l'ayant outrageusement
repoussée du pied, en fut bientôt punie par une mort accompagnée des plus cruelles souffrances. Une autre femme,
plus digne de son sexe, recueillit religieusement ce pieux
débris; et, à la réouverture des églises, un artiste y ayant
adapté un corps en place de celui qui avait été brisé, on
remit la nouvelle statue au lieu où était l'ancienne.

Les pèlerinages alors recommencèrent comme autrefois.
Châteauvieux et Saint-Aignan reprirent l'usage de leur
procession annuelle, et des guérisons miraculeuses furent
souvent la récompense de la foi des populations.

On cite en particulier la faveur obtenue par une
femme de Saint-Aignan, qui, après avoir par trois fois apporté à Nanteuil sur ses épaules son fils, qu'une chute
avait mis, depuis l'âge de cinq ans, dans l'impossibilité de
marcher, eut la consolation de le voir recouvrer subitement l'usage de ses jambes, dans la chapelle même du
pèlerinage, où il laissa ses béquilles, qu'on y voit encore
aujourd'hui.

A la vue de ces miracles, les peuples conçurent la bonne
pensée de réparer les dégâts faits à ce pieux sanctuaire
par la révolution; chacun voulut y contribuer selon ses
ressources; et le conseil général, ainsi que le gouvernement, étant venu en aide à la charité privée, la restauration fut complète, sauf le grand portail ou la façade occidentale, qu'on se borna à consolider, faute de moyens
pour mieux faire.

On peut donc encore aujourd'hui admirer ce beau monument du moyen âge. L'église, parfaitement orientée, forme une croix latine avec une seule nef, qui n'est que la prolongation d'un de ses côtés; dans l'abside, plus élevée de deux marches que le chœur, s'ouvrent, au-dessus d'un cordon à dents arrondies, sept fenêtres à plein cintre, séparées entre elles par une svelte colonnette flanquée de bordures à dents de scie, têtes de clous, découpures à facettes et petites roses à quatre feuilles. De leurs chapiteaux taillés en feuillages indigènes, partent deux tores qui se courbent en plein cintre pour encadrer les fenêtres et relier les colonnettes entre elles; une voûte à pans sans nervure forme le demi-dôme qui couronne le sanctuaire. De chaque côté, une haute colonne à demi engagée, et que surmonte un chapiteau de feuillages entrelacés de feuilles aquatiques chargées d'animaux aux poses grotesques, supporte un intrados ogival et sépare l'abside du chœur rectangulaire dont les murs latéraux s'inclinent, l'un vers l'autre, pour former la voûte.

Les bras de la croix, qui reproduisent la construction du chœur et contiennent plusieurs chapelles très-curieuses, se terminent carrément par un mur percé d'une longue et étroite fenêtre. Les quatre piliers qui supportent la voûte centrale avec la tour quadrangulaire et relient entre elles toutes les parties de l'édifice, sont habilement dissimulés sous des faisceaux de demi-colonnes et colonnettes séparées par des arêtes saillantes. De leurs larges chapiteaux, profondément fouillés en riches feuillages, sortent autant de nervures qui vont se joindre carrément au sommet de la voûte.

La nef unique comprend quatre travées, dans chacune desquelles s'ouvre une fenêtre à lancettes de chaque côté. Les clefs de la voûte offrent des anges portant des banderoles, la couronne royale et les armes de France.

La chapelle du pèlerinage, œuvre du quinzième siècle,

a aussi son intérêt. Sa façade septentrionale est un pignon flanqué de deux contre-forts placés d'angle et surmontés de riches clochetons, aujourd'hui mutilés. De côté, s'ouvre un riche portail au cintre surbaissé, dont la voussure est garnie de trois rangs de feuilles de vigne, séparés par des moulures bien détachées; et l'ogive en accolade qui le surmonte s'introduit à son sommet dans la courbure d'un cordon qui, régnant sur toute la largeur et entourant les contre-forts, fait, à distances inégales, deux retraits à angle droit, dont l'un porte les armes de France surmontées de la couronne royale et soutenues par deux anges, et les autres les armes de Louis XI avec le heaume de chevalier.

A droite de ce beau portail, s'ouvre, plus haut, une grande croisée flamboyante, bordée de délicates arcatures et accompagnée de deux petites ogives abaissées garnies d'arceaux trilobés. De chaque côté, une console ornée des armes du roi et de la reine Charlotte de Savoie, porte un ange agenouillé sous un dais devant la statue de la Vierge. Ce riche portail donne entrée à une chapelle d'où l'on monte, par un escalier de vingt-cinq degrés, à la chapelle supérieure, objet de la dévotion des pèlerins. Ce sanctuaire, éclairé par la grande ogive flamboyante de la façade et par trois autres petites ouvertures, se divise en deux voûtes hardiment construites dans le sens de la longueur. Un dais élevé en clocheton au-dessus de l'autel monte jusqu'à la voûte et couronne la niche où est placée la statue vénérée. Les retombées de la voûte sont soutenues à une petite hauteur par trois consoles, dont l'une représente le Courage sous la figure d'un chevalier combattant un dragon; l'autre la Peur, sous la forme d'un homme bardé de fer qui s'enfuit; la troisième un ange portant les armes de France. Deux petites portes ménagées de chaque côté permettent de sortir de la chapelle par deux escaliers extérieurs, nécessaires à la circulation des visiteurs aux jours de fête.

Telle est la belle église de Nanteuil. La reine Amélie l'enrichit encore d'un groupe de Notre-Dame des Sept-Douleurs, plus tard Napoléon III d'un beau tableau, et l'impératrice Eugénie d'un riche ornement. Jaloux de contribuer, à sa manière, à la gloire de ce sanctuaire, Pie IX y accorda la faveur d'un autel privilégié, puis une indulgence plénière pour les fêtes de la Pentecôte, de l'Immaculée Conception, de la Nativité, de l'Annonciation, de la Purification et de l'Assomption de la sainte Vierge, ou un des jours de l'octave de ces fêtes; enfin la célèbre indulgence de la Portioncule pour le second jour d'août.

Encouragé par tant de faveurs spirituelles, le nombre des pèlerins va croissant chaque année. En 1857, on en a compté jusqu'à vingt mille; le seul lundi de la Pentecôte, qui est la grande fête de Nanteuil, il y en eut jusqu'à quatre mille deux cents. Les mères aiment à apporter leurs enfants aux pieds de Notre-Dame de Nanteuil pour lui en confier la garde; tous aiment à venir lui dire leurs besoins, à illuminer de guirlandes de cierges les deux côtés de l'autel, à prier à la fontaine voisine, à boire et emporter de son eau, qu'ils estiment un remède dans les maladies.

A tout ce que nous venons de dire de Notre-Dame de Nanteuil, nous n'avons qu'un mot à ajouter pour faire connaître une maison voisine, bien digne du lieu où Marie est tant honorée : œuvre du quinzième siècle, elle porte à son angle la Salutation angélique, sculptée sur des montants en bois; à une de ses faces, la sainte Vierge d'un côté, l'ange Gabriel de l'autre, et, entre eux deux, un vase d'où sort un lis. Au-dessous, sont d'un côté sainte Anne, apprenant à lire à la sainte Vierge, et un prophète tenant un rouleau à demi déployé; de l'autre, dix anges qui semblent chanter en s'accompagnant de divers instruments.

Si de Nanteuil nous passons à l'abbaye de Pontlevoy, nous y trouvons des souvenirs de Marie non moins intéressants. Cette abbaye, à laquelle appartenaient autrefois l'église et le prieuré de Nanteuil, était elle-même consacrée à la sainte Vierge et avait été fondée par le célèbre Gelduin, seigneur de Pontlevoy, une des tiges de l'illustre maison d'Amboise, qui vivait au commencement du onzième siècle (1). Ce vaillant homme, après avoir dépensé la meilleure partie de sa vie dans les exploits militaires, où il s'était rendu si terrible qu'il faisait trembler l'intrépide Foulques-Nerra lui-même (2), fut frappé de terreur à son tour, mais de la terreur des jugements de Dieu, devant lequel tous les mortels doivent comparaître au sortir de ce bas monde; et, dans sa frayeur, il songea à s'abriter contre la justice divine sous le patronage de Marie. Pour cela, il donna à la Mère de Dieu une portion de ses biens, savoir son propre château, où il établit à la fois un monastère qu'il confia aux religieux de Saint-Florent de Saumur, une église de la Sainte-Vierge et une église de Saint-Pierre. Cette dernière fut dès lors et a toujours été jusqu'à cette époque la principale église de Pontlevoy; cependant Gelduin la plaça au second rang, la soumettant, par un sentiment de piété filiale, à celle de Marie. C'est ce que nous attestent en même temps la double charte de fondation qui se lit au tome huitième du *Gallia christiana*, et l'histoire manuscrite de Pontlevoy : « Redoutant

---

(1) Tout ce que nous disons de cette abbaye est extrait, 1° du *Gallia christiana*, t. VIII; 2° de Mabillon, t. IV, p. 404 et suiv.; 3° de l'histoire manuscrite de l'abbaye de Pontlevoy; 4° des archives de la préfecture de Loir-et-Cher, liasse de l'abbaye de Pontlevoy.

(2) Gelduin, chargé, par les comtes de Blois, de la garde du château de Saumur, s'était tellement fait redouter de Foulques que celui-ci n'osait en approcher et appelait Gelduin le démon de Saumur : *Fugiamus Salmarense dæmonium*, disait-il à ses gens.

» fort, y est-il dit, le jour du dernier jugement, et désirant
» néanmoins être du nombre de ceux à qui Dieu doit dire
» en ce jour : *Venez, les bénis de mon Père; possédez le*
» *royaume qui vous a été préparé*, nous concédons à la sainte
» Mère de Dieu, Marie toujours vierge, une portion des
» biens qui nous ont été laissés par nos ancêtres. »

La pieuse charte ajoute : « Que les religieux de Pontle-
» voy veuillent implorer pour nous la divine miséricorde,
» afin que, quand le jour de notre mort sera arrivé, notre
» ennemi mortel ne se réjouisse point de notre perte, mais
» que Dieu, par l'intercession de la bienheureuse Vierge
» Marie, nous arrache miséricordieusement des mains du
» démon et des peines de l'enfer, et nous transporte au
» royaume du Paradis. » Et ce bel acte se termine par ces
paroles, qui expriment si bien la supériorité de Marie sur
tous les saints : « Nous voulons que l'église de la bienheu-
» reuse vierge Marie occupe le premier rang et que l'église
» Saint-Pierre, jusqu'ici la première, lui soit soumise. » (1)

Il est à remarquer qu'une des chapelles de l'église de
la Sainte-Vierge porte le nom de *Notre-Dame des Blanches*,
et les souvenirs populaires attribuent ce nom à un fait miraculeux. Gelduin, disent ces souvenirs, surpris par une
violente tempête, invoqua Marie; et la Mère de Dieu, se
présentant aussitôt à lui vêtue d'habits plus blancs que la
neige, l'arracha à une mort qui allait être inévitable. Jaloux de perpétuer la mémoire de cette délivrance, Gelduin donna à l'église de l'abbaye le nom de *Notre-Dame
des Blanches*, que conserve encore aujourd'hui une de ses
chapelles.

Les successeurs de Gelduin imitèrent presque tous sa
piété envers Marie, et surtout envers l'église de *Notre-Dame*

---

(1) Nous ne donnons ici que la traduction; le texte peut se lire au
tome VIII du *Gallia christiana, instrumenta*, col. 413.

des Blanches. On voit, en 1409, un seigneur d'Amboise, descendant de Gelduin, fonder, pour chaque samedi, une messe solennelle de la Sainte-Vierge en cette église. On voit de même, à toutes les époques, l'abbaye de Pontlevoy honorée de la piété des peuples, de la protection et de la libéralité des princes, des seigneurs et des évêques, comme le domaine de Marie, à qui Gelduin l'avait *concédée,* selon l'expression de la charte : *Concedimus Mariæ.* Mabillon cite un manuscrit du douzième siècle écrit dans ce monastère, et, sur sa couverture, on y lit des vers latins dont voici la traduction : « Moi, ce livre, je suis la propriété des » moines de l'abbaye de Pontlevoy, où la sainte Vierge » est honorée dans une église digne d'elle. » L'histoire manuscrite de Pontlevoy contient également des fragments de la liturgie particulière de cette abbaye qui révèlent une dévotion toute spéciale à Marie. « Seigneur Dieu, y est-il » dit dans le *Gloria in excelsis,* Agneau de Dieu, Fils du » Père, premier-né de la vierge Marie, recevez notre » prière pour la gloire de Marie. Vous êtes le seul saint » qui avez sanctifié Marie, le seul Seigneur qui avez gou- » verné Marie, le seul Très-Haut qui avez couronné Marie. » *Domine Deus, Agnus Dei, Filius Patris, primogenitus Mariæ virginis Matris... suscipe deprecationem nostram ad Mariæ gloriam... Tu solus sanctus, Mariam sanctificans, tu solus Dominus Mariam gubernans, tu solus Altissimus Mariam coronans.* « Seigneur Jésus, dit l'Oraison d'avant la Communion, Fils » du Dieu vivant, qui, par la volonté de votre Père et la » coopération du Saint-Esprit, avez daigné pour notre » salut prendre chair de l'immaculée Vierge. » *Domine Jesu Christe, Fili Dei vivi, qui ex voluntate Patris, cooperante Spiritu Sancto, ex immaculatâ Virgine carnem assumere dignatus es pro nostra salute* (1). Enfin tous les jours,

---

(1) *Histoire manuscrite de Pontlevoy,* p. 71 et suiv.

dans l'église du monastère, on chantait le *Salve, Regina*, pour l'acquit de certaines fondations (1); trois fois par semaine il s'y disait une messe matutinale de la Sainte-Vierge (2), sans préjudice de différentes messes qui se disaient presque tous les jours en l'honneur de Notre-Dame des Blanches.

En 1262, un incendie ayant presque entièrement détruit l'église de Marie que le livre mentionné par Mabillon appelait digne d'elle, les religieux de l'abbaye se mirent aussitôt à l'œuvre pour la reconstruire, retranchant sur leur nourriture, quelque frugale qu'elle fût, pour fournir à la dépense; et les fidèles, encouragés par les indulgences qu'accorda le souverain pontife Nicolas IV, leur aidèrent à mener l'œuvre à bonne fin. Malheureusement, tout ce zèle n'eut qu'un résultat éphémère : car les Anglais, qui faisaient la guerre dans tout le pays, vinrent à Pontlevoy, dévastèrent l'abbaye, la dépouillèrent de la meilleure partie de ses revenus; et l'église tomba de nouveau en ruine.

En 1426, M. de Brilhac, qui fut le premier abbé commandataire de Pontlevoy et qui devint plus tard évêque d'Orléans, entreprit la reconstruction de l'église, déjà commencée par le dernier des abbés réguliers. Conservant religieusement la chapelle de Notre-Dame des Blanches, restes vénérables du beau travail des religieux après l'incendie de 1262, il en fit le chevet de l'édifice, et construisit le chœur et le commencement des deux bas côtés qui existent encore aujourd'hui. Un de ses successeurs, l'abbé de Bérulle, neveu du cardinal de ce nom, y plaça quatre autels, dont deux sont dédiés à Notre-Dame, et depuis, sauf l'aiguille du clocher élevée en 1573, ce bel édifice

---

(1) *Histoire manuscrite de Pontlevoy*, p. 95.
(2) *Ibid.*, p. 141 et 147.

est resté inachevé, avec sa grande voûte haute de soixante-trois pieds sous clef, ses voûtes latérales hautes de trente-trois; et sa flèche, qui surmonte le faîte, mesure cent vingt pieds d'élévation.

A la révolution de 93, l'abbaye, mise en vente, cessa d'être monastère; mais, en 1829, Pontlevoy ayant recouvré comme collège son ancienne splendeur, on plaça avec honneur dans la chapelle une statue fort ancienne que l'on croit être celle qui avait été placée du temps de Gelduin dans l'église du monastère; et, depuis ce moment, on y vit refleurir l'antique dévotion à Notre-Dame des Blanches. On en solennise la fête le 24 mai, jour où l'Église honore Notre-Dame Auxiliatrice; et l'on chante à la messe une prose, aux vêpres une hymne, composées par l'académie du collège, dignes l'une et l'autre de trouver ici leur place.

PROSE.

Insonent festiva laudum
  Nunc Mariæ cantica.
Virginem si prædicamus,
  Corda, voces conciniant.

Læta solvant ora fausti
  Gratias tutaminis;
Nos suo Matrem rogemus
  Protegat tutamine.

Dùm freti sulcaret altum
  Hujus ædis conditor,
Unda fervet, in profundum
  Penè mersatur ratis.

Imminet lethale fatum,
  Sed fides haud irritum
Fert juvamen; postulantem
  Firma non fallit fides.

Faisons retentir maintenant des cantiques joyeux à la louange de Marie. Pour chanter la Vierge, que les cœurs s'unissent aux voix.

Que nos chants lui payent avec allégresse la dette de la reconnaissance pour son heureux patronage, et demandent à cette bonne Mère la continuation de sa protection.

Lorsque le fondateur de cette maison traversait les mers, l'onde en fureur menaçait de plonger dans les abîmes l'esquif qui le portait.

La mort est imminente, mais la foi est un puissant secours : la prière faite avec une ferme confiance est toujours exaucée.

Stella maris quæ vocatur
  Supplicem non despicit,
Virgo tot periclitantum
  Fida spes et hospita.

Celle qu'on salue l'Étoile de la mer écoute le cœur suppliant ; elle se montre la sauvegarde et l'espoir non trompeur de tous ceux qui l'invoquent dans le péril.

O stupendum ! naufraganti
  In salutis pignora
Candidis Regina cœli
  Vestibus se præbuit.

O miracle ! la Reine du ciel en vêtements blancs se présente aux naufragés pour les délivrer.

Fractæ cedit vis procellæ ;
  Nam Mariæ quid neget
Filius quem jussa dantem
  Pontus et venti tremunt ?

La tempête se brise et calme son courroux. Que peut, en effet, refuser à Marie le Fils dont les ordres trouvent la mer et les vents dociles ?

Littus appellit quietum
  Gelduinus, sed pia
Quæ mari tremente fudit
  Vota solvi consulet.

Gelduin aborde au paisible rivage ; mais il va s'empresser d'acquitter les pieux engagements pris au fort de la tempête.

Mandat hoc strui sacellum,.
  Ut Mariæ jugiter
Laus supersit et perenne
  Virgini sonet melos.

Il fait élever cette chapelle, afin que les louanges de Marie y soient à jamais célébrées par de pieux cantiques.

Hactenùs stant fana ; circùm
  Floret artium cohors ;
Vota jam nunc conditoris
  Nos juvat rependere.

Ce sanctuaire est encore debout, voyant fleurir autour de lui tous les beaux-arts : c'est à nous à acquitter les intentions de son fondateur.

Alma Mater et patrona
  Cordium, tu suscipe
Hâc die festâ litamen,
  Filios amplectere.

Bonne Mère et patronne, recevez l'offrande de nos cœurs en ce jour de fête ; ouvrez à vos enfants vos bras maternels.

Cœlitum princeps, Maria
  Pulchra sicut lilium,
Orbis ó Regina clemens,
  Sola tu nos allice,

O Reine du ciel, Marie, belle comme le lis, ó douce Reine de l'univers, soyez l'unique amour de nos cœurs,

Semper ut tuo fideles
  Filio, nos gloriâ
Filius det sempiternâ
  Te juvante, perfrui.

          Amen.

Afin qu'étant toujours fidèles à votre Fils, nous méritions, avec votre aide, d'être mis par ce même Fils en possession de la gloire éternelle.

          Ainsi soit-il.

HYMNE.

Quisquis instanti trepidas pericla,
Virginem supplica precibus, Mariam
Invoca. Numquid renuat petenti
    Nescia flecti?

Vous tous, quand vous tremblez en présence de quelque péril, priez la Vierge, invoquez Marie. Peut-elle, insensible au malheur, refuser une prière?

Dira dùm sævit rabies procellæ,
Dùm furit bellum, febris aut adurens,
Mors ut impendet, columen roganti
    Præstat amicum.

Que la tempête en furie se déchaîne, que les horreurs de la guerre ou une fièvre brûlante vous menacent, que la mort vous approche, Marie prête toujours un secours ami à qui l'invoque.

Naufrago, quondàm miserata portus
Indicans tutos, niveo decore
Astitit fulgens, nivei pudoris
    Indice, virgo.

Autrefois, touchée du sort d'un naufragé, elle vint, en vêtements blancs comme la neige, symboles de son innocence plus blanche encore, lui indiquer un port assuré.

Cujus in facti memorem triumphum,
Si lubet nostro celebrare plausu
Te Dei Matrem, juvenum benigna
    Suscipe carmen.

Jaloux, ô Mère de Dieu, de célébrer ce trait de bonté et d'applaudir à votre triomphe, accueillez favorablement ce chant de notre jeunesse.

Cernis ut casu propiore nutent
Corda, quàm tristes agitent procellæ;
Subveni clemens, scopulis tremen-
    Scindimus æquor.   [dum

Vous voyez comme à l'approche du péril nos cœurs chancellent, et combien de tristes tempêtes les agitent. Secourez-nous; nous traversons une mer terrible par ses écueils.

Alma lux, splendes studiis juventæ,
Nempè cœlestis sophiæ coruscum
Te jubar cingit, proprioque numen
    Lumine vestit.

Astre bienfaisant, vous resplendissez sur les études de la jeunesse; l'éclat de la sagesse céleste vous environne, et Dieu lui-même vous inonde de sa lumière.

Cœlitùs spirans animis magistra,
Dedoce pompas fugientis ævi,
Mentibus per te vigeat superna
    Fervor anhelans.

O lumière qui descendez du ciel dans les âmes, détrompez-nous des illusions d'un monde qui passe, et que par vous nos âmes renouvelées ne soupirent plus qu'après les biens d'en haut.

Summa laus Patri, simul æqua Nato,
Et tibi compar, utriusque nexus,
Spiritus qui nos, procul à tumultu,
    Numine comples.
                        Amen.

Gloire souveraine au Père, gloire égale au Fils et à vous, ô Esprit, l'amour de l'un et de l'autre, qui, dans cette solitude éloignée du tumulte, nous remplissez de Dieu.
                        Ainsi soit-il.

Ainsi on chantait à Pontlevoy les louanges de Marie; et à peu de distance de là, la solitude de Fages, paroisse de Thenay, avait un prieuré dédié à Notre-Dame. A Monthon-sur-le-Cher, le hameau de Vineuil avait une chapelle de Marie vénérée dans tous les alentours, surtout par les mariniers du Cher, qui venaient souvent y prier l'Étoile de la mer et le Salut des naufragés. On en voit encore les restes vénérables. A Aigues-Vives, paroisse de Faverolles, était une magnifique église, sous le titre de *Sancta-Maria de Aquâ Vivâ*, dont malheureusement il ne reste plus que des ruines; elle servait à une abbaye voisine, dédiée elle-même à la sainte Vierge; et aujourd'hui même, malgré l'état de délabrement où elle est, beaucoup de fidèles y viennent en pèlerinage, le 8 septembre.

Plus loin, en remontant la rivière du Cher, on trouvait au village de Basquéret, paroisse de Marcuil, une chapelle de la sainte Vierge, où certaines de ses fêtes étaient célébrées non-seulement par les offices ordinaires du jour, mais encore la veille par les premières vêpres, et dès l'aurore par le chant de matines et laudes; tant on avait à cœur d'honorer Marie. Près de là, Saint-Aignan avait sa chapelle, dite *Notre-Dame des Miracles,* qui heureusement existe encore aujourd'hui, contiguë à l'église paroissiale, mais formant une construction à part qui porte le cachet du quatorzième siècle.

Plus célèbre encore que tous ces sanctuaires, Selles-sur-Cher montrait avec orgueil son église de Marie, appelée par un ancien auteur *Notre-Dame la Blanche,* vraisembla-

blement parce que les feuillants qui la desservaient avaient
une dévotion spéciale à Marie, invoquée sous ce titre. Là
était autrefois l'église d'une abbaye consacrée à la Mère de
Dieu et à saint Eusice, qui en fut le fondateur (1). Bâtie
par Childebert, à son retour de la guerre contre les Visi-
goths, et décorée, sur sa demande, du titre de basilique,
puis détruite au dixième siècle par l'invasion des Normands, elle a été remplacée par l'église actuelle, un des
plus beaux monuments religieux du diocèse de Blois, qui
porte un double caractère architectural, celui du dixième
au onzième siècle et celui du quatorzième. Les livres liturgiques du monastère de Selles donnent à l'église le titre
d'église de la bienheureuse Vierge Marie et de Saint-Eusice,
et à l'abbaye le titre d'abbaye royale de la bienheureuse
Vierge Marie de Selles. A l'entrée principale du monastère, sur un frontispice dont la destruction est récente,
était une statue de la sainte Vierge, que les habitants du
pays vénéraient sous le nom de *Notre-Dame des Neiges;* et
dans l'église même, était, entre deux des piliers du clocher,
une chapelle dédiée à *Notre-Dame la Blanche.* Près d'un
troisième pilier, se trouvait une autre chapelle de *Notre-
Dame de Pitié;* enfin, à peu de distance de là, dans la chapelle du seigneur de Selles, la statue vénérée de *Notre-
Dame de Bordiols,* titre dont l'origine et le sens nous sont

---

(1) *Gallia christiana*, t. II, p. 683. Saint Eusice vivait en 521. Religieux du monastère de Patrice (*Patriciacum*), il se retira, avec l'a-
grément de son abbé, dans un lieu abandonné, sur la rive du Cher,
appelé Précigny (*Prisciniacus*) afin d'y mener la vie érémitique, et
s'y construisit une cellule et un oratoire, qu'il dédia probablement à
la sainte Vierge puisqu'elle était la patronne du monastère et de
l'église de Saint-Eusice. Soit dévotion, soit reconnaissance, soit besoin de protection, plusieurs se fixèrent et se bâtirent des habitations
auprès du serviteur de Dieu, et ainsi se forma la ville de Selles, aujourd'hui appelée Selles-sur-Cher.

inconnus. Peut-être avait-elle été donnée par un homme
de ce nom, ou venait-elle d'un lieu ainsi appelé.

La ville de Selles se montrait digne de son église : de
concert avec les religieux, elle l'avait adoptée pour église
paroissiale. Elle se plaisait à venir offrir ses prières à Notre-
Dame la Blanche et à Notre-Dame de Bordiols, comme à
Notre-Dame des Neiges; et le jour de la fête de cette dernière, non contents d'illuminer magnifiquement le frontispice où elle était placée, les pieux paroissiens se pressaient
tout le jour devant la statue de Marie pour la prier. Les
deux entrées de la ville avaient une chapelle, vénérée sous
le nom simple, mais non moins excellent, de chapelle de la
bonne Vierge. Cette chapelle, d'une construction très-
ancienne, était adossée aux tourelles qui servaient de
piliers aux portes de la ville; chaque dimanche, depuis
Pâques jusqu'à la Pentecôte, on faisait, après vêpres, une
procession solennelle alternativement à une des deux chapelles, en chantant les litanies de la sainte Vierge; le
peuple y venait en foule, et ses prières ne demeuraient
point vaines : elles lui obtenaient tant de grâces que, dans
le sentiment de sa reconnaissance, il appela les statues
placées dans les chapelles, *la bonne Vierge aux Miracles*. Ces
deux chapelles survécurent à la révolution de 93; en 1820,
elles étaient encore debout; mais alors l'autorité civile,
pour élargir les entrées de la ville qui lui semblaient trop
étroites, ayant détruit les portes et par conséquent les chapelles qui y étaient adossées, les habitants des deux quartiers s'emparèrent des statues vénérées, et on les conserve
encore religieusement dans deux maisons voisines. C'est
assez dire que le culte de Marie est toujours en honneur
à Selles; et ce pieux sentiment éclate surtout, chaque année,
au jour de l'Assomption, où la procession du Vœu de
Louis XIII se fait de temps immémorial avec une solennité
extraordinaire.

Cette belle abbaye de Selles avait autrefois une rivale en dévotion à la sainte Vierge : c'était l'ancienne abbaye d'Olivet, paroisse Saint-Julien, qui avait une vaste église dédiée à Marie et remarquable par la richesse de son architecture; mais comme il n'en reste plus que des ruines, nous ne nous y arrêtons pas; et des bords du Cher nous passons à la Sologne.

Là, mêmes témoignages de foi et de piété envers la Mère de Dieu. Sur un premier plan, se présente Romorantin, ville principale de la contrée. Vers le milieu du sixième siècle, quelques religieux, disciples de saint Eusice, vinrent y planter leur tente et y bâtir une chapelle de la sainte Vierge. Les populations se rassemblèrent autour de la nouvelle chapelle, et de là naquit la ville. Des donations considérables furent faites à cette chapelle, et on en profita pour l'agrandir. Alors elle devint église collégiale, puis en même temps paroissiale, en vertu d'une bulle du pape Alexandre III, en date du 11 des calendes de juillet 1178, où il distrait de l'ancienne paroisse de Lanthenay le territoire environnant le sanctuaire de Marie, et place sous la protection spéciale de saint Pierre les chanoines de cette église, qu'il appelle *chanoines de la bienheureuse Vierge Marie du Ruisseau Morantin*. Cette église est de diverses époques : le chevet, le chœur et le sanctuaire sont du onzième siècle, la grande nef du treizième, et comme elle souffrit beaucoup des guerres civiles pendant le quatorzième et le quinzième siècle, les fidèles, encouragés par les indulgences qu'accorda à cet effet Eugène IV, la firent restaurer au quinzième siècle. Jean d'Angoulême, père de François Ier, y fit construire, dans le seizième siècle, des nefs latérales au nord et au midi de l'église; enfin, au commencement du siècle suivant, on ajouta un rond-point avec six chapelles, dont une fut dédiée à Notre-Dame de Lorette. Dans une des nefs latérales, est un autel de Notre-Dame de Pitié,

auquel, en plusieurs circonstances, les habitants de Romorantin firent des libéralités et des fondations.

Outre cette église principale, Romorantin avait, dans un
de ses faubourgs, une chapelle de Notre-Dame des Aides,
qui existe encore aujourd'hui. Chacune des entrées de la
ville était, comme à Blois, surmontée d'une statue de la
Vierge tenant l'enfant Jésus; et quand on détruisit ces
entrées pour élargir le passage, on mit ces statues à l'imposte des maisons bâties sur leur emplacement, dans une
niche ornementée, où elles sont encore l'objet d'un culte
spécial. Cette translation sembla redoubler la piété des
habitants de Romorantin; un grand nombre de maisons
ornèrent leur imposte d'une statue de Marie, et presque
toutes voulaient avoir à l'intérieur une statue ou une image
de la Mère de Dieu dans un lieu très-apparent; enfin,
comme la piété porte à l'esprit d'association, on établit de nouvelles confréries : celle du Rosaire vivant, celle du Saint-Cœur
de Marie, celle de Notre-Dame de Pitié, qui toutes comptent
de nombreux associés; et souvent on fait des neuvaines à
l'autel de Marie, surtout pour les malades et les femmes
enceintes; souvent aussi on y chante le *Salve, Regina*. Tous
ces témoignages de dévotion à Marie nous expliquent l'enthousiasme et la pompe avec lesquels fut célébrée dans
cette ville la définition du dogme de l'Immaculée Conception. On peut dire qu'en cette occasion Romorantin fit
tout ce qui lui était possible.

Chose remarquable, cette ville était comme un centre
d'où rayonnait de toutes parts la dévotion à Marie. Tout
près de là sont encore les restes d'un monastère du treizième siècle, dédié à la sainte Vierge, sous le titre de *Notre-Dame du Lieu*, par Isabelle, comtesse de Chartres, et où
venaient souvent en pèlerinage les fidèles des pays circonvoisins. Ailleurs, c'étaient les églises de Theillay et de Vauzon
qui enregistraient de nombreux associés dans leur confrérie

du Rosaire; celle de Bonneville, où l'on venait réclamer le secours de la Mère de Dieu contre les fièvres et placer les familles sous son patronage; la chapelle de Pierrefitte, devant laquelle les émigrants de l'Auvergne ne passent jamais sans se mettre à genoux, et où les habitants du pays aiment aussi à venir prier. Ceux-ci prétendent qu'un bœuf, en fouillant la terre, découvrit la statue vénérée qui y était enfouie, et qu'on bâtit, en cet endroit-là même, la chapelle actuelle.

Non loin de là était la chapelle de Marcilly, qui fut démolie au commencement de ce siècle, mais qui était fort ancienne, très-grande et d'une remarquable architecture. On y venait prier la sainte Vierge, surtout pour les malades et les agonisants. Une nombreuse confrérie s'y rendait processionnellement, aux fêtes de Pâques et de l'Assomption, pour y chanter un Salut solennel. Tous les membres de la confrérie qui mouraient y étaient présentés avant d'être portés en terre, et l'on priait la sainte Vierge de hâter leur délivrance du purgatoire. La dévotion de cette chapelle s'accrut encore par un fait miraculeux dont un tableau appendu à ses murs a perpétué le souvenir jusqu'à la révolution de 93, : on y voit des cavaliers qui, par une farce impie, étant entrés dans la chapelle montés sur leurs chevaux, furent renversés miraculeusement de dessus leur monture et jetés sur le pavé.

Mais, entre toutes ces paroisses si dévouées à Marie, la plus célèbre en ce genre était Salbris, qui possède encore une chapelle dédiée à *Notre-Dame de Pitié*, où l'on vient en pèlerinage, surtout aux fêtes de la Compassion et de la Nativité de la sainte Vierge, pour recommander à Marie les enfants près de naître ou les nouveau-nés sujets aux convulsions. Un enfant de Theillay était né avec toutes les apparences de la mort; son père l'apporte à Salbris, le dépose devant l'autel de Notre-Dame, prie et invite

les assistants à prier avec lui pour qu'au moins l'enfant
puisse recevoir le baptême. Peu après, l'enfant donne des
signes de vie non équivoques, et est baptisé. En 1724, le
même prodige se produit sur un enfant de Saint-Palais
dans les mêmes conditions que celui de Theillay, et ces
deux faits se peuvent lire encore dans les registres parois-
siaux de Salbris, qui en contiennent des procès - ver-
baux parfaitement circonstanciés, signés par de nombreux
témoins ainsi que par le curé et le vicaire de la paroisse.

Et qu'on ne croie pas qu'en tous ces lieux embaumés
de la dévotion à Marie, il ne reste plus aujourd'hui que des
traditions du passé. L'amour de la sainte Vierge vit encore dans le cœur des populations ; nous en avons pour
preuve non-seulement le religieux enthousiasme avec lequel on célébra la définition du dogme de l'Immaculée
Conception, surtout à Pontlevoy, Saint-Aignan et Montrichard, mais encore les nombreuses associations formées
en l'honneur de la Mère de Dieu. Ici ce sont les confréries
du Rosaire, du Scapulaire ou du Rosaire vivant ; là, la
confrérie de Notre-Dame de la Salette ; ailleurs, comme à
Souesmes, une association de charité mutuelle qui, tous
les samedis, fait offrir le saint sacrifice à l'autel de la
sainte Vierge pour les confrères vivants et morts.

CHAPITRE TROISIÈME.

Le spectacle consolant que viennent de nous offrir la Sologne et les rives du Cher se représente encore dans la dernière partie du diocèse de Blois, qui nous reste à parcourir, le Vendomois.

Là se trouve d'abord, à l'une des extrémités du Vendomois et vers les confins du diocèse de Tours, Notre-Dame de Villethion. Les grâces qui y ont été obtenues, à diverses époques, en ont fait depuis longtemps le sanctuaire le plus fréquenté de cette contrée : on y vient des diocèses de Blois, de Tours, du Mans, quelquefois même de pays éloignés, surtout aux fêtes de la sainte Vierge et aux lundis de Pâques et de la Pentecôte ; et de nombreuses guérisons ont été le fruit de ces pieux pèlerinages. La statue qu'on y vénérait avant la révolution de 93 avait été, dit-on, trouvée dans une fontaine entourée de coudriers ; transportée successivement dans plusieurs églises des environs, elle était toujours revenue d'elle-même à la même place, comme pour témoigner que la sainte Vierge voulait là un sanctuaire à elle. On lui en éleva un en effet, qui était du neuvième siècle selon les uns, du onzième siècle selon d'autres, et la statue y resta jusqu'à la révolution, où elle fut brisée ; mais les morceaux en ayant été recueillis précieusement, on en recomposa la statue, qui fut remise à sa place après la tourmente révolutionnaire. En 1842, grâce à la munificence des fidèles et au zèle de M. l'abbé des Essarts, vicaire général du diocèse et depuis évêque de Blois, la chapelle délabrée fut remplacée par le sanctuaire actuel, édifice peu considérable, mais d'une

assez belle architecture. Cette heureuse restauration accrut l'empressement des fidèles : les pèlerins reprirent
le chemin interrompu, mais non oublié, de Notre-Dame
de Villethion, et les cœurs d'argent ou de bronze doré,
ainsi que les béquilles appendues aux murailles, attestent
les nouvelles faveurs que Marie a répandues sur eux.

Parmi les guérisons merveilleuses obtenues naguère et
parfaitement constatées, dont le récit se lit dans les nouvelles archives du pèlerinage, il en est deux surtout plus
insignes : La première, dont tout Vendôme a été témoin,
et qu'a attestée le président même du tribunal civil par sa
lettre en date du 25 mai 1857, est celle d'un jeune homme
de Vendôme privé de l'usage de ses membres à la suite de
douleurs très-vives, et qui, subitement guéri à Villethion,
revint à Vendôme, où toute la ville put le voir marchant
et se promenant librement. La seconde est celle d'une
jeune personne d'Ambloy, paroisse voisine du pèlerinage, et qui, dans les mêmes conditions d'infirmité, fut
aussi subitement guérie, comme l'attesta alors la déposition des prêtres voisins et des paroissiens d'Ambloy, et
comme l'attestent également ses béquilles, qu'on voit encore dans l'église. Aussi Pie IX, jaloux de témoigner sa
vénération pour un sanctuaire si favorisé du ciel, accorda,
le 9 novembre 1852, une indulgence plénière à diverses
fêtes, avec de nombreuses indulgences partielles pour les
pèlerins qui viendraient y prier.

Après Villethion, le pèlerinage le plus fréquenté du
Vendomois est celui de Ville-Dieu, *Villa-Dei*. Une cha-
pelle de la sainte Vierge y fut bâtie, vers l'an 1035, par
Geoffroy Martel, comte d'Anjou, et par sa femme, Agnès de
Poitiers (1) ; et Gervais, évêque du Mans, qui avait alors

---

(1) *Histoire archéologique du Vendomois,* par M. de Pétigny, p. 180
et suiv.

ce pays sous sa juridiction, accorda en 1039 la faveur d'y ériger un autel et d'y offrir le saint sacrifice. Cette chapelle fut jusqu'au quinzième siècle l'église paroissiale de Ville-Dieu, et devint un pèlerinage dédié à *Notre-Dame de Pitié*, où, jusqu'à la révolution de 93, les habitants des pays circonvoisins aimèrent constamment à venir offrir à Marie leurs hommages et leurs prières. Une foule de traits remarquables, dont le détail allongerait trop notre récit, atteste et l'attachement des fidèles pour ce sanctuaire, et leur confiance dans les prières faites en ce lieu, et la protection éclatante qu'ils y obtiennent.

Nous citerons seulement la guérison subite de deux jeunes personnes qui y recouvrèrent l'usage parfait de leurs membres paralysés, l'une avant la révolution, le jour même de l'Ascension; l'autre vers 1810, pendant l'octave de la Fête-Dieu. En mémoire de ces deux faits, les jours où ils avaient eu lieu furent érigés par les populations voisines en jours de pèlerinage à Ville-Dieu; et le premier fait occasionna dans la paroisse, le jour même, l'établissement d'une confrérie qui existe encore aujourd'hui.

Quant à l'édifice lui-même, s'il faut en juger par ce qui en reste, c'était un beau monument du onzième siècle, restauré dans le quinzième, et richement orné à l'intérieur par le cardinal Louis de Crevant, abbé de Vendôme. A la révolution de 93, des habitants l'achetèrent avec l'intention de le rendre au culte; malheureusement, en 1805, d'imprudents travaux, exécutés sur le terrain où était la chapelle, en entraînèrent la ruine; et, depuis ce temps, Notre-Dame de Ville-Dieu ne reçoit plus les hommages des pèlerins que dans l'église paroissiale; mais, là au moins, ils ont la consolation de retrouver l'antique statue qui, dans les jours mauvais, soustraite à la profanation, fut placée dans cette église immédiatement après le

rétablissement du culte. C'est une statue de Notre-Dame
de Pitié, qui a toujours été regardée comme un chef-d'œuvre, et que les fidèles honorent encore aujourd'hui d'une
vénération toute particulière.

Tous les environs de Ville-Dieu étaient également pleins
de souvenirs de la sainte Vierge. A Montaire, c'était l'église
de Notre-Dame de Pitié, encore debout aujourd'hui,
et qui fut bâtie à l'époque où l'abbé de Vendôme
restaurait la chapelle de Ville-Dieu, de 1491 à 1492.
Pour satisfaire l'ardente dévotion des fidèles à la Vierge
des Douleurs, l'évêque du Mans y érigea en 1618 une
confrérie du Rosaire, et y autorisa en 1640 l'office de
Notre-Dame de Pitié, le vendredi d'avant le dimanche de
la Passion (1). A Lunay, c'était une chapelle placée également sous le vocable de Notre-Dame des Douleurs. Une
confrérie de Notre-Dame de Pitié, érigée dans la paroisse,
se rendait processionnellement à la chapelle, le jour de la
fête, et y faisait célébrer une messe solennelle. La confrérie existe encore, continue le même usage, et solennise
de plus comme fête patronale Notre-Dame du Mont-Carmel. A Mondoubleau, c'était aussi une chapelle de Notre-
Dame des Douleurs, fondée dans le cimetière, en 1680, et
qui est encore aujourd'hui un lieu de pèlerinage pour les
paroisses voisines. A Soudray, même pèlerinage, mais aujourd'hui peu fréquenté : la paroisse regarde l'Assomption
comme sa fête patronale.

Dans la ville même de Vendôme était une chapelle de
Notre-Dame de Pitié, fondée en 1060 pour le service des
vassaux de l'abbaye. L'un des abbés de ce monastère,
Geoffroy de Vendôme, est auteur d'une prose remarquable
qui contient les principaux titres déférés à Marie, tant par
les saintes Écritures que par la liturgie; et comme cette

_____

(1) Archives de la préfecture.

pièce atteste la vénération dont la sainte Vierge était l'objet dans le cloître de Vendôme, nous la donnons ici avec sa traduction en regard :

(1) O Maria gloriosa,
Jesse proles generosa,
Per quam fuit mors damnata
Atque vita reparata!

O Marie, pleine de gloire,
Noble rejeton de Jessé,
Par qui la mort fut vaincue
Et la vie rendue aux mortels !

Virgo semper pretiosa,
Super omnes speciosa,
Stella maris, cœli porta,
Ex quà mundo lux est orta.

Vierge à jamais précieuse,
Qui surpassez en beauté toutes les
[vierges,
Étoile de la mer, porte du ciel,
Vous qui avez donné la lumière au
[monde !

Templum sacrum Salvatoris,
Refugium peccatoris,
Mundi salus, mors peccati,
Summi facta parens nati.

Temple sacré du Sauveur,
Refuge du pécheur pénitent,
Salut de l'univers, mort du péché,
Mère d'un Fils tout-puissant ;

Quæ Filium habes Regem,
Qui divinam dedit legem
Tu Mater, tu Sponsa Dei
Mei miserere rei.

Vous dont l'Enfant est Roi
Et a donné aux hommes une loi
[divine,
O Mère, ô Épouse de Dieu !
Ayez pitié de moi, qui suis un pé-
[cheur!

De convalle lacrymarum
Pressus mole peccatorum,
Ad te clamo, Virgo pia,
Sis mihi dux atque via.

Du fond de cette vallée de larmes,
Accablé sous le poids de mes fautes,
Je crie vers vous, ô Vierge compa-
[tissante,
Soyez mon guide, montrez-moi la
[voie !

Quem tu benedicta regis,
Observat præcepta legis.
Deum amat, Deum credit,
Nunquam ab illo recedit.

Celui que vous dirigez, Vierge bénie,
Observe les préceptes sacrés ;
Il aime Dieu, il croit en Dieu ;
Il ne s'égare jamais loin de lui.

Rege, quæso, me miserum,
Sanctissima mulierum!
Ut divinæ memor legis,
Sim ad velle magni Regis.

Dirigez-moi, je vous en prie,
O la plus sainte des femmes !
Que toujours fidèle à la divine loi,
Je fasse la volonté du Roi du ciel.

(1) Le P. Sirmond, éd. in-fol., tom. III, p. 909.

Qui per suam caritatem
Præstet mihi castitatem;
Et mundus ab omni sorde,
Hunc diligam toto corde.

Que dans sa miséricorde
Il me donne d'être chaste;
Que pur de toute souillure
Je l'aime de tout mon cœur.

Hic cujus est semper esse
Scit quid mihi sit necesse;
Meam scit infirmitatem
Quam sanet per pietatem.

Lui, qui est éternel par essence,
Sait quels sont mes besoins;
Il connaît mes maux;
Que sa pitié veuille les guérir!

Est hoc mea infirmitas,
Peccatum et iniquitas,
Cicatrix mei vulneris,
Obturatio sceleris.

Ma vraie maladie
C'est le vice et l'iniquité:
Pour cicatriser mes blessures
Il faut détruire le péché en moi.

Morbo peccati langueo,
Qui me curet non habeo,
Sola misereri mei
Potest medicina Dei.

Je languis dans cet affreux mal
Et je n'ai pas de médecin!
C'est l'art du médecin céleste
Qui peut seul me soulager.

Peccans corde, peccans ore,
Recessi à Creatore,
Sed succurre mihi reo
Mater ejus, sancta Virgo.

J'ai péché par pensées, j'ai péché
                    [par paroles,
Je me suis éloigné de mon Créateur;
Secourez-moi, malgré mes fautes,
O vous, sa Mère! ó Vierge sainte!

Fac mihi propitium
Quem genuisti Filium;
Pro me apud ipsum ora
Et succurre sine mora.

Rendez-moi favorable
Le Fils que vous avez conçu;
Implorez-le pour moi
Et venez sans retard à mon aide.

Qui assumpsit ex te carnem
Exaudiet tuam precem;
Nihil tibi denegabit
Quem mamilla tua pavit.

Celui qui prit en vous une chair mor-
Exaucera votre prière;   [telle
Comment pourriez-vous essuyer un
                         [refus
De celui que votre sein allaita?

Et cui inter cunabula
Cara dedisti oscula,
Quidquid illum petieris
Impetrare poteris.

Celui que dans son pauvre berceau
Vous couvrîtes de chastes baisers,
Quelle que soit votre demande,
La satisfera sûrement.

Deus puer ex te natus
Et Filius nobis datus,
Mundet suâ pietate
Me ab omni iniquitate.

Que l'Enfant Dieu qui a voulu naître
                     [de vous,
Que le Fils qui nous a été donné,
Dans sa miséricorde me purifie

Amen.

De toute iniquité!
                    Ainsi soit-il.

Les comtes de Vendôme manifestèrent, comme les religieux de l'abbaye, leur dévotion envers la Mère de Dieu. En 1220, Jean de Montoire, héritier du comté de Vendôme, bâtit, de concert avec sa femme Églantine, un monastère de filles sur les confins de son ancien domaine, et le dédia à la sainte Vierge, sous le titre de *Notre-Dame de la Virginité*. Le temps a tout détruit, et la statue, autrefois vénérée dans la chapelle, est honorée aujourd'hui dans l'église de la paroisse des Roches, sur laquelle se trouvait le monastère.

Enfin, à l'exemple de ses seigneurs, le peuple de Vendôme avait une tendre dévotion à Marie : il aimait à placer, à l'encoignure des rues, des statuettes de la sainte Vierge; et de là viennent celles qu'on y voit encore aujourd'hui. Il avait dans l'église Saint-Martin une confrérie très-florissante dont les registres se conservent encore dans les archives de la préfecture; il vénérait aussi d'une manière particulière une belle image de Marie peinte sur un vitrail de l'église des Bénédictins, aujourd'hui église paroissiale. Cette image, qui est encore de nos jours en grande vénération, et que les uns appellent *Notre-Dame des Neiges*, les autres *Notre-Dame de Bon-Secours*, représente la Vierge vêtue d'un manteau blanc, les mains jointes et appuyées sur la poitrine. Marie est dans l'attitude de la contemplation; au-dessus sont écrites ces paroles des livres saints : *Tota pulchra es, amica mea*; Vous êtes toute belle, ô ma bien aimée; et des signes allégoriques l'environnent avec les inscriptions suivantes : *Pulchra ut luna. — Electa ut sol. — Virga Jesse floruit.— Porta cœli. — Plantatio rosæ in Jericho. — Puteus aquarum multarum. — Hortus conclusus.* C'est-à-dire : Belle comme la lune. — Éclatante comme le soleil. —Rejeton de Jessé en fleur.—Porte du ciel.—Rose plantée en Jéricho. — Source de grandes eaux.—Jardin fermé.

Le bas Vendômois possède encore bien d'autres témoignages de sa dévotion et de sa confiance envers Marie. La paroisse de Cellé avait, dès le neuvième siècle, une église de l'Assomption, fondée par les moines de l'abbaye Saint-Laumer de Blois. C'était un lieu de pèlerinage très-fréquenté avant la révolution : de nos jours quelques pèlerins le visitent encore, mais en moindre nombre. L'injure des temps a détruit l'ancienne église; une nouvelle l'a remplacée en 1836.

Non loin de là, le bourg de Troo avait une chapelle de la Vierge, sous le vocable de *Notre-Dame des Marchais*, fondée en 1124 par Foulques Néra, comte d'Anjou; et telle était la dévotion de tout le pays pour cette chapelle, que même après sa chute, à la révolution de 93, les pèlerins venaient encore s'agenouiller sur ses ruines et y brûler des cierges.

Les paroisses des Essarts et des Hayes possédaient également des chapelles de la sainte Vierge, dont il n'existe plus que des débris. Plus heureuse, la paroisse de Villavard conserve encore son église, dédiée à la Nativité de Marie, et dont quelques parties semblent remonter au dixième ou onzième siècle : c'était autrefois un sanctuaire spécialement cher à la piété, et un centre de confrérie qui réunissait, sous la bannière de Marie, grand nombre de fidèles des paroisses environnantes. On a des actes de cette confrérie qui portent la date du dix-septième siècle. La Vierge noire, qu'on honorait à Villavard, fut préservée par deux pieuses femmes de la fureur des vandales qui, à la révolution de 93, vinrent dévaster l'église; et lorsqu'en 1844 cessa le veuvage de cette paroisse, privée de pasteur depuis un demi-siècle, la statue fut remise en sa place, la vénération des fidèles se ranima, et l'antique confrérie fut rétablie. Elle compte des membres en sept paroisses, et les faveurs obtenues par l'intercession de Notre-Dame de Villavard augmentent chaque jour la confiance des populations.

Vers une autre extrémité du Vendômois, la paroisse du Temple et celle d'Arville possédaient un pèlerinage de la sainte Vierge très-fréquenté jusqu'à la révolution de 93. Guéritaut conserve encore des ruines d'une église de Notre-Dame, remarquables au point de vue de l'art. Il y a à Droué une église sous le vocable de Notre-Dame de Boisseleau, ainsi appelée d'un lieu voisin. Deux confréries, celle de Notre-Dame du Mont-Carmel et celle du Rosaire, y sont établies, la première depuis le 4 juin 1647, la seconde depuis le 3 mai 1621, et leurs fêtes s'y célèbrent avec grande solennité. Morée a son église sous le vocable de l'Assomption : c'est une ancienne chapelle fondée vers la fin du onzième siècle en l'honneur de la sainte Vierge, par les Bénédictins de Marmoutiers (1). L'église paroissiale de Selommes est aussi dédiée à l'Assomption. Il y avait dans la paroisse d'Azé, Notre-Dame de Beaulieu, où le curé était obligé par une fondation de venir célébrer la fête de l'Assomption ; dans la paroisse de Naveils, une chapelle dont l'Annonciation était la fête patronale ; dans la paroisse de Meslay, l'église d'Arcines, dédiée à Notre-Dame du Carmel, lieu de pèlerinage oublié depuis la révolution, mais rétabli, depuis 1855, avec une confrérie du scapulaire et des indulgences du saint-siége (2). Plus remarquable que les précédentes, la paroisse de Couture a une chapelle du Rosaire, fondée par Marie Dubois, sieur du Poirier, valet de chambre de Louis XIV, qui sut intéresser la famille royale à son pieux dessein, comme le prouvent son testament, déposé aux archives de la préfecture (3) et les armes du roi avec sa devise, qui se

---

(1) Archives de la préfecture. — *Ann. o. d. bened.*, t. V, p. 657.

(2) *Ibid.*

(3) « Comme je ne puis quitter le monde, est-il dit dans ce testa-
» ment, sans laisser une marque éternelle de mon amour à ma belle

voient encore sur le rétable de l'autel. Grand nombre
de fondations pieuses, approuvées par Philibert de La-
vardin, évêque du Mans, et l'affluence des pèlerins à
diverses fêtes de l'année, attestent la vénération des fidèles
pour ce sanctuaire (1).

Enfin, pour compléter cet exposé et faire encore mieux
connaître la dévotion du diocèse de Blois à la Mère de Dieu,
nous observerons que le mois de Marie est presque partout
pieusement célébré; que l'Immaculée Conception de Marie
est la fête patronale de l'église de ce nom à Blois; que sa
Nativité est fête patronale à Bouffry, à Romilly, à Oigny;
sa Visitation à Cormery, son Assomption à Marolles, Chitenay, Françay, Meslaud, Marchenoir, Aunay, Avaray,
Mulsans, Thenay, Vernon, Fontaines-en-Sologne, la Ferté-
Beauchamais, Chauvigny, Saint-Avit, Espereuse, Huis-
seau-en-Beaune, Nourray; que Selles-sur-Cher et Romorantin sont dédiés à la sainte Vierge; que Beauvilliers et
Écoman l'étaient également, d'après d'anciens titres;
qu'enfin il n'est peut-être pas une paroisse qui n'ait quelque association en l'honneur de Marie, et où ses fêtes ne
soient célébrées avec bonheur.

» chapelle royale, qui m'a coûté tant d'inquiétudes et que j'ai fait
» bâtir des bienfaits du roi Louis XIV Dieu donné, mon bon maître,
» de ceux de la reine, de la reine-mère et des miens, je lui donne
» de tout mon cœur, à tout jamais, trente livres de rente.... à la
» charge d'une grand-messe de *Requiem*, avec la prose, tous les der-
» niers samedis du mois, et que la lampe d'argent soit allumée de-
» vant icelle, où ma prière et celle de ma famille sera faite.... Et
» comme ma chapelle est le plus précieux de mon héritage, je la
» laisse aussi par droit à mes chers enfants, à la charge qu'ils n'en
» disposeront jamais au profit d'aucune personne particulière, mais
» bien comme moi, choisiront préférablement à tous autres la charge
» de procureur de la chapelle. »

(1) Archives de la préfecture, liasse de Couture.

DIOCÈSE DE CHARTRES (1).

Au nom seul de ce diocèse, on sent comme un parfum de piété à l'endroit de la très-sainte Vierge. C'est là un de ses diocèses de prédilection, un des lieux où elle a été le plus honorée et où elle a le plus magnifiquement payé aux

(1) Nous sommes redevable des renseignements sur ce diocèse à M. l'abbé Germond, chanoine archiviste de la cathédrale, qui a bien voulu nous indiquer les sources suivantes : 1° parmi les manuscrits, *Histoire de la ville et de l'Église de Chartres*, par Souchet ; *Histoire chronologique de la ville de Chartres*, par Pintard ; *Histoire chartraine*, par Duparc ; *Extrait de l'Histoire de la ville et de l'Église de Chartres*, par Le Tunais ; *Extrait de l'Histoire de Souchet*, par l'abbé Étienne ; *Histoire ou Recherches sur l'histoire de Chartres*, par Challine : *Recherches sur Chartres*, par Janvier de Flainville ; *Recherches sur l'histoire de Chartres*, par Bouvet-Jourdan ; *Poëme des miracles*, par Jehan le Marchant ; *Sequitur chronica fundationis Ecclesiæ Carnotensis ; Inventaire des reliques de la cathédrale de Chartres ; Nécrologe de l'Église de Chartres ; Inventaire des bulles du trésor de l'Église de Chartres; Registrum privilegiorum Papalium Ecclesiæ Carnotensis ; Bréviaire de Chartres des treizième, quatorzième et quinzième siècles*, et *Registres capitulaires du chapitre de Chartres, ab anno 1314 ad 1790;* 2° parmi les imprimés, *Gallia christiana Ecclesiæ Carnotensis et Senonensis*, t. VIII et XII; *Acta Sanctorum* des Bollandistes; *Parthénie*, par Sébastien Rouillard, en 1609 ; *Histoire de la ville de Chartres*, par Doyen, 1586 ; *Histoire de Chartres*, par Chevard ; *Histoire générale, civile et religieuse de la cité des Carnutes*, par Ozeray, en 1834 ; *Histoire de Chartres*, par de Lépinois, en 1854 : *Description historique de la cathédrale de Chartres*, par Gilbert, en 1824 ; *Description de la cathédrale*, par Balteau, en 1850 ; *Histoire de l'auguste et vénérable Église de Chartres*, par Vincent

hommes en bienfaits les hommages qu'elle en a reçus. Dans ce diocèse, un de ceux qu'on peut le mieux appeler le diocèse de Marie, il n'est presque pas une paroisse qui n'ait sa confrérie de la sainte Vierge : ici, c'est la confrérie du Rosaire ou du Scapulaire ; là, c'est la confrérie de Notre-Dame des Victoires ; ailleurs, c'est la confrérie de Notre-Dame de Chartres ; souvent, ce sont plusieurs de ces confréries à la fois ; l'amour de Marie se plaît à revêtir toutes les formes et se produit sous tous les aspects.

Il serait difficile de dire exactement le nombre des églises de ce diocèse qui sont dédiées à la sainte Vierge et la proclament leur patronne. Ce sont, entre autres, dans l'arrondissement de Chartres : Dammarie, Berchères-l'É-vêque, Gas, les Châtelliers, Méréglise, Villars ; dans l'arrondissement de Châteaudun : Alluyes, Autheuil, Bois-gasson, Bonneval, Chapelle-du-Noyer, Conie, Mézières-au-Perche, Moriers, Pourpry, Thyville, Villampuy, Yè-vres ; dans l'arrondissement de Dreux : Bu, Boissy-en-Drouais, Châteauneuf, Mottainvilliers, Marville-les-Bois,

---

Sablon, en 1774 ; *Urbis gentisque Carnutum historia*, par Rodolphe Botereius, en 1624 ; *La Beausse desséchée,* par Anquetin, en 1681 ; *Le trésor de Notre-Dame de Chartres*, par Auguste de Santeul, en 1841 ; *Notice historique de Notre-Dame de la Brèche,* par l'abbé Pie (aujour-d'hui évêque de Poitiers), en 1842 ; *Historique de la cathédrale de Chartres*, par LeJeune, en 1839 ; *Cathédrale de Chartres,* par Rossard de Mianville et Chasles en 1850 ; *Manuel du pèlerin à Notre-Dame de Chartres*, par l'abbé Balteau en 1855 ; *Histoire des relations des Hurons et des Abnaguis du Canada avec Notre-Dame de Chartres,* par Merlet, en 1858 ; *Pèlerinage à Notre-Dame de Chartres en 1859 ; Annuaire statistique et historique du département d'Eure-et-Loir,* par Le Fèvre ; *Pouillé du diocèse de Chartres*, par N. D. (Dou-blet), en 1738 ; *Les statues du porche septentrional de Chartres,* par Félicien d'Ayzac, en 1849 ; *Esquisse historique du cloître de Notre-Dame de Chartres*, par Ad. Lecoq en 1857 ; *Discours de Mgr de Poi-tiers en 1855, et Homélie* du même prélat en 1857.

Louvilliers-au-Perche, les Ressuintes, Senonches, Theuvy, Ville-l'Évêque, Vacherelles-les-Bains ; dans l'arrondissement de Nogent-le-Rotrou : les Autels-Thubeuf, Beaumont-le-Chartif, Chapelle-Guillaume, Chapelle-Royale, Combres, les Étilleux, Frazé, Fontaine-Simon, la Gaudaine, Margon, Nogent, Moulhard, Vichères et Villevillon.

Les abbayes de ce diocèse étaient de même, en grande partie, dédiées à la sainte Vierge. Sans parler de toutes celles qui lui ont été enlevées par la diminution de son territoire, pour former, avant la révolution, le diocèse de Blois, et, depuis la révolution, l'évêché de Versailles ; les abbayes d'Abbecourt, d'Arcisses, de Clairefontaine, de Coulombs, de Grandchamp, des Clairettes, de l'Eau, étaient toutes sous le vocable de Notre-Dame. Il en était de même de l'abbaye de Josaphat, située à une demi-lieue de Chartres, et ainsi appelée de ce qu'elle est, par rapport à Chartres, dans les mêmes conditions de distance, d'orientation et de configuration topographique que la célèbre vallée biblique par rapport à Jérusalem. Fondée par un évêque de Chartres nommé Geoffroy, ami de saint Bernard, qui lui adressa plusieurs lettres sous le nom de *Gaufredus*, elle n'est plus aujourd'hui que l'emplacement d'un asile pour la vieillesse, construit à neuf, sous le nom d'*Hospice d'Aligre*, et les derniers vestiges de l'antique abbaye vont bientôt disparaître.

Mais tous ces monuments de la dévotion du peuple à la Mère de Dieu, épars dans le diocèse, s'effacent en quelque sorte devant la cathédrale de Chartres. C'est là, par excellence, la grande église de la sainte Vierge ; c'est là le rendez-vous de tous les cœurs qui l'aiment ; c'est là comme son palais de préférence, où elle accueille plus volontiers tous ceux qui ont des grâces à lui demander, et où elle se se plaît à répandre ses faveurs avec plus d'abondance. Pour dire toutes les gloires de Notre-Dame de Chartres, nous raconterons : 1° l'antiquité du culte de Marie dans cette ville; 2° l'histoire de sa basilique; 3° les saintes reliques qu'elle contient; 4° les miracles qui s'y sont opérés ; 5° les pèlerins illustres qui l'ont visitée ; 6° sa restauration après les ravages de 1793.

CHAPITRE PREMIER.

ANTIQUITÉ DU CULTE DE MARIE A CHARTRES.

———

Peut-être la demi-science sourira d'incrédulité, quand nous lui dirons que le culte de la sainte Vierge dans le pays Chartrain y avait devancé le christianisme ; qu'une statue prophétique avait été élevée à la Mère de Dieu plusieurs siècles avant sa naissance, dans l'emplacement même où est aujourd'hui la cathédrale de Chartres, et que là, les druides, prêtres des Gaulois, rendaient leurs hommages à la Vierge qui devait enfanter : *Virgini parituræ.* Cependant ce n'est point là une tradition légendaire que puisse rejeter un homme grave, c'est un fait historique qui peut se démontrer. Et, en effet, si le mystère de la Vierge qui devait enfanter a été connu des païens ; si, entre tous les peuples, les druides l'ont plus spécialement connu, tellement que c'était chez eux un usage général de l'inscrire sur leurs autels ; si, enfin, parmi tous les druides, ceux de Chartres l'ont connu plus particulièrement et ont eu des raisons spéciales de l'inscrire sur leur autel, pourquoi nierions-nous la tradition qui nous raconte qu'ils l'ont réellement inscrit? Or, pour peu qu'on étudie l'histoire, ces trois suppositions se convertissent en trois certitudes.

D'abord le mystère de la Vierge qui devait enfanter a été connu des païens. Dupuis, l'auteur impie de *l'Origine* prétendue *dés cultes*, a démontré ce fait, et son témoignage est d'autant moins suspect, que c'est le témoignage d'un ennemi. Les *Mémoires asiatiques* ont publié sur ce sujet des documents incontestables. M. Auguste Nicolas, dans son

bel ouvrage de *la Vierge Marie vivant dans l'Église* (1),
montre la croyance à la Vierge-Mère chez les Latins, les
Gaulois, les Chaldéens, les Perses et les Égyptiens. Et
si l'on veut savoir comment les païens ont connu ce mystère, nous pouvons l'expliquer de trois manières. D'abord,
il est possible que cette notion leur soit venue de la tradition primitive. Car les vérités que Dieu a révélées à nos
premiers parents et aux patriarches n'ont jamais été tota-
lement effacées par l'idolâtrie ; plusieurs d'entre elles se
sont conservées, surnageant, si je puis ainsi dire, sur le
déluge d'erreurs qui couvrait la terre. En second lieu,
cette notion a pu leur venir immédiatement d'une révéla-
tion de Dieu même. Car saint Augustin, au livre XVIII de
la *Cité de Dieu*, chapitre XLVII ; saint Jérôme, livre Iᵉʳ, contre
Jovinien ; saint Justin, Clément d'Alexandrie, Lactance,
saint Thomas (2), enseignent que Dieu avait révélé aux
païens la venue future de son Fils, et ils citent pour exemple
la prophétie de Balaam, qui était connue des Gentils, comme
l'exemple des Mages paraît le prouver. Troisièmement, les
Juifs, après les conquêtes d'Alexandre, s'étant dispersés sur
différents points du globe, et y ayant porté leurs livres pro-
phétiques avec l'attente où ils étaient du libérateur prédit,
les païens ont pu connaître, soit par la lecture de ces livres,
soit par les relations qu'ils avaient eux-mêmes avec les Hé-
breux, plusieurs particularités relatives au Messie. En effet,
Suétone raconte que c'était une opinion ancienne, constante
et universelle, qu'un puissant libérateur devait sortir de
l'Orient (3); Tacite ajoute que, d'après la persuasion commune, ces oracles étaient consignés dans les anciens livres

---

(1) T. II, p. 22 et suiv.
(2) 2ᵃ 2ᵉ q. 2, art. VII.
(3) *Vita Vespasiani*, c. II.

des Juifs (1); et de graves auteurs ne voient dans la prédiction attribuée par Virgile à la Sibylle de Cumes (églogue IVᵉ), qu'une imitation de la prophétie d'Isaïe relative au prodige de l'enfantement d'une Vierge : *Ecce Virgo concipet et pariet filium* (2). Tous les traits du poëte, en effet, semblent empruntés au prophète, et ne se réalisent qu'en Jésus-Christ. De Jésus-Christ seul il était vrai de dire :

Qu'un nouvel ordre de siècles commencerait à sa naissance :

> Magnus ab integro sæclorum nascitur ordo ;

Qu'il viendrait du Ciel, qu'il serait fils de Dieu et naîtrait d'une Vierge :

> Jam nova progenies cœlo demittitur alto.
> Ille Deùm vitam accipiet....
> Cara Deùm soboles, magnum Jovis incrementum.

Qu'il commanderait à tout l'univers :

> Pacatumque reget patriis virtutibus orbem.

Qu'il effacerait les péchés des hommes :

> Te duce, si qua manent, sceleris vestigia nostri
> Irrita, perpetuâ solvent formidine terras.

Paroles qui, au jugement de saint Augustin, ne peuvent se dire que de Jésus-Christ :

> *Omninó non est cui alteri, præter Dominum Christum,*
> *Hæc dicat genus humanum.*
> S. Aug., Epist. XLV ad Martianum.

Qu'il tuerait le serpent ;

> Occidet et serpens,

---

(1) Hist., liv. V.
(2) Isaïe, VII, 14.

Qu'il ramènerait le bonheur sur la terre, sans cependant retrancher les tristes suites du péché d'origine;

> ... Toto surget gens aurea mundo.
> Pauca tamen suberunt priscæ vestigia fraudis,

Qu'enfin, il opérerait toutes ces merveilles, non par les hauts faits de sa vie, mais dès son berceau et par le fait seul de sa naissance, à dater de laquelle commenceront à courir les siècles nouveaux.

> Teque adeo decus hoc ævi, te consule, inibit,
> Pollio; et incipient magni procedere menses.

Quoi qu'il en soit de cette interprétation, sur laquelle les opinions sont libres, il n'en est pas moins certain que le mystère de la Vierge qui devait enfanter était connu des païens. Or, s'il était connu des païens en général, nous ajoutons qu'il le fut plus spécialement des druides, et en voici les preuves:

C'est un fait notoire que les druides étaient les savants de leur époque et les seuls lettrés de la Gaule. César nous apprend (1) que, ministres des choses divines, ils conservaient le dépôt des doctrines religieuses; que, maîtres de la science, ils la dispensaient à la nombreuse jeunesse qui fréquentait leurs écoles (2). Or, si le commun des païens pouvait connaître le mystère de la Vierge qui devait enfanter, comment ces hommes éminents et spéciaux dans les sciences religieuses l'auraient-ils ignoré? On peut d'autant moins le supposer, qu'au rapport de Faber, savant auteur anglais (3), les druides, originaires de la Perse et

---

(1) *De bello gallico*, lib. VI, c. 13 et 14.
(2) *Histoire universelle*, traduite de l'anglais, t. XXX, p. 443.
(3) *Origine de l'idolâtrie païenne*, 3 vol. in-8°.

disciples des Mages, avaient apporté d'Orient. dans la
Grande-Bretagne la prophétie d'Isaïe avec celle de Balaam,
et, comme, au témoignage de César, les druides gaulois qui
tenaient à s'instruire des mystères druidiques, allaient les
étudier dans les îles Britanniques, évidemment ils auront
rapporté d'Angleterre dans la Gaule la prophétie d'Isaïe sur
la Vierge qui devait enfanter. Les faits, du reste, sont là
pour le démontrer. Car Guibert, abbé de Nogent (1), un
des hommes les plus graves de son siècle, rapporte que
l'église de son monastère avait été bâtie sur l'emplacement
d'un bocage sacré, où les druides sacrifiaient à la Mère future du Dieu qui devait naître, *Matri futuræ Dei nascituri*,
paroles qui sont synonymes de l'inscription de Chartres,
puisque les païens croyaient que les hommes d'une origine
céleste avaient des vierges pour mères (2). Selon Chasse-
neux, dans son *Histoire des Coutumes de Bourgogne*, la même
inscription se lisait dans trois autres églises : l'une près
d'Autun, l'autre près de Dijon, et la troisième à Fontaine,
près du château où naquit saint Bernard. Enfin, un savant
du dix-septième siècle, qui s'est particulièrement attaché
à l'étude des antiquités et des traditions druidiques, Ché-
dius (3), affirme qu'en général les druides érigeaient dans
leurs sombres sanctuaires des statues à la Vierge qui devait enfanter, la Providence ménageant sans doute ce
moyen d'accréditer plus facilement parmi les Gaulois la foi
chrétienne lorsqu'elle leur serait annoncée.

Mais si c'était la coutume générale des druides d'élever
des autels à la Vierge qui devait enfanter, à plus forte
raison ils ont dû le faire à Chartres, là où est aujourd'hui

---

(1) Guibert, *De vitâ suâ*, lib. II, c. 1.
(2) Rosenmüller, *Scholia in Vetus Testam. Isai. Vatic.*, p. 302.
(3) Eld. Schedius, *De diis germanis*, cap. 13.

la cathédrale. Car nous savons par César (1), auteur contemporain et témoin oculaire du fait qu'il raconte, que les druides étaient surtout établis dans le pays Chartrain, qu'ils avaient leur point central de réunion près de Chartres, *in finibus Carnutum*; que tous les ans, à une époque marquée, ils se réunissaient en assemblée générale dans ce lieu, estimé par eux le centre de la Gaule, et que là, comme dans la capitale de la religion, résidait le chef suprême du druidisme gaulois. Dès lors, ils devaient avoir à Chartres même un sanctuaire, où ils offraient leurs sacrifices; et quel était ce sanctuaire? La tradition locale nous l'apprend. Ce n'était point un temple; ils n'en avaient d'autres que les bois, que les grands arbres des forêts et leur ombre mystérieuse; c'était là que, loin du tumulte des villes, ils adressaient leurs hommages à Teutatès, la plus connue de leurs divinités. Or, précisément, la colline où a été depuis bâtie la cathédrale était alors un bois sacré; et au milieu de ce bois se trouvait une vaste grotte qu'éclairait à peine un jour sombre, parfaitement en rapport avec le caractère, sombre aussi, de la religion druidique. Là, dit la tradition, en présence de toutes les notabilités de la nation convoquées, la centième année avant la naissance de Jésus-Christ, les druides élevèrent un autel à la Vierge qui devait lui donner le jour, gravèrent sur cet autel l'inscription devenue depuis si célèbre : *Virgini parituræ*, à la Vierge qui doit enfanter; et Priscus, roi de Chartres, touché du discours prononcé en cette occasion par leur grand pontife, plein de confiance en ses promesses, consacra solennellement, devant toute l'assemblée, son royaume à cette reine future qui devait enfanter le Désiré des nations. Les assistants, émus de telles paroles, se consacrèrent eux-mêmes à cette Vierge privilégiée; dès lors, ils conçurent

---

(1) *De bell. gallic.*, lib. VI, c. 12 et 13.

pour elle les sentiments de la plus tendre vénération, et commencèrent à l'invoquer sous le titre de Notre-Dame de Chartres; dès lors, dit Vincent Sablon (1), furent jetés dans le pays les premiers fondements de la dévotion à la sainte Vierge et du superbe temple qui fut plus tard élevé à sa gloire.

Le temps, qui éprouve toutes choses, n'a pas ébranlé cette croyance des premiers âges; il n'a fait, au contraire, que l'affermir et la développer. Au quinzième siècle, Charles VII, donnant des lettres de grâce, déclare qu'il les accorde « en faveur de l'église de Chartres, la plus » ancienne de son royaume, fondée par prophétie en l'hon- » neur de la glorieuse Vierge Marie, par avant l'incarnation » de Notre-Seigneur Jésus-Christ, et en laquelle icelle » glorieuse Vierge fut *aourée* (c'est-à-dire honorée) en son » vivant(2). » Plus tard, M. Olier, dans ses Mémoires auto- graphes, salue Chartres du nom de « sainte et dévote ville, » première dévotion du monde pour son antiquité, puis- » qu'elle a été érigée par prophétie. »

D'après ce qui précède, on comprend que, quand les premiers apôtres du pays Chartrain, les saints Savinien, Potentien et Altinus arrivèrent en ces lieux, ils trou- vèrent les esprits merveilleusement disposés à recevoir la bonne nouvelle de l'Évangile. Comme saint Paul devant l'Aréopage invoquait de l'autel élevé *au Dieu inconnu*, pour amener les Athéniens à la connaissance du vrai Dieu, de même ces hommes apostoliques prenant pour point de dé- part de leur prédication l'antique tradition qui rendait les Chartrains tout dévoués à la Vierge qui devait enfanter, leur annoncèrent le Fils que cette Vierge avait mis au

---

(1) *Histoire de l'auguste et vénérable Église de Chartres*, p. 8.

(2) *Histoire de la cité des Carnutes*, par Ozeray, t. II; pièces jus- tificatives.

jour, Jésus-Christ, le Messie promis, ses mystères, sa doctrine, sa divinité, qu'ils devaient adorer ; et leur parole fut reçue avec bonheur. C'était l'explication claire de ce qu'ils n'avaient vu qu'en énigme ; c'était le grand jour qui réjouit les yeux après un faible crépuscule.

En conséquence, ils dédièrent la grotte mystérieuse au souverain Maître du ciel et de la terre, et la transformèrent en temple chrétien, sous le vocable de la glorieuse Vierge Marie, Mère de Dieu. La foi ainsi acceptée et goûtée, jeta de profondes racines dans le cœur des Chartrains ; et quand vinrent les jours de persécution, on les vit, soutenus par la protection de Marie, forts de leur confiance en elle, sacrifier leur vie plutôt que de trahir leur foi ; un grand nombre furent précipités dans un puits voisin de la grotte, lequel fut appelé de là le *puits des Saints forts* (1).

Telle est l'antiquité de la dévotion à Notre-Dame de Chartres ; et, depuis, elle a grandi de siècle en siècle, comme nous le verrons dans les chapitres suivants.

---

(1) *Histoire de l'Église gallicane,* par Bouqueval, t. 1er.

CHAPITRE DEUXIÈME.

HISTOIRE DE LA BASILIQUE DE NOTRE-DAME DE CHARTRES.

Tant que dura la persécution des empereurs païens, les chrétiens de Chartres n'eurent d'autre lieu de réunion que le temple rustique, la grotte mystérieuse qui avait été parmi eux le berceau du christianisme. Mais quand la paix, rendue à l'Église par la conversion de Constantin, eut permis aux chrétiens de montrer au grand jour leur foi et leur culte, alors on abattit le bois qui cachait la grotte ; on éleva en sa place un temple modeste, pour y célébrer les saints offices avec la dignité convenable, et y rassembler un plus grand nombre de fidèles. Alors aussi commença l'affluence des peuples autour de la statue druidique, consacrée désormais par le culte public ; et la Mère de Dieu manifesta par de nombreux miracles combien elle agréait les prières faites en ce lieu. Bientôt la renommée de ces prodiges se répandit hors de la contrée, et l'on vit arriver des pèlerins des pays les plus éloignés.

A la vue d'un concours si merveilleux, le modeste sanctuaire de Notre-Dame de Chartres ne fut plus jugé digne de sa célébrité. On le remplaça par un plus convenable ; mais un incendie, au bout d'un certain temps, fit disparaître ce second temple. Sans s'instruire par l'expérience, on en éleva un autre, dans la construction duquel entrait une énorme quantité de bois ; et l'an 1020, le feu du ciel, tombant sur un édifice aussi inflammable, en eut bientôt fait un monceau de cendres. Ce fut alors que Fulbert, un des plus grands évêques qui aient gouverné le diocèse de Chartres, conçut la pensée d'élever à la gloire de la Vierge Mère un de ces monuments qui demeurent à jamais et qui

13

étonnent les siècles par leur grandeur et leur majesté. Pour exécuter un dessein aussi digne de sa haute intelligence que de son grand cœur, il fit appel à la munificence des souverains de l'Europe et des princes particuliers du royaume. Robert, roi de France, Canut le Grand, roi d'Angleterre et de Danemark, Richard, duc de Normandie, Guillaume, duc d'Aquitaine, Eudes, comte de Chartres, et beaucoup d'autres seigneurs répondirent à son appel par leurs pieuses largesses. Fulbert, plus généreux encore, sacrifia tout son avoir à cette grande entreprise ; le chapitre et le clergé, imitant l'exemple de leur évêque, y ajoutèrent tout ce qu'il leur fut possible de donner ; et les populations, édifiées de tant de dévouement, voulurent rivaliser de générosité et de zèle.

On se mit à l'œuvre, et un beau spectacle s'offrit alors aux regards du ciel et de la terre. Tous s'empressèrent d'apporter au saint évêque l'argent dont ils pouvaient disposer, de fournir les matériaux qui étaient en leur pouvoir, de donner et de préparer les vivres nécessaires au grand nombre des travailleurs ; et, après avoir sacrifié tout ce qu'ils possédaient, de se sacrifier eux-mêmes, mettant au service de la Mère de Dieu leurs bras et leurs sueurs, leur temps et leur industrie. Une noble émulation entraînait tout le monde au travail, et les femmes mêmes prenaient part à ces pénibles labeurs que la foi leur faisait envisager non-seulement comme légers, mais comme pleins de charme et d'honneur ; dévouement merveilleux, d'où naquit dans les esprits l'idée jusqu'alors inconnue de ces savantes corporations ouvrières qui enrichirent le nord de la France de tant de superbes basiliques, l'admiration de tous les siècles (1).

_____

(1) *Hujus sacræ institutionis ritus apud Carnotensem ecclesiam est inchoatus.* — Haimon, cité par M. Balteau, p. 15.

Les travaux furent poussés avec une telle activité, que Fulbert, qui mourut peu après leur commencement, en 1029, non-seulement jeta les fondations énormes du nouvel édifice et termina l'église souterraine, mais encore éleva une partie de la basilique supérieure et put écrire au duc d'Aquitaine : « Grâce à Dieu et à votre concours, nous » sommes sur le point de fermer la voûte de nos cryptes, » et, avant l'hiver, nous espérons la couvrir (1). »

A la mort de Fulbert, le zèle se ralentit, tant un seul homme fait quelquefois défaut ; les ressources manquèrent, on abandonna les plans primitifs, et on continua le travail sur un plan plus économique, par conséquent plus mesquin. En 1194, la sainte Vierge, comme si elle eût été mécontente de la forme moins grandiose de son sanctuaire, permit qu'il devînt la proie des flammes. Alors on résolut de remplacer l'église incendiée par un autre édifice sans égal dans l'univers, tout construit en pierres de taille, depuis la base jusqu'au sommet, et « qui, dit Guillaume le » Breton (2), n'eût plus rien à redouter des fureurs du feu » jusqu'au jour du jugement dernier. »

On se remit donc à l'œuvre, mais avec plus d'ardeur encore que la première fois : le clergé et le peuple, réunis sur les débris fumants de leur basilique, secondés dans leur pieux dessein par la royale munificence de Philippe-Auguste et de ses successeurs, se dévouèrent corps et biens à relever la nouvelle église, avec toute la splendeur qu'ils pourraient atteindre, jointe à une solidité qui la mit à l'épreuve du temps et du feu ; et l'on vit des prodiges que nous aimons mieux laisser raconter aux contemporains, témoins oculaires des faits, que de les dire nous-même. Écoutons d'abord l'archevêque de Rouen, écrivant à l'é-

---

(1) Fulbert, *Epist.* LXXXVI.
(2) *Philippidos*, lib. V.

vêque d'Amiens en 1145 : il lui raconte comment ses dio-
césains, d'abord peu soucieux de se bâtir une cathédrale,
sont allés visiter Chartres, et ont été émerveillés de ce
qu'ils y ont vu, de la foi des travailleurs et des prodiges
dont cette foi était récompensée; comment ensuite, revenus
à Rouen, ils ont imité les Chartrains; et Marie leur a accordé les mêmes bénédictions. Voici sa lettre :

« Au révérend père Théodoric, évêque d'Amiens, Hu-
» gues, pontife du diocèse de Rouen, prospérité éternelle
» en Jésus-Christ. — Les œuvres du Seigneur sont grandes
» et toujours proportionnées à ses volontés! C'est à Char-
» tres que des hommes commencèrent à traîner humble-
» ment des chariots et des voitures pour élever une église,
» et que leur humilité fit jaillir des miracles. Le bruit de
» ces merveilles s'est répandu de toutes parts, et enfin a
» réveillé notre Normandie de son engourdissement. Nos
» fidèles, après avoir demandé notre bénédiction, ont
» voulu se rendre en ces lieux (à Chartres) et accomplir
» leurs vœux; puis sont revenus, à travers notre diocèse
» et dans le même ordre, retrouver l'église de notre évêché,
» leur mère, bien résolus à n'admettre dans leur société
» personne qui n'eût auparavant confessé ses péchés et fait
» pénitence, qui n'eût déposé toute haine et tout mauvais
» vouloir, qui ne fût rentré en paix et en sincère concorde
» avec ses ennemis. Avec de semblables résolutions, l'un
» d'eux est nommé chef; et, sous son commandement,
» tous, humblement et en silence, s'attellent à des chariots,
» offrent des aumônes, s'imposent des privations et versent
» des larmes... Ainsi disposés, ils sont témoins en tous temps,
» mais surtout dans nos églises, de nombreux miracles opé-
» rés sur les malades qu'ils conduisent avec eux; et ils ra-
» mènent guéris ceux qu'ils avaient amenés infirmes » (1).

(1) Dom Bouquet, *Recueil des historiens des Gaules.*

Robert du Mont parle comme l'archevêque de Rouen :
« Ce fut à Chartres, dit-il (1), que l'on vit pour la première
» fois des hommes traîner, à force de bras, des chariots
» chargés de pierres, de bois, de vivres et de toutes les
» provisions nécessaires aux travaux de l'église dont on
» élevait alors les tours. Qui n'a pas vu ces merveilles n'en
» verra jamais de semblables, non-seulement ici, mais
» dans la Normandie, dans toute la France et dans beau-
» coup d'autres pays. Partout l'humilité et la douleur, par-
» tout le repentir de ses fautes et l'oubli des injures,
» partout les gémissements et les larmes. On peut voir des
» hommes, des femmes mêmes, se traîner sur les genoux à
» travers des marais fangeux et se frapper durement la
» poitrine en demandant grâce au ciel, tout cela en pré-
» sence de nombreux miracles qui suscitent des chants et
» des cris de joie. »

Enfin, l'abbé Haymon, dans son *Histoire des miracles qui
se sont faits par l'entremise de la sainte Vierge en 1140* (2),
nous donne une description plus complète encore de ces
scènes du moyen âge dont il avait été le témoin oculaire ;
et il le fait avec une véracité qui respire en chaque mot de
son récit et qui fait mouvoir en quelque sorte les faits sous
nos yeux. « Qui a jamais vu, dit-il, des princes, des sei-
» gneurs puissants dans le siècle, des hommes d'armes et
» des femmes délicates, plier leur cou sous le joug auquel
» ils se laissent attacher comme des bêtes de somme,
» pour charrier de lourds fardeaux ? On les rencontre par
» milliers, traînant parfois une seule machine, tellement

_____

(1) Dom Bouquet, *Recueil des historiens des Gaules*.

(2) Mabillon, *Annales de Saint-Benoît*, t. VI. Ce récit de l'abbé
Haymon regarde l'église de l'abbaye de Saint-Pierre sur Dives ; mais
ce tableau des mœurs de l'époque n'est que la reproduction du spectacle que Chartres avait donné au monde.

» elle est pesante, et transportant à une grande distance
» du froment, du vin, de l'huile, de la chaux, des pierres
» et autres matériaux pour les ouvriers. Rien ne les ar-
» rête, ni monts, ni vaux, ni même les rivières; ils les
» traversent comme autrefois le peuple de Dieu. Mais la
» merveille est que ces troupes innombrables marchent
» sans désordre et sans bruit.... leurs voix ne se font en-
» tendre qu'au signal donné : alors ils chantent des canti-
» ques ou implorent Marie pour leurs péchés.... Arrivés à
» leurs destinations, les confrères environnent l'église; ils
» se tiennent autour de leurs chars comme des soldats dans
» leur camp. A la nuit tombante, on allume des cierges,
» on entonne la prière, on porte l'offrande sur les reliques
» sacrées; puis, les prêtres, les clercs et le peuple fidèle
» s'en retournent avec grande édification, chacun dans son
» foyer, marchant avec ordre, en psalmodiant et priant
» pour les malades et les affligés. »

Tel fut l'admirable dévouement avec lequel toutes les
classes de la société travaillèrent à élever à Marie sa magnifique cathédrale de Chartres, enflammées non-seulement par leur amour pour la sainte Vierge, mais encore
par des miracles aussi incontestables que nombreux, revêtus de tous les caractères de crédibilité que peut désirer
la critique historique la plus sévère. Des artistes non moins
modestes qu'habiles, que le peuple appelait dans son naïf
langage les logeurs du bon Dieu, et qui firent prendre alors
à l'architecture un nouvel essor, dirigeaient tous ces saints
travailleurs; et tant de zèle et de générosité mis en commun éleva la cathédrale comme par enchantement. Le
12 octobre 1260, l'évêque de Chartres put en faire la dédicace, en présence du roi saint Louis, qui se chargea
d'élever à ses frais le portique septentrional, où en effet il
est représenté dans plusieurs verrières.

Il ne faut pas cependant conclure de là que toute la cathédrale soit une œuvre du douzième et du treizième siècle. La crypte de Fulbert, qui a été conservée intacte, l'un des deux clochers et la porte Royale que le feu du ciel avait épargnés, sont du onzième siècle, et la flèche élégante du clocher neuf, qui ne fut élevée que plus tard, appartient au commencement du seizième.

Quoi qu'il en soit, la beauté de ce monument est au-dessus de tout éloge : « Quand on voit pour la première » fois la cathédrale de Chartres, dit un auteur qui a fait en » ce genre des études spéciales (1), on ressent une émo-» tion indéfinissable, produite par la réunion de pensées de » tout genre et de sensations étranges, qui vous ébranlent » jusque dans les plus intimes profondeurs de l'âme. Il y » a tant de majesté, tant de grandeur, un caractère reli-» gieux si imposant, un cortége de souvenirs pieux et il-» lustres si distingué, une expression si saisissante dans » toutes les parties qui le composent, que l'esprit en est » transporté hors de lui-même. On reconnaît là la maison » de Dieu, et l'œil y est ébloui comme par une apparition » des merveilles célestes. Nous trouvons dans cette en-» ceinte noircie par les siècles, si jeune encore néanmoins » de grâce et de poésie, un concours de beautés éminentes » que la parole humaine ne peut rendre; nous pouvons » seulement dire : la cathédrale de Chartres est un des » plus prodigieux chefs-d'œuvre de l'architecture catho-» lique. »

---

(1) M. l'abbé Bourassé, *Les cathédrales de France*, p. 549.

CHAPITRE TROISIÈME.

DES SAINTES RELIQUES QUE CONTIENT LA CATHÉDRALE
DE CHARTRES.

Quelque splendide que soit la cathédrale de Chartres, ce n'est point là ce qui, depuis des siècles, y attire les populations : non, on ne vient point en foule à Chartres visiter le bois et la pierre, admirer le génie des architectes et le grandiose du temple; l'édifice n'est ici que l'accessoire; il forme l'appareil de la dévotion, et comme son épanouissement, si je puis ainsi dire; mais il n'en est ni le fond ni l'objet. Ce qui attire à Chartres la dévotion des peuples, c'est Notre-Dame de Sous-Terre, ou la statue druidique; c'est Notre-Dame du Pilier; c'est enfin le voile de la sainte Vierge, qu'on y vénère dans une châsse précieuse.

Un historien de la ville de Chartres (1) décrit ainsi la statue druidique : « Dans la chapelle spécialement érigée » en son honneur, dit-il, la vénérable image qui s'y voit » élevée dans une niche au-dessus de l'autel est faite de » bois, que le long temps a rendue de couleur enfumée. La » Vierge est dans une chaise, tenant son Fils assis sur ses » genoux, qui, de la main droite, donne la bénédiction et » de la gauche porte le globe du monde. Il a la tête nue et » les cheveux fort courts; la robe qui lui couvre le corps » est toute close et replissée par la ceinture; son visage, » ses mains et ses pieds, qui sont découverts, sont de » couleur d'ébène grise luisante. La Vierge est revêtue » par-dessus sa robe d'un manteau à l'antique, en forme

---

(1) *Histoire chronologique de la ville de Chartres*, par Pintard, mémoire du dix-septième siècle, p. 40 et 41.

» de dalmatique, qui, se retroussant sur les bras, semble
» arrondie par le devant sur les genoux, jusqu'où elle
» descend. Le voile qui lui couvre la tête porte sur ses
» épaules, d'où il se rejette sur le dos. Son visage est ex-
» trêmement bien fait et bien proportionné, en ovale, de
» couleur noire luisante. Sa couronne est toute simple,
» garnie, par le haut, de fleurons en forme de feuilles
» d'ache. La chaise est à quatre piliers, dont les deux der-
» niers ont vingt-trois pouces de hauteur sur un pied de
» largeur, compris la chaise. Elle est creuse par derrière,
» comme si c'était une écorce d'arbre, de trois pouces
» d'épaisseur, travaillée en sculpture. La statue a vingt-
» huit pouces neuf lignes de hauteur. »

Le respect pour une image que consacraient son origine
mystérieuse, son antiquité et les miracles obtenus à ses
pieds, était tel, qu'on ne songea jamais à la déplacer du
lieu obscur où elle avait été, dès le principe, érigée par les
druides, même pour la mettre dans un endroit plus accessible et mieux décoré. Aussi, à chacun des désastres qui,
dans les siècles anciens, entraînèrent à plusieurs reprises la
ruine de la cathédrale, les habitants de la cité, après l'avoir
retirée de son sanctuaire pour la soustraire au danger, l'y
rapportèrent aussitôt que le péril fut passé; et dans les diverses constructions qui se succédèrent jusqu'à la crypte
de Fulbert, on ménagea toujours sur l'emplacement de la
grotte primitive une chapelle souterraine où la Vierge
druidique fut chaque fois religieusement replacée.

Que si l'on demande : Comment le respect pour cette
antique madone a porté à la laisser enfouie dans les entrailles de la terre et comme cachée dans un souterrain,
plutôt qu'à l'exposer aux yeux des fidèles dans l'église supérieure, bien plus belle et plus spacieuse? C'est, répon-
drons-nous avec Mgr de Poitiers, dans son discours pour
l'inauguration de la nouvelle statue de Notre-Dame de Sous-

Terre, c'est qu'on ne déplace pas une source. Marie s'est choisi elle-même cette demeure spéciale ; là, dans cette église de *Soubs-Terre,* comme on l'appelait, *la Dame de Chartres* a toujours aimé à recevoir les hommages empressés de ses fidèles serviteurs ; là elle s'est plu à les combler de ses faveurs les plus signalées. En changeant la place de la statue, on se serait exposé à voir tarir la source des grâces. Car Dieu est le maître de ses dons, et il les accorde aux conditions qu'il lui plaît. Voilà pourquoi Fulbert, en donnant à la crypte neuf cents pieds de longueur, se garda bien de déplacer la statue antique ; « il la laissa, dit Félibien (1), à l'endroit même où les druides faisaient leurs » assemblées et où ils avaient élevé la figure qu'ils dé- » dièrent à la Vierge qui devait enfanter. » Aussi est-il vrai de dire que l'église de Sous-Terre est le lieu principal ; le temple supérieur n'en est que la décoration, et n'a été construit avec tant de magnificence que pour honorer la grotte primitive des druides.

Nous ignorons comment, avant la construction de la crypte de Fulbert, était orné l'autel de la Vierge druidique ; ce que nous savons, c'est que cette crypte était à peine terminée, que l'amour pour Marie et la gratitude pour sa puissante protection s'empressèrent d'orner son sanctuaire privilégié, comme on en peut juger par une gravure du dix-septième siècle dont il ne reste plus que quelques rares exemplaires, et par tous les historiens de ces temps anciens. Partout brillaient l'or et les marbres les plus précieux ; un grand nombre de lampes, entretenues par la piété des fidèles, brûlaient jour et nuit devant l'auguste image ; les murailles étaient ornées de riches peintures, et en quelque sorte tapissées d'*ex-voto* dans lesquels la reconnaissance se traduisait sous toutes les formes.

_____

(1) *Manuel du pèlerin,* par Bulteau.

Ainsi fut honorée Notre-Dame de Sous-Terre jusqu'aux jours néfastes de la révolution française : alors inspiré par un esprit d'impiété plus digne d'une nation sauvage que d'un peuple civilisé, on osa pénétrer jusqu'au sanctuaire de la Vierge druidique; et, sans respect pour cette image vingt fois séculaire, devant laquelle s'étaient agenouillés tant d'illustres personnages, on la renversa de son trône, on la couvrit d'outrages, et on finit par la livrer aux flammes devant la porte même du temple magnifique que lui avait élevé la piété des anciens âges; de sorte qu'aujourd'hui la Vierge de Sous-Terre n'est qu'une copie, réputée très-exacte, de l'antique statue.

Heureusement, on put soustraire aux fureurs de ces Vandales la statue de Notre-Dame du Pilier : c'est une statue qui se conserve dans l'église supérieure, moins ancienne, il est vrai, que la statue druidique, mais cependant honorée depuis quatre siècles. On l'appelle tantôt la Vierge noire, parce que son visage est de cette couleur, conformément au passage des Cantiques : *Nigra sum, sed formosa*, tantôt Notre-Dame du Pilier, parce qu'elle repose sur un pilier. Les fidèles l'ont toujours eue en grande vénération; et, après avoir porté leurs premiers hommages à Notre-Dame de Sous-Terre, ils viennent déposer aux pieds de Notre-Dame du Pilier le tribut de leur reconnaissance et de leurs prières : « L'affluence y est si générale et la dévotion si » grande, écrivait un auteur (1) en 1609, que la colonne » de pierre qui soutient ladite image se voit cavée des » seuls baisers des personnes dévotes et catholiques. »

Cette statue, dont on ne voit ordinairement que le visage, parce qu'elle est toujours couverte d'un vêtement plus ou moins précieux, est peinte et dorée. La Vierge est assise sur un trône fort simple; son visage noir-brun offre

---

(1) Rouillard, *Parthénie*, 1re partie, p. 135.

l'expression de la bonté et de la candeur; un petit voile jaune couvre le haut de sa tête; sa main droite tient un fruit et sa gauche soutient son enfant assis sur ses genoux. Son vêtement consiste en une double robe, et un manteau royal sur lequel est inscrite trois fois la parole des Cantiques : *Tota pulchra es, amica mea, et macula non est in te,* sans doute pour indiquer que chaque personne de la sainte Trinité adresse ce bel éloge à Marie. L'Enfant Jésus, qui est assis sur ses genoux, bénit de la main droite, et sa gauche s'appuie sur le globe terrestre.

Le troisième objet de la dévotion des fidèles dans Notre-Dame de Chartres, c'est le voile de la sainte Vierge, qui s'y conserve depuis la donation que lui en a faite Charles le Chauve. Ce voile est long de quatre aunes et demie, d'un blanc jaunâtre, tissu de soie et de lin; ce qui ne doit pas étonner dans la sainte Vierge, toute pauvre qu'elle était, parce que, si modeste que fût sa position, la fille des rois de Juda pouvait bien posséder un tel vêtement par héritage de ses ancêtres. Il n'est pas rare que, dans les familles anciennes, certains objets de prix se transmettent de génération en génération, et s'y conservent lors même qu'elles sont déchues de leur première splendeur. Quant à la forme, c'était autrefois l'usage parmi les femmes d'Orient de porter, non point des chemises comme les femmes d'aujourd'hui, mais un long voile qui, couvrant la tête, se croisait sur la poitrine, se repliait sous les bras et enveloppait toute la partie supérieure du corps. Or il est facile de reconnaître combien parfaitement était approprié à cet usage le voile dont nous parlons, et qu'on a appelé, pendant plusieurs siècles, la chemise de la sainte Vierge.

Selon Nicéphore Calixte, dans son *Histoire ecclésiastique* (1), ce vêtement doublement vénérable, et parce

---

(1) Lib. XIV, c. 2, et lib. XV, c. 14.

qu'il a touché la chair virginale de Marie, et parce que, d'après la tradition, elle l'a porté pendant tout le temps que le Fils de Dieu demeura renfermé dans ses chastes entrailles, fut laissé comme un souvenir par la Vierge mourante à une personne de ses amies. Ce vêtement étant ensuite tombé entre les mains d'un Juif de Galilée, deux frères de la race des patriciens, Candidus et Galbius, vinrent à bout de se le procurer dans un pèlerinage qu'ils firent en Palestine, et le rapportèrent avec eux à Constantinople. Leur intention était d'abord de tenir leur trésor caché, de peur qu'on ne le leur enlevât ; mais les miracles journaliers dont ce saint voile était l'occasion ayant trahi leur secret, ils s'en ouvrirent à l'empereur Léon, dit le Grand ou l'Ancien. Celui-ci, heureux de la confidence, fit aussitôt construire un temple magnifique pour y déposer le précieux vêtement, le regardant, dit l'historien (1), comme le rempart à tout jamais inexpugnable de son empire, *veluti invictum perpetuumque urbis præsidium*. C'était ce que lui avait enseigné par son exemple la vertueuse impératrice Pulchérie : car Nicéphore Calixte rapporte que cette princesse avait déjà, quelque temps auparavant, élevé à Constantinople trois autres églises destinées à recevoir des reliques de la sainte Vierge. Dans la première, on conservait une ceinture de la Mère de Dieu ; dans la seconde, l'image de la sainte Vierge peinte par l'évangéliste saint Luc ; dans la troisième, le tombeau qui avait renfermé le corps de Marie jusqu'au moment de sa résurrection et de son assomption dans le ciel, et les linges vénérables qui l'avaient enveloppé. Preuve frappante du religieux respect avec lequel on a toujours recueilli dans l'Église les reliques des saints ; monument remarquable du pieux usage qui a fait parvenir

---

(1) Lib. XV, c. 24.

jusqu'à nous les reliques de la Passion de Notre-Seigneur et les ossements des martyrs même des premiers siècles.

C'est donc un fait certain qu'au cinquième siècle on conservait à Constantinople plusieurs reliques de la sainte Vierge. Or nous savons d'un autre côté que Charlemagne eut de fréquentes relations avec les empereurs grecs, qu'il en reçut des ambassadeurs et des présents, que l'impératrice Irène en particulier lui envoya demander sa fille Rothrude en mariage pour son fils Constantin Porphyrogénète, qu'une autre fois elle lui offrit sa propre main, afin de réunir par cette alliance sous un même sceptre les deux empires d'Orient et d'Occident, et que, dans l'une et l'autre de ces deux ambassades, elle lui adressa des lettres et des présents (1). Et quels furent ces présents? L'histoire ne le dit pas en termes exprès, mais il est facile de le conjecturer sûrement. Comme on savait, selon la remarque d'un historien (2), que Charlemagne, en prince religieux, faisait grande estime des reliques des saints, il y a toute la vraisemblance possible que, parmi ces présents, on aura mis quelques précieux trésors de ce genre qu'on savait devoir lui être plus spécialement agréables, et qu'un de ces trésors aura été le voile de la sainte Vierge, qui sera ainsi passé d'Orient en Occident, comme l'indique un des vitraux de la cathédrale de Chartres, représentant l'envoi de ce voile à Charlemagne par l'impératrice Irène.

Maintenant, comment d'Aix-la-Chapelle, où il était conservé, ce voile est-il passé à Chartres? La chose s'explique plus facilement encore. Charles le Chauve, petit-fils de Charlemagne, obligé de quitter Aix-la-Chapelle, siége de l'empire, pour venir régner sur la France, qu'il

---

(1) Dom Bouquet, t. V, p. 23, 161, 213 et *passim*.
(2) Souchet, *Hist. de Chartres*, liv. III, c. 14.

avait reçue en partage, apporta avec lui plusieurs des
reliques qu'y avait recueillies son illustre aïeul.

Parmi ces reliques était le saint voile ; et estimant qu'aucun lieu n'était plus digne que la cathédrale de Chartres
d'être le dépositaire d'un si riche trésor, il le lui donna
vers l'an 876. Ainsi s'explique la possession où est l'église
de Chartres d'une si sainte relique ; ainsi le rapportent
tous les historiens et toutes les vieilles chroniques (1) ;
ainsi l'atteste la tradition constante de cette antique église,
tradition confirmée par les témoignages les plus respec-
tables, par un consentement unanime autant que par une
suite de miracles ; ce qui fait dire au savant Mabillon ces
remarquables paroles : « Ne serait-ce pas une témérité de
» nier que cette relique soit authentique ? Ne serait-ce pas
» faire injure à cette église vénérable de croire qu'elle
» l'ait exposée à la vénération des fidèles sans en avoir de
» bonnes preuves (2) ? »

Ce précieux vêtement, enveloppé d'un voile de gaze orné
de broderies en soie et en or, provenant sans doute de
l'impératrice Irène, fut enfermé dans une châsse de bois
de cèdre revêtue d'or, enrichie de pierreries, sans aucun
jour qui permît de voir les objets qu'elle contenait ; et,
comme le mystère favorise et accroît le respect, jamais
on ne l'ouvrait ; on ne l'exposait même que dans des circonstances extraordinaires. Il en fut ainsi jusqu'en 1712,
où la vétusté de la châsse ayant obligé de l'ouvrir pour la
nettoyer, Mgr de Mérinville, évêque de Chartres, présida
à cette opération, accompagné de plusieurs hommes d'élite
qui devaient servir de témoins. On enleva avec soin la

_____

(1) Dom Bouquet, t. VIII, p. 316. — Berraut-Bercastel, édition
de Henrion, t. IV, p. 138. — *Poëme des miracles*, p. 180. — Guillaume le Breton, *Philippidos*, lib. II.

(2) *Lettre d'un bénédictin à Mgr l'évêque de Blois*, touchant le dis-
cernement des reliques, p. 13.

poussière formée par le bois vermoulu; on renferma dans
une boîte en argent la relique principale enveloppée de
son voile byzantin, pour la préserver de l'action du temps
et de la poussière; on la plaça ensuite dans la grande
châsse, séparément des autres objets précieux avec lesquels elle avait été mêlée jusqu'alors, et on referma le
tout comme auparavant (1).

Le mystère dans lequel on avait toujours tenu la sainte
relique avait donné lieu au peuple, qui ne pouvait la voir,
de se la figurer sous la forme d'une chemise ordinaire qu'il
supposait avoir été à l'usage de la sainte Vierge, par igno-
rance des coutumes orientales; et le chapitre lui-même
avait en conséquence adopté une chemise pour armoirie.
De là s'introduisit, à dater du treizième siècle, l'usage de
faire toucher à la châsse des morceaux d'étoffe taillés en
forme de chemise, qu'on appelait les chemisettes de
Notre-Dame de Chartres. Il se faisait dans la ville un commerce considérable de ces objets. Tous les pèlerins qui
venaient à Chartres en emportaient avec eux; madame de
Sévigné, entre autres, ne passait jamais par Chartres, en
se rendant aux Rochers, sans en acheter. Les hommes de
guerre eux-mêmes voulaient être revêtus de ces tunicelles
de Notre-Dame. A leurs yeux, c'était un préservatif assuré,
un bouclier avec lequel les chevaliers se tenaient pour in-
vulnérables, à ce point que, dans les duels, celui qui était
muni d'une telle garantie devait en avertir son adversaire,
parce qu'alors la partie cessait d'être égale. Un ancien
manuscrit raconte encore « comment le Chevalier sans
» peur et sans reproche vint à Chartres se faire enchemi-
» ser de la sainte chemisette de Notre-Dame, en la compa-
» gnie de son frère, abbé de Josaphat de Trèves. »

_____

(1) Procès-verbal de Mgr de Mérinville du 13 mai 1712 (archives
de l'évêché).

Les femmes enceintes surtout avaient une dévotion spéciale à ces pieux objets, se fondant sur la pensée conforme à la tradition que la sainte Vierge avait porté la tunique sacrée pendant les neuf mois que Jésus-Christ demeura dans son sein. De là l'usage où était, du temps de nos rois, le chapitre de Chartres : lorsqu'on l'avait informé officiellement que la reine ou la Dauphine était enceinte, il faisait confectionner une chemise de taffetas blanc bordée d'un galon d'or, la laissait reposer neuf jours sur la sainte châsse, célébrait, chaque jour de la neuvaine, une messe à la chapelle de Sous-Terre pour l'heureuse délivrance de la princesse, et déléguait ensuite quatre de ses membres pour aller lui offrir cette chemise bénite.

La sainte relique demeurait ainsi, depuis plus de neuf siècles, l'objet de la vénération des peuples et une des gloires de l'église de Chartres, lorsqu'en décembre 1793 des commissaires du gouvernement d'alors, qui se faisait un mérite d'insulter tout ce qu'il y avait de respectable et de saint, vinrent à la sacristie de Notre-Dame demander impérieusement qu'on leur montrât la châsse qui contenait le précieux trésor. Il fallut obéir. A sa vue, ils se sentirent, malgré eux, saisis d'un sentiment de respect, auquel ils ne s'attendaient pas ; et, dans leur émotion, ils décidèrent que cette châsse ne serait ouverte que par des ecclésiastiques. Deux prêtres, cédant à la force des choses, l'ouvrirent en effet, et en tirèrent le saint voile. Grande fut la surprise des commissaires de ne pas trouver, en le dépliant, la chemise qu'ils s'étaient figurée ; et contents de voir en défaut la crédulité populaire, inférant de là la fausseté de la relique, ils en envoyèrent un fragment notable à l'abbé Barthélemy, membre de l'Institut de Paris, en le priant de leur dire son opinion sur la nature de cette étoffe, mais sans l'informer de son origine. Le célèbre antiquaire orientaliste, après un examen attentif, répondit que cette étoffe

14

devait avoir près de deux mille ans d'existence, et qu'elle
avait fait partie d'un voile, pareil à ceux dont les femmes
se servaient dans les pays orientaux. A cette réponse,
l'impiété fut confondue; elle avait voulu attaquer l'authenticité de la relique, elle n'avait fait que la confirmer (1).
On respecta donc la châsse avec le voile qu'elle contenait,
et l'on se borna à saisir toutes les richesses qui s'y trouvaient, ainsi que celles qui formaient le trésor de la cathédrale, pour les transporter à Paris, où tout ce qui était or
et argent disparut dans les creusets de la Monnaie.

Mais, malheureusement, un zèle trop peu discret profita de l'ouverture de la châsse pour morceler la sainte
tunique, et en distribuer des fragments à ceux qui en voulaient. On en envoya à Sainte-Anne d'Auray, en Bretagne,
où la précieuse relique est encore aujourd'hui en grande
vénération ; on en donna à des missionnaires qui la font
vénérer, les uns en Angleterre et au Canada, les autres
aux îles Gambier et ailleurs ; enfin on en distribua à divers
particuliers des morceaux plus ou moins considérables.
Quand l'orage révolutionnaire fut passé, Mgr de Lubersac,
évêque de Chartres, mit ses premiers soins, au retour de
l'exil, à recueillir les restes épars de la sainte tunique ; et,
après en avoir constaté l'authenticité, tant par leur parfaite
conformité avec les deux voiles décrits au procès-verbal
de Mgr de Mérinville en 1712, que par la déposition de plusieurs ecclésiastiques et laïques honorables, dont quelques-
uns même avaient assisté à l'ouverture de la châsse en
1793, il renferma dans un coffret d'argent les deux plus
grands morceaux qu'il put retrouver, l'un, long de 2 mètres
12 centimètres et large de 40 centimètres; l'autre, long
de 25 centimètres sur 24 de largeur. Il y mit en même

(1) Procès-verbal de l'ouverture de la châsse en 1793 (archives
de l'évêché).

temps un morceau considérable de l'étoffe byzantine qui lui servait d'enveloppe, ainsi que d'autres reliques provenant de l'ancienne chapelle du palais épiscopal, et conserva ce précieux reliquaire dans sa chapelle particulière jusqu'en 1821. Alors le siége de Chartres, d'abord supprimé, ayant été rétabli, Mgr de Lubersac remit le coffret, avec les saintes reliques qu'il contenait, à Mgr de Latil, nommé évêque de ce siége. Ce prélat le déposa dans le trésor de la cathédrale, après l'avoir fait placer dans une châsse plus grande en cuivre doré, représentant un édifice gothique, surmonté d'un élégant clocheton, dans lequel se trouve une statuette de la sainte Vierge en vermeil; et au bas du clocheton se lisent ces deux inscriptions :

AD MAJOREM DEI GLORIAM,

SACRÆ HIC INCLUSÆ RELIQUIÆ

È VELO BEATÆ MARIÆ VIRGINIS

ECCLESIÆ CARNOTENSI

A CAROLO CALVO IMP. DONO DATÆ,

AB ANNO 876

AD ANNUM INFAUSTÆ MEMORIÆ 1793

REGUM POPULORUMQUE CONCURSU

VENERATÆ SUNT;

ET IN HONOREM BEATÆ VIRGINIS DEIPARÆ.

CURA ET IMPENSIS DD. DE LUBERSAC

OLIM CARNOTENSIS EPISCOPI

RESTITUTÆ,

A DD. DE LATIL IPSIUS SUCCESSORE

IN HANC AMPLIOREM CAPSAM

INCLUSÆ

PIETATI VOTISQUE FIDELIUM

FELICITER OFFERUNTUR

1822.

14.

CHAPITRE QUATRIÈME.

MIRACLES OPÉRÉS A NOTRE-DAME DE CHARTRES.

On ne saurait dire le nombre des miracles obtenus à Notre-Dame de Chartres, soit devant l'une ou l'autre des deux statues, soit à l'occasion du voile. Un écrivain du moyen âge en a composé un poëme tout entier, intitulé *Le Poëme des miracles*; et un manuscrit imprimé, il y a quelques années, dans la *Collection des mémoires relatifs à l'histoire de France* (1), dit expressément en parlant de l'église de Chartres : « Il s'y opère continuellement beaucoup de mi-» racles, *ubi jugiter multa fiunt miracula.* » Aussi plusieurs volumes ne suffiraient pas même à les énoncer : ce sont tantôt des guérisons extraordinaires, tellement nombreuses, que la sainte Vierge pourrait appliquer à ceux qui viennent la visiter ce que Jésus-Christ disait de ceux qui recouraient à lui : *Les boiteux marchent, les sourds entendent, les aveugles voient, les malades sont rendus à la santé;* tantôt des grâces de préservation contre les naufrages, contre les incendies, contre les pestes et toutes les calamités qui affligent si souvent l'homme pendant le court trajet de la vie. Dans l'impossibilité de tout dire, nous détacherons seulement quelques faits des plus saillants, quelques-uns de ces prodiges visibles comme le soleil et revêtus d'un tel caractère de publicité qu'il est impossible d'y refuser son assentiment.

En 914, moins de cinquante ans après que Charles le Chauve avait donné à l'église de Chartres la tunique de la sainte Vierge, cette ville fut assiégée par Rollon, le plus

---

(1) T. I, p. 46, note 1re.

illustre de tous les chefs de ces hordes normandes qui, aux neuvième et dixième siècles, envahirent et dévastèrent le royaume. Le nom seul de ce conquérant jeta l'effroi dans le cœur des habitants : car toujours victorieux depuis plus de trente ans qu'il pillait la France, toujours plus audacieux et plus arrogant par la confiance que lui donnaient ses succès passés, il inspirait à chaque incursion une terreur plus grande; et il semblait que rien ne pouvait lui résister. Dans leur épouvante, les Chartrains appelèrent à leur secours Richard, duc de Bourgogne. Celui-ci, répondant à l'appel, tomba avec ses troupes sur les assiégeants; mais les Normands, attaqués de tous côtés, se défendaient de toutes parts, et allaient triompher de leur double-ennemi, lorsque l'évêque de Chartres, en habits pontificaux, s'avance au milieu des combattants, portant à la main, comme un étendard sacré, le voile de la sainte Vierge fixé au bout d'une lance. A cette vue, Rollon est déconcerté; l'effroi s'empare de ce mâle courage, qui jusqu'alors n'avait jamais connu la peur; les Normands lèvent le siége en toute hâte, et se retirent, mais en bon ordre, montrant par là qu'ils cèdent plutôt à un ascendant surnaturel qu'à une force guerrière. Les habitants, pénétrés de reconnaissance, élèvent une chapelle à leur libératrice dans le ravin où était campée l'armée ennemie, et qui, depuis ce jour-là, s'appela *Valrollon*, par corruption *Vauroux*. On peut l'y voir encore à un demi-kilomètre de la ville. De plus, ils donnèrent aux prés par lesquels Rollon opéra sa retraite le nom de *Prés des reculés*, nom qui se conserva jusqu'à l'époque où l'on en fit la promenade publique, sous le nom de promenade des Grands-Prés.

Quatre siècles plus tard, en 1360, ce n'était pas seulement une ville qui était menacée, c'était la France entière, dont l'existence était en quelque sorte mise en question. Déjà son roi Jean était prisonnier en Angleterre depuis plusieurs années; les Anglais étaient maîtres de la Guienne, et Édouard III semblait à la veille de conquérir encore d'autres provinces. Plus d'une tentative avait été faite auprès de lui pour obtenir un traité de paix, mais sans pouvoir l'amener à aucun accommodement. Au mois de mai 1360, il vient camper devant Chartres avec des troupes formidables. La ville effrayée va se jeter aux pieds de Marie sa patronne; et voilà que tout à coup le ciel s'obscurcit, un vent violent s'élève, un orage épouvantable éclate sur l'armée ennemie; ce sont des coups de tonnerre qui font trembler les plus intrépides guerriers; des éclairs qui mettent l'air tout en feu; un ouragan terrible qui culbute les tentes; une grêle d'une grosseur prodigieuse qui écrase hommes et chevaux; un déluge d'eau dont se forment des torrents impétueux qui emportent tout ce qu'ils rencontrent. Déjà mille hommes d'armes et six mille chevaux avaient péri; l'armée entière semblait devoir être anéantie, lorsque Édouard, épouvanté, croyant voir le ciel armé contre lui, et se comparant à Héliodore battu de verges, se tourne vers la cathédrale qui domine le théâtre de tant de ravages, tombe à genoux au milieu des débris et des cadavres qui l'entourent, implore l'assistance de Notre-Dame de Chartres, et fait vœu d'accorder la paix à la France. Aussitôt ce vœu prononcé, l'orage cesse. Le roi, frappé du miracle, tient sa parole; le traité de paix est signé à Brétigny, à une lieue de Chartres (1), et la France est sauvée. Ce royaume, près de devenir une province anglaise, re-

---

(1) Plusieurs historiens ont confondu Brétigny dont il s'agit ici avec un autre Brétigny situé près Arpajon. La preuve qu'il s'agit ici de Brétigny près de Chartres, c'est qu'entre les pièces relatives à ce fameux traité, il en est une datée de Sours-lez-Chartres et signée du prince de Galles; or Sours est à deux lieues de Chartres, et Brétigny est entre l'une et l'autre.

couvre son roi, son rang parmi les nations, grâce à Marie,
qui prouva alors, comme toujours, que la France est son
royaume. *Regnum Galliæ, regnum Mariæ* (1).

Deux siècles après, en 1568, le prince de Condé vint, à
la tête des huguenots, qui l'avaient proclamé roi sous le
nom de Louis XIII, assiéger Chartres ; et le 1er mars il ouvrit le feu avec plusieurs pièces de canon contre la porte
Drouaire. Les habitants avaient eu la précaution de placer
au-dessus de chaque porte de la cité une statue de la
Vierge avec l'inscription : *Carnutum tutela* : la sauvegarde de
Chartres. Les huguenots, irrités à la vue de cette image,
dirigent contre elle leur artillerie, foudroient à coups de
canon tout l'espace d'alentour à quatre doigts près, mais
ne peuvent jamais atteindre l'image même (2). Malgré
cette vive canonnade, les Chartrains, sous la conduite
d'Antoine de Linières, résistent avec intrépidité ; leur
artillerie, sagement dirigée, fait contre l'ennemi un feu
soutenu ; une pièce de canon de fort calibre, prise sur les
protestants à la bataille de Dreux, et qu'on appelait pour
cette raison *la huguenote*, porte un tel ravage parmi les
assiégeants qu'on la surnomme gaiement la *bonne catholique*.
Au milieu de cette lutte acharnée, les ennemis ouvrent
une large brèche dans la muraille d'enceinte, entre la
porte Drouaire et la rivière d'Eure. A cette vue, les habitants sont consternés ; ils croient tout perdu, et se représentent déjà l'ennemi faisant irruption par cette ouverture,
mettant tout à feu et à sang, entassant les profanations,
les meurtres et toutes les horreurs qui accompagnent le
sac d'une ville prise d'assaut. Mais, ô prodige ! pendant
que la muraille tombait, la partie de la population qui n'é-

---

(1) Ce miracle est rapporté par tous les historiens : Froissart,
Mézerai, Daniel, Polydore-Virgile, etc.

(2) Rouillard, *Parthénie*, p. 104.

tait pas sous les armes priait à la grotte souterraine; hommes, femmes, enfants, imploraient la puissante Dame de Chartres, et son secours ne se fit pas attendre. L'ennemi, au lieu de profiter de l'avantage qui lui est offert, bat en retraite, abandonne le siége; et, le 15 mars au matin, Chartres jouissait des douceurs de la paix et de la sécurité.

Une délivrance aussi inattendue qu'humainement inexplicable provoqua dans le cœur de tous les habitants la plus vive reconnaissance. Ils firent retracer les principaux traits d'un événement si miraculeux dans un tableau qu'on voit encore à la bibliothèque de la ville, et enchâssèrent dans la brèche, en la refermant, une pierre où on lit encore très-distinctement l'inscription suivante :

POSTERITATI.

CARNUTUM OBSESSUM ANNO DOM. 1568 PRID. KAL. MART.
SOLUTUM OBSIDIO, IDIBUS.
DUM NOVA RELLIGIO STUDIA IN CONTRARIA SCISSAS
GALLORUM MENTES AGIT ET BELLO OMNIA MISCET,
CARNUTUM PREMITUR MAGNA OBSIDIONE, GLOBISQUE
MACHINA SULPHUREIS OPPUGNAT MOENIA, QUÆ NUNC
SARTA ET TECTA VIDES. SALVA INCOLUMISQUE REMANSIT
URBS, DUCE LIGNERIO, POPULI CURAQUE FIDELIS,
ATQUE MANU PARVA NUMEROSUM REPPULIT AGMEN.
QUAM PRO REGE SUO, PATRIAQUE ARISQUE FOCISQUE
SIT PULCHRUM PUGNARE ATQUE HOSTI CEDERE NUNQUAM
EXEMPLO HOC DISCANT NATI SERIQUE NEPOTES.

La religion, à son tour, consacra le souvenir de cette mémorable délivrance. Devant le pan de muraille qu'avait abattu l'artillerie des huguenots, on éleva une chapelle dite de *Notre-Dame de la Brèche*, et chaque année on y alla en procession jusqu'en 1789, où la chapelle fut vendue et démolie. Une autre chapelle y a été rebâtie de nos jours, et, depuis 1844, on a recommencé la procession annuelle, telle qu'elle se faisait autrefois.

Mais ce n'est pas seulement en face d'un ennemi armé
que la ville de Chartres a ressenti la protection de Celle
que l'Église appelle « terrible comme une armée rangée en
bataille ». En 1832, elle éprouva visiblement la puissance
de son intervention contre le terrible choléra qui lui enlevait
ses habitants. Déjà cent soixante personnes avaient succombé en quelques jours, lorsque, le dimanche 26 août, on
porta processionnellement dans les rues de la ville la châsse
contenant le voile de la sainte Vierge, au milieu de toutes les
classes de la population qui l'accompagnaient en priant ; et à
dater de ce jour, quoique, la veille encore, dix-neuf personnes eussent péri victimes du fléau, non-seulement personne ne fut frappé par la contagion, mais ceux mêmes qui
en étaient déjà atteints entrèrent en convalescence. Deux in-
dividus seulement, jusque-là épargnés, mais qui avaient osé
insulter la procession à son passage, furent saisis presque
immédiatement l'un et l'autre et emportés par l'affreux
choléra, au milieu des convulsions et des angoisses les plus
cruelles. Mille témoins, encore vivants, attesteraient au
besoin ces faits, qui révèlent si hautement, d'une part, la
puissance de Marie envers ceux qui l'invoquent, et de l'autre, la justice de Dieu sur ceux qui ne respectent pas sa divine Mère. Une procession solennelle d'actions de grâces
qui a lieu chaque année, le dimanche le plus rapproché du
26 août, en est une autre preuve, à laquelle se joint encore
la médaille qui fut frappée à cette occasion et qu'on expose
fréquemment devant Notre-Dame du Pilier. La partie supérieure de cette médaille représente Dieu, dans sa gloire,
qui abaisse un regard vers la droite, sur Marie en posture
de suppliante au-dessus d'un nuage, et qui de la main
gauche commande à l'Ange de remettre l'épée dans le
fourreau. A l'exergue, on lit ces paroles de saint Bernard :
In periculis, in angustiis Mariam cogita, Mariam invoca; et
au-dessous l'inscription suivante :

« Votif à Notre-Dame de Chartres par les habitants de la
» ville, en reconnaissance de la cessation du choléra-mor-
» bus, qui eut lieu à la suite de la procession solennelle-
» ment célébrée pour obtenir sa puissante intercession, le
» dimanche XXVI août MDCCCXXXII. »

Aux miracles que nous venons de décrire, nous pourrions
joindre tous les *ex-voto* offerts en reconnaissance des grâces
signalées obtenues par l'intercession de Notre-Dame de
Chartres; ils étaient si nombreux que le trésor de la cathédrale était un des plus riches du monde, et que l'inventaire
qui par ordre du chapitre en fut dressé en 1682 ne formait
pas moins de cent soixante-dix pages in-quarto. On y voyait
le bâton de pèlerin en bois de Brésil, virolé d'argent, surmonté d'une fleur de lis en vermeil, donné par Jean II. On y
voyait une Vierge en or, avec un reliquaire aussi d'or, qui
seul valait deux cents écus, plus un tableau de l'Assomption
d'un travail si parfait et enrichi de tant d'or, de pierreries et
de perles fines, qu'il coûtait dix mille écus; l'un et l'autre présents offerts par Jean, duc de Berry, frère de Charles V. On y
voyait une croix en émeraude, enrichie de perles, de rubis
et de turquoises, donnée par Henri III, des pierres précieuses, des tableaux de prix, des reliques insignes conservées en des châsses de toutes les formes, dont une fut donnée par Henri IV à l'occasion de son sacre; des broderies,
des ornements, des croix, des ostensoirs, des calices et
autres vases sacrés; des cœurs innombrables, gracieux
symboles de l'amour et de la reconnaissance, appendus aux
murs de l'église souterraine; des lampes d'or et d'argent
qui brûlaient jour et nuit devant la statue druidique; des
enfants d'argent; des représentations de différents membres
humains, et autres *ex-voto* rappelant chacun quelque miracle obtenu.

CHAPITRE CINQUIÈME.

Il est facile de comprendre combien un sanctuaire que recommandaient à la piété des peuples deux statues de Marie aussi vénérables, son voile si authentique, une magnificence d'architecture si merveilleuse, des miracles si continus, si nombreux, si bien constatés, était propre à attirer de nombreux pèlerins. Aussi, à toutes les époques, et même en plein dix-huitième siècle, dans ces jours où la défaillance de la foi préparait les calamités qui devaient fondre sur la France, vit-on les pèlerins affluer à Chartres de tous les coins du monde. Les monarques et les simples artisans, les savants et les ignorants, les riches et les pauvres, les enfants et les vieillards, les affligés et les infirmes, tous, sans distinction d'âge, de sexe, de condition, affluaient dans la ville de Marie, les uns pour lui offrir leurs hommages, les autres, pour la remercier de bienfaits obtenus; d'autres, pour implorer sa puissante intercession en leur faveur ou en faveur de leurs proches. Aux solennités de la sainte Vierge, et spécialement à la fête de sa Nativité, la foule des pèlerins était si grande que, ne pouvant trouver d'asile dans la cité, ils passaient les nuits dans l'église, s'y occupant à chanter les louanges de Dieu et celles de sa sainte Mère. De là vient, dit-on, l'inclinaison sensible du sol de la nef, en descendant de la grille du chœur vers la porte Royale; de là aussi l'établissement d'une citerne voisine, dont on a retrouvé le conduit qui faisait arriver l'eau dans l'église chaque matin avant la célébration des saints mystères, pour laver le pavé sali par la multitude assemblée.

L'histoire nous a conservé le nom de trois papes qui sont venus prier Notre-Dame de Chartres. En 1107, Pascal II vint, sur l'invitation de l'évêque Yves, célébrer les fêtes de Pâques dans la cathédrale. En 1130, Innocent II, obligé de s'enfuir d'Italie par les intrigues de Pierre de Léon, son compétiteur, qui avait pris le nom d'Anaclet, fit un pèlerinage à Chartres après l'assemblée d'Étampes, où se trouvait saint Bernard; et il y reçut l'obédience de Henri Ier, roi d'Angleterre, laquelle acheva de déconsidérer Pierre de Léon et de le signaler au monde comme anti-pape. Il y vint une seconde fois quelques années après, et nomma son légat pour la France Geoffroy (*Gaufredus*), successeur de saint Yves. Enfin, en 1163, Alexandre III passa quelques jours à Chartres, où il fut reçu par l'évêque Robert, premier du nom.

Les rois vinrent, comme les papes, prier aux pieds de Notre-Dame de Chartres. Si nous ne le lisons pas expressément des rois de la première et de la seconde race, nous pouvons du moins le conjecturer d'après les dons insignes qu'ils lui offrirent. Quant à la troisième race, nous voyons venir à Chartres les rois Eudes, Robert, Henri Ier son fils, qui fit exécuter à ses frais les voûtes de la cathédrale (1). L'année 1106 y vit le roi Philippe Ier, accompagné de toute sa cour, qui s'y était rendu pour assister au mariage de sa fille Constance avec le célèbre fils de Robert Guiscard, Bohémard de Tarente, prince d'Antioche. En 1118, Louis le Gros, qui était venu dans l'intention d'assiéger Chartres pour punir la fierté du duc Thibaut IV, n'osa diriger ses armes contre la ville de Marie : au lieu de lui livrer assaut, il y entra pacifiquement et alla se jeter aux pieds de

_____

(1) *Necrol. Carnot. prid. nonas augusti.*

l'antique statue de la grotte souterraine, pour lui demander pardon de son dessein (1). A la fin du même siècle,
c'est Isabelle de Hainaut, femme de Philippe-Auguste,
qui vient demander à Notre-Dame de Chartres un héritier
pour le trône de France; et Guillaume le Breton, qui
raconte le fait à Louis VIII, affirme que, pendant que la
reine était en prière, quatre cierges s'allumèrent sans
aucune intervention humaine.

> Hæc Deus Elizabeth signo patefecit aperto,
> Cùm sacrum portaret adhuc te pondus in alvo
> Quæ Carnotensi Dominæ dùm supplicat, et te
> Ejus in ecclesià precibus commendat eidem,
> Sensit ubi primùm sancto te ventre moveri,
> Cœlitùs accensas in eâdem quattuor horà
> Ignis corripuit, nullo accendente lucernas (2).

Plus tard, la reine Blanche, mère de saint Louis, et la
bienheureuse Isabelle de France, sœur de ce grand roi,
fondatrice de l'abbaye de Longchamp, vinrent s'agenouiller aux pieds de Notre-Dame. En 1255, saint Louis lui-
même vint à Chartres pour y recevoir Henri III, roi d'Angleterre, revenant de Bordeaux et allant s'embarquer à
Boulogne; en 1260 il y fit un second voyage pour assister
à la dédicace de la cathédrale, et il obtint à cette occasion
du pape Alexandre IV des indulgences en faveur de ceux
qui visiteraient cette église, vers laquelle, dit-il, se rendent de nombreux pèlerins pour rendre leurs hommages à
la glorieuse Vierge Marie. *Ad quam de diversis partibus ob
reverentiam gloriosæ Mariæ semper Virginis, causâ devotionis,
immensa confluit multitudo* (3).

---

(1) *Vita Ludovici Grossi, auctore Luger*, p. 123.

(2) *Philippidos*, lib. XII, conclusio operis.

(3) *Gallia christiana*, t. VIII, p. 370; — *Instrumenta ecclesiæ
Carnotensis*, n° CI.

Vers le même temps, Richard Cœur de lion traversa le détroit, et saint Ferdinand III, roi de Castille, franchit les Pyrénées, l'un et l'autre venant déposer aux pieds de Marie la majesté du diadème et la prier avec l'humilité des plus humbles de leurs sujets.

En 1304, Philippe le Bel vint offrir à Notre-Dame de Chartres l'armure qu'il portait à la bataille de Mons en Puelle, et qui se composait, entre autres pièces, d'une cotte de mailles surmontée d'un heaume en fer. C'était l'accomplissement d'un vœu fait au milieu de la mêlée, lorsqu'il se voyait près de périr parmi plusieurs seigneurs tués à ses côtés; alors il avait prié Notre-Dame de Chartres et avait échappé comme miraculeusement à la mort en se sauvant précipitamment à cheval. Son fils, qui fut depuis Charles IV, âgé alors de dix ans, l'accompagna dans ce pèlerinage; et, à l'exemple de son père, il offrit à Marie le pourpoint rouge dont il était revêtu. Vingt-quatre ans plus tard, Philippe de Valois, vainqueur des mêmes ennemis à Cassel, vint, à son retour, offrir à Marie son cheval de bataille avec ses armes, les racheta ensuite moyennant mille livres parisis, qu'il remit au chapitre, et fit la communion à l'autel de la Mère de Dieu. Il y revint également l'année suivante et y assista au mariage de Jean, duc de Bretagne, qui avait voulu se marier en présence et sous les auspices de Notre-Dame de Chartres.

Le roi Jean, son successeur, célèbre dans l'histoire par la fidélité à sa parole, et par sa maxime favorite que, « quand la bonne foi serait bannie de la terre, elle devrait se retrouver dans la bouche des rois », ne fut pas moins fidèle à ce qu'il avait promis à la sainte Vierge. Il se rendit trois fois à Chartres, portant le bâton de pèlerin, et s'acquitta royalement de toutes ses promesses. Il est écrit dans les anciens livres, dit-il dans les lettres patentes données à Chartres, en 1356, « que la glorieuse Vierge a choisi l'église de Chartres pour sa demeure spéciale, comme il a été révélé par maints miracles »; et cette considération lui rendait chère Notre-Dame de Chartres entre toutes les églises.

Charles V fut plus remarquable encore par sa dévotion à la Vierge de Chartres. Il s'y rendit pieds nus, et raconte lui-même son pèlerinage dans ses lettres patentes du mois de juillet 1367. « Nous, Charles, dit-il, étant venu en l'é-» glise de Chartres, prosterné dévotement devant l'image » de Notre-Dame, considérant les beaux, grands et nota-» bles miracles que notre Seigneur Dieu fait de jour en » jour en ladicte église à l'honneur de la glorieuse Vierge » Marie, et aussi pour la très-grande et spéciale dévotion » que nous avons en icelle et à ladicte église, nous avons » ferme espérance que, par ses prières et intercession, l'état » de nous et de notre royaume soit et demeure dores en » avant en paix et prospérité. » Jean, duc de Berry, frère de Charles V, signala sa dévotion non-seulement par des pèlerinages, mais encore par des dons magnifiques, montant à douze cents écus, dont nous avons parlé au chapitre précédent.

Sous Charles VI, Louis de Bourbon, comte de Vendôme, dépassa tous ces beaux exemples. Il se présenta à la porte de la cathédrale de Chartres avec plus de cent chevaliers et écuyers, tous portant des cierges à la main; lui-même, pieds nus, agenouillé sur les degrés de la porte Royale, en présence des chanoines et du peuple assemblé, exposa de quelle manière il avait été délivré, par la protection de la Vierge de Chartres, de la rude prison que lui avait fait souffrir Jacques son frère. S'étant relevé, il se rendit devant l'image de Notre-Dame, et déclara qu'il était devenu et devenait de sa personne homme de ladite glorieuse Vierge Marie et de ladite église. Alors tous les chanoines entonnèrent l'hymne *O quam glo-riosa....* Et en exécution d'un engagement résultant d'un vœu, il fit construire dans la cathédrale même une chapelle, longtemps connue sous le nom de chapelle de Vendôme, nommée aujourd'hui chapelle des Martyrs, depuis qu'on y a recueilli les reliques des saints, soustraites aux profanations de 1793.

Après Louis XI, dévot à tous les sanctuaires de la sainte Vierge, Louis XII fit, comme comte de Chartres, en 1503, son entrée solennelle dans la ville, où l'avait précédé son premier ministre, Georges d'Amboise. François Ier, ayant hérité du comté de Chartres aussi bien que de la royauté à la mort de Louis XII, parce que ce comté avait été réuni à la couronne lors de l'avénement au trône de Philippe de Valois qui en était propriétaire, fit de même son entrée solennelle à Chartres et y revint plusieurs fois dans le cours de son règne. Il se plaisait à prier dans ce sanctuaire avec Louise de Savoie, sa mère.

En 1560, on y vit François II, qui y passa trois jours avec la reine son épouse, Marie Stuart, accompagnée des cardinaux de Lorraine et de Châtillon, du duc de Guise, de Catherine de Médicis, et d'un grand nombre de seigneurs. Charles IX y célébra les fêtes de Noël de l'année 1563. Henri III y fit jusqu'à dix-huit voyages et y fut visité par le légat du saint-siége, par la reine de Navarre et la reine mère, par le cardinal de Bourbon, les ducs de Montpensier et de Nevers, le maréchal de Biron, Crillon, d'Entragues, et plusieurs autres qui s'unirent au roi, tant dans les processions qu'on fit à son occasion à travers la ville, que dans les confréries de pénitents qu'on y établit (1). La reine voulut y venir à son tour, et elle accomplit ce dessein d'une manière digne de sa piété. Elle fit à pied le voyage de Paris à Chartres, et les dames de la cour qui l'accompagnaient partagèrent avec bonheur des fatigues si grandes

---

(1) Chevard, t. II, p. 393.

pour leur sexe et leur condition. Parmi les nombreux voyages de Henri III à Chartres, il y en eut un dont le souvenir se conserve encore : ce fut celui du mois de mai 1588. Les barricades élevées par les ligueurs avaient forcé ce prince de s'enfuir de Paris ; et, lorsqu'il arriva à Chartres, on y tenait une foire ; il l'autorisa à perpétuité par lettres patentes de la même année, et, depuis lors jusqu'à ce jour, elle s'est toujours tenue à la même époque sous le nom de foire des Barricades.

Enfin, comme s'il était dans les destinées de la monarchie française de se confondre, sous tous les règnes, avec l'histoire des pèlerinages de Chartres, Henri IV, converti à la foi, voulut être sacré sur le jubé de la cathédrale ; et la cérémonie eut lieu le dimanche 27 février 1594. — Ainsi vint se briser, aux pieds de Notre-Dame de Chartres, le protestantisme qui s'était flatté d'envahir le royaume et de monter sur le trône, comme y avait expiré le paganisme par la défaite de Rollon et sa conversion au christianisme, comme y avait échoué, par le traité de Brétigny, l'invasion des Anglais, qui nous eussent doté, deux siècles plus tard, de leur schisme et de leur hérésie ; malheur incomparablement plus redoutable encore que n'eût été la perte de notre nationalité.

Louis XIII n'était encore qu'enfant, qu'il vint à Chartres avec la reine sa mère, Marie de Médicis, le 18 août 1613, pour placer dès lors sous le patronage de la sainte Vierge sa personne, sa couronne et son royaume, comme il le fit plus tard, par un vœu solennel qui est représenté sur un des bas-reliefs du chœur de la cathédrale de Chartres. Anne d'Autriche, sa digne épouse, vint souvent aussi se prosterner aux pieds de la Vierge druidique, et y obtint, après vingt-deux ans de stérilité, un fils pour Louis XIII, un Dauphin pour la France ; et cet enfant du miracle fut, depuis, Louis XIV.

Ce grand roi hérita de la piété de ses ancêtres envers Notre-Dame de Chartres. Dès les premières années de son règne, le 25 août 1643, il s'y rendit en pèlerinage, accompagné de la reine sa mère, de son oncle Gaston, de son frère Philippe d'Orléans, et d'une partie de la cour, voulant tout à la fois remercier Marie de sa convalescence après une maladie qui avait fait craindre pour ses jours, et mettre sous les auspices de la patronne de la France un règne qui devait être si glorieux. Plus tard, en septembre 1682, il séjourna trois jours à Chartres avec la reine Marie-Thérèse d'Autriche, le duc et la duchesse d'Orléans, pour rendre grâces au ciel, par l'intermédiaire de la Mère de Dieu, de la naissance de son petit-fils, le duc de Bourgogne ; et dans une de ses visites à la cathédrale, il passa plusieurs heures en prière devant l'image de Notre-Dame. Chartres vit encore, en 1732, la pieuse reine Marie Leczinska, qui fit hommage à la sainte Vierge de la rose d'or que le pape lui avait envoyée ; et au mois de mai 1756, le Dauphin, père de Louis XVI, qui vint avec la Dauphine remercier la sainte Vierge du rétablissement de la santé de cette princesse.

A cette liste de papes et de rois, que de noms illustres ne pourrions-nous pas ajouter? Dès le septième siècle, Frédégaire compte le pèlerinage de Chartres parmi les plus célèbres de France (1). En effet, au milieu du siècle précédent, nous voyons saint Éman, originaire de Cappadoce, arriver à Chartres poussé par une inspiration divine et guidé par son amour pour Marie : il bâtit, à l'ombre du sanctuaire de la sainte Vierge, un petit ermitage qui fut plus tard transformé en une chapelle dont on voit encore les restes dans une rue qui porte son nom. Vers le même temps, et

_____

(1) *Recueil des historiens de France*, t. II, p. 434, et t. III, p. 124.

inspiré du même motif, saint Béthaire vint de Rome à Chartres, dont il fut ensuite évêque.

Au onzième siècle, il se forma autour du sanctuaire de Marie une école où la jeunesse accourait en foule de tous les points du royaume, et que l'historien de l'Église galli-cane appelle la plus célèbre académie de France.

Le douzième siècle vit à Notre-Dame de Chartres saint Anselme, archevêque de Cantorbéry, qui y fit jusqu'à deux pèlerinages ; saint Thomas Becket, son illustre successeur, qui, pendant son exil en France, vint y puiser la résigna-tion dans les privations, la force dans la résistance aux in-justes prétentions de Henri II ; saint Bernard, qui y donna jusqu'à deux fois le grand spectacle de sa sainteté et de son action toute-puissante sur les rois et les peuples, la première fois au mois de juin 1131, lorsqu'il assista à l'en-trevue de Henri Ier, roi d'Angleterre, avec le pape Inno-cent II ; la seconde en 1147, lorsqu'en présence de l'abbé Suger, d'un grand nombre de prélats et de seigneurs, il y prêcha la deuxième croisade, et que la plupart des barons chartrains, cédant à l'empire de sa sainte parole, non-seu-lement se croisèrent, jurant aux pieds de Notre-Dame de marcher à la conquête des lieux saints, mais encore le proclamèrent généralissime de l'armée croisée, honneur qu'il refusa. Vinrent ensuite le cardinal Melchior, légat du pape Célestin III, lequel contribua puissamment à la re-construction de la cathédrale après l'incendie de 1194 ; le chancelier Gerson, et une foule d'autres grands per-sonnages dont la nomenclature seule nous conduirait trop loin.

Pourrions-nous taire cependant les noms de saint Vin-cent de Paul et de saint François de Sales, qui firent, eux aussi, le pèlerinage de Chartres ; de Claude Bernard, dit le pauvre prêtre, et de son saint ami, le frère Fiacre, qui vinrent, comme Anne d'Autriche, demander à Marie un

15.

héritier pour le trône de France et obtinrent la naissance de Louis XIV; de M. Boudon, le saint archidiacre d'Évreux; de M. Pélisson, qui abjura le protestantisme dans la cathédrale; du bienheureux Benoît Labre, cet admirable pauvre de Jésus-Christ, que l'Église vient de placer sur ses autels, et qui passa par Chartres en se rendant à Rome?

Avant lui, plusieurs saints prêtres étaient venus aussi placer sous le patronage de Notre-Dame de Chartres les œuvres qu'ils avaient fondées : nous voulons parler du cardinal de Bérulle, fondateur de l'Oratoire; du père Eudes, fondateur de la Congrégation des Eudistes; de M. Bourdoise, né dans le diocèse de Chartres, fondateur du Séminaire Saint-Nicolas du Chardonnet, à Paris, lequel avait coutume de dire « qu'il aurait tenu à grand honneur » d'être toute sa vie le sacristain de Notre-Dame de Char- » tres », enfin de M. Olier, fondateur de la Compagnie de Saint-Sulpice.

Ce dernier eut toute sa vie une très-tendre dévotion envers Notre-Dame de Chartres. « A son retour de Rome, » dit son biographe (1), M. Olier fut assiégé des peines in- » térieures les plus accablantes. Mais Dieu, pour le con- » firmer dans la persuasion où il était que toutes les grâces » qu'il devait recevoir lui seraient données par les mains » de la très-sainte Vierge, lui inspira la pensée de faire » un pèlerinage à Notre-Dame de Chartres, *en grande véné-* » *ration dans tout le royaume depuis un temps immémorial.* » M. Olier s'y rendit de Paris à pied, au milieu de » l'hiver de 1631, mais avec une dévotion si ardente et » un tel succès, qu'au moment où il arriva dans la cathé- » drale, il se trouva entièrement délivré de toutes ses

---

(1) M. Faillon, *Vie de M. Olier*, t. I, p. 48 et suiv.

» peines. » Les mêmes angoisses recommencèrent dix ans
plus tard, et étant revenu à Chartres, il fut guéri une seconde fois (1). Lorsque le séminaire qu'il fit bâtir à Paris
était près d'être achevé, il vint à Chartres en offrir les clefs
à la sainte Vierge, comme à la reine de la maison, et pour
cela il dit la messe dans la cathédrale, ayant sur lui les
clefs du séminaire, conjura Marie de prendre possession
d'une maison qui était son ouvrage et de la bénir à jamais, et
il lui offrit, comme à l'épouse du Père éternel, une robe précieuse, brodée en or et en soie, que l'on conserve encore
dans le trésor de cette église. Ce ne fut point assez pour sa
dévotion; il voulut attacher par un lien particulier son
séminaire à Notre-Dame de Chartres, et obtint du chapitre des lettres d'association (2). Ces pieux sentiments
ont passé, d'âge en âge, dans la Compagnie de Saint-Sulpice, comme un héritage de famille; et le pèlerinage de
Notre-Dame de Chartres est comme un tribut annuel que
le séminaire paye fidèlement à Marie, par l'organe tantôt
du supérieur, tantôt des directeurs ou des élèves.

(1) M. Faillon, *Vie de M. Olier,* t. VII, p. 284.
(2) *Idem,* t. II, p. 194.

CHAPITRE SIXIEME.

DE LA RESTAURATION DE NOTRE-DAME DE CHARTRES APRÈS LA RÉVOLUTION DE 1793.

Nous avons déjà raconté, au chapitre troisième, les ravages qu'avait faits dans la cathédrale de Chartres la révolution de la fin du siècle dernier. Quand des jours plus sereins eurent commencé à reluire sur la France, les Chartrains s'occupèrent à réparer tant de désastres; ils éprouvaient le besoin de rétablir, autant que possible, l'ancien état de choses, afin de pouvoir épancher devant l'image de leur bonne Mère cette exubérance de piété filiale que, depuis longues années, ils contenaient dans le secret de leur cœur. Hélas! Notre-Dame de *Soubs-Terre* n'était plus; ils s'en dédommagèrent en replaçant, en 1806, Notre-Dame du Pilier sur une colonne où elle est encore aujourd'hui, c'est-à-dire dans l'aile gauche, à côté du chœur, à peu près au-dessus du lieu qu'occupait la Vierge des druides, dans l'église souterraine; et depuis lors, à tous les instants du jour, on voit des fidèles tantôt prosternés devant son image, tantôt baisant respectueusement le pilier qui la supporte, et faisant brûler des cierges en son honneur.

Quant au saint voile, on le plaça, en 1821, comme nous l'avons dit, dans un coffret d'argent renfermé en une châsse de cuivre doré; mais, en 1849, on trouva l'un et l'autre trop peu dignes d'une relique aussi précieuse. On fit un coffret en bois de cèdre recouvert d'argent doré, et une châsse dont les parois antérieures et postérieures ont des ouvertures quadrifoliées et garnies de verre, par lesquelles la pieuse curiosité des fidèles peut contempler les deux morceaux du voile de la sainte Vierge et un fragment de son enveloppe byzantine. Ce beau travail exécuté, on ouvrit, le 9 juillet, l'ancienne châsse ; on y plaça la sainte relique toute seule, sans lui associer ni les ossements d'apôtres et de confesseurs, ni le bois de la vraie Croix, avec lesquels elle était mêlée dans l'ancienne châsse, contrairement aux lois de l'Église, qui défendent de renfermer dans un même reliquaire destiné à être exposé publiquement des reliques diverses qui ont droit à un culte d'un degré différent.

Toutefois cette restauration ne réveilla encore qu'imparfaitement la piété d'un certain nombre de Chartrains pour leur patronne. Il leur fallait quelque chose de plus émouvant, de plus solennel ; et la Providence le leur offrit. Au mois de décembre 1854, Mgr Regnault, leur évêque, étant allé à Rome pour assister à la proclamation solennelle du dogme de l'Immaculée Conception, en rapporta deux grâces insignes ; la première, celle d'un jubilé spécial en l'honneur de Notre-Dame de Chartres ; la seconde, l'autorisation, qui ne s'accorde qu'aux plus célèbres sanctuaires, de couronner solennellement, au nom du souverain pontife, Notre-Dame du Pilier. Le mois de mai suivant fut destiné à l'exécution des deux indults du saint-siége, et offrit aux habitants de Chartres un de ces grands et beaux spectacles, qui touchent l'indifférence même et remuent jusqu'aux fibres les plus intimes de l'esprit chrétien. Dès le premier jour du mois, s'ouvrirent dans la cathédrale les exercices du jubilé : l'église était richement parée, comme aux plus beaux jours de fête ; un autel gigantesque s'élevait devant la grille du chœur, et Notre-Dame du Pilier apparaissait, à cette hauteur, sous un baldaquin immense et grandiose. Tous les soirs, une parole vive et brûlante descendait de la chaire sacrée et attirait toute la ville, qui répondit à l'appel de l'apôtre par une

nombreuse communion générale. Mais ce n'était là que le prélude; arriva le dernier jour du mois, qui en devait être le plus beau.

Dès le matin, toutes les cloches de la ville annoncent, à grandes volées, l'aurore de la fête; tout le peuple accourt, se presse, et bientôt l'immense basilique est trop étroite. Quel beau spectacle s'offre alors à l'admiration! quel magnifique coup d'œil! quelle scène émouvante! C'est d'abord la décoration de l'édifice, pleine de goût et de grandeur, remarquable par une profusion sagement ordonnée de festons, de guirlandes, de draperies, de guidons et d'oriflammes sur lesquels sont inscrites les louanges de Marie; c'est la messe solennelle célébrée par l'archevêque de Paris, en présence de sept princes de l'Église, formant autour de l'autel une majestueuse couronne composée des évêques de Beauvais, de Blois, de Meaux et de Poitiers, des deux évêques de Chartres, l'ancien et le nouveau, et enfin du cardinal-archevêque de Bordeaux; c'est, après l'Évangile, la belle, noble et puissante parole de l'évêque de Poitiers, qui, pendant une heure, tient suspendu à ses lèvres, dans le silence du recueillement, un auditoire immense, ravi d'entendre célébrer si magnifiquement le couronnement de Marie dans les cieux, son couronnement sur la terre, et les gloires de son temple dans la ville de Chartres; c'est, après ce discours, la promulgation de la bulle de Pie IX, élevant au rang des dogmes de la foi la pieuse croyance de l'Immaculée Conception de Marie; c'est, après la lecture de cette bulle, le nouvel évêque de Chartres montant, par des degrés préparés à ce dessein, jusqu'au sommet où repose, au-dessus de l'autel, Notre-Dame du Pilier, et là, déposant sur la tête de Marie une riche couronne; c'est, immédiatement après, l'adhésion de toute l'assemblée au nouveau dogme qu'on vient de publier, par le chant du *Credo*, qu'entonne le célébrant, et que tous continuent avec un saint enthousiasme; c'est, pendant ce chant, l'encensement successif de tous les prélats, qui viennent, chacun à leur tour, offrir l'encens à la Vierge nouvellement couronnée; et tous les regards se fixent, avec un attendrissement mêlé de vénération, sur l'ancien évêque de Chartres, Mgr Clausel de Montals, se faisant conduire à l'autel, malgré sa cécité et les infirmités de l'âge, pour donner, avant de mourir, ce dernier et public témoignage de piété filiale à la Vierge, dont il s'estimait heureux « d'avoir été, disait-il, pendant » trente ans, le chapelain et l'aumônier dans son temple le » plus renommé ».

Le soir de ce beau jour fut digne de son matin : ce ne fut plus dans l'église, mais par toute la ville, que se célébra la fête. Une procession, composée d'un clergé nombreux et des huit prélats, la parcourut en chantant les louanges de Marie; et partout, dans les rues et sur les places, les fenêtres et les façades des maisons étaient élégamment pavoisées, décorées de guirlandes, de chiffres de Marie, de couronnes, de pieuses sentences, de mille emblèmes en l'honneur de la Mère de Dieu; partout le peuple priait ou chantait, et édifiait par sa tenue religieuse. Enfin, cette belle fête fut couronnée par une illumination générale et spontanée qui donnait à la nuit l'éclat du plus beau jour, et redisait en lettres de feu le nom de Marie, ses louanges et ses gloires.

Tout cela était touchant sans doute; mais cependant il manquait quelque chose à la gloire de Notre-Dame de Chartres. Cette grotte druidique qui fut son église primitive, cette crypte souterraine que Fulbert avait construite avec tant de frais, était encore ensevelie dans ses ruines. Mgr Regnault ne permit pas que cet oubli d'un si glorieux passé durât plus longtemps. Déjà, par ses soins, une partie du mystérieux sanctuaire avait été rendue au culte; et le 31 mai 1855 il y avait offert le saint sacrifice pour la première fois depuis 1789. Le 8 septembre 1857, il fit plus; il remit Marie en possession de son sanctuaire. Après avoir fait exécuter en bois de chêne une statue parfaitement semblable à l'ancienne, il la fit placer la veille dans la cathédrale, au sommet d'un grand autel dressé devant la grille du chœur, comme dans la solennité que nous venons de décrire. Le jour de la fête, il la bénit solennellement avant la messe pontificale qu'il célébra à cet autel; et à l'office du soir, épanchant son cœur devant un nombreux auditoire, il dit la joie qu'il éprouvait de rétablir dans son sanctuaire, jusque-là délaissé, la ressemblance parfaite de l'antique statue qui avait tant de fois protégé Chartres, et tout ce qu'il en espérait pour son peuple et pour l'Église. Pendant toute l'octave de la Nativité, les fidèles se pressèrent autour de la nouvelle statue, qui rappelait tant de pieux souvénirs. — Enfin, le huitième jour, Mgr de Poitiers vint de sa ville épiscopale embellir la solennité de l'inauguration de la statue nouvelle dans la grotte druidique. A l'office du matin, montant dans cette même chaire d'où il avait tant de fois annoncé à ce même auditoire les grandeurs de Marie, il raconte avec ce charme d'élocution qui lui est propre l'origine, les mystères et les merveilles de cette crypte, que personne ne connaissait mieux que lui, parce que personne ne l'avait étudiée avec plus de persévérance et plus d'amour, lui qui si souvent, le soir des grandes solennités, « était allé, dit-il, s'age- » nouiller dans ce lieu obscur et coller son front à la » poussière de l'ancienne place que les pieds de Marie » avaient sanctifiée, *in loco ubi steterunt pedes ejus;* lui qui, » tant de fois, au milieu des ténèbres et du silence, s'était » demandé si ce désert ne retrouverait pas un jour la vie, » si cette solitude n'était pas destinée à refleurir ». En voyant réalisé le désir de ses jeunes années, le pieux prélat ne put contenir la joie qui débordait de son âme; il remer-

cia le Seigneur d'avoir mis au cœur d'un successeur des
Yves et des Fulbert la sainte et forte pensée de restaurer
ce sanctuaire souterrain et d'y rétablir l'image de Notre-
Dame de Chartres.

Un pareil discours était bien propre à disposer les auditeurs à la cérémonie qui devait le suivre. L'après-midi,
la nouvelle statue fut descendue du trône où elle reposait
depuis huit jours, et portée triomphalement au dehors sur
les épaules de huit prêtres en dalmatique, et sous un dais
de soie blanche aux galons d'or, que soutenaient quatre
chanoines. Un nombreux cortége la précède et la suit : ce
sont des confréries de jeunes filles, des corporations d'ouvriers, les conférences de saint Vincent de Paul, et beaucoup d'ecclésiastiques accourus de toutes parts. La procession s'arrête à l'extrémité de la place, près du Cloître,
et l'image de Marie est placée sur un élégant reposoir. Là,
du haut d'une tribune qui domine toute la multitude, le
père Lavigne, orateur de l'octave préparatoire à la cérémonie, fait entendre sa parole sympathique. *Gloriosa dicta
sunt de te, civitas Dei,* s'écrie-t-il ; « ô cité de Dieu, que de
choses glorieuses ont été dites de toi ! » Et partant de ce texte
pour célébrer Notre-Dame de Chartres, il électrise tous ses
auditeurs. Ceux-ci, ne pouvant contenir leurs transports,
font retentir les airs des cris de leur amour : Vive Notre-
Dame de Chartres! Et la musique militaire, s'associant à
ce saint enthousiasme, entonne le chant de la victoire :

> Triomphez, Reine des Cieux,
> A vous bénir que tout s'empresse ;
> Triomphez, Reine des Cieux,
> Dans tous les temps, dans tous les lieux.

L'évêque ému tombe à genoux ; toute la foule l'imite ;
et, avec une voix pleine de larmes, il fait à Marie amende
honorable des outrages qu'à cette même place a reçus

son ancienne statue. De là, passant à la confiance que lui inspire la bonté de Marie, il se consacre lui et tout son diocèse à sa puissante protection. A ce moment, l'émotion est au comble, la joie est dans tous les cœurs, les larmes dans tous les yeux. Il semble que Marie, contente d'une réparation aussi solennelle, promette à Chartres une nouvelle ère de grâces et de bonheur, et l'on rentre heureux dans l'église.

Le soir, on se rassemble pour la troisième fois à la cathédrale, alors splendidement illuminée. Après un nouveau discours du père Lavigne, qui, commentant le *Virgini paritura*, montre que, dans tous les siècles jusqu'à la fin du monde, Marie doit enfanter les élus à la grâce et les incorporer à Jésus-Christ. Après la bénédiction solennelle du saint sacrement, le cortége, composé comme à la dernière procession, se met en marche vers l'église de Sous-Terre, y portant la nouvelle statue pour l'y installer à toujours. Sur tout le passage, les genoux fléchissent, les têtes s'inclinent; on s'avance gravement dans la crypte à la lueur des flambeaux qui forment comme deux guirlandes de feu; les échos de ces voûtes, si longtemps silencieuses, redisent les chants sacrés; un autel, resplendissant de mille lumières, reçoit la statue de l'auguste Marie, qui est ensuite placée définitivement sur son trône. Tout le monde tombe à genoux, et, par la bouche du prédicateur, se consacre de nouveau et pour toujours à la Vierge qui doit enfanter.

Marie réinstallée dans sa crypte souterraine, c'était beaucoup; cependant ce n'était pas tout encore. Ce n'était qu'une chapelle de ce vaste sanctuaire rendue au culte; il en restait douze autres dans un état de ruine et de délabrement affligeant. Grâce au zèle de Mgr Regnault, tout a été réparé; et le 17 octobre 1860, sixième anniversaire séculaire de la consécration solennelle de la cathédrale, toutes ces chapelles ont été consacrées (1); la crypte, qui a une étendue de 230 mètres et qui est la plus grande que l'on connaisse, a été rendue à sa splendeur première, et il n'y reste plus rien à désirer que la foi et la ferveur des anciens âges.

Aussi les pèlerinages à Notre-Dame de Chartres ont repris leur cours. D'une part, plusieurs paroisses de Paris : Saint-Sulpice, Saint-Laurent, Notre-Dame des Champs; de l'autre, Versailles, Sèvres, Viroflay, le Mans, la Ferté-Bernard, Nogent-le-Rotrou, sans compter plusieurs autres, y sont venus déposer leurs hommages aux pieds de Marie; prélude heureux, ou plutôt, si je puis ainsi dire, avant-garde de nouvelles députations qui feront à leur tour ce pieux pèlerinage.

Chartres, de son côté, ne se laisse point dépasser en piété par les étrangers. Tous les jours, plusieurs de ses habitants viennent s'agenouiller et prier devant la statue vénérable. Rien de plus touchant que leur concours empressé et continuel auprès de l'image de Marie : on voit des personnes de tout rang et de tout âge honorer cette image chérie et baiser avec amour la colonne où elle repose. C'est l'héritage de bon exemple que leur a légué leur ancien évêque, Mgr Clausel de Montals. Car, dès son entrée dans le diocèse, ce grand prélat s'était engagé par vœu à passer chaque samedi une demi-heure devant l'antique Madone, et jamais, pendant son long épiscopat, il ne manqua à ce

(1) Ces chapelles sont celles : 1° de Notre-Dame de *Soubs-Terre* ; 2° des saints Savinien et Potentien, premiers apôtres du pays Chartrain : 3° de la Véronique ; 4° de Saint-Joseph ; 5° de Saint-Fulbert ; 6° de Saint-Jean-Baptiste ; 7° de Saint-Yves ; 8° de Sainte-Anne ; 9° de Sainte-Madeleine ; 10° de Saint-Martin ; 11° de Saint-Clément et Saint-Denis ; 12° de Saint-Nicolas ; 13° de Saint-Lubin. A une profondeur de quatre ou cinq mètres au-dessous de la crypte, on y voit des constructions romaines et la base d'une colonne du dixième siècle.

pieux rendez-vous. Ni son grand âge ni les infirmités de la vieillesse ne lui parurent une raison de s'en dispenser ; et, la veille même de sa mort, il se fit conduire à Notre-Dame du Pilier. « Je veux mourir, » avait-il dit dans son dernier mandement, où il annonçait sa démission et son successeur, « je veux mourir au pied de ces tours célèbres » qui couronnent le sanctuaire de Marie. Cette protectrice » auguste et particulière de la contrée écartera les rigueurs » et les peines destinées peut-être à son évêque expirant. » Les intercessions de cette tendre Mère, les gémissements » de sa piété maternelle, feront oublier au Juge suprême » les faiblesses et les transgressions de cet indigne pas-» teur. » Admirables sentiments de ce vénérable vieillard, qui mourut à l'âge de quatre-vingt-huit ans, le dimanche 4 janvier 1857.

DIOCÈSE DE MEAUX (1).

———•———

Pour apprécier les honneurs que la sainte Vierge a reçus de tout temps dans ce diocèse et l'empire que son culte
a exercé sur les populations, nous jetterons d'abord un
coup d'œil général sur ces contrées; de là, passant à un se-

(1) Nous devons les renseignements sur ce diocèse aux patientes
et intelligentes recherches de M. l'abbé Denis, chanoine honoraire
de Meaux, qui déclare lui-même avoir puisé 1° dans le *Gallia christiana;* 2° dans l'*Histoire de l'église de Meaux* par dom Toussaint du
Plessis, 1731; 3° dans l'*Histoire du Gâtinais* par dom Morin; 4° dans
les *Essais historiques et statistiques sur le département de Seine-et-
Marne,* par Michelin, de 1829 à 1841, et dans les *Monuments de
Seine-et-Marne,* par Aufauvre et Fichot, de 1854 à 1857; 5° dans les
Bulletins du comité des arts et monuments, publiés en 1840, 1841 et
1842; 6° dans l'*Histoire de Melun* par Rouilliard, 1628; 7° dans la
Notice historique et descriptive sur la cathédrale de Meaux, par
Mgr Allou; 8° dans l'*Histoire et la description de Notre-Dame de Me-
lun,* par M. Bernard de la Fortelle, 1843; 9° dans la *Notice sur l'ab-
baye de Reuilly,* par Grésy, 1857; 10° dans les œuvres de Philippe
de Vitry, évêque de Meaux, publiées en 1850; 11° dans le Cartulaire
de Notre-Dame de Paris, les Mémoires de Claude Haton, du journal
Le Dieu; 12° dans les manuscrits suivants : les Mémoires de Pierre
Janvier, curé à Meaux, 1689, et de Rochard, en 1750; les Cartulaires
du chapitre de Meaux, les pouillés des diocèses de Meaux, Sens et
Paris; les Histoires de l'abbaye de Notre-Dame de Chelles en 1600 et
en 1780, l'Histoire de l'abbaye de Saint-Pierre de Lagny. M. l'abbé
Denis a reçu aussi de précieux renseignements de madame l'abbesse
de Jouarre, qui lui a communiqué un extrait des manuscrits de
l'ancienne abbaye de ce nom; de mademoiselle de Haut, de M. l'abbé
Dégout, aumônier de l'hospice de Melun, et de MM. les curés de
Chelles, de Férolles-Attilly et de Verdelot.

cond chapitre, nous étudierons la ville de Meaux, ses environs, et tout l'arrondissement dont elle est le chef-lieu;
dans un troisième, l'arrondissement de Coulommiers; dans
un quatrième, l'arrondissement de Provins; dans un
cinquième, les arrondissements de Melun et de Fontainebleau.

CHAPITRE PREMIER.

COUP D'OEIL GÉNÉRAL SUR LE DIOCÈSE DE MEAUX, AU POINT
DE VUE DU CULTE DE LA SAINTE VIERGE.

Il est un fait bien digne de remarque et qu'une étude
spéciale a seule pu faire reconnaître et constater, c'est
que l'histoire du diocèse de Meaux n'est le plus souvent
que l'histoire elle-même du culte de la sainte Vierge ; tant
ce culte y a été constamment vivant et universellement
répandu. Le nom de Marie apparaît tout resplendissant jusque sur le berceau de cette antique église, et ce fut sous son
invocation que fut fondée la première cathédrale. Si, au
sixième siècle, la nouvelle cathédrale prit le nom de Saint-
Étienne, on n'oublia point le patronage premier de la
Mère de Dieu ; car jusque vers le milieu du douzième
siècle nous trouvons la seconde cathédrale désignée sous
un double vocable : *Ecclesia beatæ Mariæ et Sancti Stephani.*
Lorsqu'au septième siècle un mouvement religieux vint
ranimer la foi dans ce diocèse et y susciter des merveilles
de sainteté dignes de l'admiration de tous les âges, le culte
de Marie y grandit et s'y développa dans la même proportion. Sainte Fare, fille du comte de Meaux, la première
peut-être des vierges chrétiennes de France qui ait em-
brassé une règle religieuse, si on en excepte les vierges
de Provence, place sous la protection de Marie son monastère, appelé de son nom Faremoutiers ; et la principale
des trois églises qui s'élèvent dans cette abbaye honore la
sainte Vierge comme sa patronne titulaire. Faremoutiers
envoie sainte Telchide fonder la célèbre abbaye de Jouarre,
et cette sainte inspire à son monastère la même dévotion à

Marie. Jouarre de son côté envoie à Soissons, à la tête d'une colonie nouvelle, la vénérable Éthérie; et celle-ci y fonde la célèbre abbaye de Notre-Dame. Ainsi ces trois communautés, étroitement unies par le lien d'une même origine, furent unies plus encore par le culte de Marie, qu'elles aimèrent et honorèrent à l'envi comme leur première et commune patronne.

A la même époque, un pieux solitaire qui cherchait d'autant plus à vivre inconnu, que son extraction était des plus illustres, qui édifiait tout le diocèse par l'austérité de sa vie, par l'assiduité de ses ferventes prières et l'exercice d'une ardente charité, saint Fiacre, construit un oratoire, et il le place sous l'invocation de Marie. Après sa mort, on élève une église pour renfermer le tombeau de ce thaumaturge de la Brie, et elle est également dédiée à la sainte Vierge.

Mais c'est au douzième siècle surtout, qu'éclatent de toutes parts les plus touchants prodiges de piété à l'endroit de la très-sainte Vierge. Les établissements religieux qui se multiplient à cette époque adoptent presque tous Marie pour patronne; alors l'ordre de Cluny, qui déjà comptait dans le diocèse le prieuré de Notre-Dame de Nanteuil-le-Haudouin, avec son église si remarquable par sa riche décoration, fonda celui de Notre-Dame de Grandchamp, dont on peut encore admirer les restes, et celui de Notre-Dame de Dhuizy. Alors, sous la règle première de Saint-Benoît, s'établirent les prieurés de Notre-Dame du Boschet et de Notre-Dame de Noëford, ainsi que les abbayes de Notre-Dame de Malnone et de Notre-Dame de Villechasson. Alors l'ordre de Cîteaux produisit quatre grandes abbayes d'hommes toutes dévouées à Marie : l'abbaye de Preuilly en 1118; celle de Jouy en 1124; celle de Barbeaux en 1147, et celle de Cercanceaux en 1181. En même temps, il fonda quatre abbayes de filles, toutes également sous le patronage de la sainte Vierge : le Pont-aux-Dames et le Mont-Notre-Dame, près Provins, en 1126 ; La Joie en 1131, et Le Lys en 1244. De son côté, l'abbaye de Saint-Victor de Paris, qui jeta au milieu du douzième siècle un si vif éclat de sainte réputation, créa, sous le même patronage, les abbayes de Notre-Dame de Châge, à Meaux, en 1135, dè Notre-Dame de Juilly en 1182, de Notre-Dame de Montétis en 1164, qui se réunit au siècle suivant à Notre-Dame d'Hiverneaux. A leur tour, les disciples de saint Norbert érigèrent l'abbaye de Notre-Dame d'Hermières en 1160 et celle de Notre-Dame de Chambrefontaine en 1190. Enfin saint Félix de Valois et saint Jean de Matha, qui avaient trouvé dans le diocèse de Meaux la solitude qu'ils cherchaient pour se préparer dans le silence de la réflexion et de la prière aux desseins charitables que méditait leur grand cœur, y fondèrent l'ordre de la Sainte-Trinité pour la rédemption des captifs ; ordre qui, quoique consacré au mystère dont il porte le nom, n'en honore pas moins très-spécialement Marie sous le titre de *Notre-Dame du Remède* et de Consolatrice des affligés.

Le clergé séculier entra dans ce grand mouvement de piété envers Marie, et quatre nouvelles collégiales s'ouvrirent, où plusieurs de ses membres se rassemblèrent pour payer à la Mère de Dieu un tribut journalier de louanges et d'hommages : ce furent la collégiale de Bray-sur-Seine en 1151, celle de Notre-Dame du Val, à Provins, en 1196, celle de la Chapelle-sur-Crécy en 1202, et celle de Courpalais en 1213.

Au milieu du treizième siècle, les franciscains et les dominicains, deux ordres spécialement dévoués au culte de Marie, s'établissent à Provins. En 1244, le comte de Champagne, Thibaut le Chansonnier, fonde dans cette même ville des religieuses clarisses, autrement dites filles de Notre-Dame de l'Humilité, et leur lègue son cœur

16.

par testament. En 1248, Blanche de Castille fonde à Meaux un monastère de franciscains, qui porte toutes les âmes à l'amour de la Mère de Dieu.

Cet élan général des cœurs vers Marie se remarquait surtout dans les familles nobles qui couvraient tout ce pays, appelé la terre classique de la féodalité. Les seigneurs de Garlande déversaient leurs bienfaits et sur l'abbaye de Notre-Dame d'Hermières, où ils avaient leur tombeau, et sur le monastère de Notre-Dame de Livry. Les vicomtes de Melun avaient deux chapellenies de Notre-Dame richement dotées dans leur puissante forteresse de Blandy-les-Tours. Les chevaliers des Barres avaient également dans leurs châteaux une chapelle bénéficiale sous le même vocable; et, près de leurs domaines, le prieuré de Notre-Dame de Noëfort et celui de Notre-Dame de Fontaines, qui florissaient à l'ombre de leur protection et à l'aide de leurs libéralités. Un de ces seigneurs, Guillaume II du nom, qu'on appelait la fleur de la chevalerie française, et qui signala sa valeur dans la cinquième croisade, contribua avec Philippe-Auguste à la fondation de Notre-Dame de la Victoire, près Senlis; et, sur la fin de ses jours, il prit l'habit religieux de l'ordre de Fontevrault au monastère de Fontaine-les-Nones. Les vicomtes de Meaux firent des largesses considérables à ce dernier prieuré et à celui de Collinances. Jean de Montmirail, non content de signaler sa munificence à l'endroit d'un grand nombre de monastères et de sanctuaires de Notre-Dame, se dévoua lui-même en personne à la Mère de Dieu, en prenant l'habit de Cîteaux dans l'abbaye de Longpont; il est honoré comme bienheureux. Les comtes de Châtillon-sur-Marne élevèrent l'église Notre-Dame qui se voit encore à Villeneuve-le-Comte, ainsi que l'abbaye de Notre-Dame du Pont-aux-Dames. Enfin les comtes de Champagne surpassèrent tous les autres seigneurs par leur zèle pour élever des sanctuaires en l'honneur de la sainte Vierge et des établissements monastiques voués à son culte. Toutes les œuvres qui avaient pour objet la gloire de Marie excitaient leur intérêt, et ils se faisaient honneur d'y avoir la première part. Leur pieuse munificence s'épancha surtout sur les monastères de l'ordre de Fontevrault, ceux de l'ordre de Cîteaux, de Preuilly, et de Jouy plus particulièrement encore. Ils fondèrent à Provins, en l'honneur de Marie, une collégiale et une église paroissiale, dotèrent amplement plusieurs chapelles, deux abbayes de femmes et plusieurs monastères d'hommes. Enfin, c'était, parmi les seigneurs et les chevaliers de la Brie au moyen âge, une généreuse émulation de dévouement pour Marie. Avant de partir pour les expéditions d'outre-mer, ils déposaient de larges offrandes à ses sanctuaires; leurs chapelles seigneuriales étaient le plus souvent sous son patronage, et leurs testaments faisaient foi de leur piété filiale pour la Mère de Dieu.

Les rois de France n'avaient pas moins de zèle que la noblesse pour faire honorer Marie dans le diocèse de Meaux. Un seul exemple fera juger du reste; je le prends dans une histoire manuscrite de Chelles, et voici comment le raconte l'auteur dans sa préface, en commençant à l'époque où l'église abbatiale fut dédiée à la sainte Vierge.

« Charlemagne, dit-il, fit paroître à Chelles la majesté » impériale, en y visitant son abbesse la princesse Gisèle, » sa sœur, et il ne la quitta point sans lui laisser des mar- » ques de sa libéralité. L'empereur Louis le Débonnaire, » son fils, frappé de la sainteté du lieu, y fit transporter » dans la nouvelle église de Notre-Dame le corps de sainte » Bathilde, dont le Ciel glorifiait le tombeau par de nom- » breux miracles. La charte mémorable de Louis VI, de » l'an 1187, est un monument de la piété de ce monarque, » monument que la divine Providence sauva de l'incendie

» général de l'an 1226, et que l'on conserve encore aujour-
» d'hui avec respect. Le roi saint Louis ne témoigna pas
» à l'abbaye moins d'affection et de bienveillance en con-
» firmant de nouveau ses droits, possessions et priviléges.
» Philippe le Hardi la prit sous sa protection royale ; et les
» lettres de sauvegarde du roi Charles VI pour l'abbaye de
» Chelles ont été pour ses successeurs un nouvel engage-
» ment à la défendre de tout événement contraire. Ils en
» ont donné des preuves signalées en appuyant de toute
» leur autorité royale le renouvellement merveilleux de
» l'an 1500, dont la lumière a consolé l'Église et projette
» encore aujourd'hui tant d'éclat.... Louis XII la favorisa
» par ses lettres patentes, et François Ier assura la jouis-
» sance paisible des biens de l'abbaye. »

On compte surtout cinq établissements ou sanctuaires
de la sainte Vierge qui furent la création des rois de France
et l'objet de leur prédilection comme de leurs largesses :
la collégiale de Notre-Dame de Melun, fondée par le pieux
roi Robert, dotée par ses successeurs et récemment encore
restaurée avec la magnificence qu'exigeaient ses antiques
souvenirs ; l'abbaye de Notre-Dame de Barbeaux, monastère de cisterciens que fit bâtir Louis VII et où il choisit sa
sépulture ; l'abbaye de Notre-Dame d'Hiverneaux, érigée
par saint Louis en exécution du testament de Louis VIII
son père ; l'abbaye de Notre-Dame du Lys, qu'éleva également saint Louis de concert avec la reine Blanche sa mère,
et où reposa longtemps le cœur de cette illustre princesse ;
enfin la collégiale ou Sainte-Chapelle de Notre-Dame du
Vivier, fondation du roi Charles V en 1352. Cette émulation des rois de France pour l'honneur de Marie, dans le
diocèse de Meaux, naissait sans doute de leur piété personnelle ; mais elle était entretenue et puissamment sti-
mulée par la parole et l'exemple des évêques ; car à peine
pourrait-on compter tous les établissements dont ce dio-

cèse est redevable aux évêques de Meaux, de Paris, et aux archevêques de Sens.

Parmi ces établissements, plusieurs étaient des lieux de pèlerinage ; cependant, il faut l'avouer, aucun n'a jamais joui d'une grande célébrité, soit que les populations fussent attirées vers les pèlerinages voisins qui avaient une réputation européenne, comme Notre-Dame de Chartres, Notre-Dame de Paris, Notre-Dame de la Victoire, près Senlis, Notre-Dame de Soissons, Notre-Dame de Laon et Notre-Dame de Liesse ; soit que les magnifiques sanctuaires que possédait le diocèse de Meaux, ces églises dont l'élégante architecture rivalisait avec la splendeur des décorations intérieures, aient reçu les vœux et les prières des fidèles sans que l'histoire en ait conservé le souvenir. Peut-être bien des infirmes, des malades, des pèlerins sont venus s'agenouiller devant les diverses images de la Mère de Dieu ; et plus les grâces obtenues auront été multipliées, moins on en aura parlé, selon l'instinct naturel à tous, de parler moins de ce qui est commun. C'est ce que nous incline à croire la foi si vive, la piété si expansive de ces époques, comme nous pouvons en juger par un seul trait. On aimait alors si tendrement Marie dans le diocèse de Meaux, que, pour avoir le loisir de la prier davantage, on s'abstenait du travail l'après-midi du samedi aussi rigoureusement que le dimanche même ; et l'on venait dans cette moitié de jour se serrer autour de son autel comme des enfants autour de leur mère.

Vers la fin du quatorzième siècle et le commencement du quinzième, le développement du culte de Marie rencontra de grands obstacles dans les guerres de cette époque avec les Anglais. Bien des sanctuaires furent dépouillés ou détruits, bien des ruines de toutes sortes furent amoncelées, et surtout bien des esprits furent distraits de la prière par les troubles et les anxiétés de la situation ; mais quand, après ces jours de désastre, la religion put refleurir en liberté, on répara grand nombre d'églises, on en éleva de nouvelles en l'honneur de Marie, et l'on vit en 1480 Antoine de Chabannes, comte de Dammartin, fonder la célèbre collégiale de Notre-Dame. D'un autre côté, la discipline régulière, affaiblie pendant les troubles qu'on venait de traverser, fut rétablie dans les monastères de Fontaine-les-Nones, de Collinances, de Chelles, de Malnone, de Faremoutiers et de Jouarre. Mais cet élan religieux fut bientôt troublé une seconde fois, et d'une manière plus terrible encore : le protestantisme survint, porta le désastre dans tous les sanctuaires de Marie qu'il put atteindre, et vint à bout d'abolir la pratique pieuse reçue dans le diocèse de s'abstenir du travail l'après-midi du samedi, en l'honneur de la sainte Vierge. Cette guerre contre le culte de Marie dura jusqu'à l'abjuration du roi Henri IV, qui heureusement mit fin à tant de troubles et de calamités. Alors une ère de piété et de ferveur parut s'ouvrir pour le diocèse de Meaux, et y raviver le culte antique de la Mère de Dieu. On rétablit les anciennes confréries; celle du Rosaire en particulier fleurit entre toutes les autres. Plusieurs églises du nom de Notre-Dame furent solennellement consacrées; les ordres religieux se multiplièrent sous les auspices de la Mère de Dieu, et la première moitié du dix-septième siècle vit fonder les monastères des Carmes à Melun, à Avon, près de Fontainebleau, et à Crégy, près de Meaux; ceux des Capucins à Provins, à Meaux et à Coulommiers; ceux des Récollets à Melun et à Nemours, sans parler de grand nombre d'autres; et pour les femmes, ceux de la Visitation à Meaux, à Melun, à Dammartin; des Ursulines à Melun et à Meaux; les chanoinesses régulières de la congrégation de Notre-Dame à Coulommiers, à Provins et à Nemours; et, dans ces nomenclatures, nous ne parlons que des maisons religieuses qui reconnaissaient plus particulièrement la sainte Vierge comme patronne.

Au commencement et pendant le cours du dix-huitième siècle, le jansénisme et le philosophisme vinrent refroidir le zèle ; et dans toute cette période, il est triste de le dire, à peine compta-t-on quelques chapelles érigées en l'honneur de la sainte Vierge.

Vint la grande révolution. Presque toutes les églises monastiques furent profanées et détruites ; les statues et tableaux de la sainte Vierge furent mis en pièces. Le Ciel n'arrêta la puissance de l'enfer que devant la statue de Sablonnières, qu'on voit encore aujourd'hui dans l'église de la paroisse. Cette statue, qui est de la fin du quatorzième siècle, représente la Vierge debout, portant sur la tête une couronne élégamment découpée, tenant d'une main un livre que feuillette l'enfant Jésus, également debout à son côté. Les révolutionnaires en avaient juré la destruction ; et pour exécuter leur projet impie, ils vinrent à l'église avec de grosses cordes, à l'aide desquelles ils descendirent, quoique à grande peine, la statue de son piédestal, puis la traînèrent jusqu'à la porte de l'église ; mais là, la statue opposa à tous leurs efforts réunis une immobilité invincible ; ils essayèrent à plusieurs reprises, jamais ils ne purent la mouvoir de place ; elle résista à tout, comme si elle eût été fixée en terre, et parut même toute ruisselante de sueur, disent les vieillards du pays qui ont été témoins du fait ; de guerre lasse, les malheureux renoncèrent à leur sacrilége entreprise et se retirèrent tout confus. La Vierge fut ensuite replacée avec facilité sur son piédestal, sans avoir été aucunement endommagée.

De nos jours, la dévotion à la sainte Vierge se réveille dans le diocèse. Plusieurs associations sont rétablies ; grand nombre de paroisses se sont affiliées à l'archiconfrérie de Notre-Dame des Victoires ; la dévotion du mois de Marie se propage et s'étend de plus en plus. Les monastères de la Visitation et de Notre-Dame de Jouarre refleurissent comme aux plus beaux jours de leur antique ferveur. Diverses congrégations de femmes se sont formées. Cinq églises, nouvellement construites, sont placées sous l'invocation de la sainte Vierge. Chaque église paroissiale a son autel de Marie restauré, souvent même embelli de riches et élégantes décorations; et quelques pèlerinages sont encore fréquentés. Enfin, lorsqu'en 1855 fut publiée la bulle du souverain Pontife proclamant le dogme de l'Immaculée Conception, le diocèse de Meaux, comme toutes les contrées catholiques, fit éclater les transports de sa joie. La cathédrale fut splendidement illuminée; toute la ville épiscopale prit part à la fête; et les autres villes du diocèse, comme Montereau, Dammartin, Moret, ne restèrent point étrangères aux pieuses manifestations de la piété catholique. Fasse le Ciel que ces témoignages de dévotion envers la Mère de Dieu amènent bientôt la résurrection de la foi dans ce diocèse, que glace en tant de parties une indifférence qui est comme le froid de la mort, et que les peuples, s'abritant, contre toutes les séductions de la chair et du monde, sous le sceptre tutélaire de Marie, lui redisent dans le langage du cœur ce que lui disait dans son vieux style Philippe de Vitry, évêque de Meaux :

> A toi, glorieuse pucelle,
> Qui du Fils Dieu fus chambre et celle [1],
> Et qui seule fus vierge et mère,
> Et qui seule enfantas ton père,
> A toi soit loenge et honnour
> Sur tous, après Notre-Seignour.

---

(1) C'est-à-dire demeure, du mot latin *cella*.

CHAPITRE DEUXIÈME.

DU CULTE DE LA SAINTE VIERGE A MEAUX ET DANS LES ENVIRONS.

C'est un fait acquis à l'histoire que la première cathédrale de Meaux était dédiée à la très-sainte Vierge ; et ce fut dans le baptistère de cette église primitive de Marie que la vierge de Meaux, sainte Céline, accompagnée de sainte Geneviève, trouva un asile miraculeux contre les violences de celui auquel ses parents l'avaient fiancée.

Au commencement du dix-septième siècle, on comptait dans la cathédrale, telle qu'elle avait été rebâtie, trois chapelles de la sainte Vierge. La plus ancienne, placée à l'extrémité orientale, s'appelait tantôt Notre-Dame du Chevet, nom qui lui venait de sa situation, tantôt Notre-Dame de la Conception. Elle était ornée de belles peintures à fresque ; un chanoine de la cathédrale y avait placé une lampe d'argent ; un autre y avait fait une fondation pour entretenir cette lampe jour et nuit. Un évêque de Meaux, en 1755, la décora d'un beau retable supporté par quatre colonnes et d'une statue de la Vierge, qu'il mit en place du tableau de l'Annonciation qui s'y voyait depuis longtemps ; c'est dans cette chapelle que se conservent les reliquaires de la cathédrale ; et, chaque jour, les fidèles y font brûler des cierges en l'honneur de la Mère de Dieu.

Une seconde chapelle, où se trouvent les fonts baptismaux, est consacrée à la Visitation, comme l'indique le groupe qu'on y voit encore. Bâtie par un chanoine en 1512, dévastée par les protestants en 1562, elle fut restaurée par un autre chanoine, Just Tenelle, célèbre orientaliste de cette époque.

Enfin, un peu plus bas, un chanoine fit construire et décorer de belles peintures une troisième chapelle en l'honneur du double mystère de l'Annonciation de la sainte Vierge et de sa Présentation au Temple.

Ces trois chapelles ne suffirent point à la piété qui régnait dans la cathédrale. On plaça contre un des piliers de la nef septentrionale, vers le transept, une statue qu'on appela Notre-Dame de la Verrière, où, jusqu'en 1640, la grande procession qui allait le jour de la Toussaint à toutes les chapelles, faisait aussi une station; et à l'un des trois portails de la façade occidentale, on représenta dans le tympan, d'abord l'Annonciation de la sainte Vierge, puis sa mort, en présence des Apôtres groupés autour d'elle, enfin sa glorification dans le ciel, où on la voit assise à la droite de Notre-Seigneur, avec deux Anges qui lui offrent leurs hommages. Une grande statue de la Vierge était encore adossée au trumeau du portail : mais malheureusement toutes les statues qui décoraient l'entrée de la cathédrale furent mutilées par les protestants en 1562.

Ces représentations multipliées de la très-sainte Vierge qu'on voulait voir et honorer partout sans jamais s'en lasser, nous révèlent clairement quelle était la piété des évêques et des chanoines de Meaux envers la Mère de Dieu. Mais si nous interrogeons l'histoire sur ce sujet, elle nous le dira bien plus éloquemment encore. Parcourons ses annales, et là s'offrira à nous le plus magnifique spectacle. Nous verrons d'abord une longue suite d'évêques, tous animés du même esprit, tous pénétrés du même sentiment, l'amour de la sainte Vierge; tous marquant leur épiscopat à ce sceau sacré, et signalant leur passage sur le siége de Meaux par quelque acte notoire de dévouement à la Mère de Dieu. Parmi ces illustres prélats, brillent aux premiers rangs le pieux Gondoald, qui prépara à Marie plusieurs générations de filles dévouées, en donnant à sainte Fare le voile de religion, et contribuant puissamment à la fondation du monastère de Faremoutiers; saint Faron qui, en envoyant à Soissons la vénérable Éthérie, fonda par elle l'abbaye Notre-Dame de cette ville; et l'évêque Macaire, qui donna à Notre-Dame de Paris l'église de Rozoy-en-Brie et celle de Mory. Au douzième siècle, l'évêque Burcard fonde le prieuré de Notre-Dame de Fontaine-les-Nones; Manassès II, l'abbaye de Notre-Dame de Châge, où il veut être inhumé, et le prieuré de Notre-Dame de Collinances; Simon Ier, l'abbaye de Notre-Dame de Juilly et celle de Notre-Dame de Chambre-Fontaine. En 1226, Pierre de Cuisy fait dans sa cathédrale une fondation pour l'entretien de deux grands cierges destinés à brûler jour et nuit aux fêtes de la sainte Vierge devant son autel, et il est mentionné dans le nécrologe de Chambre-Fontaine comme un insigne bienfaiteur de l'abbaye, ainsi que son frère Alleaume, qui lui succéda. De 1350 à 1361, Philippe de Vitry, dans son poëme des Métamorphoses d'Ovide moralisées, célèbre, en plusieurs endroits, la gloire de la Mère de Dieu; et ses œuvres musicales conservées jusqu'à nos jours, contiennent plusieurs chants ou motets en l'honneur de la sainte Vierge. De 1447 à 1458, l'évêque Jean Meunier donne à la cathédrale de riches tapisseries qui devaient être exposées les jours de fête de la sainte Vierge, au-dessus des stalles du chœur. C'était un tissu de laine et de soie, magnifique produit de l'art flamand. Une de ces pièces, qui se conservait encore à la fin du dix-septième siècle, représentait la sainte Vierge couronnée par Dieu le Père, puis Dieu le Fils au milieu d'un groupe d'Anges; et au bas du tableau, on voyait le prélat à genoux, les mains jointes, l'écusson de ses armes à ses pieds. L'évêque Jean Lhuillier érigea la collégiale de Notre-Dame de Dammartin, et montra encore

mieux son dévouement à Marie par la part qu'il prit sans
aucun doute au décret de l'université de Paris, en date du
23 août 1497, qui statuait qu'on ne recevrait désormais aucun docteur en théologie qui n'eût auparavant fait serment
de défendre la vérité de l'Immaculée Conception ; car,
après avoir enseigné longtemps avec distinction dans cette
célèbre école, et avoir été proviseur de Sorbonne, il était,
à l'époque du décret, conservateur des priviléges apostoliques de l'université. En 1528, Guillaume Briçonnet érigea en fête de précepte la Visitation de la sainte Vierge
pour tout le diocèse, ainsi que son octave pour la cathédrale ; et telle était la dévotion de ce saint évêque pour la
Mère de Dieu, qu'il jeûnait au pain et à l'eau la veille de
toutes ses fêtes. De 1602 à 1623, Jean de Vieux-Pont,
après les longs troubles du seizième siècle, ranima le
culte de la sainte Vierge par l'établissement de plusieurs
monastères dévoués à sa gloire, et par la consécration, sous
son vocable, de plusieurs églises nouvellement réparées.
Jean de Belleau, son neveu et son successeur, héritier de
sa piété, fonda à Meaux les religieuses de la Visitation.
Sous l'épiscopat de Dominique Séguier, on établit encore
d'autres maisons religieuses vouées à la Mère de Dieu ; et
en même temps on créa ou l'on renouvela des confréries
de la sainte Vierge sur tous les points du diocèse. Dominique de Ligny, neveu et successeur du précédent, continua la même œuvre ; et son testament est un monument
authentique de ses pieuses libéralités à l'égard des monastères consacrés à la très-sainte Vierge. A cette glorieuse
suite de pontifes dévoués à Marie, il est juste d'ajouter
Bossuet, qui, dans ses sermons sur les mystères de la
sainte Vierge, montre que son cœur était sur ce point au
niveau de son génie ; le cardinal de Bissy, qui institua une
confrérie de Notre-Dame de Lorette, professa toujours la
plus tendre piété envers la Mère de Dieu, et déversa une

large part de ses immenses libéralités sur les établissements religieux qui l'avaient pour patronne; enfin les évêques qui, depuis le commencement de ce siècle, se sont
succédé sur le siége de Meaux, et qui tous à l'envi ont
suivi les traditions de piété que leur avaient léguées leurs
prédécesseurs.

Les chanoines de Meaux se sont, à toutes les époques,
montrés dignes de tels évêques. Ils contribuèrent généreusement à la fondation de l'abbaye de Notre-Dame de Châge,
sur l'emplacement de la première cathédrale; et même
quelques-uns d'entre eux, jaloux de témoigner davantage
leur dévotion à Marie, renoncèrent à leurs prébendes pour
revêtir l'habit régulier et s'attacher à ce pieux sanctuaire.
Vers l'an 1330, le chancelier du chapitre fonda dans sa
propre maison, à Saint-Leu-Taverny, une chapelle de la
sainte Vierge, y établit des chanoines réguliers, et donna
au nouvel établissement une somme considérable avec des
terres et des maisons. Dès la fin du treizième siècle, le
chapitre chantait chaque jour des antiennes à la sainte Vierge
entre vêpres et complies; tous les vendredis de l'année et
même tous les jours, depuis Noël jusqu'à la Purification,
il allait en procession les chanter devant Notre-Dame
du Chevet. Chaque jour aussi, avant la grand'messe capitulaire, le chapitre, précédé de la croix et des acolytes,
suivi des choristes et du célébrant, avec le diacre et le
sous-diacre, allait dans l'avant-chœur chanter l'antienne
Ave, Regina, devant la statue de la sainte Vierge qui était
placée au-dessus de la porte du chœur, c'est-à-dire, sous
le crucifix.

Chaque année, on célébrait, dans la cathédrale, au rite
solennel, les fêtes de la Visitation, de la Présentation et du
Saint-Cœur de Marie; le 2 octobre, on chantait une messe
solennelle de la sainte Vierge; et aux fêtes de la Conception, de l'Annonciation et de l'Assomption, il y avait salut

solennel fondé par les chanoines. La première des cloches
de la cathédrale portait le nom de Marie; et cette tradition
a été suivie lors de la bénédiction des nouvelles cloches en
1859; enfin les méreaux qui servaient aux distributions
quotidiennes pour l'assistance au chœur étaient marqués
au type de la vierge mère.

La sainte Vierge étant si cordialement aimée dans la
cathédrale de Meaux, il était impossible qu'elle ne le fût
pas dans la ville. Son image se voyait au coin des rues,
aux pignons des maisons, sur la fontaine élevée au milieu
de la place du Parvis, où l'eau jaillissait de ses mamelles.
En 1525, un prédicateur imbu des principes de la réforme
ayant omis l'*Ave, Maria,* après l'exorde de son sermon,
tout le peuple réclama et l'obligea à s'expatrier. En 1583,
les habitants, pour appeler la sainte Vierge au secours de
la France désolée par les guerres civiles, firent deux pèlerinages, l'un à Notre-Dame de la Victoire, près Senlis, et
à la cathédrale de Senlis même, qui était consacrée à
Marie; et dans ce premier pèlerinage leur nombre s'élevait au chiffre de dix-sept cents; l'autre à Notre-Dame
de Liesse, et ils s'y trouvèrent plus de cinq mille. En 1628,
un d'entre eux, nommé Jean de Carrières, affligé d'ulcères
aux jambes, se recommande à Notre-Dame de Paris; il
est aussitôt guéri, et un tableau attestant sa guérison est
demeuré, jusqu'au siècle dernier, appendu aux murailles
de la cathédrale.

Non contents de prier la sainte Vierge, les habitants de
Meaux manifestèrent leur piété envers elle par l'adoption
de diverses confréries.

En 1622, le prieur des dominicains du faubourg Saint-
Honoré, à Paris, érigea à Meaux la confrérie du Rosaire
dans la chapelle de Notre-Dame de Toute-Joie, à l'église
de Châge; et tous les magistrats de la ville, avec un peuple
immense, assistèrent à la cérémonie. En 1664, le père

Eudes y établit la confrérie du Saint-Cœur de Marie, à la suite d'une mission, et la solennité fut des plus touchantes. Outre ces deux associations, il y avait encore les confréries de Notre-Dame de la Santé, de Notre-Dame de la Miséricorde, de Notre-Dame des Agonisants, de Notre-Dame de Lorette, et plusieurs autres.

A des cœurs si dévoués à Marie, il fallait des sanctuaires dans lesquels ils pussent épancher leur âme, ou même se renfermer toute la vie sous l'aile d'une Mère si aimée; et de là tant de chapelles, tant d'abbayes, tant de communautés établies dans Meaux sous le patronage de Marie. De là la paroisse de Notre-Dame de Châge, la plus ancienne de la ville, érigée en abbaye de chanoines réguliers de la règle de Saint-Victor de Paris. Une colonie de ces saints prêtres vint, au début de leur institution, fonder un monastère auprès de cette église reconstruite dans de magnifiques proportions, et fut en même temps chargée du service paroissial.

Dans la belle église abbatiale de Saint-Faron était une chapelle de la Sainte-Vierge où fut enterrée la seconde épouse de Thibaut Ier, comte de Champagne. Dans l'église des Trinitaires était une chapelle de *Notre-Dame du Remède*, avec une confrérie de *Notre-Dame de Pitié*, dont la notice suivante, qu'elle remettait aux confrères avant leur réception, nous révèle l'esprit et les saintes dispositions : « Ceux qui se font inscrire dans cette confrérie, y est-il » dit, ont une confiance particulière et comme essentielle » aux mérites de la sainte Vierge; ils consignent leur mort » à cette Reine des agonisants; ils remettent à ses soins et » sous sa protection les derniers moments de leur vie; ils » lui marquent qu'ils veulent lui appartenir en la vie et en » la mort par une espèce de donation qu'ils lui font dans » cette oblation de tout ce qu'ils sont et de tout ce qu'ils » doivent être. » La requête pour l'érection de cette con-

17

frérie fut présentée à Bossuet, le 3 avril 1697 ; et, le 13 novembre suivant, le pape Innocent XII accorda indulgence plénière à tous les confrères le jour de leur entrée dans la confrérie, à l'article de la mort, aux fêtes de la Compassion, de l'Invention et de l'Exaltation de la sainte Croix, de sainte Madeleine et de saint Jean l'Évangéliste. Des personnes de toute condition et de tout état s'affilièrent à cette pieuse association, et elle subsista jusqu'à la révolution de 1790.

Dans l'église des Cordeliers fut établie, en 1664, la chapelle de *Notre-Dame de la Miséricorde*, et, en 1721, on y érigea la confrérie des pèlerins de Notre-Dame de Lorette et de Rome. Cette confrérie jouit pendant longtemps d'une grande considération, qui lui valut de la part du saint-siége cinq indulgences plénières par an, sans compter de nombreuses indulgences partielles, et la faveur d'un autel privilégié, le jour des Morts et ceux de l'Octave. Le cardinal de Bissy, l'abbé de Vauréal, depuis évêque de Rennes, et d'autres personnages, en faisaient partie, et elle figura avec honneur dans une grande procession que fit la ville, le 14 juillet 1725. Tous les confrères portaient un cierge ; les plus jeunes étaient habillés en Anges, et un de ces Anges, distingué des autres par le lys qu'il tenait à la main, représentait l'archange Gabriel venant annoncer à Marie le mystère de l'Incarnation.

Dans l'église des Capucins, on vénérait une Vierge de bronze trouvée dans les fouilles faites au château de la Muette, lorsqu'on creusait la terre pour y bâtir un monastère aux enfants de Saint-François. Cette découverte fit une grande sensation dans la ville ; car la forteresse où l'on avait trouvé la sainte image étant romaine, peut-être même gauloise, on en conclut que cette statue était plus ancienne que celle de Chartres. Quoi qu'il en soit, elle était en pied, très-bien drapée, et avait de longs cheveux tombant sur ses épaules; elle portait une couronne sur la tête, l'enfant Jésus sur son bras gauche et un lys dans la main droite. Sur le piédestal hexagone où elle était posée, on lisait les initiales des mots suivants, qu'on a suppléés avec assez de probabilité :

Ave, fave, Dei Genitrix,
Semper Virgo Maria,
Sacrarium Spiritûs Sancti,
Intercede pro nobis ad Dominum.

L'abbaye de Notre-Dame doit son existence aux troubles de la guerre, qui obligèrent, en 1629, les religieuses de ce monastère à quitter le diocèse de Reims, où leur communauté existait depuis plusieurs siècles, et à se réfugier à Meaux. Cette dernière ville, étant fortifiée, leur assurait un abri contre les horreurs de la guerre, un lieu de repos au milieu de l'agitation universelle. Plusieurs abbesses y ont laissé un grand souvenir, tant de leur mérite personnel que de leur tendre dévotion à la sainte Vierge. On raconte qu'à l'époque des troubles de la Fronde, au moment où les religieuses effrayées faisaient leurs préparatifs de départ, une d'elles entendit la statue colossale de la Vierge qui était dans la salle du chapitre lui dire ces mots : « Me laissera-t-on seule ici? » et, depuis ce temps, la statue fut toujours en grande vénération. Cette abbaye avait un sceau de forme ovale, encadré d'une bordure perlée et représentant l'Assomption de la sainte Vierge. Marie, sortant du tombeau, étend les bras; ses yeux contemplent le ciel; elle semble s'y élever majestueusement sur des nuages, soutenue par des Anges. Dans le bas, à droite du tombeau, on voit la crosse abbatiale et on lit autour : *Sceav de l'abbaye de Notre-Dame de Meavx.*

Deux ans après la fondation de l'abbaye Notre-Dame,

17.

les Visitandines vinrent de même s'établir à Meaux, et les
annales du monastère racontent qu'au moment où l'approche de l'armée espagnole, qui n'était plus qu'à vingt-
cinq lieues de la ville, faisait fuir toutes les religieuses
de leur couvent, les Visitandines furent les seules à ne
point vouloir sortir de leur saint asile. Pleines de confiance
dans la vertu de la prière, elles eurent recours à Marie
leur mère, à Dieu le protecteur des faibles, et s'engagèrent par vœu à élever une chapelle sous le titre de Notre-
Dame de la Victoire; à faire chaque jour pendant un an,
en commençant à l'Assomption prochaine, une procession
en l'honneur de la sainte Vierge; enfin à célébrer à perpétuité, par une communion et une procession générales,
le 7 octobre, la fête de Notre-Dame de la Victoire. Ce vœu
était à peine prononcé, que les ennemis se retirèrent avec
une promptitude qu'on regarda comme un miracle. La
chapelle votée fut bâtie, et les sœurs du noviciat l'ornèrent d'un tableau qui représentait dans la partie supérieure
la sainte Vierge, de grandeur naturelle, ayant à ses côtés
saint François de Sales et sainte Chantal; et, dans la
partie inférieure, des religieuses qu'elle couvrait de son
manteau royal. « Cette chapelle, disent les religieuses
» dans leurs annales, a été, depuis lors, le lieu de nos dé-
» votions; nous y avons éprouvé mille fois des secours
» très-particuliers de la Reine du ciel et de la terre; en
» voici un exemple entre plusieurs autres : proche de
» notre réfectoire, se trouvait un puits où une de nos sœurs
» novices étant allée puiser de l'eau avant le souper, comme
» elle tirait le seau plein de dessus le puits élevé de deux
» pieds, et qu'il ne paraissait rien que de bien ferme
» et de bien pavé alentour, elle sentit tout à coup le puits
» s'ébranler, son pied s'enfoncer. Effrayée, elle se recom-
» mande à Notre-Dame de la Victoire, saisit le seau, et à
» peine était-elle éloignée de quelques pas, que le puits

» croula entièrement ; aussi se hâta-t-elle de rendre mille
» actions de grâces à sa divine libératrice. »

A toutes ces communautés nous devons ajouter encore
les Ursulines, qui, en 1648, vinrent s'établir à Meaux
pour s'y livrer, sous le patronage de Marie, à l'éducation
des jeunes personnes ; les Bénédictines du prieuré de Notre-
Dame de Noëfort, qui avaient une confrérie du Rosaire ;
l'église collégiale et paroissiale de Saint-Saintin, qui célébrait avec une solennité spéciale la Nativité, la Purification, l'Annonciation et l'Assomption de la sainte Vierge ;
l'église de Saint-Thibault, qui avait la confrérie de Notre-
Dame de la Santé ; l'Hôtel-Dieu, où les malades vénéraient une ancienne statue de pierre représentant la sainte
Vierge qui allaitait son divin Fils ; enfin l'association des
Dames de charité, fondée par le père Eudes lors de la mission qu'il prêcha à Meaux ; association précieuse, qui, sous
le patronage de Marie présentée au Temple, se dévouait à
visiter et secourir les pauvres.

Tel fut jusqu'à la révolution de 1790 le culte de la
sainte Vierge à Meaux. Depuis cette triste époque, à peine
reste-t-il quatre ou cinq sanctuaires de la Mère de Dieu :
la cathédrale, où Notre-Dame du Chevet est toujours en
honneur ; l'église Saint-Nicolas, qui a une fort belle chapelle dédiée à la sainte Vierge et ornée de gracieuses peintures ; l'église de la Visitation, fondée sur les ruines de
l'ancienne abbaye de Notre-Dame de Châge, c'est-à-dire
sur l'emplacement de l'ancienne cathédrale consacrée à la
sainte Vierge ; la chapelle des Augustines, où l'on voit au-
dessus du maître-autel un tableau de la Présentation de la
sainte Vierge ; l'association dite *des Jeunes Économes*, c'est-
à-dire des jeunes personnes de la ville qui soutiennent par
leurs aumônes un orphelinat de jeunes enfants de leur
sexe, laquelle a pour fête patronale la Présentation, mais
sans autre chapelle que la chapelle même de Notre-Dame

du Chevet, où tous les ans, le 21 novembre, une messe
est célébrée pour la bonne œuvre. Enfin, le 30 août 1860
a vu s'élever un monastère du Carmel, qui excitera parmi
les fidèles l'amour de la sainte Vierge et le zèle pour imiter
ses vertus.

Au sortir de Meaux, le plus célèbre sanctuaire de Marie
que nous offrent les environs, c'est le prieuré de Fontaine-
les-Nones, dans la paroisse de Puisieux, occupé autrefois
par des religieux et des religieuses de l'ordre de Fontevrault, suivant la coutume des maisons de cet ordre,
qui se composaient d'une double communauté, ayant chacune sa clôture, de celle des femmes d'abord, puis de
celle des hommes, qui étaient attachés au service commun de la maison. Cet établissement, fondé en 1124, par
l'évêque de Meaux, Burcard, fut, dès son origine, accueilli favorablement par tous les princes et grands seigneurs de la contrée. Thibaut II, comte de Champagne,
toujours généreux pour les fondations faites sous le patronage de la sainte Vierge, fit en faveur de celle-ci de grandes
libéralités, et fut imité non-seulement par les seigneurs,
mais encore par la reine de France Marie et le roi saint
Louis. La fille de Guillaume des Barres, surnommé le
Grand, devint prieure de la communauté, et lui-même,
après sa glorieuse expédition en Terre-Sainte, se retira
dans le monastère, où il se fit religieux. La vie édifiante
des religieuses et l'odeur de leurs vertus accrurent bientôt leur nombre, à ce point qu'il fallut en détacher une
colonie qui alla fonder un nouveau monastère à Collinances, distant de quelques lieues. Ces deux maisons demeurèrent tendrement unies et se conservèrent dans une parfaite régularité jusqu'aux guerres si désastreuses du
quinzième siècle, pendant lesquelles les Anglais brûlèrent
et détruisirent en grande partie le couvent de Fontaine.
Quand la paix fut rétablie, de nouvelles religieuses vinrent

d'Orléans pour reconstituer le monastère dispersé, et en entrant dans l'église, seul édifice qui fût resté debout, elles saluèrent Notre-Dame en chantant la prose *Veneremur Virginem*, et s'installèrent dans un lieu voisin jusqu'à la reconstruction des bâtiments claustraux. Pour les aider dans cette entreprise, il fut fait plusieurs fondations, que rapporte le Cartulaire de Fontaine. Par l'une d'elles, le couvent s'engageait à chanter après complies, la veille des fêtes de la sainte Vierge, le répons : *Gabrielem dùm Virgo*, et à donner le salut ordinaire avec quatre cierges allumés devant la statue de Marie ; par l'autre, les religieuses s'obligeaient, moyennant cinquante livres de rente à perpétuité, à chanter tous les premiers dimanches du mois, après la procession du Rosaire, l'*Ave, Regina*, avec verset et oraison, et la veille de la fête de saint François, le *Salve, Regina*, avec le salut ordinaire. Par une troisième fondation, en date du 16 juillet 1684, le couvent s'engage à donner le salut la veille de la Visitation, comme il avait lieu la veille des autres fêtes de la sainte Vierge, et à réciter tous les jours après matines, pour les parents et amis défunts du donateur, le *De profundis*, puis les strophes *Monstra te* et *Virgo singularis* de l'*Ave, maris stella*. Enfin une autre fondation lègue cinquante francs par an à distribuer aux pauvres qui assisteront à la grand'messe conventuelle les jours de la Purification, de l'Annonciation, de l'Assomption, de la Nativité et de la Conception de la sainte Vierge : c'étaient dix francs à distribuer pour chaque fête.

Après Fontaine, nous trouvons l'abbaye de Notre-Dame de Chambre-Fontaine, qui avait pour bienfaiteurs les plus illustres personnages, et où Philippe de France fonda, en 1232, l'anniversaire du roi Philippe-Auguste, son père ; Crégy, où un jeune novice des Carmes déchaussés de Paris fonda une maison de son ordre, en lui donnant plusieurs de

ses propriétés; Saint-Fiacre, où l'église, qui était le but
d'un pèlerinage célèbre au thaumaturge de la Brie, était
dédiée à Notre-Dame de l'Assomption; Montceaux, qui
avait, outre sa chapelle de la Nativité de la sainte Vierge,
la chapelle de Notre-Dame de Lorette, bâtie en reconnaissance des faveurs obtenues par la sainte Vierge, et surtout
de la guérison d'une paralysie dont la fondatrice souffrait
depuis une année entière. Innocent XI accorda à cette chapelle, par un bref du 10 juillet 1679, plusieurs indulgences qui furent publiées au prône dans quinze paroisses
environnantes; et le jour de la fête qui suivit, il y eut
grande affluence de pèlerins avec beaucoup de communions.

Enfin, pour terminer ce qui regarde les environs de
Meaux, nous dirons que Chambry, Chauconin, Poincy et
Viguely avaient pour patronne Notre-Dame de l'Assomption; le Plessis-l'Évêque, Notre-Dame de la Nativité. La
nouvelle église de Neufmoutiers a été bénie sous le vocable
de l'Immaculée Conception. Vareddes avait une chapelle
sous le même vocable, qui remontait à une époque assez
reculée, et une confrérie d'une grande importance. Enfin,
Mareuil-lès-Meaux avait un autel de Marie d'une sculpture
très-remarquable. Ainsi la sainte Vierge était partout, et
partout on était heureux de la rencontrer et de la prier.

Maintenant, si des environs de Meaux nous portons nos
regards sur tout l'arrondissement, nous apercevons d'a-
bord l'abbaye royale de Notre-Dame de Jouarre, fille de
celle de Notre-Dame de Faremoutiers. La fondation de
cette célèbre communauté est due à Adon, trésorier du
roi Clotaire II et frère de saint Ouen, évêque de Rouen.
Ce saint personnage, ayant quitté les honneurs et les dangers de la cour, s'était retiré sur une montagne, non loin
du confluent du petit Morin avec la Marne, et bientôt,
touchés de son exemple, plusieurs membres de sa famille

étaient venus se joindre à lui : c'étaient, d'une part, le vénérable Agilbert, depuis évêque de Paris, saint Ébrégé-sile, depuis évêque de Meaux ; d'autre part, sainte Tel-childe et sainte Aguilberte ; et ainsi s'était établi, comme à Faremoutiers, un double monastère sous la discipline de saint Colomban. La communauté d'hommes dura peu ; mais, en compensation, celle des femmes devint illustre. Sainte Telchilde, qui avait été formée par sainte Fare, en fut la première abbesse ; et, sous son habile direction, il s'y forma aussi grand nombre de saintes religieuses, entre les-quelles brillèrent du plus pur éclat la première abbesse de Chelles, sainte Berthilde, et la première abbesse de Notre-Dame de Soissons, la vénérable Éthérie. L'amour de la sainte Vierge était comme l'âme de cette communauté nais-sante, et ne fit que s'y maintenir et s'y développer avec le progrès des siècles. Une des plus célèbres abbesses, Jeanne de Bourbon, fit consacrer l'église abbatiale à Marie, sous le vocable de l'Assomption, plaça dans le cloître l'image de la sainte Vierge, établit le Rosaire, fonda des messes de la Présentation de Notre-Dame et du Rosaire. Sa piété filiale envers Marie ne resta point sans récompense ; car elle mourut à Jouarre en odeur de sainteté. Pendant les quatre jours que son corps demeura exposé, son visage parut plus beau, plus vermeil le dernier jour, que lors-qu'elle était vivante, et son corps n'exhala qu'une odeur embaumée (1).

Jeanne de Lorraine, qui lui succéda, une de ces femmes rares, également admirables aux regards du monde et de la religion, estimée une grande sainte par le cardinal de Richelieu, qui l'appelait la reine des abbesses, avait pour Marie une dévotion non moins remarquable. En toutes ses peines, elle avait recours à la sainte Vierge ; elle l'hono-

_____

(1) Tiré d'anciens manuscrits de l'abbaye.

rait et l'aimait avec une piété vraiment filiale, lui recommandant sa maison et toutes ses affaires, conseillant à toutes ses filles de la prendre pour mère et d'implorer son assistance en tous leurs besoins.

Pénétrée d'une particulière dévotion aux mystères de l'Incarnation et de l'Annonciation, elle tenait à honorer toutes les heures que Jésus-Christ avait passées dans le sein de Marie; et, pour cela, elle disait tous les jours vingt-quatre *Ave, Maria*, depuis la fête de l'Annonciation jusqu'à Noël. Un jour, on vint lui annoncer qu'une de ses religieuses était en proie à des douleurs extrêmes qui la mettaient dans un péril imminent de mort. Surprise des choses extraordinaires qu'on lui racontait, elle se rend, à l'heure même, auprès de la malade; et, après y être demeurée longtemps, sans craindre de gagner le mal qu'on croyait contagieux, touchée de tant de souffrances, elle forme trois vœux : le premier, de faire brûler à Notre-Dame de Liesse un cierge de neuf livres devant le Saint-Sacrement, en souvenir des neuf mois que Jésus-Christ a passés dans le sein de la sainte Vierge, et d'y faire dire cinq messes, selon le nombre des lettres qui composent le nom sacré de *Marie;* le second en l'honneur de sainte Hélène, le troisième en l'honneur de sainte Berthe, et aussitôt la malade est guérie.

Cette sainte abbesse substitua l'habit noir, comme plus modeste et plus humble, à l'habit blanc des chanoinesses de Fontevrault, qui avait été apporté à Jouarre par Madeleine d'Orléans; et par son ordre, ce changement eut lieu le jour de la Purification, en 1627; tant elle tenait à ce que tout se fit dans sa maison sous les auspices de Marie.

L'amour du Saint-Sacrement se confondait dans son cœur avec l'amour de la sainte Vierge, et ces deux amours croissaient l'un par l'autre comme deux flammes qui se rapprochent. Trouvant l'église abbatiale trop peu digne du Dieu qui l'habitait, et de la Vierge qui en était la patronne titulaire, elle conçut le dessein de la faire reconstruire en partie. Bientôt on mit la main à l'œuvre; et pendant qu'on bâtissait, elle fit réciter chaque jour, après l'oraison du matin, le *Salve*, *Regina* et le *Sub tuum* pour appeler sur les travaux les bénédictions de Marie. Ses vœux furent remplis; et l'église de Jouarre devint un des plus magnifiques sanctuaires dédiés en France à la sainte Vierge. Elle fit de plus sculpter des stalles du plus beau travail, exécuter pour l'exposition du Saint-Sacrement un ostensoir estimé dix mille écus, et établir, derrière le chœur des religieuses, un second autel de Marie, riche de dorures et d'ornementation.

Jeanne de Lorraine ne jouit pas longtemps de sa belle église; elle l'avait commencée en 1629, elle la fit bénir en 1638, et l'année même elle fut frappée d'une maladie mortelle. Lorsque la communauté apprit qu'elle était en danger, ce furent des pleurs, des cris, des lamentations extraordinaires : on exposa le Saint-Sacrement, et les unes allaient se prosterner aux pieds de Jésus-Christ en lui disant : « Mon Dieu, rendez-nous notre digne abbesse! » les autres allaient se jeter devant la sainte Vierge en criant : « O vous qu'elle a tant aimée, sauvez-la et obtenez sa » guérison! » Tant de prières ne furent point exaucées ; le fruit était mûr pour le ciel, Dieu le cueillit (1).

Marie-Marguerite de la Trémouille, qui lui succéda, avait reçu au baptême le nom de Marie comme un présage de la dévotion qu'elle devait avoir à la sainte Vierge et de la protection qu'elle en devait recevoir dans ses fonctions. D'abord abbesse de Notre-Dame du Lys, puis de Notre-Dame de Jouarre, cette illustre servante de Marie vécut comme une sainte et mourut de même.

---

(1) Extrait des manuscrits de l'abbaye.

Henriette de Lorraine, qui fut aussi abbesse de Jouarre, établit qu'il se dirait une messe de la sainte Vierge tous les samedis de l'année où la liturgie le permet. Non moins zélée pour le culte de Marie, une autre abbesse, Anne-Marguerite de Rohan-Soubise, plaça une sainte Vierge dans le cloître, afin d'y tenir toujours présente à l'esprit des religieuses la pensée de Marie.

Charlotte de Rohan, sa sœur, qui fut abbesse après elle, fit bénir cette statue au milieu des plus beaux chants du *Magnificat* et du *Salve, Regina,* accompagnés du clavecin, et dota l'église Notre-Dame d'un magnifique maître-autel dont une note manuscrite nous rapporte le devis : « Sera taillé » en pierre de liais, y est-il dit, les deux chiffres de l'*Ave,* » *Maria,* fleuronnés avec des branches de lys. Sera fait en » ronde-bosse le groupe de l'Assomption de la sainte » Vierge accompagné d'anges adolescents, d'enfants et de » chérubins, le tout gisant sur un nuage modelé et tra- » vaillé artistement d'une matière composée, approchant » du stuc pour l'éclat et la dureté. » Digne émule des ab-besses qui l'avaient précédée, Henriette de Montmorin ne commençait rien d'important ou n'en décidait l'exécution que les samedis ou les fêtes de la sainte Vierge. C'était dans ces jours qu'elle espérait les bonnes inspirations de la sainte Vierge; et elle se trouva toujours bien de cette pratique : la sainte Vierge ne lui fit jamais défaut. Le jour de l'Assomption, elle se sentit inspirée de faire approprier une autre salle pour servir de réfectoire à la communauté; et quand, le lendemain, les ouvriers se mirent à l'œuvre, ils découvrirent avec effroi trois poutres pourries qui ne tenaient presque plus et auraient, dans un temps très-rapproché, écrasé la communauté. Dans un autre en-droit de l'abbaye, était une petite chambre où les sœurs allaient très-souvent; elle conçut, un samedi, le dessein de la réparer; et au premier coup de marteau que donnèrent les ouvriers, le plancher tomba d'une seule pièce.

Fidèle à saisir tous les moyens de porter ses religieuses à un grand amour de la Mère de Dieu, la première fois qu'on se servit d'une cuisine neuve qu'elle avait fait bâtir, elle porta de ses propres mains de l'ancienne cuisine à la nouvelle la statue de la sainte Vierge; elle la tenait dévotement entre deux sœurs portant chacune un cierge, et toute la communauté chantait comme d'une seule voix la belle hymne qui commence par ces mots : *Ave, maris stella*. De même, lorsqu'on dut passer de l'ancien réfectoire dans le nouveau, elle y fit porter avec le crucifix la statue de la sainte Vierge et celle de saint Jean, en se plaçant sous ces glorieux patronages par les chants de : *O Crux, ave*, du *Sub tuum*, de l'*Inviolata* avec l'antienne de saint Jean; et la mère prieure y ajouta l'oraison *Concede*.

A la cérémonie de vêture, elle conduisait la postulante, aussitôt après son entrée solennelle dans le cloître, à l'autel de la sainte Vierge, pour qu'elle s'y offrit tout entière à la Mère de Dieu. La veille de l'Annonciation, après complies, elle faisait chanter la prose de la sainte Vierge, et dès qu'on la commençait, on sonnait toutes les cloches; six novices, un flambeau à la main, et les deux premières sacristines, en habit de cérémonie, venaient au chœur, marchant fort modestement, d'un pas égal, et s'y tenaient debout jusqu'au verset *De lacu*, où elles s'en retournaient dans le même ordre.

Aussi l'abbaye de Jouarre était-elle fondée à dire ces douces paroles que nous lisons dans un de ses manuscrits : « Nous honorons à jamais la sainte Mère de Dieu ; nous lui » rendons cet hommage avec le plus grand plaisir du » monde, afin que, comme elle a permis que ceux qui » récitaient avec fidélité le saint Rosaire terrassassent les » ennemis terrestres, elle nous accorde et nous obtienne

» les grâces nécessaires pour vaincre ces ennemis, qui, re-
» tenus dans d'obscurs cachots, nous font une guerre conti-
» nuelle. » Le sceau de l'abbaye était en rapport avec sa
piété filiale pour Marie. En 1316, c'était l'image de la sainte
Vierge tenant l'Enfant Jésus, et sur le revers du sceau une
fleur de lys entourée de cette légende : † *Flos Filius ejus*.
Dans la suite, l'abbaye choisit pour son sceau le mystère
de l'Assomption, qui était d'ailleurs sa fête patronale; et
ce sceau, haut de 85 millimètres sur une largeur de 67,
est un des plus beaux types du genre. Autour règne une

élégante torsade, et la partie supérieure du champ représente Marie qui s'élève sur les nuages, les mains jointes,
un voile sur la tête et ses vêtements amplement drapés. Deux

Anges, élevés aussi sur des nuages, tiennent une couronne de fleurs au-dessus de sa tête, et deux autres, placés plus bas, semblent aider sa marche vers le ciel. La partie inférieure contient un bel écusson écartelé au 1er et au 4e de Lorraine, au 2e de Clèves et au 3e de Bourgogne moderne, encadré dans une cordelière présentant un double nœud à chacun des angles, un nœud simple vers le milieu, et, derrière l'écusson, une crosse est placée en pal avec sa volute tournée à gauche; le tout est supporté par deux larges palmes qui se croisent.

Telle était la célèbre abbaye qu'a renversée la révolution de 1792. Au milieu des ruines de l'ancienne église abbatiale, la clef de voûte du grand portail du nord porte encore le chiffre de Marie très-bien conservé, qui semble dire à tous que Marie protége ces ruines et qu'elle appelle la restauration du magnifique sanctuaire dédié à sa glorieuse Assomption. En effet, seule de toutes les grandes abbayes de filles qui florissaient autrefois dans le diocèse de Meaux et même dans toute la France, Jouarre est de nouveau sortie de ses ruines. Après un espace de près de cinquante ans, les dames bénédictines de la congrégation du Saint-Cœur de Marie vinrent reprendre possession de l'ancien monastère, le 8 septembre 1837. En arrivant, elles ne jouissaient que d'un seul pavillon des bâtiments claustraux. Peu à peu, à force de sacrifices, elles ont pu acquérir tout ce qui était encore debout, avec les ruines de l'église et de l'ancien chapitre; de sorte qu'aujourd'hui la montagne, séjour de sainte Telchilde et de sainte Aguilberte, retentit encore des cantiques sacrés des vierges, filles de Marie immaculée. La règle de saint Benoît prépare encore de nouvelles générations de saintes, et les nouvelles religieuses, rivalisant avec leurs devancières, feront de Jouarre un sanctuaire d'amour et de dévouement pour l'auguste Mère de Dieu.

Après Jouarre, l'arrondissement de Meaux nous offre deux sanctuaires remarquables : Notre-Dame de Lagny et Notre-Dame de Chelles.

Notre-Dame de Lagny date, comme lieu de pèlerinage, de l'an 1128. A cette époque, une cruelle maladie, nommée le *mal des ardents*, exerçait les ravages les plus désastreux à Paris et aux environs, sans que la science de la médecine pût arrêter la mortalité. Alors Raoul, abbé de Lagny, exhorta les habitants de cette ville et ceux des alentours qui relevaient de sa juridiction temporelle à recourir à Marie. Docile à sa voix, on vint dans l'église abbatiale de Lagny adresser de ferventes prières devant l'image de la sainte Vierge ; et bientôt le fléau cessa dans la ville et aux environs. Depuis lors, l'image reçut le nom de Notre-Dame des Ardents et devint l'objet de la plus haute vénération. Cette vénération s'accrut encore par la résurrection d'un enfant mort, obtenue dans une circonstance mémorable et authentiquement consignée dans le procès de la Pucelle d'Orléans publié par Quicherat. Voici l'exposé du fait, d'après le texte même du procès.

Le roi Charles VII ayant renoncé au siège de Paris, en septembre 1429, son armée vint camper aux portes de Lagny et emporta d'assaut la petite ville, d'autant plus facilement que les habitants étaient heureux de secouer le joug des Anglais. La Pucelle, entrée à Lagny, se rend aussitôt à l'église pour prier Dieu, en qui elle mettait tout son espoir. Là, elle trouve les jeunes filles de la ville en prière devant l'image de Notre-Dame pour obtenir la vie à un enfant nouveau-né, mort depuis trois jours sans baptême. Elle se mêle à ce pieux groupe et prie de tout son cœur. La présence de l'héroïne de la France, à deux genoux devant l'image de Marie, ranime la confiance; on prie avec plus de ferveur encore ; et bientôt le visage de l'enfant, noir comme l'habit de la Pucelle, disent les actes

du procès, reprend quelques couleurs; l'enfant soupire et
bâille jusqu'à trois fois, et, après des signes de vie aussi
évidents, on lui donne le baptême (1).

Peu de temps après, les habitants de Lagny, cruellement éprouvés par une épidémie qui faisait de nombreuses
victimes, assiégés en même temps par les Anglais, qui
occupaient tous les environs de la ville, vinrent de nouveau dire leurs angoisses à Marie devant son image vénérée. Cette fois, comme la précédente, leur prière fut exaucée : l'épidémie cessa, les Anglais se retirèrent; et, en
mémoire de ce double bienfait, les habitants firent vœu
d'entretenir devant la sainte Vierge une lampe ardente. On
y voyait encore, à la fin du dix-septième siècle, ce monument de leur reconnaissance, ainsi que beaucoup d'autres
souvenirs des grâces obtenues en ce même lieu, selon
que nous l'apprend l'histoire manuscrite de l'abbaye de
Lagny, écrite par un religieux bénédictin de cette époque :
« On a encore, dit-il, beaucoup de confiance en cette
» image; on lui marque sa dévotion par de fréquentes
» messes, des neuvaines, et des antiennes qu'on fait dire
» et chanter, des cierges qu'on fait brûler dans sa cha-
» pelle; on la voit tout entourée de têtes, de cœurs, de

---

(1) Voici le texte même du procès de la Pucelle : « Interrogata
» qualem ætatem habebat puer quem ipsa suscitavit apud Latignia-
» cum, respondit quod puer ille erat trium dierum : et fuit appor-
» tatus coram imagine beatæ Mariæ in Latigniaco, fuitque dictum
» ipsi Johannæ quod puellæ de villâ erant coram dictâ imagine, et
» quod ipsa vellet ire ad orandum Deum et beatam Virginem quod
» daretur vita infanti. Et tunc ipsa cum aliis puellis ivit et oravit, et
» finaliter apparuit vita in illo puero, qui fecit tres hiatus et fuit bap-
» tizatus posteà, statimque fuit mortuus et inhumatus in terrâ bene-
» dictâ. Et fuerant tres dies elapsi, ut dicebatur, quibus non apparue-
» rat vita in puero : eratque niger velut tunica ejusdem Johannæ :
» sed quando fecit hiatum, color ejus cœpit redire. Et ipsa Johanna
» erat cum puellis, orans genibus flexis coram nostrâ Dominâ. »

18

» bras, de jambes, de mamelles de cire, selon les mem-
» bres affligés dont on a obtenu la guérison. » Et l'auteur
ajoute, dans un autre endroit de son manuscrit, qu'il y
avait dans la même église abbatiale une confrérie de la
Vierge, dont la messe inspirait un intérêt tout particulier
aux fidèles dès l'an 1470. Là aussi était l'autel de Notre-
Dame du Rosaire, dont la confrérie y fut érigée canoniquement le 6 mai 1623.

Cette église est remarquable par de vieilles peintures à
fresque dignes d'intérêt, entre autres par une Annonciation et une Visitation, qu'on y a découvertes en 1859,
dans lesquelles la richesse des ornements de sainte Élisabeth, de ceux de la sainte Vierge surtout, indique évidemment le commencement du seizième siècle. L'autel actuel
est d'une époque récente ; il est de marbre, ainsi que les
gradins, et de fort belle exécution. La statue de la Vierge
qui le surmonte est également d'un bon style. Nous ne
parlerons pas du prieuré de Notre-Dame de la Conception
que Lagny avait ajouté à son abbaye : ce monastère ne
subsista que jusqu'en 1653, où il fut transféré à Conflans,
près de Paris.

Il était, dans les environs de Lagny, un autre monastère
plus digne encore d'attirer notre attention : c'est l'abbaye
royale de Notre-Dame de Chelles. Sainte Clotilde l'avait
fondée ; sainte Bathilde, épouse de Clovis II, lui donna un
plus grand développement et y fit venir de Jouarre sainte
Bertille, qui en est regardée comme la première abbesse.
Au commencement du neuvième siècle, Gisèle, fille de
Pepin et sœur de Charlemagne, y fit construire une grande
et magnifique église en l'honneur de la sainte Vierge, où
l'on transporta les restes vénérés de sainte Bathilde et de
sa filleule Radegonde, honorée comme sainte dans l'abbaye, et le corps de Clotaire III, fils de sainte Bathilde.

En 1226, un incendie ayant réduit en cendres tout le

monastère de Chelles, on bâtit une nouvelle église qui subsista jusqu'à la révolution de 1792. De toutes les églises monastiques élevées dans les environs de Paris, c'était, après celle de Saint-Denis, la plus remarquable par son étendue et par la richesse de son ornementation. L'éclat et le coloris de ses vitraux étaient dignes des belles peintures qui décoraient l'intérieur. On y comptait neuf autels ; mais on y admirait surtout l'autel principal, dont le bronze et les bois précieux avaient été fournis par le maréchal de la Meilleraie, frère de l'abbesse Madeleine de la Porte. Sur le devant de l'autel, apparaissait, en relief, une figure de la sainte Vierge, en vermeil. Au-dessus du tabernacle, sous une arcade circulaire de quatre mètres de longueur et d'autant de largeur, était sculpté l'enlèvement par les anges du corps de la Mère de Dieu au milieu des douze apôtres placés autour du tombeau. En arrière, était sainte Madeleine à genoux, les yeux et les mains élevés vers la sainte Vierge. De chaque côté de l'arcade étaient saint Genêt, aumônier de sainte Bathilde, évêque de Lyon, et saint Éloi, évêque de Noyon, tenant l'un et l'autre à la main un encensoir qu'ils semblaient balancer vers le tabernacle.

Les arcades collatérales étaient séparées par six grandes colonnes avec bases et chapiteaux, le tout de bronze et parfaitement doré. Les colonnes reposaient sur des piédestaux en pierre blanche, avec plaques de marbre noir. Au-dessus, régnait un entablement sur lequel étaient un certain nombre de statues, celles de saint Joseph, de sainte Bathilde, de sainte Bertille, de saint Martin et de plusieurs anges de différentes grandeurs. Enfin, tout ce beau travail se terminait par la représentation en relief de l'entrée triomphante de la sainte Vierge dans le Ciel et de son couronnement par les trois personnes de la sainte Trinité. Le tabernacle était d'argent massif. La grille du chœur, donnée

18.

par la princesse Mathilde d'Orléans, abbesse du monastère, était un chef-d'œuvre.

Cette célèbre église avait une chapelle sous l'invocation spéciale de Notre-Dame de Lorette. Vers l'an 1620, le duc d'Aumale ayant envoyé à l'abbesse Marie de Lorraine, sa sœur, une statue de la sainte Vierge semblable à celle du pèlerinage de Montagu et faite du chêne même où un berger avait trouvé cette figure miraculeuse, on la reçut au monastère avec une grande solennité et on la porta en procession au maître-autel de l'église abbatiale. Elle n'y demeura que cinq ans. On crut qu'une statue si vénérable devait avoir une chapelle particulière; on lui en disposa une, en effet. Quand tout fut prêt, on l'y transporta solennellement, et là, elle fut, jusqu'à la suppression de l'abbaye, l'objet d'une grande dévotion. Le souverain Pontife y attacha même les indulgences connues à Rome sous le nom d'indulgences de l'Échelle sainte.

On ne saurait dire combien la sainte Vierge était aimée et honorée dans cette abbaye, et une circonstance vint encore, en 1655, ranimer cette dévotion. Un coup de tonnerre ayant éclaté dans un des bûchers du monastère arracha, de la porte où elle était collée, une image de Notre-Seigneur portant sa croix, devant laquelle priait alors un pauvre ouvrier; et la foudre alla la fixer au milieu de l'autel, dans l'oratoire abbatial, sans laisser à la chapelle d'autres traces de son passage que des ondulations de diverses couleurs sur la bordure des tableaux qui représentaient la vie de la sainte Vierge. La pieuse abbesse, Madeleine de la Porte, pour témoigner sa reconnaissance à la Mère de Dieu, de ce que, dans un tel danger, le monastère avait été ainsi épargné, livra à un artiste toute sa vaisselle d'argent avec ordre d'en faire deux images en relief, de deux pieds de hauteur, travaillées le mieux possible; et les offrit à Marie comme témoignage de sa

gratitude en ces termes, qui nous été conservés : « O Sa-
» crée Mère de Dieu, recevez votre image, qui vous est
» offerte par Madeleine de la Porte, humble abbesse de
» Chelles, pour marque de sa reconnaissance d'avoir con-
» servé miraculeusement votre maison d'un grand em-
» brasement dont le ciel la menaçait, le 26 juillet 1655,
» ne laissant à la communauté que la peur, et à moi le
» vœu de faire porter à perpétuité cette image aux deux
» processions de sainte Bathilde et des saintes reliques. »
Et depuis ce jour, jusqu'à la grande révolution, la communauté fut toujours fidèle à l'accomplissement de ce
vœu.

L'abbaye de Chelles eut ceci de particulier, qu'en même
temps qu'elle comptait pour protecteurs et bienfaiteurs des
rois comme Louis le Débonnaire, saint Louis et Louis XII,
des princes du sang et une foule de grands seigneurs, elle
avait le plus souvent pour abbesses des princesses illustres.
Une d'elles, Marie de Lorraine, employa 12,000 livres
pour fonder à perpétuité une messe de la très-sainte Vierge
au commencement de l'oraison mentale dont elle avait établi la pratique dans son monastère ; et ses contemporains
n'ont jamais douté que sa tendre dévotion envers Marie
n'ait été la source de toutes les bénédictions que Dieu versa
sur elle et sur sa communauté.

Madeleine de la Porte ne le cédait en rien à Marie de
Lorraine : comme elle, elle avait une vénération extraordinaire pour la sainte Vierge ; elle l'aimait comme la meilleure des mères, elle recourait à elle dans tous ses besoins,
lui déclarait ses peines, lui confiait ses secrets, et voulait
que tout le monde la regardât comme la souveraine du
monastère, non-seulement parce qu'elle a reçu de son Fils
le domaine de toutes choses, mais encore parce que tous
les habitants de la maison devaient se tenir pour ses serviteurs, et qu'en fait la sainte Vierge leur avait donné

mille preuves de sa protection. En voici un exemple : La Marne, qui coule assez proche de l'abbaye, s'étant débordée jusqu'à envahir une partie des lieux réguliers de la maison, l'abbesse, pleine de confiance, se jette à genoux devant l'image de Marie et la conjure d'arrêter le débordement. Aussitôt les eaux se retirent, et Chelles est délivré.

La pieuse abbesse jeûnait tous les samedis en l'honneur de la sainte Vierge, récitait tous les jours le rosaire, prenant même sur son sommeil le temps nécessaire à cet exercice, lorsque pendant le jour ses occupations lui en avaient ôté le loisir. Quand elle pouvait travailler de ses mains, son bonheur était de s'occuper à de belles et riches broderies dont elle faisait hommage à quelque sanctuaire de la Mère de Dieu. Aussi, de toutes les richesses du couvent, celles qu'elle estimait le plus c'étaient les saintes reliques du manteau de la sainte Vierge, de ses cheveux, de ses souliers et de son sépulcre, qu'on avait le bonheur d'y posséder.

Chelles avait, outre sa grande abbaye, une petite chapelle de Notre-Dame des Souffrances, avec un très-beau groupe de *Mater Dolorosa* qui se voit encore aujourd'hui dans l'église paroissiale. La paroisse venait en procession à cette chapelle les jours de la Compassion et des Rogations, ainsi que le lundi de Pâques et de la Pentecôte. La révolution a détruit cet oratoire et n'a même pu souffrir une croix par laquelle on avait voulu le remplacer.

Tels sont les principaux sanctuaires de Marie dans l'arrondissement de Meaux. De ces sanctuaires, comme d'autant de foyers, se répandait, dans tous les cantons, l'amour de la sainte Vierge. Ainsi, dans le canton de Claye, Mitry avait, au retable de son maître-autel, un magnifique tableau de Lesueur, représentant l'Annonciation ; et, au-dessus de l'autel de la sainte Vierge, les médaillons des quinze mystères du Rosaire, disposés en cercle; on les y voit encore. Mory avait une chapelle de Notre-Dame de la Conception; Villeparisis avait le prieuré de Notre-Dame de Grosbois ou de l'Hermitage; Fresnes joignait à une chapelle bénéficiale de la sainte Vierge une magnifique chapelle dans le château de la paroisse, dont l'autel représentait le tombeau de la Mère de Dieu.

Le canton de Crécy-en-Brie était mieux partagé encore : il y avait, dans l'ancien château des comtes de Crécy, une chapelle bénéficiale sous le nom de Notre-Dame. Près de là était l'abbaye de Notre-Dame du Pont-aux-Dames, fondée en 1226, spécialement chère à Charles le Bel, à la reine Jeanne son épouse et à Blanche, duchesse d'Orléans, leur fille, qui, tous trois, l'honorèrent de leur royale munificence. On y admirait une jolie statuette de marbre blanc représentant une Vierge Mère, qui se voit encore dans l'église de Couilly; mais on y admirait bien plus encore l'église elle-même, vaste édifice du plus pur gothique, dont la construction remontait jusqu'à l'origine de l'abbaye; et, dans cette église, un magnifique chœur, éclairé par trente-deux ouvertures ogivales formées de vitraux peints, orné de boiseries sculptées du meilleur goût, et séparé de la nef par une grille, chef-d'œuvre de serrurerie. La Chapelle-sur-Crécy avait une église collégiale et paroissiale sous le vocable de l'Assomption, laquelle passe pour être, après la cathédrale, la plus belle église de l'ancien diocèse de Meaux. A Dammartin-sous-Tigeaux était le prieuré de Notre-Dame de Bonne-Fontaine. Bailly, Sancy, Montry, honoraient comme patronne Notre-Dame de l'Assomption, et le pape Innocent XI avait accordé à Montry, pour le jour de sa fête patronale, une indulgence plénière qu'on annonçait, au prône des paroisses environnantes, le dimanche d'avant l'Assomption. Villeneuve-le-Comte a son église dédiée à Notre-Dame de la Nativité, et le château de Courtevroult avait une belle chapelle sous le titre de Notre-Dame de Montaumer.

Le canton de Dammartin ne le cédait point à Crécy. Dans la ville du chef-lieu, était et est encore une belle église de Notre-Dame bâtie par Antoine de Chabannes, lequel, vers la fin d'une vie agitée par des vicissitudes de toutes sortes, voulant se recueillir dans la piété, voulant plus encore s'assurer dans une église, après sa mort, un tombeau, des prières et la protection de la sainte Vierge, éleva ce monument et fonda un chapitre près de son château. Le portail, le chœur et la grille qui le sépare de la nef sont d'une belle exécution. Au milieu de la grille est une petite niche contenant une jolie statuette de la sainte Vierge, en bois. Sur l'autel principal, est une Assomption peinte par Delobel ; et dans un plan inférieur, Louis XIII est représenté mettant sa personne et son royaume sous la protection de Marie. Dammartin avait de plus un monastère de la Visitation ; mais les guerres civiles de la minorité de Louis XIV obligèrent les religieuses à revenir au couvent de Meaux, berceau de leur fondation dans le diocèse.

Parmi les paroisses du canton, nous remarquons, à Juilly, l'abbaye de Notre-Dame de l'Assomption, occupée autrefois par des chanoines réguliers de Saint-Augustin, concédée, en 1638, aux Oratoriens, qui en firent un collège florissant ; à Noëfort et à Saint-Pathus, un prieuré de Notre-Dame ; au Ménil-Amelot, la chapelle de Notre-Dame de Guivry, fréquentée, comme lieu de pèlerinage, les jours de fête et de dimanche, par les fidèles qui viennent y honorer Marie sous le titre de Notre-Dame de la Miséricorde, et se tiennent redevables envers elle du bonheur qu'ils ont eu de n'avoir jamais été visités par le choléra-morbus ; à Othis, Notre-Dame de la Nativité ; à Marchemore, à Vinantes, Notre-Dame de l'Assomption ; à

Compans, l'église titulaire du même nom, où le chancelier Boucherat, seigneur du lieu, avait fait placer un très-bel autel et un tableau très-estimé, représentant l'Assomption et le Vœu de Louis XIII ; enfin, à Thieux, une confrérie de Notre-Dame, et à Moussy-le-Vieux, une ancienne confrérie du Saint-Rosaire.

Dans le canton de la Ferté-sous-Jouarre, nous trouvons, outre l'abbaye de Jouarre, qui fait sa plus belle illustration, Notre-Dame de la Cave, à Chamigny, magnifique crypte du treizième siècle, qui se partage en trois nefs de trois travées chacune, sanctuaire autrefois très-fréquenté comme lieu de pèlerinage, aujourd'hui encore en très-bon état de conservation ; Notre-Dame du Rouget dans la même paroisse de Chamigny, où Bossuet autorisa, en 1699, les paroissiens de Cocherel, qui est limitrophe, à faire une procession solennelle pour obtenir la cessation d'une maladie contagieuse qui leur avait enlevé quarante et une personnes ; Notre-Dame de l'Assomption à Signets ; Notre-Dame des Ermites à Pierrelevée, où Henri Ier, comte de Champagne, fonda l'entretien d'une lampe, *septem solidos ad opus unius lampadis;* Notre-Dame du Tillet et Notre-Dame de Pitié à Reuil ; Notre-Dame du Rosaire à Saint-Jean-les-Deux-Jumeaux.

La ville de Lagny avait, outre sa célèbre église dont nous avons parlé, un prieuré de Notre-Dame de la Conception, et le canton dont elle est le chef-lieu avait, outre l'abbaye de Chelles, l'abbaye de Notre-Dame de Malnoue, à Croissy-Beaubourg, qui honorait la sainte Vierge comme patronne, sous le titre de l'Annonciation, et portait l'effigie de ce mystère sur le sceau abbatial ; un prieuré de Notre-Dame à Torcy, à Chessy, à Pomponne ; une chapelle de Notre-Dame de Haut-Soleil à Thorigny, ainsi nommée de sa situation sur une montagne qui regarde le sud-est, et où l'on venait en pèlerinage pour la fièvre ; Notre-Dame de l'Assomption à Conches, qui n'est plus aujourd'hui qu'une annexe, et à Lesches, qui est une chapelle vicariale; enfin Noisiel, dont la belle église fut consacrée, au mois d'août 1857, sous le vocable de l'Immaculée Conception.

Lizy-sur-Ourcq, autre canton de l'arrondissement de Meaux, avait, au moyen âge, sur son territoire, une chapelle bénéficiale de Notre-Dame. Aujourd'hui l'église paroissiale a une jolie chapelle de la sainte Vierge, décorée dans le meilleur goût. La paroisse de Crouy-sur-Ourcq compte, à elle seule, deux sanctuaires mémorables : Notre-Dame de l'Assomption, à Raroy, monastère habité autrefois par des religieux de l'ordre de Grandmont, qui y menèrent la vie la plus édifiante, tombé ensuite en ruines, puis relevé par le duc de Tresmes, enfin cédé, en 1624, aux Oratoriens; et Notre-Dame du Chêne, ainsi appelée d'une petite statue de la sainte Vierge trouvée dans le tronc d'un chêne vers les premières années du dix-septième siècle. Ce lieu de pèlerinage, longtemps très-fréquenté, ne se composait d'abord que d'un toit de planches au-dessus de la statue pour former une sorte d'oratoire; puis on y fit une petite chapelle renfermant le chêne et la statue; plus tard, le duc de Tresmes fonda, près de cette chapelle, une maison de religieux pénitents du tiers ordre de Saint-François, qui y élevèrent un modeste couvent, avec une chapelle plus digne de son objet; et, dès lors, le pèlerinage devint tellement fréquenté, que toutes les maisons de Crouy se convertissaient, à certaines époques de l'année, en autant d'hôtelleries. La révolution a détruit la chapelle et la maison des religieux, mais elle n'a pu abolir le pèlerinage; les fidèles y viennent, encore aujourd'hui, offrir leurs hommages et leurs prières devant la statue de la sainte Vierge, placée là où était la chapelle, et protégée par un grillage. On puise toujours avec foi et piété l'eau de la fontaine voisine qu'on appelle la fontaine Notre-Dame; et plusieurs se félicitent d'avoir obtenu des grâces signalées par l'intercession de Notre-Dame du Chêne.

Si, de là, nous passons aux autres paroisses du canton, nous rencontrons Notre-Dame de la Loge à Cocherel, où, en 1849, plus de deux mille personnes se rendirent en procession pour conjurer l'invasion du second choléra ; Notre-Dame de la Nativité à Vincy-Manœuvre et à Vernelles ; Notre-Dame de l'Assomption à Germigny-sous-Coulombs, à May, et surtout à Grandchamp : Notre-Dame de Grandchamp était un des plus riches sanctuaires qui eussent été élevés à la sainte Vierge dans le diocèse de Meaux ; mais malheureusement, cette église, aujourd'hui abandonnée, menace ruine ; et bientôt il n'en restera plus de trace.

CHAPITRE TROISIÈME.

DU CULTE DE LA SAINTE VIERGE DANS L'ARRONDISSEMENT DE COULOMMIERS.

Coulommiers avait deux chapelles de Notre-Dame dans son église paroissiale ; la première s'appelait la chapelle *de la Petite Mère de Dieu ;* et, en vertu d'une fondation, on y chantait deux messes solennelles, l'une, la veille des Rameaux, en l'honneur des sept douleurs de la sainte Vierge ; l'autre, le premier dimanche de juillet, en l'honneur de ses sept allégresses. Elle était à l'usage d'une confrérie du Rosaire qui était établie à Coulommiers, et les confrères l'avaient fait peindre et décorer à leurs frais. La seconde chapelle, située au fond de l'église, à gauche, avait une chapellenie fondée par Blanche de France, fille de Charles le Bel : quatre colonnes de cuivre marquées aux armes de la princesse s'élevaient de chaque côté de l'autel ; et du sommet des chapiteaux sortaient des anges, faits de cuivre comme les colonnes. Plus tard, on agrandit la chapelle en y ajoutant une abside et lui donnant un nouveau mode de décoration ; on y mit aussi une statue nouvelle qui représentait la sainte Vierge debout, tenant l'enfant Jésus sur son bras ; c'est celle qu'on voit encore aujourd'hui au-dessus de la chapelle des fonts.

Il y avait de plus à Coulommiers un couvent de Capucins, doté d'une église sous le vocable de Notre-Dame des Anges, qui passait pour la plus belle que ces religieux eussent en France. L'inscription suivante, qui se lit sur la première pierre de cette église, en fait connaître l'origine : « Au règne de Louis XIII, roi de France et de Navarre, très-

» illustre et très-vertueuse princesse Madame Catherine
» de Gonzague et de Clèves, veuve de très-haut et très-
» puissant prince Henri d'Orléans, duc de Longueville, à
» l'imitation de ses illustres ayeuls, pour le salut et bon-
» heur de la ville de Coulommiers, a fondé et édifié cette
» religieuse maison de l'ordre des Capucins de Saint-
» François, et l'a vouée à la très-glorieuse Vierge Mère
» de Dieu, sous le nom de Notre-Dame des Anges, et a
» posé cette première pierre en la présence et au grand
» contentement du clergé, des magistrats et de tout le
» peuple de ladite ville, l'an de notre salut mil six cent
» dix-sept le xix du mois d'apvril. »

Coulommiers avait encore le bonheur de posséder un
couvent de religieuses dites de *Notre-Dame de la Paix*, qui
jusqu'à la révolution donnèrent l'éducation gratuite aux
jeunes filles, et le bon exemple à toute la ville ; un Hôtel-
Dieu dont la chapelle était sous le vocable de la Visitation ;
une maison de sœurs de Charité, fondée en 1712 par le
cardinal de Bissy, où l'amour que les filles de Saint-Vincent de Paul portaient à la sainte Vierge fut récompensé
par un éclatant miracle. C'était en 1791 ; ordre avait été
donné de dépouiller les églises et chapelles de tous les objets servant au culte. Les sœurs étaient résignées à se des-
saisir de tout, sauf la statue vénérée de la Mère de Dieu
tenant l'enfant Jésus dans ses bras, qui était au-dessus de
l'autel de leur chapelle. Cette statue, elles voulaient la
garder à tout prix, mais comment la descendre et la transporter ? Elle était haute d'un mètre cinquante centimètres,
en pierre, et on ne pouvait faire venir des ouvriers du
dehors pour soulever cette masse si pesante. Dans cette
anxiété, une des religieuses, sœur Marguerite, s'arme du
signe de la croix, monte sur l'autel et cherche à soulever
la statue. A son grand étonnement, la statue obéit à sa
main, qui la saisit et la descend sans difficulté. « Elle ne

pesait guère plus qu'une plume, » racontait plus tard la bonne sœur. Elle la transporta ensuite au fond de la cave, en récitant des prières d'actions de grâces à la Mère de Dieu, qui témoignait ainsi aux sœurs son désir de demeurer avec elles, et elle l'y cacha dans un endroit secret. Après la tourmente révolutionnaire, les sœurs l'y retrouvèrent facilement, mais sans pouvoir la remuer; il fallut cette fois recourir à des bras plus vigoureux. Cette statue miraculeuse se conserve encore dans une des salles de l'hospice de Coulommiers, où on l'invoque sous le nom de Notre-Dame de Pitié.

Aux portes de Coulommiers on trouvait, sur la montagne de Montaglaunt, une petite chapelle sous le vocable de la Nativité de la sainte Vierge, remplacée aujourd'hui par une belle chapelle du même vocable dans le château de Montaglaunt. A mi-côte de la montagne, une petite chapelle récemment construite en style gothique et de forme très-élégante porte le nom de Notre-Dame des Dimanches, pour rappeler aux hommes la sanctification de ce jour, sans lequel s'efface bientôt dans les âmes tout sentiment religieux, et pour recommander à la sainte Vierge la conversion de ceux qui le profanent. On y vénère une ancienne statue de la sainte Vierge, sculptée en bois; et Pie IX a attaché à la visite de ce sanctuaire une indulgence plénière en la fête de la Visitation, une autre en la fête de la Conception, et soixante jours d'indulgence tous les autres jours de l'année.

A peu de distance de Coulommiers vous trouvez l'abbaye royale de Notre-Dame de Faremoutiers, une des maisons conventuelles de femmes les plus anciennes qui aient été établies en France. Sainte Fare, fille d'Agnéric, comte de Meaux, et sœur des deux saints évêques Cagnoald, de Laon, et Faron, de Meaux, en fut la fondatrice et la première abbesse. Cette pieuse vierge, sous l'inspiration de saint Colomban et de saint Eustase, son disciple, avait dès son enfance conçu le dessein de se consacrer à Dieu. Long-temps son père s'y opposa; mais enfin cédant devant la ré-solution la plus persévérante et la mieux prononcée, il consentit à l'entrée en religion de cette fille bien-aimée, et donna même le terrain nécessaire pour l'établissement de l'abbaye qu'elle aspirait à fonder. C'était sur une mon-tagne, près du confluent de deux rivières. Là, la sainte abbesse, en même temps qu'elle pourvoyait à tous les besoins temporels de la maison, s'occupa à faire fleurir la perfection religieuse; et sachant que toutes les grâces viennent par Marie, elle s'étudia à inspirer à toutes ses sœurs une tendre dévotion à cette Vierge Mère. Elle leur déclara que cette maison était le monastère de la sainte Vierge; que tout ce qui s'y trouvait, corps, âmes et biens, était à elle; et pour entretenir la mémoire de cette con-sécration, elle voulut qu'à toutes les fêtes de la sainte Vierge le service divin ne se fît que dans l'église abbatiale et que l'église paroissiale fût fermée.

Aussi, sous le patronage de Marie, la maison prit-elle les plus magnifiques accroissements. Le vénérable Bède s'est plu à raconter toutes les merveilles de sainteté que produi-sit ce monastère naissant. Six des disciples de sainte Fare sont honorées comme saintes. Les filles des rois de la Grande-Bretagne et de ses princes les plus illustres ve-naient apprendre d'elle les secrets de la perfection reli-gieuse; et deux princesses du sang royal du pays de Nor-thombre devinrent, après sa mort, abbesses de Fare-moutiers.

Le même esprit de piété envers Dieu et de dévotion en-vers Marie se perpétua dans l'abbaye. Entre autres faits remarquables, on lit dans les archives du monastère qu'Anne de la Châtre, qui en fut abbesse de 1589 à 1605, ne cessa, pendant les seize années de sa supériorité, de prêcher à ses religieuses la dévotion à la sainte Vierge; qu'elle les ramena par ce moyen à la régularité première dont elles s'étaient écartées, et qu'enfin elle voulut être inhumée dans la chapelle de Notre-Dame des Grâces. On y lit également que Françoise de la Châtre, sa sœur, qui lui succéda, joignait à un caractère ferme et vigoureux, à une grande piété, à une charité inépuisable, qui semblaient faire revivre sainte Fare en la nouvelle abbesse, une dévotion toute spéciale pour la sainte Vierge. Dès l'âge de douze ans, en 1587, le jour de la Visitation, elle avait pris l'habit religieux au monastère de Glatigny, de l'ordre de Fontevrault; et deux ans après, elle avait prononcé ses vœux : « Je fis profession, dit-elle, le jour de l'Annonciation de » l'an 1589, avec une entière dévotion de plaire à Dieu. » C'était la sainte Vierge qui m'obtenait toutes ces grâces. » Tout ce qui vient d'elle, c'est pour le donner à son très- » aimable Fils; aussi m'a-t-elle été très-favorable et très- » miséricordieuse; elle m'a préservée et conservée dans la » sainte religion. »

Un événement survenu l'année suivante augmenta encore sa dévotion à Marie. Le maréchal de la Châtre, son père, qui défendait le parti de Henri IV contre la Ligue, étant venu assiéger le château du seigneur de Vaton, très-ardent ligueur, celui-ci alla enlever la jeune religieuse de Glatigny; et, au moment d'une attaque violente, il la plaça au milieu d'une fenêtre du château, en criant au maréchal : Tirez, votre fille recevra les coups. Françoise, épouvantée, comme on le conçoit, tenait à la main une petite statue de la sainte Vierge, que lui avait donnée le seigneur de Vaton, et priait de toute son âme. Elle fut exaucée; le maréchal, saisi d'effroi, renonça à l'assaut et se retira.

Nommée, en 1605, abbesse de Faremoutiers, elle plaça sa communauté sous le patronage de la Mère de Dieu; elle y institua plus tard la confrérie du Rosaire, et prescrivit d'al-

lumer deux cierges dans le chœur, toute la journée de Noël,
en l'honneur des joïes de la très-sainte Vierge, *tant*, dit-elle,
*pour honorer sa coopération à l'œuvre de notre rédemption, que
pour glorifier son assomption.* Quand elle voulait bénir les
objets dont elle usait ou ceux qu'on lui présentait, elle
traçait sur ces objets le signe de croix avec une médaille
ou image de la sainte Vierge, priant Marie de les bénir
elle-même. Dans une année de disette, racontent les mémoires manuscrits de l'abbaye, elle bénit souvent de cette
manière le levain qu'on lui présenta, et la pâte ainsi bénite
se multiplia de telle sorte, qu'avec peu de farine on fit
une grande quantité de pains.

Aussi parlait-elle admirablement de la sainte Vierge :
« Grande dévotion pour nous, écrivait-elle dans une re-
» traite du mois de décembre 1629, pour nous qui avons
» eu le bien de faire la sainte profession le jour de l'An-
» nonciation de l'an 1589. J'eus, ce jour-là, plus de se-
» cours et de grâces que je n'en avais eu les neuf jours
» passés. C'est un jour de bonne nouvelle ; et la Reine
» du Ciel, la sainte Vierge, Mère de Dieu, ma bonne prin-
» cesse, ma dame et mon avocate, me donna de bien
» grandes faveurs : *Gloria tibi, Domine qui natus es de
» Virgine.* » L'amour de Dieu croissant dans son cœur
avec l'amour de Marie, elle s'écriait souvent : « *Magnus
» es tu, Domine, et faciens mirabilia; tu es Deus solus.* Et
» ces paroles, disait-elle, ne me sont pas comme des
» pensées simples ou étudiées, mais comme un feu jeté
» dans le cœur, un rayon dans l'entendement. » Si dans
cette retraite elle prit de généreuses résolutions, elle
les confia toutes à la sainte Vierge. « Je remis le tout,
» dit-elle, entre les mains saintes et précieuses de ma
» sainte amie, plus belle que le jour, plus ardente que
» le feu, plus blanche et plus pure que la neige, Marie,
» la Vierge salutaire, Mère de Dieu, je lui remis tous

» mes désirs, mes desseins, mes bons propos et saintes
» résolutions. »

Les jours de fête de la sainte Vierge, la pieuse abbesse
distribuait aux pauvres autant de sous que Marie avait
vécu d'années. Les jours ordinaires, elle ne la perdait
presque point de vue; et sa mort fut semblable à sa vie.
Près d'expirer, elle se fit réciter les litanies de Lorette,
avec celles de saint Joseph; mourut en exhortant ses religieuses à l'amour de la sainte Vierge, et voulut être enterrée, comme sa sœur, dans la chapelle de Notre-Dame
des Grâces.

Jeanne de Plas, qui lui succéda, portait également « à la
» Mère de Dieu un amour incomparable; elle mettait son
» bonheur à parler de ses priviléges et de ses miséri-
» cordes; et disait qu'elle en avait reçu des grâces mer-
» veilleuses; que, tourmentée depuis longtemps de peines
» intérieures, elle se prosterna le jour de l'Assomption
» devant son image, et se releva avec une telle liberté
» d'esprit qu'elle ne se souvenait plus de ce qui l'inquié-
» tait. » Un miracle plus sensible encore eut lieu à Faremoutiers, plusieurs années après; c'était dans la nuit du
1er au 2 septembre 1783. Le feu ayant pris au four de
l'abbaye et menaçant d'envahir toute la maison, on jeta
au milieu des flammes un scapulaire attaché à un petit
morceau de l'enveloppe du saint suaire de Besançon : à
l'instant, le feu s'apaisa, et le lendemain, on trouva, au
milieu des décombres qui brûlaient encore, le scapulaire parfaitement intact, ainsi que l'enveloppe du saint
suaire.

Outre cette royale abbaye, le canton de Coulommiers
possédait le prieuré de Notre-Dame de Rognon, sur
la paroisse de la Haute-Maison, qui était elle-même
sous le patronage de la Nativité de la sainte Vierge;
le prieuré de Notre-Dame du Boschet, sur la paroisse

d'Amillis ; l'église paroissiale de l'Assomption à Aulnoy, et la chapelle de Notre-Dame de Chézu, sur la paroisse de Mouroux.

Le canton de la Ferté-Gaucher était moins favorisé : il ne comptait que l'ancienne chapelle de Notre-Dame, à la Ferté ; le prieuré de la Maison-Dieu sous l'invocation de Notre-Dame, dont la chapelle demeura debout jusqu'à la Révolution ; l'église paroissiale de Léchcrolles sous le vocable de la Nativité de la sainte Vierge ; l'église paroissiale de Choisy-en-Brie , où l'on remarque l'autel de la Mère de Dieu supporté par quatre colonnes d'ordre composite, et un tableau antique de Notre-Dame du Rosaire.

Le canton de Rebais avait Notre-Dame de l'Assomption à Orly ; Notre-Dame de la Visitation au château de la Vorpillière, sur la paroisse Saint-Cyr, dont l'église a une chapelle de la sainte Vierge, remarquable par deux morceaux d'architecture que supportent deux belles colonnes d'ordre ionique ; Sablonnières, qui a un bel autel de la sainte Vierge reposant sur deux pilastres d'ordre dorique ; Notre-Dame de l'Immaculée Conception à Chauffry, église bâtie récemment, surmontée d'un clocher sur lequel s'élève une statue en bronze de l'Immaculée Conception ; enfin, Notre-Dame de Verdelot, appelée vulgairement la *Bonne-Dame de Pitié*. Autrefois, on voyait les murs de sa chapelle couverts d'*ex-voto*, de croix, de médaillons, de bagues, de pendants d'oreilles en or et en argent ; mais, en 1841, tout fut volé ; et le curé, dès ce moment, transporta l'autel et la statue au côté gauche du maître-autel, où on les voit encore aujourd'hui. C'est là que, tous les ans, des milliers de pèlerins, venus à jeun, pour la plupart, de quatre, cinq et même dix lieues, s'agenouillent pieusement devant la statue vénérée, conjurent Notre-Dame de Pitié de guérir leurs infirmités corporelles, et

19.

font brûler des cierges en son honneur. Cette statue représente la sainte Vierge assise dans un fauteuil dont le dos a été brisé, et elle soutient de sa main gauche l'Enfant Jésus qui est assis entre ses genoux. Elle a environ trois siècles d'existence, un mètre douze centimètres de hauteur; elle est sculptée d'un seul morceau en bois de noyer, et a une ressemblance frappante avec Notre-Dame de Chartres.

Enfin, dans le canton de Rozoy-en-Brie, on remarque Notre-Dame de Rozoy, église paroissiale d'une belle architecture de la fin du treizième siècle, avec sa chapelle et son autel de Notre-Dame du Rosaire; le monastère de la Mère de Dieu à Rozoy même, où les Dominicaines du tiers ordre s'occupent à donner l'instruction aux jeunes filles; Notre-Dame de l'Assomption à Vilbert et à Nesles-la-Gilberde; Notre-Dame de la Visitation et Notre-Dame de la Licorne à Lumigny; Notre-Dame de l'Hôtel-Dieu et Notre-Dame du Cimetière à Vaudoy; Notre-Dame de Lorette au château royal de Bec-Oiseau; Notre-Dame de la Nativité à Courpalais; mais, par-dessus tout, on remarque la collégiale royale ou Sainte-Chapelle de Notre-Dame du Vivier-en-Brie, sur la paroisse de Fontenay-Trésigny. Vers la fin du treizième siècle, le château du Vivier étant devenu la propriété des rois de France, Charles V, qui l'affectionnait spécialement, y fonda, sous l'invocation de la sainte Vierge, une collégiale ou sainte-chapelle, composée de quatorze ecclésiastiques, qui avaient défense de laisser entrer dans la maison aucune femme, pas même leurs plus proches parentes. Cette collégiale ou sainte-chapelle jouissait de grands priviléges; elle était exempte de la juridiction épiscopale, et ne relevait en rien des seigneurs séculiers. Louis XI la favorisa également en lui cédant des étangs, et un moulin qui en dépendait, à la charge de dire une messe de la sainte Vierge, chaque semaine, pour la rémission de ses péchés et le salut de son âme. Quant à l'église en elle-même, elle se composait, comme la Sainte-Chapelle de Paris, d'une église haute et d'une église basse; et quoiqu'il n'en reste plus que les murs latéraux, on y remarque l'élégance de l'architecture du quatorzième siècle et le caractère imposant d'un grand monument.

CHAPITRE QUATRIÈME.

DU CULTE DE LA SAINTE VIERGE DANS L'ARRONDISSEMENT DE PROVINS.

Il y a peu de villes en France aussi riches que Provins en monuments dédiés à la sainte Vierge et en institutions religieuses fondées sous son glorieux patronage. Provins, ville créée par les comtes de Champagne, le centre de l'industrie et du commerce de leurs États, était avant tout une ville religieuse; et si ces princes illustres encouragèrent par leurs abondantes libéralités tant de fondations en l'honneur de la Mère de Dieu, soit dans leurs domaines, soit en dehors de leurs terres, à plus forte raison s'intéressèrent-ils généreusement à de semblables fondations dans une ville qu'ils aimaient et qu'ils avaient dotée de tant de priviléges et d'immunités. Aussi, au milieu des ruines que la Révolution a accumulées dans Provins, découvrons-nous partout les traces de la dévotion des comtes de Champagne à Marie; elle y est pour ainsi dire empreinte à chaque pas, et si, dans cette ville, l'industrie et le commerce ne purent conserver longtemps après la réunion de la Champagne à la couronne, l'éclatante prospérité dont ils avaient joui au douzième et au treizième siècle, les établissements religieux s'y maintinrent avec splendeur jusqu'à la grande révolution; les sanctuaires de Marie y furent toujours en honneur, et les habitants, dans les circonstances difficiles, s'empressèrent toujours de recourir à la Mère de Dieu comme à leur refuge.

Pendant les guerres de l'invasion anglo-bourguignonne, des massacres et des exactions odieuses avaient marqué la

reprise de la ville par les troupes ennemies au commencement d'octobre 1432. On eut recours alors à la protection
de Marie; et, au bout de quelques mois, les Anglo-Bourgui-
gnons furent chassés honteusement. En mémoire de cette
délivrance, on s'engagea par vœu à chômer la fête de la
Visitation dans l'intérieur de la ville; et Provins, fidèle à
cette promesse, la chômait encore au moment de la grande
révolution. De même, lorsque la ville fut réduite, en 1590,
sous l'obéissance de Henri IV, on institua en action de
grâces, pour le dernier dimanche d'avril, une procession
générale de tout le clergé, qui allait chanter une messe
solennelle à Notre-Dame du Châtel.

Ce qu'on faisait pour les événements politiques, on le
faisait encore dans tous les cas de détresse. Au mois d'avril
1579, une forte gelée ayant mis les biens de la terre en
péril, on alla en procession prier Notre-Dame du Château
et Notre-Dame des Champs, choisissant pour ce pieux
exercice le temps de la nuit, parce que c'est celui où le
mal sévit plus rigoureusement. « Et ce fut, dit Claude Haton
dans ses Mémoires, chose miraculeuse, que les vignes ne
furent point endommagées. Au mois de juin 1637, la sécheresse désolant le pays, on fit, pendant huit jours, des
processions, la plupart aux sanctuaires dédiés à la sainte
Vierge. » Et, « au retour de la dernière procession, rapporte
» un autre chroniqueur, il tomba une si forte dose de pluie,
» que les prêtres, le peuple et les reliques furent obligés
» de se réfugier tant dans l'église de l'Hôtel-Dieu que sous
» la grande porte de l'auberge de la Coupe d'or ».

Enfin il suffit de lire le calendrier religieux de la ville
de Provins, en 1781, pour apprécier combien était vivace
la piété des fidèles à l'endroit de la sainte Vierge. On y
voit cinq processions générales à quelqu'un des sanctuaires
de la sainte Vierge, toutes les fêtes de la Mère de Dieu
célébrées en grande pompe et accompagnées de prédica-

tions, enfin tout ce qui relève le culte de Marie, accueilli avec enthousiasme par la population entière.

Une ville si pieuse devait naturellement avoir un grand nombre de sanctuaires en l'honneur de la sainte Vierge. En effet, nous y voyons d'abord Notre-Dame du Val, collégiale fondée par Marie, comtesse de Champagne, fille de Louis le Jeune, et Notre-Dame du Châtel, belle chapelle située dans la ville haute. Ces deux églises, dont la première ne conserve plus que son antique tour, nous offrent chacune un monument curieux de la piété envers la mère de Dieu. Le censier de la collégiale de Notre-Dame du Val de l'an 1300, contient cette strophe, avec la note qui la suit :

Ave, Regina cœlorum,	Je vous salue, Reine des Cieux,
Ave, Mater orphanorum.	Je vous salue, Mère des orphelins.
Salve, Mater prœelecta,	Salut, Mère prédestinée,
Virgo semper benedicta,	Vierge toujours bénie,
Super choros Angelorum	Qui fut élevée
Quæ fuit exaltata.	Au-dessus des chœurs des Anges.

NOTA. *Pour la maison où elle demeure assise en paradis, tenant d'une part au Père et de l'autre au Saint-Esprit.*

L'église Notre-Dame du Châtel chantait, le jour de la Nativité de la sainte Vierge, qui était sa fête patronale, une prose composée par Abailard, réfugié à Provins en 1125, et où chaque mot de la Salutation angélique commence une strophe. Comme elle n'est guère connue, nous la donnons avec sa traduction :

AVE fut le premier mot du salut	AVE, fuit prima salus
Qui terrassa l'ennemi perfide :	Quâ vincitur hostis malus :
Nous nous confessons pécheurs;	Remordet culpa noxia;
Venez à notre secours.	Juva nos : Ave, Maria.
Je vous salue, Marie.	

MARIA dùm salutaris,
Ab Angelo sic vocaris.
Nomen tuum dæmonia
Repellit : Ave, Maria.

L'Ange, en vous saluant,
Vous appelle Marie.
Votre nom chasse les démons.
    Je vous salue , Marie.

GRATIA Sancti Spiritus
Fecundavit te penitùs.
Gratiam-nunc et præmia
Da nobis : Ave, Maria.

La grâce du Saint-Esprit
Vous rendit féconde.
Donnez-nous maintenant
La grâce et la récompense.
    Je vous salue, Marie.

PLENA tu es virtutibus,
Præ cunctis cœli civibus.
Virtutes et auxilia
Præsta nunc : Ave, Maria.

Vous êtes pleine de vertus,
Par-dessus tous les habitants du ciel.
Accordez-nous les vertus et les se-
Dont nous avons besoin.   [cours
    Je vous salue, Marie.

DOMINUS ab initio
Destinavit te Filio.
Tu es mater et filia
Præfelix : Ave, Maria.

Le Seigneur, dès le commencement,
Vous a destinée à son Fils.
Heureuse mère, heureuse fille.
    Je vous salue , Marie.

TECUM lætantur Angeli
Et exultant Archangeli,
Cœli, Cœlorum curia,
O dulcis : Ave, Maria.

Avec vous triomphent les Anges,
Tressaillent les Archanges,
Les Cieux et toute leur cour,
O douce Vierge.
    Je vous salue, Marie.

BENEDICTA semper eris
In terris et in superis.
Tibi nullus in gloriâ
Compar est : Ave, Maria.

Vous serez toujours bénie
En la terre et au Ciel.
Personne ne vous est comparable
                    [dans la gloire.
    Je vous salue, Marie.

TU cum Deo coronaris
Et veniam servis paris.
Fac nobis detur venia
Precibus : Ave, Maria.

Vous êtes couronnée dans la société
                        [de Dieu ;
Et vous obtenez le pardon à vos ser-
Faites par vos prières   [viteurs.
Que grâce nous soit accordée.
    Je vous salue, Marie.

IN plura injiciunt prælia
Mundus, caro, dæmonia.
Sed defende nos, ô pia,
O clemens : Ave, Maria.

Le monde, la chair, les démons,
Nous obligent à beaucoup de com-
                        [bats.
Mais défendez-nous, ô vous si bonne!
                    [ô vous si douce !
    Je vous salue, Marie.

MULIERIBUS omnibus
Prælata summis opibus,
Reple nos tuâ gratiâ
Egentes : Ave, Maria.

O vous! qui avez été préférée à
[toutes les femmes
Par les trésors cachés en vous,
Remplissez-nous de votre grâce,
Nous en avons besoin.
    Je vous salue, Marie.

ET post partum, velut priùs
Virgo manens; et Filius
Descendit sicut pluvia
In vellus : Ave, Maria.

Vierge après comme avant l'enfan-
[tement,
Votre Fils est descendu en vous
Ainsi que la rosée sur la toison.
    Je vous salue, Marie.

BENEDICTUS sit Filius
Adjutor et propitius.
Adjutrix et propitia
Sis nobis : Ave, Maria.

Béni soit votre Fils
Notre aide et notre salut.
Soyez-nous vous-même aide et salut.
    Je vous salue, Marie.

FRUCTUS tuus tam amavit
Quod in te nos desponsavit,
Ut parentum opprobria
Deleret : Ave, Maria.

Votre fruit a tant aimé
L'humanité qu'il a épousée en vous,
Qu'il a effacé la faute de nos pre-
[miers parents.
    Je vous salue, Marie.

VENTRIS claustrum bajulavit
Jesum qui nos sorde lavit.
Hunc exora voce piâ
Pro nobis : Ave, Maria.

Votre sein a porté
Jésus qui a lavé nos souillures.
Faites-lui entendre en notre faveur
Votre voix maternelle.
    Je vous salue, Marie.

TUI pudoris speculum
Clarificet hoc sæculum.
Vitiorum flagitia
Purga nunc : Ave, Maria.

Que le miroir de votre pureté
Reflète sa lumière sur le monde.
Purifiez-nous maintenant de nos
    Je vous salue, Marie.   [crimes.

JESUS salvator Filius
Perducat nos superiùs,
Ubi regnas in gloria
Meritis : Ave, Maria.

Que le Sauveur Jésus, votre Fils,
Nous conduise au Ciel,
Où vos mérites vous ont élevé un
[trône dans la gloire.
    Je vous salue, Marie.

AMEN est finis salutis;
Aperiens vocem multis.
Aperi nobis, Maria,
Cœli portas et gaudia.

Amen est la fin du salut;
Beaucoup aiment à le redire.
Ouvrez-nous, ó Marie!
Les portes et les joies du Ciel!

              Amen.

              Amen.

Provins avait, outre les deux sanctuaires dont nous venons de parler, la collégiale de Saint-Quiriace, belle église heureusement conservée, qui, à la fin du quinzième siècle, avait, derrière le maître-autel, deux chapellenies du nom de Notre-Dame; l'église Saint-Nicolas, qui en avait trois; l'église abbatiale de Saint-Jacques, dont l'abbé fit faire une lampe destinée à y brûler nuit et jour devant l'autel de la sainte Vierge, et donna à l'église un tableau de Marie tenant l'Enfant Jésus dans ses bras, si magnifique, qu'on ne pouvait se lasser de l'admirer; le monastère des Dominicains, où fut remise en vigueur, l'an 1572, la confrérie du Rosaire; l'église Saint-Ayoul, avec sa belle statue de l'autel de Marie représentant la Vierge immaculée qui écrase le Dragon, et ses magnifiques boiseries, l'admiration des connaisseurs, et sa chapelle des fonts, où l'on voit la sainte Vierge, les mains jointes, un Chérubin à ses pieds, à ses côtés un Ange qui touche l'orgue et un autre qui pince la guitare; l'abbaye de Mont-Notre-Dame, au nord de la ville, qui, après plus de cinq siècles de durée, s'est éteinte en 1747; l'abbaye Notre-Dame du Mont-Sainte-Catherine, fondée par Thibaut V, ce pieux comte de Champagne, qui a chanté la sainte Vierge avec tant d'enthousiasme dans ses poésies, que nous avons encore; le prieuré de Notre-Dame de Champbenoît, transféré de Poigny en 1630; le monastère de la Congrégation de Notre-Dame, qui instruisait les jeunes filles de la ville avec autant de succès que de zèle; la chapelle du château des comtes de Champagne, qui avait la Purification pour fête patronale et est aujourd'hui la chapelle du Console; l'Hôtel-Dieu, dont les vitraux contiennent, à gauche, les litanies de la sainte Vierge, traduites avec élégance et habileté; à droite, la sainte Vierge prenant une de ses mamelles d'où jaillit du lait, devant saint Bernard, qui est à genoux à ses pieds; allusion à ce que raconte l'illustre abbé de

Clairvaux, que plusieurs fois la sainte Vierge lui apparut versant du lait dans son encrier pour donner à ses écrits la douceur et la persuasion; Notre-Dame des Champs, où l'on allait en procession plusieurs fois l'année; Notre-Dame de la Roche ou de l'Ermitage, près du hameau de Fontaine-Riante; enfin l'église de Sainte-Croix, dont les vitraux fort remarquables, rappelant diverses circonstances de la vie de la sainte Vierge, méritent une attention particulière. Dans la première des chapelles qui rayonnent autour du chœur est représentée la Présentation de Jésus au Temple avec saint Joseph et la sainte Vierge; dans la seconde fenêtre, on voit saint Joseph à son atelier, accoudé sur son établi et le compas à la main; plus loin est l'archange Gabriel, portant un sceptre. Dans la frise qui surmonte le sujet sont inscrits ces mots : *Joye et salut soit donné et toute bénédiction par Marie.* Du côté opposé, on voit un autre Ange qui tient un sceptre, avec un ruban sur lequel on lit : *Ave, Maria;* une fontaine, l'une des représentations symboliques de la sainte Vierge, *Fons signatus;* des vasques et mascarons; un bouquet de lis; une tête d'Ange au-dessus; enfin cette inscription :

Ne tesbays, Marie toute belle;
En ton saint être un Fils tu recepvras,
Lequel veut que Jhs appèle;
Vierge et mère enfanteras.

Au panneau suivant, représentant l'Annonciation, Marie se dirige du côté de son lit somptueusement dominé par un baldaquin; elle est enveloppée par la légende : *Ecce ancilla Domini,* et des Anges portent d'autres légendes, entre lesquelles on distingue : *Gloria in excelsis Deo.*

Les environs de Provins étaient dignes de leur chef-lieu; on y voyait·l'abbaye de Notre-Dame de Jouy, dont l'église était peut-être la plus étendue qui eût été construite dans

le diocèse de Meaux; Notre-Dame des Ermites de Limo-
rel, fondée par l'abbé de Saint-Jacques de Provins, en faveur de deux de ses religieux qui voulaient mener une vie
plus solitaire; Notre-Dame de la Merci, à Chenoise, avec
sa belle statue de la Vierge en marbre noir et son autel de
Notre-Dame de Pitié, qui fut longtemps un lieu de pèlerinage très-fréquenté; le prieuré de Notre-Dame du Jarriel,
sur la paroisse de Chalautre-la-Petite; Notre-Dame de
Grisy, sur la paroisse de Saint-Hillier. On prétend que
quand les filles du pays désiraient se marier, elles se rendaient à cette chapelle et y chantaient cette prière, qui rappelle la simplicité des temps antiques :

> Notre-Dame de Grisy,
> Accordez-moi un mari
> Aussi bon que je suis belle,
> Et vous aurez une chandelle.

Enfin Saint-Loup de Naud, la plus ancienne église du
diocèse, offre à l'admiration des connaisseurs, sur son
beau portail enrichi de sculptures délicates et bien conservées, la sainte Vierge, au centre, à l'aplomb du trumeau :
elle est assise sur un trône, deux Anges portent son nimbe,
et de chaque côté sont quatre personnages, parmi lesquels
on reconnaît, tout près d'elle, saint Jean, à la figure im-
berbe; d'autres dessins se rapportent encore à la vie de la
sainte Vierge.

Si de là nous portons nos regards sur les autres cantons
de l'arrondissement de Provins, nous trouvons à Bray l'é-
glise paroissiale, autrefois collégiale de Notre-Dame, et
dans le reste du canton le prieuré de Notre-Dame de Soisy,
où mourut saint Edme, archevêque de Cantorbéry, grand
serviteur de la sainte Vierge; le prieuré de Notre-Dame
des Chaises et celui de Notre-Dame de la Tombe; Ville-
nauxe-la-Petite, les Ormes, Grisy-sur-Seine, Villiers-sur-

Seine, Balloy, Éverly, Gouaix, autant de paroisses consacrées à Marie sous le vocable de quelqu'un de ses mystères ;
et Montigny-le-Guédier, fier de son bel autel de la sainte
Vierge, sculpté en bois et d'un travail admirable.

Toutefois bien plus intéressant encore est le canton de
Donnemarie ; son nom seul indique que c'est là un lieu
chéri de la sainte Vierge : *Domina Maria*. En effet, sur le
portail même de l'église paroissiale de Donnemarie sont
sculptés des sujets relatifs à la sainte Vierge : ce sont
d'une part, l'Annonciation, la Visitation, la naissance de
Notre-Seigneur, l'adoration des Mages, et la présentation
de Jésus au Temple ; d'autre part, c'est la sainte Vierge
assise sur un trône et encensée par deux Anges. Près de là
est l'abbaye de Notre-Dame de Preuilly, cinquième fille de
Cîteaux, fondée en 1118 sous l'inspiration de saint Bernard,
par Thibaut II, dit le Grand, et par la comtesse Adèle de
Crépy, sa mère ; abbaye si célèbre que son ancien obituaire
compte au nombre de ses bienfaiteurs trois papes, Adrien V,
Innocent III et Honorius III ; et plusieurs princes, entre
lesquels figurent Philippe-Auguste avec la reine Ingel-
burge ; Louis VIII avec la reine Blanche, et Robert leur fils ;
Richard, roi d'Angleterre ; Isabelle, sœur de saint Louis ;
Guillaume et Ferrand, comtes de Flandre ; Bérengère et
Blanche, sœurs du duc d'Autriche. L'église, très-remarquable, portait, sculptés sur son portail, comme l'église
de Donnemarie, les mystères de la vie de la sainte Vierge ;
et outre le maître-autel dédié à Marie, elle en avait un
autre dans le pourtour du chœur, spécialement dédié au
mystère de l'Annonciation. La Mère de Dieu était si vénérée dans ce sanctuaire, que selon les statuts du chapitre
général de Cîteaux, en 1455, il s'y faisait un grand concours de pèlerins, attirés tout à la fois et par les indulgences qu'Innocent XII avait accordées aux pieux visiteurs
et par les miracles nombreux que la sainte Vierge y opé-

rait. Les paroisses voisines y venaient en procession le lundi de Pâques; les religieux donnaient un dîner frugal aux pèlerins, et leur prédicateur de Carême prêchait à la grand'-messe. Vers le milieu du dix-septième siècle, quelques curés ayant refusé d'y conduire leurs paroissiens selon l'ancien usage, ceux-ci leur intentèrent un procès; et les curés furent contraints, par sentence, de céder à leurs vœux.

Pour prévenir le retour de ces difficultés, les religieux, mus par l'esprit de concorde qu'inspire toujours la piété bien entendue, firent creuser une niche dans un chêne au milieu de la forêt voisine, à l'intersection de plusieurs chemins, et y placèrent une statue de la sainte Vierge. Bientôt la statue acquit une grande célébrité dans la contrée; les paroisses environnantes y vinrent en procession, et de nombreux *ex-voto*, suspendus aux branches, attestèrent qu'on n'y invoquait pas en vain la Mère de Dieu. On y recourait surtout pour la guérison de la fièvre. On rapporte qu'en 1792 les membres du club révolutionnaire vinrent un jour tenter d'abattre le chêne qui portait la statue. Au premier coup de hache, une séve rougeâtre coule de l'arbre, on croit voir le sang jaillir; les républicains se retirent consternés, et dès lors les hommages redoublèrent autour de l'antique statue. En 1821, le vieux tronc de chêne étant mort de vétusté, la statue fut recueillie par le propriétaire de Preuilly; et des débris de l'arbre on fit une croix qui est, comme autrefois, chargée de rubans par les pèlerins et les malades.

Notre-Dame du Puy à Sigy a aussi sa célébrité : c'était une statuette modelée sur celle de Notre-Dame du Puy en Velay que possédait Antoine du Roux, originaire de ce pays, et qu'il emportait toujours à la guerre. Son fils, devenu possesseur du fief de Sigy, y fit construire une église qui fut consacrée sous l'invocation de Notre-Dame du Puy; il y plaça sa statuette, et dès lors il s'y établit un pèlerinage très-fréquenté. L'office de Notre-Dame du Puy, altéré par l'effet des guerres du protestantisme, y fut rétabli dans toute sa pureté. La sainte image échappa aux profanations révolutionnaires par les soins des habitants de Sigy ; et en 1859, l'héritier du dernier marquis du Roux fit construire un petit monument de forme gothique très-élégante, pour placer convenablement l'antique statue.

Le 20 avril 1860, Pie IX a attaché une indulgence plénière à la visite de cette église, 1° pendant un des jours de la neuvaine préparatoire à la fête de l'Immaculée Conception et à la fête de l'Annonciation ; 2° un jour par an au choix de chaque fidèle ; et il a ajouté trois cents jours d'indulgence pour chaque visite à cette église dans le cours de l'année.

Outre les sanctuaires que nous venons de décrire, cinq églises du canton de Donnemarie se font une gloire d'être sous le patronage de Marie : ce sont Coutançon, Villeneuve-les-Bordes, Meigneux, Gurcy-le-Châtel et Paroy.

Le canton de Nangis est moins favorisé : on y voit Bannost, Châteaubleau, et le hameau du Bois-Garnier, sous le patronage de Notre-Dame de l'Assomption ; Saint-Just, avec sa chapelle de Notre-Dame du Chêne-Rabier ; Jouy-le-Châtel, avec une statue de la sainte Vierge adossée à un pilier, et une légende qui porte ces mots : *Mater Dei, me mento mei;* au Petit-Paris, Notre-Dame du Petit-Paris ; à la chapelle Saint-Sulpice, Notre-Dame de Pitié ; à la Croix-en-Brie, Notre-Dame de Lorette, dont le tableau se conserve encore dans l'église paroissiale : dans la partie supérieure de ce tableau, on voit la sainte maison portée par les Anges ; au-dessous est la sainte Vierge tenant l'Enfant Jésus, et, à ses côtés, saint Joseph, un lis à la main ; ouvrage qui accuse dans l'artiste une piété touchante, mais qui ne révèle en lui aucun talent remarquable. Il n'en est

pas de même d'une statue de la Mère de Dieu, qui se conserve à Rampillon, autre paroisse du même canton. C'est
une magnifique production du treizième siècle, où se ma-

nifestent à la fois la piété et le talent de l'auteur. Sous
l'ébauche imparfaite que nous en donnons ici, le lecteur
reconnaîtra facilement la parfaite convenance des poses, la

20

gracieuse ordonnance des parties et la belle composition
de l'ensemble.

Dans le canton de Villiers-Saint-Georges, on voit une
église de la sainte Vierge à Augers, bâtie, dit la tradition, au dixième siècle, par le père de saint Anastase,
archevêque de Sens, qu'on croit originaire de ce lieu,
et qui mourut en 997. On voit Pierrelez et Flaix, qui honorent la Mère de Dieu comme patronne; Beton-Bazoche,
qui a un retable d'autel singulièrement remarquable,
tout sculpté en pierre. Il se compose de trois comparti-
ments qui contiennent chacun deux sujets : à droite,
l'Adoration des Mages et la Présentation de Jésus au
temple ; à gauche, l'Annonciation et la Nativité de Notre-
Seigneur ; au milieu, la mort de la sainte Vierge, entourée des douze Apôtres, et son Assomption ; aux deux
extrémités du retable, des colonnes cannelées, avec chapiteaux présentant les riches détails de l'ordre corinthien.
Tout ce beau travail remonte à la première période de la
Renaissance. Mais un sanctuaire plus remarquable encore, c'est Notre-Dame de Voulton, fondée en 1087 par
le seigneur du lieu, et placée en 1164 sous la protection
spéciale du saint-siége. Enrichie au treizième, au quatorzième et au quinzième siècle, des dons considérables
de plusieurs seigneurs, elle devint un lieu de pèlerinage
célèbre, surtout depuis un miracle qui arriva le 7 mai
1402. Alors une enfant de quatre ans, morte engloutie
dans une citerne pleine d'eau où elle était tombée, ayant
été apportée devant l'autel de la sainte Vierge, on pria
avec ferveur, on chanta le *Regina cœli* avec les deux oraisons *Gratiam tuam quæsumus* et *Omnipotens sempiterne Deus,
mæstorum consolator;* et peu après ces prières, l'enfant lève
la tête, ouvre les yeux, agite les mains, étend les jambes,
et enfin parle. Le peuple éclate en transports, et un no-

taire constate le fait dans un procès-verbal que signent plusieurs témoins (1).

L'église de Notre-Dame de Voulton est du commencement du treizième siècle, et compte parmi les édifices les plus remarquables du diocèse. En 1839, elle se trouvait dans l'état le plus déplorable ; le toit depuis longtemps sans réparation, laissait tomber la pluie dans les nefs délabrées ; mais, grâce au zèle et à la générosité de Mgr l'évêque de Meaux, aux allocations de l'État et du département, et aux souscriptions des particuliers, la toiture a été réparée, les piliers consolidés et le monument bien restauré.

(1) *Bibliothèque de l'École des chartes,* 2e série, t. I, p. 336.

CHAPITRE CINQUIÈME.

DU CULTE DE LA SAINTE VIERGE DANS LES ARRONDISSEMENTS DE MELUN ET DE FONTAINEBLEAU.

La ville de Melun est, après Meaux et Provins, celle de toutes les villes du diocèse qui renfermait le plus de maisons religieuses établies sous l'invocation de la sainte Vierge ; elle avait tout à la fois les Carmes, les Récollets et les Capucins, les Annonciades à l'hôpital Saint-Nicolas, la Visitation et les Ursulines, toutes maisons dévouées à la sainte Vierge ; mais de plus, elle possédait, dans la collégiale royale de Notre-Dame, le plus beau monument dédié à Marie qui ait été conservé dans le diocèse. De tous ceux même dont on déplore la perte, il n'en est pas un qui puisse être comparé à celui-ci pour l'antiquité et la gloire des souvenirs. Les chroniqueurs en font remonter l'origine jusqu'à Charlemagne et même jusqu'à Clovis : ce qu'il y a de certain, c'est premièrement que cette église, étant construite dans l'ile de la Seine, se trouve par là même dans la partie la plus ancienne de la ville ; c'est, en second lieu, que le pieux roi Robert, si libéral envers les pauvres, si magnifique envers les églises, a l'honneur d'avoir fondé cette collégiale et de l'avoir enrichie de plusieurs dons et priviléges, comme nous l'apprennent les chartes de ses successeurs. Henri Ier continua à la collégiale le même intérêt que lui portait son père. Louis le Gros fit don à Notre-Dame de quatre foires franches aux quatre fêtes principales de la sainte Vierge, avec défense à tous ses officiers d'exercer en ces jours aucun acte de justice. Louis VII fit construire et achever l'église collégiale dans l'état où nous la voyons. Philippe-Auguste, saint Louis, Blanche de Castille, Philippe le Hardi, Louis XI, tous rivalisèrent de zèle et de générosité pour embellir l'église de la sainte Vierge, faire prospérer l'établissement; et leur exemple fut imité par beaucoup de princes et de seigneurs.

Le roi portait le titre d'abbé ou de premier dignitaire de la collégiale, et tenait ce titre à grand honneur. Charles V et Louis XIII, faisant leur première entrée dans cette église, y parurent revêtus du surplis et de l'aumusse.

Entre les autres bienfaiteurs de Notre-Dame, brille au premier rang Étienne Chevalier, trésorier général de France. Non content de restaurer l'église, il lui donna une statue de la sainte Vierge faite de vermeil, plusieurs joyaux, de belles chapes de soie et autres ornements, établit des orgues et fonda à perpétuité une messe à six heures du matin. Aussi la reconnaissance des chanoines ne lui fit point défaut : car derrière le chœur, à côté d'un tableau où la sainte Vierge était représentée portant sur la tête une couronne perlée à haut fleuron, avec un voile blanc en dessus, et l'Enfant Jésus debout à ses pieds, on voyait sur le tableau voisin Étienne Chevalier à genoux, ayant devant lui saint Étienne, son patron, qui le présentait à la Mère de Dieu.

Ce fut dans cette église que se tinrent les assemblées du clergé de France en 1579 et autres années; assemblées mémorables, où furent faits tant de beaux règlements empreints du plus pur esprit ecclésiastique et conformes à la plus saine théologie : ce fut là aussi que fut instituée une confrérie célèbre de la sainte Vierge, confirmée par Grégoire XV. Aujourd'hui, cette antique collégiale sert d'église paroissiale, et vient d'être restaurée par le concours de la ville et du gouvernement.

Au nord de Melun, nous ne voyons que trois paroisses

qui méritent ici mention, Montereau-sur-Jard, comme ayant son église sous le vocable de la Nativité; Rubelles, comme renfermant autrefois dans son territoire l'abbaye du Jard, qui célébrait la Purification de la sainte Vierge avec octave; et Maincy, comme possédant une statue d'une Vierge-Mère sculptée en bois avec talent, et deux statues d'un seul bloc de pierre représentant la sainte Vierge et sainte Anne. Mais au sud de Melun, et dans la paroisse de Dammarie, une illustre abbaye s'offre à nos regards, c'est l'abbaye royale de Notre-Dame du Lis, autrement dite *Sainte-Marie royale du Lis,* ou *Dammarie-les-Lis,* ou simplement *Sainte-Marie-Royale,* près Melun. Blanche de Castille la fonda en 1244, et saint Louis, non content de ratifier les donations de sa mère, y ajouta de nouveaux bienfaits par une charte en date du mois de juin 1248, où il déclare qu'il dédie ce monastère à la sainte Vierge et que pour le salut de son âme, de celles de son père Louis de pieuse mémoire, et de sa mère bien-aimée, illustre reine de France, et de tous ses prédécesseurs, il lui donne tout l'emplacement qui lui est nécessaire (1). Philippe le Hardi et Philippe le Bel enrichirent aussi cette communauté de leurs bienfaits; et, ce qui était un trésor meilleur que toutes les richesses, on lui donna le cœur de la reine Blanche, le cilice de saint Louis, et plusieurs de ses ossements. Six souverains pontifes, Innocent IV, Alexandre IV et Urbain IV, Clément IV, Grégoire X et Martin IV y ajoutèrent leur haute protection; et la ferveur des religieuses, jointe à de si augustes patronages, éleva bientôt ce monastère au premier rang dans l'ordre de Citeaux.

---

(1) Pro salute animæ nostræ et animarum piæ recordationis Ludovici genitoris et carissimæ dominæ matris nostræ Blanchæ Franciæ reginæ illustris necnon et antecessorum nostrorum.... Quod quidem monasterium beatæ Mariæ decrevimus nominandum.

Les restes imposants de l'église abbatiale portent le caractère du treizième siècle, et révèlent les belles proportions dans lesquelles elle était construite; mais ce qu'il nous importe de remarquer, c'est que tout y annonçait le culte de Marie : au-dessus du maître-autel, on voyait un magnifique tableau de l'Assomption; au-dessus de la grille de l'entrée du chœur, un autel de la Mère de Dieu, et, dans le pourtour de l'église, une chapelle de Notre-Dame de la Compassion.

Aussi, dans l'abbaye, tous les cœurs étaient pénétrés de l'amour de la sainte Vierge; et les différentes abbesses qui se succédèrent étaient fidèles à inculquer cet esprit aux religieuses. La plus remarquable sous ce rapport fut Marie-Françoise Lescuyer, d'une illustre famille du Perche. Prévenue dès son enfance de grâces particulières, elle fit plusieurs pèlerinages à Notre-Dame de Chartres, afin d'obtenir que ses parents la laissassent suivre son attrait pour la vie religieuse. Elle fut exaucée, et, à l'âge de quinze ans, elle entra dans l'abbaye du Lis. Là elle jeta un si grand éclat, par ses progrès persévérants dans la perfection, qu'à vingt ans elle fut nommée prieure, et bientôt monta plus haut; car l'abbesse, madame de la Trémouille, lorsqu'elle fut nommée par le roi à l'abbaye de Jouarre, n'accepta cette nomination qu'à la condition d'être remplacée par sa prieure. Ce choix fut confirmé par la voix publique, qui proclamait que personne n'était plus digne de ce poste que Marie-Françoise; tant son humilité profonde, sa résignation parmi les grandes épreuves, l'amour de la vie cachée, son zèle pour la vie religieuse, qui formaient ses traits caractéristiques, étaient constants et notoires. Elle fit toutes les oppositions possibles à sa nomination, et ne consentit qu'avec peine. Quand il lui fallut enfin prendre les rênes du gouvernement, elle commença par mettre l'abbaye sous la protection de la sainte Vierge, la conjurant de faire elle-même les fonctions d'abbesse, ne voulant agir que sous son autorité ; et pour tenir en quelque sorte continuellement sous son regard une si bonne pensée, elle plaça l'image de cette divine Mère au haut de sa crosse, ainsi qu'en tous les lieux où elle devait présider.

Aussi, dans les difficultés qu'elle rencontrait, elle recourait toujours à Marie avec une confiance non pareille, et sa confiance n'était jamais frustrée. Tous les samedis, elle communiait en son honneur ; et quoique souvent malade et d'une faiblesse extrême, elle n'y manqua jamais une seule fois pendant les trente années de son gouvernement. A toutes les fêtes de la sainte Vierge, son âme semblait entrer dans une joie nouvelle. Elle en étudiait le mystère avec amour, et en recueillait une grâce si abondante, que c'était pour elle comme un besoin de la partager avec ses filles ; elle leur communiquait les lumières qu'elle avait reçues de Dieu pour honorer les diverses circonstances de la vie de sa sainte Mère, et elle en parlait comme un évangéliste, dit l'historien de sa vie.

Elle dédia à Marie plusieurs chapelles et plusieurs autels en divers endroits du monastère ; et nul accablement d'affaires ne l'empêcha jamais de les visiter chaque jour, pour remercier Dieu des grâces qu'il avait accordées à la très-sainte Vierge, et surtout de ses douze priviléges. Pour les mieux honorer, elle composa des pratiques qu'elle distribua à douze religieuses, vers la fête de l'Assomption, qu'elle appelait la fête des priviléges de Marie ; et prescrivit à chacune un jour spécial de retraite pour s'appliquer dans le silence des créatures à étudier le privilége qui lui était assigné. Un jour qu'elle traitait de cette matière à la récréation : « Mes sœurs, dit-elle dans un saint transport, » qu'il se passe de grandes choses au ciel sur le sujet de » cette fête ! Pendant qu'on chantait le *Te Deum*, j'ai vu la » sainte Trinité qui se communiquait à la sainte Vierge

» d'une manière ineffable; j'ai vu la complaisance que
» Marie prend en elle et ses rapports avec les divines Per-
» sonnes. »

Comme elle continuait de parler ainsi, elle s'aperçut
que les sœurs étaient dans l'admiration de son langage, et
rougissant de honte : « Ce n'est, dit-elle, qu'une pensée
» que j'ai eue. » Puis, continuant son discours, elle dit
des choses si élevées au-dessus des pensées communes,
qu'il était aisé de juger qu'une lumière surnaturelle l'avait
éclairée; on avait remarqué en effet, pendant l'office, son
visage comme illuminé et toute sa personne comme abî-
mée en Dieu.

Tous les ans, elle passait en retraite neuf samedis, depuis l'Avent jusqu'à la Purification, pour méditer les excellences de la Mère de Dieu. Elle fit faire en relief une
image de la sainte Vierge, sous le nom de Notre-Dame de
la Victoire, avec deux cœurs d'or, l'un pour Marie, portant gravées ces paroles : « Recevez mon cœur et présen-
» tez-le à votre Fils »; l'autre pour l'Enfant Jésus, avec
cette inscription : « Donnez-moi, Seigneur, un cœur do-
» cile, et créez en moi un cœur nouveau. » Tous les matins,
elle allait s'offrir à sa bonne Mère pour tout le jour, et lui
demander sa protection contre les ennemis du salut. Sa piété,
ingénieuse à trouver continuellement de nouveaux moyens
de se ranimer, fit dessiner la sainte Vierge dans un char de
triomphe : autour, deux Anges la couronnent; en avant,
saint Benoît et saint Bernard conduisent le char, symbole
du zèle avec lequel ces deux grands saints ont travaillé à
la gloire de Marie par eux et par leurs enfants. Elle remit
son dessin à un sculpteur habile; et quand celui-ci l'eut
exécuté avec une rare perfection, elle prescrivit une procession solennelle, dans laquelle elle-même, marchant
pieds nus, par respect, porta, avec une piété qui édifiait
tous les assistants, la sainte image à une chapelle de

Notre-Dame, sous un dais magnifique, dont les quatre coins étaient tenus par des personnes de la plus haute distinction.

Aussi la Mère de Dieu récompensa tant de foi par des traits miraculeux de sa protection. Un jour que des ouvriers, qui tiraient du sable dans l'intérieur du couvent, avaient été engloutis par l'éboulement des terres supérieures, Marie-Françoise va se jeter aux pieds de la sainte Vierge, et lui adresse un vœu pour le salut de ces pauvres gens, dont le sort la désolait. Puis elle fait creuser à un endroit qu'elle indique; au bout d'une demi-heure, on trouve les trois hommes, mais sans signe de vie; elle prie, et après quelques instants ils reprennent peu à peu leurs sens. Un autre jour, elle voit tomber un couvreur de dessus le dôme du couvent; elle adresse un nouveau vœu à la sainte Vierge; et cet homme n'est pas même blessé dans sa chute. Au temps des vendanges, deux hommes étaient morts asphyxiés dans la cave où bouillait le vin nouveau; une religieuse veut y aller pour le service de la maison, et tombe de même; on la retire, et pendant cinq heures elle est sans connaissance. La pieuse abbesse prie la sainte Vierge, et sa chère fille revient à la vie (1).

La sainte abbesse joignait à la piété envers Marie le plus tendre amour envers son divin Fils; et ne pouvant souffrir que le corps eucharistique du Sauveur reposât dans un ostensoir pauvre et peu digne d'un si grand sacrement, elle fit connaître sa peine à la cour; et aussitôt Anne d'Autriche lui envoya une somme considérable avec quantité de diamants : Monsieur, frère du roi, la duchesse d'Arpajon et plusieurs dames, y joignirent les uns de nouveaux dia-

---

(1) Tous les détails que nous venons de donner sont extraits de l'*Éloge de Marie-Françoise Lescuyer par la mère Jacqueline Du Beuil*, religieuse bénédictine.

mants, les autres des bijoux précieux ou des sommes d'argent, à l'aide desquelles l'église de Notre-Dame du Lis posséda bientôt un des plus magnifiques ostensoirs du royaume. Chaque rayon, disent les historiens, avait coûté au moins cinq cents livres.

Il ne reste plus de cette antique église que des ruines, qui présentent un caractère de grandeur et de beauté vraiment imposantes.

L'église paroissiale de Dammarie est aussi placée sous le vocable de la sainte Vierge. La Visitation en est la fête patronale; elle l'est également de l'église de la Rochette, ancienne paroisse qui n'est plus aujourd'hui que l'annexe de Dammarie.

A peu de distance de là, se trouve un pèlerinage autrefois célèbre, et fréquenté encore de nos jours; c'est celui de Notre-Dame de Pringy. On voit près de la Vierge noire, objet du pèlerinage, des chaines de fer appendues à la muraille. Si l'on en croit la tradition, elles y furent attachées dans le onzième siècle par un prisonnier faussement accusé d'un crime; et qui, dans sa détresse, ayant invoqué la sainte Vierge, vit ses chaines miraculeusement brisées. On raconte également qu'un enfant mort sans baptême fut ressuscité aux pieds de la statue, reçut le sacrement, mourut de nouveau et fut inhumé en terre sainte. Ce qu'il y a de certain, c'est que les fidèles avaient une confiance très-particulière en Notre-Dame de Pringy, et sur la tombe de Michel de Castelnau, un des plus grands capitaines et un des plus habiles diplomates de son temps, on lit cette inscription qui en est la preuve : « L'an 1592, messire de Castelnau a ordonné, avant sa » mort, que son corps fût inhumé dans ce lieu et chapelle » de Notre-Dame de Pringy, où il s'est fait plusieurs mi- » racles. » De nos jours encore, plusieurs reconnaissent avoir obtenu des grâces particulières dans ce sanctuaire;

et l'eau de la fontaine voisine a guéri un grand nombre de malades.

Deux églises du même canton, Fleury et Ponthierry, sont encore sous le vocable de la sainte Vierge, et ont pour fête patronale Notre-Dame de l'Assomption.

Le canton de Brie-Comte-Robert est moins riche en sanctuaires de Marie. Cependant il compte encore Chevry-Cossigny et Moissy-Cramayel, qui ont aussi l'Assomption pour fête patronale; Coubert, Soignolles et Grisy-Suines, qui honorent Marie comme leur patronne; Évry-les-Châteaux, qui avait le prieuré de Notre-Dame de Vernelles, avec une église du treizième siècle et de beaux vitraux représentant la vie de la sainte Vierge; enfin Lésigny, qui possédait deux abbayes de Notre-Dame, l'abbaye des Hiverneaux et celle de Montétis. L'abbaye des Hiverneaux fut, selon plusieurs historiens, fondée par saint Louis en 1226, conformément aux dernières volontés de son père, qui avait prescrit de fonder une abbaye en l'honneur de la sainte Vierge, avec le produit de la vente de toutes ses pierreries et de tout l'or de ses couronnes et joyaux. L'abbaye de Montétis fut fondée en 1170 par Louis le Jeune et la reine Adèle de Champagne. Cette dernière abbaye dura peu et fut réunie à celle des Hiverneaux. Il resta d'elle cependant, au milieu des ruines de l'abbaye primitive, une petite chapelle, où les chanoines des Hiverneaux venaient célébrer l'office à la fête de la Nativité, ainsi que les deux jours suivants, et où les paroisses voisines se rendaient processionnellement, soit dans les temps de calamités, soit pour diverses dévotions. Cette chapelle fut, jusqu'à la révolution de 1792, le rendez-vous de nombreux pèlerins; on y venait de très-loin invoquer la sainte Vierge, surtout pour obtenir la guérison de la fièvre. Louis XII, vu l'affluence du peuple qui s'y réunissait pour la Nativité, octroya à Montétis une foire pour les deux jours suivants. Cette foire a encore lieu chaque année, et c'est le seul souvenir qui subsiste de l'ancien pèlerinage. La chapelle a été détruite au commencement de ce siècle.

Le canton du Châtelet a l'abbaye royale de Notre-Dame de Barbeaux, à Fontaine-le-Port : Louis VII la fonda avec une magnificence vraiment royale, en reconnaissance de ce que le Ciel lui avait accordé un enfant, qui fut Philippe-Auguste; et il voulut être enterré dans l'église de cette abbaye, qui, du reste, a été détruite par la Révolution. Ce canton possède encore le prieuré de Notre-Dame de Fontaine-Roux, à Hériey; deux chapelles de Notre-Dame au château de Blandy; une église de Notre-Dame à Châtillon-la-Borde, Notre-Dame d'Ailly à Sivry.

Le canton de Mormant a Notre-Dame de Tréhans, à Bombon; Notre-Dame de Roiblay, à Saint-Merry, qui est visitée tous les ans par un grand concours de fidèles, à la fête patronale de la Nativité; Notre-Dame de l'Assomption à Champeaux, et, dans l'ancienne et magnifique collégiale de Saint-Martin, qui sert aujourd'hui d'église paroissiale, trois chapelles de la Mère de Dieu, avec de beaux vitraux qui représentent divers mystères de la vie de la sainte Vierge, comme sa Naissance, son Mariage, son Annonciation et son Couronnement dans le ciel; et une pierre, appliquée à la muraille, représentant un chanoine à genoux, en habit de chœur, devant la sainte Vierge debout, qui tient l'Enfant Jésus dans ses bras; enfin Bréau, Courtomer et Verneuil, qui honorent Marie comme leur patronne.

Si de là nous entrons dans le canton de Tournan, nous trouvons l'abbaye d'Hermières, à Favières, dont l'église abbatiale avait été consacrée sous le nom de la sainte Vierge; Notre-Dame du Cormier, à Roissy; l'abbaye de Saint-Pierre de Chaumes, où Marie était honorée sous le titre de Notre-Dame du Rosaire; Notre-Dame à Presles, sur la muraille de laquelle était représenté un chanoine

à genoux devant une image de la sainte Vierge, avec ces
mots : *O Mater Dei, memento mei;* enfin les Chapelles-Bour-
bon à la Houssaye, sous le patronage de Notre-Dame de
la Nativité.

L'arrondissement de Fontainebleau nous offre aussi sa
part d'intérêt dans l'histoire que nous écrivons. Dans le
château même, vous voyez une chapelle de la sainte Vierge
fondée par Louis VII, et consacrée par saint Thomas de Cantorbéry (1); sur la route de Melun, près de Fontainebleau,
se trouve la chapelle de Notre-Dame de Bon-Secours, qui
remonte à l'année 1661. Alors un gentilhomme ordinaire
du grand Condé, nommé d'Auberon, ayant été jeté à
terre par son cheval, eut la bonne pensée d'invoquer Marie,
pendant que, les pieds pris dans les étriers, il était traîné
sur les cailloux. Le coursier aussitôt s'arrête, quoique fré-
missant de fureur; d'Auberon dégage ses pieds, et se
voyant sans blessure, il fait bénir une image de la sainte
Vierge, qu'on porte en procession dans une niche pratiquée
au tronc du chêne près duquel il avait été sauvé d'une
mort inévitable. Lorsqu'en 1690, le chêne tomba de vétusté, on le remplaça par un oratoire, qui devint un lieu
de pèlerinage; et lorsque la révolution de 1792 eut renversé l'oratoire, Louis XVIII et la duchesse d'Angoulême
firent construire une nouvelle chapelle, où fut placée l'i-
mage de la sainte Vierge qui avait échappé à la profanation.
On y établit une association dite de Notre-Dame de Bon-
Secours, et Pie VII, en 1819, l'enrichit de plusieurs
indulgences plénières.

Si de là nous parcourons les divers cantons de l'arrondissement, nous y rencontrerons encore de fréquents souvenirs de Marie. Dans le canton de la Chapelle-là-Reine,
Guercheville, Noisy-sur-École, Tousson et Jacqueville,

---

(1) *Gallia christiana,* t. XIII; *Instrum.* 49, p. 74.

honorent la sainte Vierge comme patronne. Dans le canton de Montereau, Barbey, Esmans, la Brosse-Montceaux et Marolles-sur-Seine la vénèrent au même titre; mais Montereau l'emporte sur toutes ces paroisses par son église Notre-Dame, dont on admire le beau chœur, la belle nef, et surtout la chapelle de la sainte Vierge : « C'est, disent les auteurs des *Monuments de Seine-et-* » *Marne*, un dessin d'ogive appliquée entre deux pinacles, » sur un fond de meneaux ogivés et trilobés. Un rinceau » de pampre remplit dans tout son développement la gorge » de la saillie, qui est tout à la fois pied droit et archi- » volte. A l'extrados de l'arc, pendent des festons trilobés. » Au centre de ce dessin, se place une grande niche cen- » trale accostée de deux autres plus petites. Des dais éche- » lonnés et trilobés les surmontent. Sur chaque pinacle » latéral est une niche géminée à dais, de même forme » que le motif du centre. Ce retable du quinzième siècle » n'a rien à envier aux meilleures conceptions de ce » genre. »

Le canton de Château-Landon compte cinq monuments de la sainte Vierge : Gironville et Bougligny, qui l'honorent comme patronne; Notre-Dame de Chennevannes et l'abbaye de Notre-Dame de Cercanceaux, l'une et l'autre sur la paroisse de Souppes; enfin, Notre-Dame de Château-Landon, église remarquable au point de vue archéologique, et qui a une tour d'une grande élévation, bâtie par Jacques Juvénal des Ursins, évêque de Poitiers et patriarche d'Antioche.

Le canton de Moret a un monument de plus en l'honneur de la sainte Vierge; il en compte jusqu'à six : Champagne et Villemer, qui l'honorent comme patronne; Écuelles, où l'on allait en pèlerinage pour les enfants malades, devant une antique statue de la Vierge allaitant l'Enfant Jésus, qu'on a remplacée par une nouvelle statue de la

Vierge Immaculée; Montigny-sur-Loing, qui avait une chapelle de la sainte Vierge au château de Sorgues; Notre-Dame des Anges à Moret, prieuré de Bénédictines, qui fut réuni en 1780 à celui de Champ-Benoît de Provins; enfin, l'église paroissiale de Moret même, consacrée à Notre-Dame, magnifique vaisseau du treizième siècle, d'une architecture très-hardie, qui se compose de trois nefs, sur un plan cruciforme.

Le canton de Voulx a, comme celui de Moret, six monuments de la sainte Vierge : les églises de Voulx et de Préaux qui honorent Marie comme patronne; la chapelle de Notre-Dame à Égreville, à l'usage d'une maladrerie qui existait dans cette paroisse; le prieuré de Notre-Dame à Lorrez-le-Bocage; le prieuré de Notre-Dame de Pacy, à Villebéon; enfin l'abbaye de Notre-Dame de Villechasson, sur la paroisse de Chevry.

Toutefois, le canton de Nemours a la gloire de surpasser tous les autres cantons de l'arrondissement : il compte onze monuments de la sainte Vierge : Grez, Ormesson et Nanteau-sur-Lunain, qui s'honorent de l'avoir pour patronne; Bourron, dont le château possède une belle chapelle de la sainte Vierge; Fromonville, qui avait une chapelle bénéficiale de Notre-Dame; l'ancienne abbaye de Notre-Dame de la Nosaye sur la paroisse de Nonville; l'abbaye de Notre-Dame de la Joie, fondée au bas d'une colline, dans la prairie au sud-ouest de Nemours, et composée de vastes bâtiments, de beaux jardins et d'une église très-élevée; enfin, dans Nemours même, le monastère de la Congrégation de Notre-Dame, le couvent des Récollets, la chapelle de l'hospice dédiée à la sainte Vierge; puis, l'église paroissiale, dont l'abside est occupée par une chapelle de la sainte Vierge, où des verrières, qui représentent l'Annonciation, l'Assomption et Jésus à la Crèche, se recommandent par la grâce et le sentiment.

DIOCÈSE D'ORLÉANS (1).

Le diocèse d'Orléans ne le cède à aucun autre en richesses historiques sur le culte de la sainte Vierge; et les monuments qu'il nous offre à ce sujet le distinguent non-seulement par leur nombre, mais plus encore par leur haute antiquité; car plusieurs remontent jusqu'aux premiers siècles du christianisme. Pour les exposer avec ordre, nous étudierons en autant de chapitres : 1° Orléans et ses environs; 2° l'arrondissement de Montargis; 3° l'arrondissement de Pithiviers; 4° l'arrondissement de Gien.

---

(1) Les renseignements sur ce diocèse sont dus au zèle aussi dévoué qu'intelligent de M. l'abbé Rocher, chanoine honoraire d'Orléans, membre de la Société archéologique de l'Orléanais.

CHAPITRE PREMIER.

HISTOIRE DU CULTE DE LA SAINTE VIERGE A ORLÉANS ET DANS SES ENVIRONS.

La ville épiscopale est sans contredit la première du diocèse par sa piété envers la sainte Vierge, comme par son rang hiérarchique et la vertu de ses habitants.

On y comptait autrefois jusqu'à dix-neuf églises ou chapelles de la sainte Vierge. La plus ancienne est celle de *Notre-Dame du Mont*. Ce n'était dans le principe qu'un petit oratoire bâti près de la crypte sépulcrale de saint Euverte (1), par Tétradius, riche Romain, qui avait donné, en 340, un tombeau à ce saint évêque, dans un terrain réservé à sa propre sépulture et à celle de sa famille. Profané et détruit, en 731, par les Vandales (2), ce sanctuaire fut reconstruit peu après dans de plus grandes proportions, et replacé sous l'invocation de la sainte Vierge (3). C'est ce qu'atteste un diplôme donné le 30 juin 783, par Charlemagne, qui porte que « l'empereur, se trouvant à Orléans, » se rendit à l'église où repose le glorieux confesseur Euverte, église consacrée sous le nom de Marie, Mère de » Dieu et toujours vierge ».

Au douzième siècle, on trouva cette église encore trop petite, et on la remplaça par une vaste basilique à laquelle on donna le vocable de saint Euverte, de sorte que le sanctuaire de Marie, enseveli dans les fondations, n'exista plus que comme un souvenir traditionnel. Les choses de-

(1) *Les évêques d'Orléans*, par M. le Pelletier, p. 11.
(2) *Notice sur l'église de Saint-Euverte*. Orléans, 1855.
(3) *Gallia christiana*, VIII, col. 480, *Instrum*.

meurèrent ainsi jusqu'en 1857 : alors, en explorant le
sous-sol du sanctuaire et de la nef de l'église de Saint-
Euverte, afin de restaurer cet antique monument, on
retrouva, outre le caveau sépulcral de Tétradius et le
tombeau de saint Euverte, les restes de l'abside et du
chœur de la petite église romane de Notre-Dame du Mont,
dont les murs s'élevaient encore à près de deux mètres.
Heureux de cette découverte, on construisit une voûte sur
ces vieux murs et l'on pratiqua sous le sol une ouverture
qui permet de pénétrer aujourd'hui dans ce sanctuaire
vénéré, qu'on a eu l'idée de réserver à la sépulture des
évêques d'Orléans.

Plus favorisée que Notre-Dame du Mont, la chapelle
de Notre-Dame des Miracles, dans l'église Saint-Paul, a
toujours subsisté depuis onze siècles, avec son immense
popularité, attirant à elle et les habitants d'Orléans et les
pèlerins étrangers. Fondée au septième siècle, dans un
quartier qu'on appelait le bourg d'Avignon (1) et qui était
alors en dehors de la ville, à laquelle il ne fut réuni qu'au quatorzième siècle, elle devint au neuvième siècle l'objet d'une
grande vénération, à la suite d'un fait miraculeux que raconte
ainsi Vincent de Beauvais (2) : « Il y a près de la ville, dit
» cet historien, un bourg nommé Avignon, en latin *Avenum,*
» où les habitants ont construit une église en l'honneur de
» la très-heureuse Vierge Marie, lesquels, se voyant atta-
» qués par les ennemis, pleuraient et se lamentaient ; mais
» confiants plutôt en l'aide de la Mère de Dieu qu'en leurs
» propres forces, ils se rassemblent avec leurs femmes et
» leurs enfants, et s'acheminent à l'église. Là, ils se pro-
» sternent devant l'image de la Vierge Marie, avec prières
» et soupirs ; ils la conjurent d'être leur libératrice. Les

---

(1) Ms. de l'abbé Dubois, bibl. d'Orléans.
(2) *In Speculo historali,* liv. VIII, c. 8 ; traduction de le Maire.

» prières finies, ils emportent de cette église l'image de la
» Vierge, la posent sur la porte du bourg, afin qu'elle soit
» leur protectrice et la terreur des ennemis. Un des ci-
» toyens, étant à la garde de la porte, caché derrière
» l'image de la Vierge, lance des flèches sur les ennemis
» dont il tue plusieurs. Ce que l'un des ennemis voyant,
» il cria à l'arbalétrier, ainsi caché derrière l'image de la
» Vierge : « Tu ne saurais maintenant éviter la mort, ni
» cette image te défendre, si présentement quittant icelle,
» tu n'ouvres la porte de la ville. » Ayant dit ces mots, il
» lance son dard. Chose admirable à dire, l'image de la
» Vierge, étendant son genou, reçoit la flèche et ainsi dé-
» fend et protége son serviteur en péril. Lui, délivré mi-
» raculeusement de la mort par la Vierge Marie, pousse
» un cri de joie, puis darde sa flèche sur son adversaire
» et le tue. Le bruit de ce miracle se répand aussitôt parmi
» les ennemis. Ils reconnaissent et proclament hautement
» que la sainte Vierge Mère de Dieu défendait les habi-
» tants d'Avignon et combattait pour eux. Ils sont saisis
» de crainte, jettent leurs armes, demandent la paix qui
» leur est octroyée, se rendent dans l'église de Notre-
» Dame, où l'on avait replacé l'image de la sainte Vierge
» portant en son genou la flèche lancée sur le citoyen
» d'Avignon, et lui offrent plusieurs présents, promettant
» qu'à l'avenir ils ne feront aucun dommage aux habitants
» du bourg. »

« Jusqu'à ce jour, continue Vincent de Beauvais, qui
» écrivait son *Speculum historale* en 1244, l'image de la
» Vierge a toujours défendu les Orléanais. Elle est con-
» servée dans la même chapelle, portant en son genou
» élevé la flèche lancée contre celui qui s'était réfugié sous
» sa protection. » Magdunoir, religieux bénédictin, con-
signa l'événement miraculeux dans un ouvrage intitulé :
Dignités et excellences de la très-sainte et sacrée Vierge Marie,

qui fut conservé longtemps à la bibliothèque de Fleury-
sur-Loire ; et Olivier Conrald, religieux cordelier du monastère de Meung-sur-Loire, le célébra, au seizième siècle, par un poëme latin dans le goût de l'époque.

Mais il est un fait qui prouve mieux que les histoires
et les poëmes le miracle dont nous parlons : c'est la dévotion constante et publique des Orléanais pour Notre-
Dame des Miracles. Les vieux cartulaires du dixième
et du onzième siècle et les Comptes de la ville font foi de
la piété de leur époque envers ce sanctuaire. Depuis 1383,
chaque année, à la requête des échevins, on faisait à Notre-
Dame des Miracles huit processions dans lesquelles plus de
cent hommes étaient employés à porter les corps saints et
les reliques, en vue d'obtenir, par l'intercession de Marie,
les bénédictions du ciel sur les biens de la terre (1). Indé-
pendamment de ces solennités annuelles à époques fixes,
chaque fois qu'une guerre, un fléau, une calamité publique
jetaient l'alarme ou l'affliction dans la cité, chaque fois
que le besoin d'une grâce particulière se faisait sentir,
c'était à Notre-Dame des Miracles que le clergé et le
peuple avaient recours et venaient processionnellement
offrir leurs prières. Ce fut là qu'en 1409 et 1410, lorsque
la lutte si terrible entre les Armagnacs et les Bourguignons
tenait tout le pays dans l'alarme et paralysait toutes les
relations, on vint plusieurs fois en procession solliciter la
cessation de la guerre. Ce fut là que le 8 mai 1429, quand
les Anglais eurent levé le siége d'Orléans, dont ils avaient
été sur le point de s'emparer, une procession générale, qui
depuis se renouvela chaque année, jusqu'en 1792, vint
remercier Marie de cette insigne victoire ; et Jeanne d'Arc
elle-même, prenant part à la cérémonie, s'agenouilla pieusement, revêtue de son armure de guerre, devant l'autel

(1) *Antiq. de l'ex. d'Orléans*, par le Maire, ch. XII.

de Notre-Dame. Ce fut là qu'en 1449, lorsque Charles VII poursuivait les Anglais concentrés dans la Normandie, leur dernier refuge, le clergé et le peuple d'Orléans, sur l'invitation du roi, vinrent demander, en trois processions successives, le 1er août, le 12 octobre, le 6 décembre, l'heureuse issue de la guerre, et une quatrième fois encore, le 12 février 1450, ils renouvelèrent la même cérémonie. Lorsqu'au mois d'avril suivant, Charles VII eut battu les Anglais à Formigny, les échevins, sur sa demande, vinrent de même remercier solennellement, en son nom, Notre-Dame des Miracles, au mois d'octobre 1450; et cette procession, comme celle du 8 mai, devint une solennité annuelle pour la ville d'Orléans.

Ces processions de chaque année se continuèrent jusqu'en 1560, avec une ferveur que ne diminua jamais leur fréquente répétition. Mais, à cette époque, ces saints exercices furent interrompus par la haine violente des calvinistes, alors très-nombreux à Orléans. Ces sectaires intolérants ne purent souffrir la piété des catholiques à l'endroit de la Mère de Dieu. Emportés par une rage d'impiété, ils se ruèrent sur la ville ainsi que sur les paroisses circonvoisines, portèrent partout le ravage; et, dans ce soulèvement irréligieux, le premier objet sur lequel s'abattit leur fureur, ce fut le sanctuaire de Notre-Dame des Miracles. Ils enlevèrent la statue miraculeuse, la jetèrent dans les flammes, et veillèrent à ce qu'il ne restât d'elle qu'un monceau de cendres. Mais la tempête passée et la paix rétablie, on remplaça la statue brûlée, qui était de bois noir, par une statue de pierre noircie; l'antique dévotion refleurit, et les Orléanais revinrent prier encore à l'autel qui leur était si cher.

Ce sanctuaire qu'a ainsi consacré la vénération des âges, n'était, au septième siècle, qu'une chapelle isolée parmi plusieurs autres, également isolées, au centre du petit bourg d'Avignon. Vers la fin du douzième siècle, on réunit ces modestes chapelles en une seule église, consacrée sous le vocable de saint Paul, mais sans ôter à Notre-Dame des Miracles son existence distincte, de telle sorte qu'elle avait son propre curé, qui exerçait la juridiction alternativement avec le curé de Saint-Paul, chacun sa semaine. Cet état de choses dura jusqu'en 1750, époque à laquelle l'évêque d'Orléans voyant les conflits qui résultaient de ce mélange alternatif de juridictions, décida qu'il n'y aurait plus à l'avenir qu'un seul curé.

En 1297, Raoul, seigneur d'Orléans, fit restaurer ou reconstruire le sanctuaire de Notre-Dame des Miracles. Mais il ne reste plus rien aujourd'hui de l'œuvre du treizième siècle. La chapelle actuelle, construite en hors-d'œuvre dans l'église Saint-Paul et ayant son ouverture sur la basse nef méridionale, rappelle à l'extérieur le quinzième siècle par ses voûtes à ogives entre-croisées : les murs extérieurs, par leur ornementation et leurs fenêtres cintrées, accusent une époque plus récente. Le retable et l'autel en marbre blanc sont de style grec, et les murailles sont couvertes de peintures reproduisant plusieurs épisodes qui se rattachent à l'histoire de Notre-Dame des Miracles. Quant à la statue, qui est placée dans une niche éclairée par le haut, la tête de la Vierge, ainsi que celle de l'enfant Jésus, est seule sculptée sur le modèle de la statue primitive ; le reste est un bloc de pierre recouvert de deux riches manteaux. En 1793, elle fut soustraite à la profanation par un pieux paroissien de Saint-Paul et rétablie presque aussitôt après la réouverture des églises.

En 1855, une procession générale des douze paroisses de la ville se rendit à ce sanctuaire si vénéré pour fêter la promulgation du dogme de l'Immaculée Conception ; et depuis quelques années, les exercices de l'archiconfrérie de Notre-Dame des Victoires, qui s'y font chaque dimanche, ont donné un nouvel élan à la piété pour ce béni sanctuaire.

A peu de distance de Notre-Dame des Miracles, se trouve Notre-Dame de Recouvrance; et voici l'origine de sa fondation. Lors du siége d'Orléans par les Anglais, on porta la statue de Notre-Dame des Miracles dans une tour construite en encorbellement au-dessus d'une porte du bourg d'Avignon, comme la défense la plus sûre qu'on pût opposer aux ennemis. Après le siége, on reporta la statue à Saint-Paul; mais la tour n'en demeura pas moins consacrée, par la vénération publique, comme une chapelle de la sainte Vierge; et quand plus tard elle fut renversée, on bâtit, au même endroit, une petite chapelle qu'on appela Notre-Dame de Recouvrance, en mémoire de la merveilleuse délivrance opérée par Jeanne d'Arc sous la protection de Marie. Plus tard, il se forma tout autour une population nombreuse de commerçants et de marins qui sollicita l'érection de la petite chapelle en succursale, et l'obtint en 1509. Alors on conçut le dessein de remplacer ce modeste sanctuaire par une grande église qui fût en rapport avec la population agglomérée en cet endroit; la chose, en effet, se fit ainsi; on bâtit un nouveau temple et l'on en célébra la dédicace en 1519.

Cette église, dont le plan est attribué à l'architecte Ducerceau, est une des plus belles d'Orléans. Sa façade, qui offre deux portes remarquables, l'une en style gothique de la fin du quinzième siècle, l'autre en style de la renaissance, a été restaurée en 1859, et complétée par la construction de la porte principale pour laquelle on a employé le style ogival. Cette belle restauration est due à la générosité des Orléanais, qui conçurent cette pieuse pensée en voyant la procession solennelle pour la promulgation du dogme de l'Immaculée Conception faire sa seconde station à Notre-Dame de Recouvrance. Ainsi, de même que leurs ancêtres avaient élevé l'édifice de leurs propres deniers, eux aussi le réparèrent à leurs frais, comme s'il eût été dans les destinées de cette église d'être, à plusieurs siècles d'intervalle, un monument de la piété du peuple orléanais envers la Mère de Dieu.

Sur d'autres points de la ville, étaient trois chapelles de Notre-Dame des Aides. La première, sur la route de Paris, s'appelait la *chapelle vieille de Notre-Dame des Aides*. C'était, au treizième siècle, la chapelle d'une maladrerie établie en cet endroit pour les lépreux. Mais, en 1584, Henri III y étant passé, à son retour d'un pèlerinage à Cléry, qu'il faisait à pied avec toute sa cour, les Orléanais, honteux de la petitesse de cette chapelle, où venait prier un si auguste pèlerin, résolurent de l'agrandir, ainsi que l'établissement charitable qui en dépendait, et qu'encombraient les malades, victimes d'une épidémie régnante alors dans le pays. Le maréchal de la Châtre, gouverneur d'Orléans pour la Ligue, appliqua à ce projet l'impôt connu sous le nom de *quint*, ou cinquième partie de la taxe imposée aux habitants de la ville. Avec cette ressource, on ajouta au sanctuaire de l'ancienne chapelle la grande nef actuelle de l'église, qui fut bénite, le 18 novembre 1590, par l'évêque d'Orléans. En 1636, on construisit au midi de la chapelle une nef latérale; en 1851, l'église fut érigée en succursale; et, en 1857, Pie IX accorda une indulgence plénière aux pèlerins qui la visitaient pendant l'octave de la fête patronale, c'est-à-dire du 24 au 31 mai.

Cette église, avant d'être agrandie, servait aux deux paroisses de Saint-Paterne et de Paran, pour les fêtes de confrérie et autres cérémonies religieuses; mais les paroissiens de Saint-Paterne, se trouvant gênés dans leurs exercices par ceux de Paran, élevèrent à leurs frais, sur leur territoire, une autre chapelle qu'on nomma la *chapelle neuve de Notre-Dame des Aides*. Ce nouveau sanctuaire devint bien-

tôt, comme la chapelle vieille, un lieu de grande dévotion
pour les nombreux voyageurs de la route de Paris qui venaient, à leur départ, se recommander à la protection de
la sainte Vierge ; et ce pieux usage n'a cessé qu'à l'établissement du chemin de fer, lequel, aujourd'hui, emporte ceux
qui font ce voyage avec une rapidité qui leur laisse à peine
apercevoir les deux chapelles, loin qu'ils puissent s'y arrêter pour prier. — La troisième chapelle de Notre-Dame
des Aides fut construite au treizième siècle dans le couvent des religieux Augustins, au sud de la ville, sur la rive
gauche de la Loire (1). C'est près de cette chapelle, voisine
du fort des Tourelles, que Jeanne d'Arc remporta sur les
Anglais la grande victoire qui sauva la France. Avant l'action, l'immortelle héroïne, apercevant ce sanctuaire, descend de cheval, vient s'agenouiller à l'écart en face de la
chapelle, prie quelques instants de toute son âme, puis se
relève pleine de confiance en Dieu et en Marie, s'élance sur
son coursier, se précipite vers les Tourelles en agitant son
étendard, montrant le fort où étaient les Anglais, et criant
aux soldats : *Entrez, entrez! ils sont à vous* (2). Ils entrent en
effet sous sa conduite, elle reçoit une glorieuse blessure,
mais les bataillons anglais sont enfoncés, Jeanne triomphe,
et la France est sauvée. Cette chapelle, de si glorieux souvenir, fut détruite depuis par les protestants ; en 1613,
Louis XIII la remplaça par une autre qu'il fonda dans le
même couvent des Augustins, mais un peu plus loin des
bords de la Loire. Chaque année, jusqu'en 1792, la procession d'actions de grâces du 8 mai, en mémoire de la délivrance d'Orléans, allait y faire une station (3); et de son
côté le chapitre de la cathédrale y faisait une procession so-

(1) Polluche, *Description d'Orléans*, p. 157.
(2) Quicherat.
(3) Polluche.

lennelle, « à cause, dit un historien, de l'antique et parti-
» culière dévotion du clergé et du peuple orléanais à la
» bienheureuse Vierge Marie ». Mais, hélas! depuis 93, le
couvent des Augustins où était la chapelle ayant été transformé en usine, la chapelle elle-même a été démolie.

Outre les six églises ou chapelles que nous venons de
décrire, il y avait dans la ville treize autres sanctuaires
dédiés à la sainte Vierge.

C'était : 1° *Notre-Dame de Pitié*, bâtie en 1473, près du
couvent des Jacobins, par la célèbre compagnie de la rivière de Loire, qui voulut donner ce témoignage de sa dévotion à Marie ;

2° *Notre-Dame de Bonne-Nouvelle*, qui fut d'abord un
monastère de filles et s'appela par cette raison *Sancta
Maria Puellaris*, ou Notre-Dame des Filles, mais qui ayant
été plus tard occupée par des chanoines réguliers, prit le
nom de Notre-Dame de Bonne-Nouvelle. Au onzième
siècle, le roi Robert la fit reconstruire; en 1741, les Bénédictins élevèrent sur son emplacement une chapelle, et
en creusant le sol, trouvèrent des débris de colonnes, des
fragments d'idoles, qui leur firent conclure que là avait
été un temple païen, et que sur ses ruines avait été bâti
le premier sanctuaire dédié à Marie dans l'intérieur de la
ville. En 1809, cette église a été démolie, et Notre-Dame
de Bonne-Nouvelle n'est plus aujourd'hui qu'un souvenir
du passé (1);

3° Notre-Dame des Forges, dite par les historiens
Cella Sanctæ Mariæ Fabricatæ (2), était une chapelle élevée
au septième siècle, en dehors des murs d'Orléans, à l'est,
et qui servait probablement à quelque association d'ouvriers placée sous le patronage de la Mère de Dieu. Dé-

---

(1) Polluche, p. 36.
(2) *Id.*, p. 46.

truite en 999 par un incendie, reconstruite en 1029, placée au quinzième siècle sous l'invocation de saint Victor, vendue en 93, elle n'existe plus aujourd'hui ;

4° Sur la grande route de Bourgogne était *Notre-Dame du Chemin*(1), ainsi appelée depuis le treizième siècle parce que les voyageurs, à leur départ d'Orléans ou à leur arrivée, venaient s'y recommander à Marie. Elle devint plus tard église paroissiale ; puis, en 1428, les habitants ayant reconnu que les Anglais auraient pu en tirer avantage contre la ville qu'ils venaient assiéger, eurent le courage de la raser, et, le siége fini, la sagesse de la reconstruire. Enfin, en 93, elle fut vendue, et depuis, elle est restée une propriété particulière.

5° Sous le rempart de la première enceinte de la ville était *la Dorade* ou *Notre-Dame la Dorée*, autrement dite Notre-Dame de la Règle, appelée par Eugène III, dans sa bulle de 1152, Notre-Dame entre mur et fossé : *Beata Maria inter murum et fossatum* (2); devenue prieuré simple, elle est ensuite tombée de vétusté.

6° Près de ce sanctuaire, fut construite en 1423 par Charlotte de Savoie, seconde femme de Louis XI, la chapelle de *Notre-Dame de la Conception,* qui ne subsista qu'environ un siècle.

7° Au milieu des vignobles du faubourg Baynier, les religieuses Bernardines bâtirent vers l'an 1230, une chapelle, qui, à raison de sa position, s'appela *Notre-Dame des Vignes,* et fut supprimée lors de la translation des religieuses dans un autre local.

8° Près du faubourg Baynier s'élevait la chapelle de *Notre-Dame des Groux* (3), dont l'origine est inconnue, et qui tomba en ruine en 1657.

---

(1) Polluche.
(2) *Idem.*
(3) Vergnaud-Romagnesi, *Histoire d'Orléans*, p. 200.

9° Près de Saint-Paterne était la chapelle de *Notre-Dame des Pauvres* (1), construite avant le quinzième siècle pour le service d'un hospice, et dont il ne reste plus aucune trace.

10° L'intérieur de la ville possédait la chapelle de *Notre-Dame du Mont-Carmel*, bâtie par les religieux Carmes au quinzième siècle. Le quatrième dimanche de Carême, le chapitre de la cathédrale s'y rendait en procession, et grand nombre de fidèles y affluaient tout le jour pour gagner les indulgences attachées à la visite de ce sanctuaire, et qu'on appelait le *Pardon des Carmes*.

11° Dans l'ancienne maison des Célestins était *Notre-Dame de Toutes-Grâces*, œuvre du quatorzième siècle. L'église tombée, son vocable a été transféré à la nouvelle chapelle de l'orphelinat de la Sainte-Enfance.

12° Au couvent des Capucins se trouvait *Notre-Dame de Bon-Secours* (2), bâtie sous Henri III. Les inondations de la Loire ne la laissèrent debout que quelques années, et on la remplaça par une nouvelle chapelle, consacrée en 1641, sous le même vocable.

13° Enfin *Notre-Dame de l'Hospice* était la chapelle d'une maison appelée plus tard couvent de la Madeleine, où, dès avant le douzième siècle, on retirait les filles pauvres étrangères à la ville (3).

Ainsi Orléans offrait, sous tous les aspects, des souvenirs de la sainte Vierge ; et chacun de ses quartiers possédait quelque monument en l'honneur de la Mère de Dieu. Beaucoup de maisons, même particulières, lui étaient consacrées et portaient son image sur leur façade. Deux portes principales, la porte de Bourgogne et la porte des Tou-

---

(1) Symphorien Guyon.
(2) Vergnaud-Romagnesi, p. 373.
(3) Symphorien Guyon. — Le Maire.

relles étaient surmontées chacune d'une statue de Notre-
Dame; et les faubourgs, non moins dévoués à Marie que la
ville, avaient grand nombre de chapelles privées sous son
vocable.

Enfin l'ancien monument commémoratif de la délivrance
d'Orléans, que la révolution de 1793 a renversé, représentait Marie au pied de la croix, ayant sur les genoux le
corps inanimé de son fils; à droite, Charles VII, à gauche
Jeanne d'Arc, l'un et l'autre agenouillés, se reconnaissant,
ainsi que la ville, redevables de la victoire à la Mère de
Dieu.

Si maintenant nous sortons d'Orléans pour nous répandre dans les environs, nous trouvons à Beaugency une chapelle de *Notre-Dame des Aides*, bâtie avant le douzième
siècle, brûlée par les huguenots, relevée quelques années
après par les habitants, et fréquentée par eux avec la plus
édifiante piété. En 1779, les échevins en projetèrent la
démolition pour cause d'alignement; mais toute la ville réclama avec une telle force, que l'administration municipale
dut s'arrêter devant une opposition si prononcée; et le
sanctuaire vénéré resta debout jusqu'à la révolution de 93,
qui n'en a pas laissé trace. Cependant Beaugency a encore
la chapelle de Notre-Dame des Anges, bâtie en 1700, au
couvent des Ursulines (1); et ce qui est bien autrement
important, son église paroissiale dédiée à la sainte Vierge
et aux saints martyrs Firmin, Fuscien et Victoric. Cette
église fut construite au sixième siècle par Simon, seigneur de Beaugency, en reconnaissance de la guérison
miraculeuse d'une lèpre effroyable dont il était couvert.
Au douzième siècle, reconstruite sur un plan grandiose
en style romano-byzantin; en 1567, incendiée par les
protestants; en 1647, restaurée par les religieux de l'ab-

---

(1) M. Pellieux, *Hist. de Beaugency.*

baye dont elle faisait partie; en 1793, vendue par l'État;
après la Révolution, restituée au culte comme église paroissiale, récemment restaurée avec une rare intelligence
et un goût parfait, qui ont rendu à cette église élevée dans
les siècles de foi en l'honneur de Marie, son caractère original ainsi qu'une grande partie de sa première splendeur, elle compte parmi les plus beaux édifices du diocèse,
et est vraiment monumentale.

Châteauneuf-sur-Loire conserve aussi une chapelle sous le
vocable de *Notre-Dame de Lépinay*. Cet humble monument,
qui a une porte romane dans le style du douzième siècle, n'est
aujourd'hui que le débris restauré d'un plus vaste édifice renversé par les guerres et les révolutions. Une vision miraculeuse paraît avoir donné lieu à sa construction. On raconte
qu'un seigneur de Châteauneuf, qui avait une grande dévotion envers la Mère de Dieu, vit, plusieurs nuits de suite,
pendant son sommeil, une dame d'une beauté céleste; mais
les vêtements, les pieds, les mains, le visage même de cette
dame empreint de tristesse, paraissaient avoir été déchirés
par des épines; et elle tenait entre ses bras un enfant radieux,
qui semblait par son regard suppliant implorer l'assistance
du pieux seigneur. Celui-ci, errant un jour à l'aventure dans
la campagne, tout préoccupé de sa vision, entre par dis-
traction dans un lieu couvert de broussailles; les ronces
déchirent ses pieds, des buissons épineux lacèrent ses vêtements; cependant il avance toujours, espérant arriver au
terme de cet ingrat passage. Enfin il se trouve tellement
entouré d'épais buissons, que, malgré le bâton avec lequel
il cherche à les écarter, il ne peut plus se frayer un chemin, ni en avant, ni en arrière. Dans son embarras, il fait
le signe de la croix, prie Marie, invoque son bon ange; et
voilà que tout à coup, dans le fourré le plus inextricable, il
aperçoit un bloc de pierre. Il regarde; ô prodige! c'est une
statue dont les traits lui sont connus; c'est le même visage

qu'il a vu tant de fois dans son sommeil; mêmes blessures aux pieds et aux mains de la sainte effigie. Le seigneur en conclut que Marie veut qu'on élève en ce lieu à
son image profanée un autel et un sanctuaire. Il en forme
la résolution; et aussitôt les buissons semblent s'entr'ouvrir pour lui livrer passage. Il va plein de joie à sa demeure et appelle ses gens. On coupe les buissons, et l'on
place la statue, retirée des épines, sur un autel de gazon.
Les populations voisines, informées du fait, accourent,
prient, et des guérisons sont obtenues. Bientôt on acclame
de toutes parts la Vierge nouvelle, sous le titre de Notre-
Dame de Lépinay. On remplace l'autel rustique par une
chapelle, et les pèlerins s'y rendent en foule. Telle est l'o-
rigine de cette sainte chapelle. Charles VI la donna, en
1130, aux religieux de Saint-Benoît-sur-Loire, et ceux-ci
en firent plus tard un prieuré. Maintenant elle sert de
chapelle-annexe à l'église paroissiale de Châteauneuf; et
bien différente de ce qu'elle était autrefois, elle est tout
entière une construction du dix-huitième siècle, si l'on excepte la porte, qui est romane.

Nous arrivons maintenant à un plus célèbre sanctuaire :
c'est Notre-Dame de Cléry (1). Des chroniqueurs ont pré-
tendu que, dès le sixième siècle, Cléry, l'ancien *vicus Claria-
cus*, possédait un oratoire sous le vocable de la Mère de
Dieu; mais cette assertion manque de preuves solides, et
ce n'est guère qu'au treizième siècle qu'on voit Notre-Dame
de Cléry attirer l'attention des fidèles et devenir un lieu
de pèlerinage.

En 1280, près des murs de Cléry, châtellenie qui appartenait alors à Marguerite de Provence, veuve de saint Louis,
la charrue, en traçant un sillon, mit à découvert une statue

_____

(1) Les renseignements sur Notre-Dame de Cléry sont dus à l'obli-
geance de M. l'abbé de Torquat, chanoine honoraire d'Orléans.

de la sainte Vierge (1). Au bruit de cette nouvelle, la population accourt, contemple avec bonheur la statue, la transporte en grande solennité dans l'enceinte de la ville; et de tous les cœurs part un même cri : « Élevons un sanctuaire à Marie. » On se met à l'œuvre, on bâtit le sanctuaire, et on y place la statue. A peine la sainte Vierge a-t-elle pris possession de son nouveau temple, que les pèlerins s'y rendent de toutes parts, et des faveurs signalées justifient leur dévotion.

Frappé de ces prodiges, Simon de Melun, maréchal de France, seigneur de la Salle, baronnie voisine de Cléry, conçut le dessein de fonder autour de la statue vénérée une collégiale de chanoines qui en seraient les gardiens et formeraient comme la cour permanente de la Reine du Ciel, dans un lieu où sa protection se montrait si visiblement. Le projet, un instant suspendu par la mort du maréchal, fut mis à exécution par sa veuve et son fils; et, avec l'autorisation de l'évêque d'Orléans et du roi Philippe le Bel, la collégiale fut fondée en 1304 (2).

Dès lors s'ouvrirent pour Cléry des jours de splendeur. La collégiale, composée d'abord de cinq membres, ne tarda pas à s'augmenter. En 1309, Philippe le Bel y créa cinq nouvelles prébendes (3) pour remercier la sainte Vierge d'avoir recouvré sur ses ennemis la Gascogne et la Flandre; à ce don il ajouta le présent d'une cloche remarquable par son volume, une des plus belles et des plus fortes qu'il y eût en France; et même il se proposa de construire à Cléry une magnifique église en l'honneur de la Mère de Dieu. Philippe VI, son neveu, le premier des Valois, jaloux d'exécuter un dessein que la mort n'avait pas permis au

---

(1) Le Maire, *Hist. de la ville et duché d'Orléans.*
(2) Cartulaire de Sainte-Croix d'Orléans.
(3) Lettres patentes aux mémoriaux de la chambre des comptes.

roi d'accomplir, posa lui-même, en 1320, la première pierre de ce nouvel édifice, et le fit élever à ses frais (1).

Ce beau sanctuaire fut, pendant plus d'un siècle, enrichi des largesses des rois et des princes, et visité par des milliers de pèlerins. Mais, en 1428, cet état de choses changea, l'insulte succéda aux hommages, le pillage aux offrandes : c'était alors la guerre entre la France et l'Angleterre, et le soldat anglais passant par ces contrées n'eut aucun respect pour tout ce qu'avaient respecté les siècles; le comte de Salisbury, en se rendant au siége d'Orléans, s'empara de Cléry, pilla toutes les richesses de la collégiale, emporta même les vases sacrés, qu'il osa profaner (2). Il est vrai, ces actes d'impiété ne restèrent pas longtemps impunis, et Cléry fut vengé : car, peu après, le comte fut frappé à mort sous les murs d'Orléans; et cette mort fut regardée par les contemporains comme une punition de son *irrévérence envers Notre-Dame de Cléry*.

Quelques années plus tard, la fureur des guerres civiles ayant une seconde fois dépouillé et renversé en partie le sanctuaire élevé par Philippe de Valois, Louis XI entreprit de réparer ces désastres pour reconnaître deux assistances spéciales qu'il avait reçues de la sainte Vierge : l'une à Ruffec, l'autre à Dieppe. A Ruffec, n'étant encore que Dauphin, il traversait la rivière sur une petite barque, avec le duc d'Anjou son oncle et Louis Valory, lorsque la force du courant l'emporta à la dérive, le précipita sur un moulin qui se trouvait en travers, et de là dans l'eau avec ses deux compagnons de voyage. Au moment où tous les trois allaient périr, le Dauphin fait un vœu à la sainte Vierge : aussitôt le flot porte les naufragés à bord et les

---

(1) Charte de 1339.

(2) « Icelui comte de Salisbury, dit une chronique, vint piller le lieu et église de Cléry, dont il fit très-mal, et il en fut pugny. »

dépose sains et saufs sur la grève (1). A Dieppe, lorsqu'il voulait reprendre cette ville sur les Anglais, trouvant dans les assiégés une vigoureuse résistance, et estimant, sur l'avis du vaillant comte de Dunois, que le recours à Notre-Dame de Cléry était le plus sûr moyen de succès, il se fit montrer le point de l'horizon où elle se trouvait, et se tournant de ce côté, il fit vœu de donner à ce célèbre sanctuaire son pesant d'or s'il réussissait à s'emparer de la ville. Ce vœu prononcé, il livre l'assaut, entre dans la place et en chasse les Anglais (2).

Ces deux grâces obtenues par l'intercession de Marie lui inspirèrent une dévotion particulière pour Notre-Dame de Cléry et le portèrent à y concentrer les dons de sa religieuse et royale munificence. Charles VII avait donné Cléry à Dunois en récompense de ses brillants exploits; Louis le racheta de ce seigneur au moyen d'un échange, l'érigea en baronnie et le donna en toute propriété aux chanoines, qu'il institua barons et seigneurs de Cléry avec tous les droits afférents à ce titre, leur assignant pour armoiries un écusson d'azur qui représentait une Vierge d'or tenant l'enfant Jésus dans ses bras, et pour grand sceau la Vierge, couronnée par les Anges, bénie par Dieu le Père; à droite, les armes de France, à gauche celles de Melun; au revers, une grande fleur de lis entourée d'une couronne d'épines.

Plus tard, la collégiale fut érigée en chapelle royale, et gratifiée des droits, prérogatives et prééminences de la Sainte-Chapelle de Paris, à condition qu'on y chanterait toutes les heures canoniales et qu'on y ferait le service divin comme dans la chapelle du palais de saint Louis. Le roi lui-même voulut faire partie du chapitre, et sollicita cette faveur auprès du pape Sixte IV. Celui-ci lui répondit,

---

(1) Lettres patentes en faveur de l'église de Relmart.
(2) Symphorien Guyon.

en 1471, par un bref où nous remarquons les passages suivants : « Dans l'ancienne loi, dit-il, non-seulement » les prêtres, mais encore les rois, recevaient l'onction » sainte. De même les rois de France, comme défenseurs » très-chrétiens et très-victorieux de la religion, se font » sacrer au commencement de leur règne; et par la » même raison, plusieurs pontifes romains nos prédé- » cesseurs les ont nommés chanoines en plusieurs églises » de leur royaume, afin que les dépositaires de l'autorité » suprême fussent en même temps décorés de dignités » ecclésiastiques, comme témoignage de leur attachement » au saint-siége. A ces causes et suivant la demande que » nous a adressée notre très-cher fils en Jésus-Christ, » Louis, roi des Français, en vertu de notre autorité » apostolique, nous ordonnons que ce prince et tous ses » successeurs, aussitôt après leur avénement, puissent » prendre le titre et le rang de premier chanoine de » l'église collégiale de Cléry, où ledit roi Louis a élu sa » sépulture; qu'en cette qualité les rois des Français » aient le droit de porter le surplis, l'aumusse, la chape » et les autres ornements sacerdotaux; qu'ils aient la pre- » mière place, même avant le doyen, et aient voix délibé- » rative au chapitre. »

Louis XI, installé chanoine de Cléry en vertu de ce bref, conféra à ses nouveaux confrères le titre de cha- pelains d'honneur du roi, augmenta la dotation du cha- pitre de 4,000 livres de rente, à prendre sur ses do- maines de Normandie, et accorda, pour reconstruire la collégiale, ruinée par les Anglais, d'abord 2,300 écus d'or, puis 7,328 livres 15 sous. Avec ce secours la re- construction marcha vite; mais à peine était-elle achevée qu'un terrible incendie, allumé par l'incurie d'un ouvrier, consuma toute la toiture. Heureusement le roi répara bientôt le dommage; et grâce à lui, le sanctuaire de Notre-

Dame de Cléry, chef-d'œuvre de l'art gothique flamboyant, put prendre rang parmi les plus belles basiliques de France. Le monarque composa le clergé de cette église de dix chanoines résidants, de deux non résidants, de deux vicaires et de plusieurs chapelains et prêtres habitués; il bâtit autour du saint édifice un cloître où il avait son logis, fit présent au chapitre d'un plateau de porcelaine enchâssé en or, pour le service de l'autel, et, ce qui était plus précieux encore, d'une épine de la couronne de Notre-Seigneur et de plusieurs autres reliques (1).

Enfin, telle était sa vénération pour ce sanctuaire, qu'il portait toujours à son chapeau l'image en plomb de Notre-Dame qu'il y avait fait bénir, et qu'il voulut que là fût le lieu de sa sépulture. Il choisit lui-même pour son caveau sépulcral le haut de la grande nef à gauche, en face de la statue miraculeuse placée alors au fond du sanctuaire, et donna le plan détaillé de son tombeau (2). Il fonda de plus

---

(1) Voici le texte des deux lettres par lesquelles il annonçait cet envoi.« A nos amés et féaux doyen, chanoines et chapitre de l'église » ou chapelle royale de Notre-Dame de Cléry. Nous vous envoyons » pour la décoration de votre église un petit coffre fermé, dans le-» quel est renfermée une des saintes épines de la couronne de Notre-» Seigneur, avec plusieurs autres saintes reliques. Partant, conser-» vez-le religieusement et mettez-le dans le trésor de votre église. » A Thouars, ce 11 février. — Amés et féaux, nous vous envoyons » pour la décoration de votre église un grand plat de porcelaine, » enchâssé en or, et d'autant que nous voulons qu'il serve à votre » église à perpétuité et ne puisse être appliqué à d'autres usages, » prenez garde soigneusement qu'il ne soit détourné, mais qu'il serve » aux offices du grand autel, et non ailleurs. A Thouars, ce 12 février.»

(2) Ce mausolée, détruit par les protestants en 1562, refait en 1622 par Louis XIII, détruit de nouveau en 92 et transporté au mu-sée des antiquités, a été rendu à Cléry en 1818. La statue de Louis XI en marbre blanc qui le décore est l'œuvre de. Michel Bour-din, sous Louis XIII.

trois messes à acquitter chaque jour, après sa mort, pour le repos de son âme. L'une devait être chantée à l'autel où était la statue vénérée, et les deux autres dites en même temps aux autres autels. Ces dispositions testamentaires eurent bientôt leur accomplissement : car, en 1483, le roi mourut à Plessis-lès-Tours, un samedi, comme il l'avait désiré, le trentième jour d'août. Suivant ses ordres, son corps fut transporté à Cléry et inhumé dans l'église le samedi 6 septembre, et sur sa tombe on éleva un monument funèbre où il est représenté à genoux, dans l'attitude de la prière, revêtu du manteau royal et du collier de l'ordre de Saint-Michel, ayant devant lui, sur un coussin, son livre d'heures avec son chapeau couronné de l'image de Notre-Dame de Cléry.

Charles VIII arrivé au trône réduisit à 2,000 livres de rente annuelle la dotation faite au chapitre de Cléry par le roi son père; mais, en compensation, il accorda aux chanoines le droit de patronage sur les églises des hôpitaux, aumôneries et maladreries, situées dans le détroit des vicomtés de Normandie (1); et loin que le chapitre eût à se plaindre de cette commutation, il n'eut qu'à s'en féliciter.

Non moins édifiante fut aux siècles suivants la piété des rois de France envers Notre-Dame de Cléry : l'église avait des portes et des stalles peu dignes du monument; Henri II lui en donna qui étaient en bois sculpté et d'un travail remarquable. Les protestants, en 1562, après s'être emparés d'Orléans, dont ils voulaient faire le boulevard de l'hérésie, étant venus à Cléry, avaient brisé les verrières, mutilé les stalles, renversé l'autel principal et le trône de Marie, insulté les restes inanimés de Louis XI et du célèbre Dunois; rien n'avait échappé à leur fureur, sauf les

_____

(1) *Détroit* est synonyme de *district* ou *arrondissement*.

richesses du trésor de la collégiale que les chanoines
avaient pu emporter avec eux dans leur fuite : Henri II
fit rétablir les verrières, aidé dans cette bonne œuvre par
les chevaliers du Saint-Esprit, qui tinrent à honneur d'y.
contribuer; et Henri IV donna 300 écus pour faire les
réparations les plus urgentes parmi les ruines entassées
dans ce bel édifice.

L'exemple de cette série de souverains tout dévoués à
Notre-Dame de Cléry fut suivi, à toutes les époques, par
les particuliers. Le 8 octobre 1463, l'intrépide compagnon
d'armes de Jeanne d'Arc, le vaillant comte de Dunois, et
sa pieuse épouse, Marie d'Harcourt, léguèrent, par leur
testament, 1,200 écus d'or à la collégiale de Cléry, à la
charge d'y élever et décorer une chapelle en l'honneur de
saint Jean-Baptiste, patron du comte, dans laquelle ils
voulaient être inhumés, eux et les membres de leur famille;
et ces dernières volontés furent scrupuleusement exécutées. Le 15 juin 1469, un seigneur de la Beauce, Jean
Guéret, donna à la même église un témoignage de sa
religion envers Notre-Dame de Cléry, qu'un historien contemporain raconte dans ce langage naïf que nous ne
voulons point défigurer en le réformant : « Noble homme
» Jean Guéret, dit-il, seigneur de la court en Beauce,
» demeurant à Jargeau, pour sa grande et singulière dévo-
» tion à Notre-Dame de Cléry, donna à ladite église pour
» entretenement et substantation de la fabrique d'ycelle
» église, et pour fournir par chacun jour à perpétuité, tout
» le pain et le vin à chanter les messes qui seront dites à
» toujours en ladite église, les héritages et choses qui
» s'ensuivent : à savoir cinq métairies, ses vignes, ses
» deux maisons et un droit de péage, à condition que son
» corps recevroit la sépulture dans l'église Notre-Dame de
» Cléry, et qu'on célébréroit après son trépas un service
» d'obit et de sépulture, consistant en douze messes

» basses et trois messes chantées, puis quatre messes
» basses chaque semaine pour le salut de son âme, et
» celui de ses parents et amis trépassés, avec un *De profundis*
» sur la fosse. »

En 1490, Marie de Cournay, épouse du seigneur de la
Mothe, inspirée par le même esprit de piété, et n'ayant
point d'héritiers directs, laissa au chapitre tous ses biens,
notamment le terrain sur lequel furent bâties la plupart des
maisons du cloître, et éleva dans la collégiale la chapelle
dite de Saint-Sébastien.

Catherine de Médicis y fonda un service perpétuel pour
son mari et ses enfants, et fit entretenir nuit et jour une
lampe devant l'autel. Louis de Gonzague de Clèves, duc
de Nevers, lieutenant général des armées du roi, rapide-
ment guéri, après un vœu à Notre-Dame de Cléry, d'une
blessure grave reçue au siége de Beaugency, y fonda une
messe quotidienne de la sainte Vierge, et donna, à cet effet,
quarante écus de rente annuelle.

Marie Danguy d'Orléans fonda cinq messes, à dire
chaque semaine à l'autel de la Vierge miraculeuse, pour
elle, ses parents et ses amis. Les chanoines eux-mêmes
firent des fondations de messes, établirent des autels,
et de toutes parts la confiance en Notre-Dame de Cléry
amena des dons sous toutes les formes, qui rendirent son
chapitre un des plus riches de France.

Cette confiance y attirait d'innombrables pèlerins. Le
plus célèbre fut Louis XI : il y fit un premier pèlerinage
en actions de grâces pour la prise de Dieppe, un second
pour le rétablissement de sa santé, à la suite d'une neuvaine de prières ; un troisième, après son sacre, pour demander un héritier de sa couronne ; et un quatrième,
après la naissance de son fils, en reconnaissance de cette
faveur. Charles VIII et Anne de Bretagne y vinrent souvent prier devant la statue vénérée, et ordonnèrent qu'après

leur mort leurs corps y fussent transportés, et qu'on y
chantât un service pour le repos de leur âme : ce qui eut
lieu en effet. Leurs corps y demeurèrent deux jours aux
pieds de Notre-Dame, et on y pria pour eux avec grande
solennité. « La royne, dit l'historien du temps, fut moult
» bien reçue tant des gens d'Église que de ceulx de la
» ville, et après les vigiles dites icelui soir, et le lende-
» main les trois grandes messes, ainsi qu'on avait coutume,
» on partit pour Orléans. »

Au-dessus de la porte de l'église, on avait mis les
vers suivants, qui rappellent tout à fait la poésie de
l'époque :

> O de Cléry Vierge très-glorieuse,
> Si ce corps fut en terre triomphant,
> Vers votre Fils, votre humble et cher Enfant,
> Soyez ès cieux de son âme curieuse.

Louis XII, atteint d'une maladie grave, se rappelant la
dévotion des rois ses aïeux pour Notre-Dame de Cléry,
y envoya le cardinal d'Amboise demander sa guérison, et
l'événement justifia sa confiance.

Henri III, plein des mêmes sentiments, y fit en personne
trois pèlerinages : « L'onzième jour d'avril 1583, qui était
» le lendemain de Pâques, raconte Pierre de l'Étoile, le
» roi et la royne, son épouse, partirent de Paris à pied,
» allèrent à Chartres et de Chartres à Cléry, faire leurs
» prières et offrandes à la Belle-Dame révérée solennelle-
» ment ès églises desdits lieux, à ce que par son interces-
» sion il plût à Dieu leur donner la mâle lignée que tant ils
» désiroient; d'où ils furent de retour à Paris le vingt-
» quatrième dudit mois, tous deux bien las et ayant les
» plantes des pieds bien ampoulées d'avoir fait tant de che-
» min à pied. »

« Le 5 octobre, même année, raconte le même histo-

» rien, le roi, ayant passé à Cléry et à Chartres où il fit
» ses prières et offrandes à la Belle-Dame, arriva à
» Paris. »

Le pèlerinage de l'année suivante, 1584, eut ceci de
remarquable que le roi y était accompagné de capucins,
de minimes, et de cinquante princes ou seigneurs, tous
habillés en pèlerins, tous marchant à pied, précédés d'une
pesante croix que chacun portait à son tour. C'était du
reste alors la seule manière d'accomplir un pèlerinage,
et personne, jusqu'à l'époque de la révolution de 93, n'eût
voulu pour ces pieux voyages se servir de voiture. On les
faisait à pied et en priant. Ainsi était venu à Notre-Dame
de Cléry, en 1560, François de Guise, accompagné de
toute la cour, et ainsi y vint plus tard, en 1715, le duc
de Bavière.

Louis XIV, qui avait sa maison royale à Cléry, comme
Louis XI y avait eu son logis du roi, y venait souvent,
sinon en pèlerinage, du moins en visite, lorsqu'il se rendait à Chambord.

C'est ainsi que les grands du monde abaissaient leur
majesté devant la Reine du Ciel; là les dispensateurs de la
fortune devenaient suppliants eux-mêmes, et sur ces dalles
foulées aussi par leurs sujets, leur conscience entendait des
encouragements ou des reproches qui réveillaient en elle
un sentiment plus vif de la justice et du devoir.

Sur ces traces royales, les villes entières accouraient à
Cléry implorer la protection de Marie, surtout dans les
temps de peste : ainsi firent Metz et Calais dans la peste
de 1583; et en reconnaissance du secours obtenu, leurs
échevins vinrent suspendre, dans la collégiale de Cléry,
deux *ex-voto* en argent, représentant les deux villes pro-
tégées (1). C'était surtout le 8 septembre, jour de la Na-

---

(1) *Annales de l'église d'Orléans,* par la Saussaye.

tivité de la sainte Vierge et fête patronale de Cléry, que les pèlerins accouraient en plus grand nombre ; et telle était leur ardeur pour solliciter des prières dans ce sanctuaire, que souvent le nombre des messes demandées s'élevait à quatre mille. On y venait des contrées même les plus lointaines ; et bien des fois on a vu des gens de toutes les classes, mais surtout des marins, arriver à Cléry de plus de cent lieues de distance faites à pied en récitant des prières.

Cependant, malgré cette dévotion des princes et des peuples à Notre-Dame de Cléry, malgré les offrandes qu'on y apportait sans cesse, les dégradations faites par les protestants restaient toujours si imparfaitement réparées, que depuis soixante-dix ans l'on était réduit à célébrer l'office dans une chapelle. Enfin, en 1633, le chapitre put réparer la plus grande partie de ces dégâts, et il rétablit l'ancien état de choses, sauf une modification assez peu heureuse : il retira la statue du fond mystérieux où elle était placée à distance des regards de la foule, et ayant dressé dans le transept une sorte de jubé, appuyé au mur plein qui fermait le chœur, il y établit un autel avec retable en style grec, et, au-dessus, une niche où il posa la Vierge noire.

Ce monument, qui depuis des siècles attire tant de pieux voyageurs, demeure encore aujourd'hui, malgré les ravages du passé, un édifice remarquable et plein d'intérêt. C'est une basilique à trois nefs, longue de 80 mètres, avec une grosse tour, deux campaniles, des contre-forts vigoureux qui l'étreignent sans l'écraser, et un portail élégant. Sa nef principale, éclairée par vingt-trois croisées, se déploie avec majesté dans une longueur de 71 mètres sur une largeur de 10 mètres ; chacune des basses nefs a près de 6 mètres, la voûte 25 mètres, et 10 mètres jusqu'au faîte. Autrefois, au fond du sanctuaire, entre les arcades du

rond-point et l'autel principal, s'élevait un trône richement orné, entouré de balustres et surmonté d'un baldaquin que soutenaient quatre colonnes en cuivre, du poids
de 2,701 livres, ornées de fleurs de lis. C'était là que reposait la statue de Marie, entourée de guirlandes de cœurs,
portant sur sa tête des couronnes d'argent, et vêtue d'une
robe éclatante taillée en éventail. Cette statue était une
Vierge noire tenant l'enfant Jésus entre ses bras. Devant
elle brûlait jour et nuit un cierge tellement énorme que
dix hommes forts auraient eu peine à le remuer et qu'il
fallait pour le fixer une grosse chaîne de fer. Plusieurs
historiens (1) rapportent comme chose certaine que chaque fois qu'une personne en péril sur terre ou sur mer
faisait vœu d'aller en pèlerinage ou de porter une offrande
à Notre-Dame de Cléry, le cierge tournait sur lui-même
et la chaîne s'agitait, comme pour avertir les fidèles; et
alors ceux qui avaient vu le mouvement du cierge ou entendu le bruit de la chaîne se prosternaient et priaient pour
la personne en péril.

Quoi qu'il en soit de ce fait, les choses demeurèrent
ainsi jusqu'en 1793. Dès le 1ᵉʳ janvier 1792, les administrateurs du district avaient décidé la démolition du jubé
et du mur auquel il était adossé. Mais leur décision
n'eut son effet que le 13 mai 1793 : alors, malgré
l'impiété qui était à l'ordre du jour, le conseil municipal,
pénétré de respect pour l'image objet de la dévotion des
fidèles pendant cinq siècles, prit une délibération digne de
remarque pour cette époque; il arrêta que la statue serait
placée dans l'arcade du rond-point du sanctuaire, fondant
sa décision sur les motifs suivants : « Que cette image
» était plus ancienne que l'église qui avait été bâtie pour

---

(1) André Duchesne, *Histoire des villes de France.* — Le Maire,
Histoire du duché d'Orléans.

» elle, que de tous les temps les fidèles l'avaient honorée
» d'une grande vénération, et que la ville de Cléry lui de-
» vait son existence. » Mais, bientôt après, la terreur fit
disparaître tout culte à Cléry comme ailleurs; et en dépit
de la dévotion des habitants et du bon vouloir du conseil
municipal, la statue vénérée fut reléguée dans un coin
ignoré de la salle capitulaire, où, si elle fut quelque temps
dans l'oubli, elle échappa du moins à la destruction. En
1836, on essaya de lui substituer dans l'église une autre
statue d'un goût plus moderne; mais les populations réclamant avec énergie contre ce changement, on retira
enfin l'antique statue de la salle capitulaire, et on la rétablit solennellement à la place qu'elle occupait avant 93.
Depuis lors, on l'a déplacée de nouveau, et on l'a transférée
dans une chapelle du pourtour, dite *Notre-Dame de Pitié*, où
elle reçoit aujourd'hui les hommages des peuples, en attendant qu'on lui restitue l'antique trône que nos pères
lui avaient choisi, sous l'inspiration de cette sage pensée,
que dans un temple de Marie, et surtout un temple dont
elle fait la célébrité, Marie doit, après Dieu, tenir la première place, et non pas être reléguée dans une chapelle
secondaire.

Toutefois, la gloire de Notre-Dame de Cléry s'était bien
effacée; et les pèlerinages, suspendus par la terreur,
n'avaient point repris leur vogue première. En 1854,
Mgr Dupanloup, évêque d'Orléans, eut l'heureuse idée
d'y fonder une communauté d'Oblats pour remplacer
l'ancienne collégiale, et y vint lui-même en pèlerinage
le 8 septembre. Sa présence y attira un clergé nombreux
avec une grande foule de fidèles; pendant toute l'octave,
l'affluence ne diminua pas, et Cléry revit quelque lueur
de la beauté de ses anciens jours. Depuis lors, chaque
année à la même époque, ainsi que pendant le mois de
mai et aux fêtes principales de la sainte Vierge, les pèle-

rins se pressent à Cléry; et, pour leur commodité, il se dit chaque jour, pendant l'été, une messe à neuf heures dans le sanctuaire de Notre-Dame.

Dans le même arrondissement que Cléry, nous trouvons encore d'autres sanctuaires de Marie, Notre-Dame de Dry dans le canton de Châteauneuf, Notre-Dame de Ménestréau dans celui de la Ferté-Saint-Aubin, Notre-Dame de Rebechieu et Notre-Dame de Villereau dans celui de Neuville-aux-Bois, Notre-Dame d'Ormes dans celui d'Ingré; et Saint-Ay dans celui de Meung. L'église paroissiale de Saint-Ay, dont le chœur appartient au douzième siècle, couvre l'emplacement d'une chapelle dédiée à Notre-Dame, et qui fut bâtie au sixième siècle par un comte d'Orléans, nommé Agylus. Cet Agylus, homme irréligieux et violent, avait osé violer le droit d'asile, en frappant, sur le tombeau même de saint Mesmin, un de ses esclaves qui s'y était réfugié pour échapper à sa fureur. Un châtiment exemplaire avait suivi de près la faute du comte d'Orléans; celui-ci, touché de la grâce, se fit porter au pied du tombeau violé, y fut miraculeusement guéri, se consacra pour toujours à la piété et aux bonnes œuvres, construisit sur son domaine, en l'honneur de la sainte Vierge, une chapelle où il demanda à être inhumé, et mourut en saint. Des miracles s'opérèrent sur son tombeau; et quelques siècles plus tard, le sanctuaire fut désigné sous le vocable de saint Ay (1). Près de Saint-Ay, s'élevait encore un autre sanctuaire de Marie : c'était une abbaye de l'ordre de Cîteaux, dont la fondation était due aux libéralités de Philippe le Bel, et qui était connue sous le nom de Notre-Dame des Voisins, *Sancta Maria de Vicinis*. Mais il est temps d'aborder une autre partie du diocèse d'Orléans.

---

(1) Brev. d'Orléans, in festo Sancti Agyli.

CHAPITRE DEUXIÈME.

———

La ville de Montargis avait autrefois dans le faubourg de Paris une chapelle dédiée à Notre-Dame de Grâce, et, dans le faubourg de Lion, une autre chapelle de la sainte Vierge, objet d'une grande vénération, sous le nom de *Chapelle de la Bonne-Dame*. Ni l'une ni l'autre ne sont plus; mais comme pour se dédommager de cette ruine, chaque année, le jour de l'Assomption, les habitants du faubourg de Lion se rassemblent devant l'image de Marie placée à la façade de la maison qui a été construite sur l'emplacement de la chapelle, ornent cette image de fleurs, et l'entourent d'une modeste illumination. De plus, les pieux fidèles de Montargis ont adopté la confrérie de *Notre-Dame de Pitié*, qui avait pris naissance dans une petite paroisse voisine, et lui ont donné un grand développement. Enfin, en 1625, cette cité sollicita l'honneur d'être inscrite dans la confrérie de Notre-Dame de Bethléhem, à Ferrières; et fidèle à ses nobles traditions, elle envoie chaque année à Bethléhem une imposante députation de pèlerins, dont aucun obstacle ne saurait ralentir l'ardeur.

C'est qu'en effet la ville de Ferrières est pleine des plus glorieux souvenirs. Elle possède des titres de haute noblesse et des droits sacrés à la vénération des peuples. Son premier sanctuaire est celui de *Notre-Dame de Bethléhem*. Ce lieu de pèlerinage, un des plus fréquentés du diocèse, en est peut-être en même temps le plus ancien. Plusieurs

historiens (1) en font remonter l'origine jusqu'aux temps
apostoliques, à l'époque où saint Savinien et saint Potentien évangélisèrent le Senonais. Saint Savinien, disent-
ils, éleva un petit oratoire à la Mère de Dieu, convoqua
pour sa consécration tous ceux qu'il avait gagnés à l'Évangile; et, à cette occasion, un prodige insigne vint confirmer
dans la foi ces nouveaux chrétiens. C'était la nuit de Noël,
et on allait commencer le saint sacrifice, lorsque tout à
coup une vive lumière remplit le sanctuaire; la sainte
Vierge apparaît, portant l'enfant Jésus dans ses bras,
accompagnée de saint Joseph; et les Anges, s'associant à
cette glorieuse apparition, entonnent comme autrefois le
Gloria in excelsis. Saisi d'un saint enthousiasme, Savinien
s'écrie : « C'est vraiment ici Bethléhem. » Et depuis lors
jusqu'à nos jours ce nom est toujours resté au sanctuaire (2).
La tradition de ce fait miraculeux s'est conservée à travers
les siècles. Il est raconté par Loup, abbé de Ferrières, qui
écrivait en 850, et par plusieurs autres historiens. Il est
mentionné formellement dans une bulle de Grégoire XV, et
cité dans une charte de Clovis que rapporte dom Morin.

On comprend tout le retentissement que dut avoir un
pareil prodige. De toutes les parties de la Gaule devenue
chrétienne, les peuples accoururent pour prier dans le sanctuaire de Bethléhem. Lorsque, vers l'an 434, Attila péné-
tra dans le pays avec ses hordes barbares, il livra aux
flammes ce lieu vénéré, et plus de trois cent soixante personnes y périrent, ou ensevelies sous les débris de l'édifice,
ou massacrées par le fer. Mais la piété des peuples releva
bientôt de ses ruines le religieux sanctuaire, imparfaite-

---

(1) Dom Morin, *Histoire du Gâtinais*. — Dom Ranessant, prieur
de Ferrières, 1635. — *Gallia christiana*.

(2) *Quod nomen ad hæc usque tempora locus ille retinet;* Bréviaire
de Ferrières, fête de Noël, VIᵉ leçon.

ment d'abord, parce qu'elle ne pouvait mieux faire, plus
magnifiquement ensuite, dès qu'elle le put; et en 481,
Notre-Dame de Bethléhem entra dans une ère nouvelle de
prospérité. Clovis, quoique encore païen, entendant raconter tant de merveilles de ce sanctuaire, eut la curiosité de
le visiter. Les ermites qui en étaient les gardiens le reçu-
rent avec le plus grand honneur; et le prince, touché de ce
bon accueil, se montra bienveillant envers eux jusqu'à contribuer de sa royale munificence à la reconstruction et à
l'embellissement du religieux édifice. D'un autre côté, Clotilde, jeune encore, y venait chaque année en pèlerinage (1),
et les ermites, admirant sa foi et sa piété, osèrent parler à
Clovis de la vertueuse et belle chrétienne; ils lui en firent
un si grand éloge que le roi païen voulut la connaître; le
regard du fier Sicambre eut bientôt découvert sous le voile
de sa modestie le trésor des douces vertus qui la distin-
guaient. Il résolut de l'épouser, et bientôt la sainteté de
Clotilde vint embellir le trône de France. Après son mariage, Clotilde voua à la sainte Vierge son second fils Clo-
domir, vint prier pour lui à Notre-Dame de Bethléhem
lorsqu'elle le vit dangereusement malade; et sa guérison
obtenue, elle l'y fit baptiser au pied de l'autel avec la permission de Clovis, encore païen. La reconnaissance de la
reine et du roi lorsqu'il fut devenu chrétien se traduisit
bientôt en nombreux bienfaits, et entre autres par la construction d'une vaste église tout près du sanctuaire de
Bethléhem, laquelle, sous le vocable de saint Pierre et de
saint Paul, devint l'église des religieux. Ce n'est pas sans
doute l'église qu'on voit aujourd'hui; le temps et les guerres
l'ont plusieurs fois ruinée; mais la religion l'a autant de
fois relevée.

Sous Clotaire II, Notre-Dame de Bethléhem ne fut pas

---

(1) Dom Morin, p. 765.

23

moins favorisée. Le prince y vint lui-même en pèlerinage. Adalbert, seigneur d'Étampes, restaura l'église ainsi que le monastère des ermites, endommagé sur plusieurs points par les guerres. Enfin à cette époque fut fondée définitivement l'abbaye de Ferrières, cette abbaye fameuse qu'illustrèrent dans les âges suivants tant de vertus et de talents, qui compta dans ses écoles des milliers d'élèves, qui fut longtemps une pépinière d'évêques, qui n'eut de rivale que la grande école de Tours, qui enfin, aussi riche en durée qu'en illustrations, subsista jusqu'en 1793.

Sous Dagobert, même protection fut continuée au pieux sanctuaire. Ce monarque y fonda une messe qui devait être dite à perpétuité sur l'autel de Notre-Dame, et qui fut appelée la messe royale. De plus, sur sa demande, le pape Grégoire II accorda à l'abbaye le privilége de porter les armes de Saint-Pierre de Rome et plusieurs autres faveurs signalées, qui furent dans la suite confirmées par Paul Ier, Eugène II, Alexandre III et Urbain III.

Charlemagne, qui avait eu pour précepteur le célèbre Alcuin, abbé de Ferrières, se montra également généreux pour Notre-Dame de Bethléhem, et ses successeurs sur le trône imitèrent son exemple.

A la fin du douzième siècle, les religieux, aidés par de si puissants protecteurs, firent reconstruire leur église ainsi que la belle flèche octogone, haute de cent cinquante pieds, qui la surmontait, et qui tomba en 1837. Ce magnifique monument terminé, ils invitèrent Alexandre III à venir le consacrer lui-même. Ce pape, une des plus grandes figures historiques du douzième siècle, estimant qu'un sanctuaire si célèbre dans le monde chrétien était digne d'un tel honneur, se rendit de sa personne à Ferrières. Il fit la cérémonie le 29 septembre 1163, et il puisa dans ce saint asile un adoucissement aux maux dont fut traversé son pontificat.

Après trois siècles de prospérité et de gloire, Notre-

Dame de Bethléhem vit encore arriver de nouveaux jours de deuil. Sous le règne de Charles VII, les Anglais, maîtres de tout le pays, vinrent ravager Ferrières, brûlèrent l'église, dont ils ne laissèrent debout que la flèche. Mais le Ciel ne laissa pas ce crime impuni. Selon une légende traditionnelle, le soldat anglais qui avait mis le feu au lieu saint se sentit tout à coup dévoré jusqu'au fond des entrailles comme par un feu mystérieux dont rien ne pouvait éteindre les ardeurs; et dans l'excès de sa douleur, il alla se précipiter dans un puits voisin. En 1607, un prieur du monastère, voulant constater le fait, fit sonder le fond de ce puits, et on y trouva des ossements humains.

L'église de Notre-Dame de Bethléhem, tant de fois renversée et tant de fois reconstruite, sortit de nouveau de ses ruines en 1460, grâce à la piété généreuse de dom Blanchefort, abbé de Ferrières. Ce saint religieux, que ses éminentes vertus et surtout sa charité pour les pauvres rendaient vénérable dans toute la contrée, aimait tant la sainte Vierge, que, quand il se sentit près de mourir, il se fit porter au pied de son autel et y rendit le dernier soupir. On l'y enterra, et on lui éleva un tombeau richement sculpté; mais l'église et le tombeau furent pillés, profanés par les protestants au seizième siècle; et les révolutionnaires de 93 en achevèrent la dégradation jusqu'à ne laisser debout que les murs de l'église; encore même les mirent-ils dans un état de délabrement qui en compromettait la solidité (1).

Après la révolution, cette église fut conservée comme annexe de l'église paroissiale de Saint-Pierre; mais elle

_____

(1) Les pierres de ce tombeau vénéré ayant été conservées, on l'a rétabli dans l'église principale de Ferrières, au milieu du chœur, où il est l'objet de la vénération des peuples de la contrée, qui regardent comme un saint ce pieux serviteur de Marie.

23.

n'en demeura pas moins pour les fidèles l'église de prédilection ; et, lorsqu'en 1837 sa belle flèche s'affaissa tout à
coup sur ses bases dégradées et écrasa l'église de son
énorme poids, toute la ville demanda avec instance, non la
reconstruction de ce gigantesque et monumental clocher
qui s'élevait à cent cinquante pieds au-dessus des combles
de l'église ; hélas ! les ressources du pays n'y eussent pas
suffi, mais au moins la restauration du sanctuaire où tant
de générations étaient venues prier. Le digne pasteur,
M. l'abbé Champion, partageant le religieux enthousiasme
de ses paroissiens, ouvrit une souscription volontaire.
Prompts à répondre à cet appel, les riches donnèrent de
leur argent, les fermiers offrirent leurs chevaux et leurs
voitures pour tous les charrois nécessaires ; le pauvre,
qui n'avait que ses bras, donna de son temps, et l'on vit
dans un même jour jusqu'à soixante-dix ouvriers, tous
animés du même zèle, du même sublime désintéresse-
ment, travailler avec ardeur à cette œuvre de restauration. En moins d'une année, Notre-Dame de Bethléhem
sortit de ses ruines ; et les fidèles, réunis de nouveau dans
son enceinte, purent y continuer les prières et les chants
des anciens âges.

On y admire, à gauche du grand autel, le tombeau de
dom Morin, qui fut l'architecte des deux chapelles latérales, ainsi que le retable du grand autel et les décorations
du sanctuaire, qui sont attribués à la munificence de
Marie de Médicis. Mais ce qui mérite bien plus l'attention
et le respect, c'est la Vierge noire, échappée aux dévastations des Anglais, aux profanations des protestants, à
l'impiété des révolutionnaires, placée maintenant dans la
chapelle latérale, à gauche du sanctuaire ; Vierge séculaire et miraculeuse, aux pieds de laquelle de nombreux
pèlerins, entre autres les habitants de Montargis, viennent
prier encore aujourd'hui avec une confiance que justifie

et encourage le souvenir des grâces obtenues dans la succession des siècles.

La dévotion à ce religieux sanctuaire inspira dès le temps des rois mérovingiens une institution pieuse, connue sous le nom de *Confrérie royale de Notre-Dame*. Clovis, mû par un sentiment de reconnaissance envers la Mère de Dieu pour toutes les grâces qu'il en avait reçues, sollicita l'établissement de cette confrérie, et voulut être le premier inscrit sur le registre des confrères. De nombreux associés s'empressèrent de se faire inscrire à la suite du roi, et la confrérie dura des siècles. Cependant le temps, qui use tout, la mina peu à peu, elle tomba; et elle n'existait plus qu'à l'état de souvenir, lorsque Louis XIII, informé par dom Morin, religieux de Ferrières, de l'existence de l'antique confrérie, ordonna qu'elle fût rétablie et en fit approuver les règlements par Grégoire XV, dont la bulle reçut son exécution le 8 septembre 1622, fête de la Nativité de la sainte Vierge (1). Le juge royal de Montargis chargé d'apporter et de promulguer cette bulle, ne se contenta pas de remplir sèchement et officiellement sa mission ; partageant les sentiments pieux du monarque, il vint processionnellement à Ferrières, accompagné d'un grand concours de fidèles, et en son nom comme en celui de la ville de Montargis, il fit hommage d'une magnifique lampe à Notre-Dame de Bethléhem. La ville de Paris, non moins zélée, fit demander par ses prévôts et échevins, le 18 février 1625, que ses armes fussent placées au-dessous de celles du roi dans le sanctuaire de Marie.

La confrérie ainsi renouvelée prit tout à coup un grand accroissement. Plusieurs princes et princesses s'y firent inscrire, entre autres le prince de Condé, la princesse Marie, fille de la duchesse de Nemours, le duc de Bellegarde, la maréchale de la Châtre, toute la maison de Montigny, plusieurs archevêques, plusieurs évêques et autres membres éminents du clergé. Chaque jour de l'année, on célébrait une messe et un salut après les vêpres pour le roi et tous les confrères ; de plus, tous les lundis, on disait une messe basse pour les confrères défunts ; et le jour de la Nativité de la sainte Vierge, on solennisait avec la plus grande pompe la fête principale de la confrérie.

Ce n'était pas seulement cette pieuse association qui attirait les fidèles à Notre-Dame de Bethléhem ; c'étaient

---

(1) Cette bulle se trouve dans l'histoire du Gâtinais par dom Morin ; et sa teneur est une véritable histoire du sanctuaire de Notre-Dame de Bethléhem.

encore les nombreuses indulgences qu'y avait accordées
Grégoire XV, à cinq époques principales de l'année, savoir :
au dimanche avant l'Ascension, aux fêtes de Pâques, de la
Pentecôte, de saint Paul et de saint Michel. On ne pouvait
compter les pèlerins qu'amenait ces jours-là à Ferrières le
désir de gagner les indulgences. Mais, hélas ! de toutes ces
pieuses pratiques, de toutes ces antiques fondations, il ne
reste plus que le pèlerinage du lundi de la Pentecôte ;
alors on fait une procession solennelle ; on porte en grande
pompe les saintes reliques échappées aux différentes dévastations de Notre-Dame de Bethléhem et de l'église de
l'abbaye de Ferrières, et les pèlerins y sont nombreux.
Fasse le Ciel que la ville de Ferrières, n'étant plus aujour-
d'hui, grâce au chemin de fer, qu'à quelques heures de la
capitale, voie bientôt un meilleur avenir, et que ces antiquités si glorieuses, ces ruines heureusement devenues la
propriété de Mgr Dupanloup, évêque d'Orléans, soient
consolées et voient briller encore quelques rayons de la
beauté de leurs anciens jours !

A deux lieues de Ferrières, nous trouvons d'un côté
Notre-Dame de Girolles, église du treizième siècle, et
d'un autre, Notre-Dame de Pitié dans la paroisse de Che-
vanny, petite chapelle où grand nombre de pèlerins viennent, surtout le vendredi de la Compassion, demander la
guérison des malades. A des distances plus ou moins rap-
prochées, nous trouvons partout le culte de Marie en honneur. Ici c'est *Notre-Dame de Chalette*, où a pris naissance
la confrérie de Notre-Dame de Pitié, si chère à Montargis,
et où l'on allait en pèlerinage le jour de la Compassion de
la sainte Vierge ; là c'est le *Hameau de la Mère de Dieu*, dans
la paroisse d'Amilly, dont la chapelle, fermée par la révolution de 1793, a été rétablie dans ces derniers temps par
un pieux paroissien d'Amilly ; à Bellegarde, vous trouvez
une église de Notre-Dame, dont la construction remonte au

douzième siècle; à Chapelon, à Château-Renard, à Melle-roy, à Dammarie-sur-Loing, à Rosoy-le-Vieil, à Varennes, s'offrent également à vos regards des églises de Notre-Dame; plus remarquables encore sont deux autres églises : la pre-mière est celle de Montbouy, élevée à la Mère de Dieu dès les premiers siècles du christianisme, dans les lieux même où était un temple en l'honneur des divinités païennes, joint à un établissement romain, dont des découvertes récentes nous ont révélé la haute importance; la deuxième est l'église de Lorris, un des plus antiques sanctuaires dédiés à la sainte Vierge dans le diocèse d'Orléans, belle œuvre d'ar-chitecture romane classée parmi les monuments histori-ques, près de laquelle les rois de France avaient une résidence.

CHAPITRE TROISIÈME.

HISTOIRE DU CULTE DE LA SAINTE VIERGE DANS L'ARRONDISSEMENT DE PITHIVIERS.

Cet arrondissement est beaucoup moins riche que tous les autres en monuments à la gloire de la sainte Vierge. Toutefois il n'en est pas entièrement dépourvu. La ville même de Pithiviers avait au milieu de son cimetière une chapelle de Notre-Dame de Pitié; une autre chapelle du même nom se trouvait dans la vallée de l'Essonne, au bas du château de Malesherbes. Elle avait été fondée en 1494 par l'amiral Louis de Graville, avec un couvent de trente-quatre religieux cordeliers de la province de France; là étaient les tombes des seigneurs de Malesherbes; là aussi se trouvait un saint sépulcre remarquable, orné de sept statues de grandeur naturelle; là enfin se faisait un pèlerinage célèbre chaque année, le vendredi d'avant les Rameaux; malheureusement il ne reste plus aucune trace ni du couvent ni de la chapelle.

A une demi-lieue environ de Pithiviers vous trouviez encore l'oratoire de *Notre-Dame du Bon-Secours*, fondé au moyen âge par un pieux ermite, qui, pour inspirer au peuple la dévotion à Marie, en avait placé l'image au-dessus d'une petite fontaine voisine de sa cellule; et les grâces obtenues en ce lieu, qu'avait déjà rendu vénérable le séjour de saint Grégoire, engagèrent les habitants, après la mort du solitaire, à transformer sa cellule en oratoire, sous le vocable de *Notre-Dame du Bon-Secours*. Un peu plus loin, nous trouvons Notre-Dame de Vrigny, Notre-Dame de Bazoches, Notre-Dame d'Aschères, Notre-Dame de Char-

mont, Notre-Dame d'Égry, et surtout Notre-Dame de Bois-
commun, bâtie, dit-on, par un roi de France, lequel, dans
une chasse, égaré au milieu de la forêt, surpris par la nuit
et menacé par les bêtes fauves qui hurlaient autour de lui,
fit vœu de construire une basilique à Marie s'il échappait au
danger. Il échappa en effet, accomplit son vœu, et aujour-
d'hui encore cette église, quoique portant le caractère de
différentes époques du treizième au seizième siècle, offre
dans son ensemble l'aspect d'une parfaite régularité. Elle
est digne d'un lieu où les rois de France avaient une résidence, et où Louis XI vint plusieurs fois en pèlerinage.

A quelque distance de là est Notre-Dame de Puiseaux,
bel édifice classé parmi les églises monumentales, gracieu-
sement mélangé de style roman et de style ogival primitif
qui accusent l'époque de transition. C'est une fondation de
Louis le Gros, qui voulait établir à Puiseaux le chef-lieu
des chanoines réguliers de Saint-Augustin de la congrégation de Latran; mais détourné de ce dessein par Yves de
Chartres, l'illustre réformateur de cet ordre, il laissa Notre-
Dame de Puiseaux à la paroisse (1).

C'est ainsi que, tantôt par la piété des princes, tantôt
par la dévotion des peuples, l'Orléanais se couvrait de monuments en l'honneur de Marie. La contrée du diocèse qui
nous reste à parcourir va encore réjouir nos regards par le
même spectacle.

_____

(1) M. Duménil, *Histoire de Puiseaux.*

CHAPITRE QUATRIÈME.

HISTOIRE DU CULTE DE LA SAINTE VIERGE DANS L'ARRONDISSEMENT DE GIEN.

La ville de Gien avait dans son cimetière, comme celle de Pithiviers, une chapelle de Notre-Dame de Pitié, qui, après avoir été restaurée vers 1820, fut abattue en 1840 lors de la translation du cimetière dans un autre terrain. A Nevoy est une église de Notre-Dame, et dans une grotte près de ses murs, une fontaine surmontée d'une statue de la sainte Vierge, qui est un lieu de pèlerinage très-fréquenté. Esgrignelles, la Bussière, Isdes, ont leur église paroissiale consacrée à Notre-Dame. L'église de Sully était aussi autrefois sous le vocable de Notre-Dame, remplacé aujourd'hui par celui de saint Ythierde. Dans le canton de Châtillon-sur-Loire est Notre-Dame des Orphelins, construite pour un orphelinat de jeunes garçons; mais c'est surtout à Saint-Benoît-sur-Loire que nous trouvons de magnifiques souvenirs du culte de Marie. Sans nous arrêter à l'église de Notre-Dame de la Conception, qui fut abattue en 1682, entrons dans la basilique de Sainte-Marie, église monumentale qui, faisant partie du monastère des bénédictins de Fleury, rappelle les grands souvenirs de cette abbaye de Saint-Benoît, non moins célèbre par la sainteté que par la science de ses membres, de cette abbaye que le pape Léon VII appelait le premier et le chef de tous les monastères. Sa basilique, qui nous dit dans un magnifique langage la dévotion des peuples à l'auguste Mère de Dieu, remonte jusqu'à l'origine même de l'abbaye. Un pieux et noble seigneur, Jean Albon, fuyant les intrigues de la cour de Brunehaut, reine d'Austrasie, s'était retiré, vers l'an 620, sur les bords de la Loire, dans une vallée que sa fécondité avait fait surnommer Val d'or ou Val fleuri : *Vallis aurea floriacensis*. Là il avait fait construire avec un monastère, confié à la direction de l'abbé Foucault, une église sous le vocable de sainte Marie (1); et Léodebolde, abbé de Saint-Aignan, y avait ajouté un autre monastère qui complétait les bâtiments du premier avec une église sous le vocable de saint Pierre. Cette dernière église était alors plus grande que celle de Sainte-Marie, et servait aux exercices communs des religieux. Mais cet état de choses ne tarda pas à changer, et voici à quelle occasion. Saint Mummole, abbé de Fleury, ayant conçu le hardi projet d'enlever du mont Cassin, ravagé par les Lombards, le corps de saint Benoît, dont le tombeau avait été abandonné par les religieux italiens, chargea de cette lointaine et périlleuse mission Aigulphe, un de ses moines. L'habile et intrépide religieux réussit merveilleusement; et le 6 des ides de juillet l'an 660, le corps du saint patriarche des moines d'Occident était arrivé à Fleury. Mais où déposer ces précieuses reliques? à quelle terre confier ce riche trésor? car alors on enterrait les corps des saints, et on ne connaissait pas l'usage de les renfermer dans des châsses. Mummole se préoccupait de cette pensée, lorsqu'une nuit, traversant pour se rendre à l'oraison la cour du monastère, et levant les yeux au ciel où scintillaient les étoiles, il conjura la divine bonté de lui inspirer ce qu'il avait à faire. Tout à coup un globe de lumière descend des régions célestes et vient se poser au frontispice de l'humble chapelle de Sainte-Marie. Dès lors les incertitudes cessent, la vision est un oracle. Le corps du saint est solennellement inhumé à

---

(1) *Basilica Dominæ Mariæ quam Johannes Floriacus à novo quondam construxit.* (Annales eccl., par la Saussaye, liv. IV.)

Sainte-Marie, qui devient aussitôt l'église principale du monastère. Les fidèles y accourent en foule pour prier tout à la fois et la bienheureuse Vierge Marie et le saint fondateur d'ordre. Grand nombre de prodiges sont obtenus par cette double intercession, et bientôt on s'occupe de transformer l'église et de l'agrandir, jusque-là qu'au neuvième siècle Aymoin, religieux de l'abbaye, pouvait écrire : « Notre basilique couvre une plus grande étendue de ter-
» rain, et il en est peu qui, en hauteur, lui soient compa-
» rables. »

> . . . . spatio diffusior hæc est,
> Basilicis necnon multis excelsior una.

La basilique de Sainte-Marie ne jouit pas longtemps en paix de son trésor. L'abbé du Mont-Cassin, après avoir repris possession de son monastère, envoya un de ses religieux, Carloman, frère de Pépin le Bref, avec une lettre du pape Zacharie à tous les évêques, prêtres et religieux du royaume de France, pour réclamer le corps de saint Benoît; et sur l'ordre du roi Pépin, l'archevêque de Reims se joignit à Carloman pour aller porter à Fleury la demande de l'abbé du Mont-Cassin.

A l'arrivée de cette ambassade, Meudon, alors abbé du monastère, comprend que la résistance est impossible; il met tous ses religieux en prière, fait ouvrir les portes de l'église, ordonne aux gens de l'abbaye de se coucher sur le seuil, et va de son côté, accompagné de tous ses religieux, se prosterner en pleurs dans l'église voisine, consacrée à saint Pierre. Pendant ce temps-là, l'archevêque de Reims et sa suite entrent dans la sainte basilique et déjà s'avancent vers le tombeau, quand tout à coup, par un effet merveilleux dont ils ne voient pas la

---

(1) Andreveld, *Hist. translat. XV.*

cause, ils sont comme éblouis et frappés de terreur; les uns tombent à terre, les autres s'enfuient en poussant des cris d'épouvante. Meudon, entendant ces cris, accourt avec ses religieux, s'efforce de les rassurer, leur propose avec douceur une décision empreinte d'un sage tempérament et qu'il croit être dans les desseins de Dieu, leur remet quelques ossements du saint fondateur dont ils se contentent, et garde pour la basilique de Sainte-Marie la portion la plus considérable du corps vénéré.

Sous le règne de Louis le Débonnaire, qui, à l'exemple de Charlemagne son père, protégeait l'abbaye de Fleury, les miracles continuèrent de s'opérer dans la basilique de la sainte Mère de Dieu. Au neuvième siècle, l'abbaye ayant été, à trois fois différentes, ravagée, pillée, incendiée par les Normands, et l'église de Sainte-Marie compromise dans sa solidité, le roi Carloman, en 883, releva de ses ruines le monastère, et rendit à l'église toute la splendeur qu'elle avait eue sous les rois ses prédécesseurs.

Au dixième siècle, les historiens de l'abbaye nous présentent les mêmes miracles et le même concours, en désignant toujours l'église sous le titre de Sainte-Marie, dans un langage où ressort leur profonde dévotion envers la très-sainte Vierge; mais aussi ils racontent de semblables dévastations, peu d'années après. En 1006, un incendie, dont on ignore la cause, réduisit en cendres, dans une seule nuit, les voûtes de la basilique, qui étaient en bois, et ébranla tellement les murs qu'une restauration fut jugée impossible. Aussi Gauzelin, qui était alors abbé de Fleury et devint plus tard archevêque de Bourges, conçut le projet de reconstruire tout l'édifice; et après avoir fait recouvrir provisoirement le sanctuaire et la nef, il commença, en 1026, l'exécution de son plan par la construction de la tour occidentale, appelée tour de Saint-Michel, qui forme le beau portique de l'église actuelle. Cette œuvre est encore aujourd'hui d'un magnifique effet, quoiqu'elle ne soit plus qu'un reste d'elle-même, François Iᵉʳ l'ayant découronnée de sa belle flèche et abaissée d'un étage, parce que les gens de l'abbaye l'avaient transformée en citadelle, d'où ils repoussèrent les troupes envoyées par le cardinal Duprat, nommé abbé commendataire de Saint-Benoît.

Le temps ou les ressources ayant manqué à l'abbé Gauzelin pour continuer son entreprise, l'abbé Guillaume, en 1080, fit reconstruire le sanctuaire, la crypte, le chœur, les transepts, et, au moins, une partie de la nef qui tombait de vétusté. Pendant qu'on travaillait à la voûte d'un des transepts, un des ouvriers fit un faux pas qui le précipita de cette élévation jusque sur le sol : au cri de détresse que poussent aussitôt tous les ouvriers, les religieux accourent, « implorent avec gémissements et larmes, dit » l'historien (1), le secours de *la glorieuse Mère de Dieu* et » celui de saint Benoît, relèvent ce jeune homme à demi- » mort, le portent devant l'autel de la Mère de Dieu qui » était proche, et, quelques jours après, l'ouvrier guéri » avait repris son travail. »

Enfin, grâce aux aumônes des rois, des seigneurs et des peuples, l'édifice fut terminé en 1218, sous l'abbé Barthélemy, dont les armoiries furent sculptées sur un des piliers de la grande nef, et les voûtes ogivales à nervures entre-croisées qui règnent au-dessus de cette nef jusqu'au péristyle, qu'elles relient au reste de l'église, attestent l'exactitude de cette date : elles sont évidemment du treizième siècle.

Cette belle basilique est riche en glorieux souvenirs. Elle possède le tombeau de Philippe Iᵉʳ, qui, renversé en 1793, a été rétabli en 1830; elle a reçu sous ses voûtes

---

(1) Raoul Tortaire, liv. 8 des Miracles, XXVI.

deux papes, Pascal II et Innocent III; deux rois, Philippe Ier et Louis le Gros; plusieurs reines et princesses de France, et a servi à la tenue de deux conciles, l'un en 1107 et l'autre en 1110. Au commencement du treizième siècle, elle reçut dans son enceinte l'archevêque de Sens avec les évêques de Paris et de Rennes, d'Orléans et d'Auxerre; plusieurs abbés de différents monastères et diverses notabilités, tant ecclésiastiques que séculières, rassemblés pour la translation des reliques de saint Benoît, qu'on porta de la crypte, où elles étaient restées jusqu'alors, dans l'église supérieure, où elles furent toujours depuis. Et comme si on eût craint que cette translation ne fît perdre à l'église son vocable primitif, on plaça au-dessus de la châsse de saint Benoît une statue de la sainte Vierge plus grande que nature, et dans le fronton de l'attique qui la domine, l'inscription en lettres d'or : *D. O. M., beatæ Mariæ Virgini et beato Patri Benedicto*, pour apprendre à tous que Marie est toujours la première patronne de la basilique et saint Benoît le patron secondaire. Cette basilique fut pillée en 1793; mais, parmi les châsses échappées au pillage, il existe encore dans le trésor de l'église un reliquaire renfermant un morceau du voile de la sainte Vierge. — Ce reliquaire, autrefois un des plus riches, était surmonté d'une statue de Marie en vermeil et du plus grand prix.

DIOCÈSE DE VERSAILLES.

Le diocèse de Versailles, créé dans le commencement de ce siècle, aux dépens des diocèses environnants, qui ont contribué à sa formation, chacun pour une part de territoire, a reçu en partage plusieurs beaux souvenirs du culte de Marie. Qui ne connaît par nos histoires Notre-Dame de Versailles, la paroisse de Louis XIV, la paroisse où plusieurs princes et princesses ont été baptisés et ont fait leur première communion?

Qui ne connaît Notre-Dame de Poissy, où saint Louis a reçu le baptême, et qu'il avait, par cette raison, en si grande estime qu'il signait *Louis de Poissy?* Qui ne connaît Notre-Dame d'Étampes, où saint Bernard prêcha la croisade, et où l'on croit posséder encore la chaire du haut de laquelle il fit entendre sa sainte parole?

Notre-Dame de Mantes a aussi son genre de célébrité : elle est, par la magnificence seule de sa construction, un monument remarquable de la piété des peuples envers la sainte Vierge. Car, malgré les mutilations que la révolution lui a fait subir, elle présente encore dans son ensemble un beau *spécimen* de l'architecture gothique du onzième, du treizième et du quatorzième siècle. La porte centrale, qui donne accès dans la nef principale est du treizième siècle. Elle était autrefois séparée en deux faces par un trumeau surmonté d'une statue de la sainte Vierge, qu'accompagnaient huit autres grandes statues de rois et de prophètes.

24

Le portail de gauche est du onzième siècle ; celui du sud, construit aux frais du maire et des douze pairs·de la ville, est du quatorzième.

Dans les-bas côtés, on remarque la chapelle de la sainte Vierge, puis la chapelle royale du Rosaire, ajoutée, vers le milieu du quatorzième siècle, au vaisseau principal, par la mère et la femme de Charles-le Mauvais.

Cette église compta parmi ses abbés un frère de Louis VII, et Philippe-Auguste lui-même, dont elle se flatte de posséder encore le cœur et les entrailles. Elle vit de plus s'agenouiller devant ses autels Marguerite, épouse de saint Louis, Blanche de Castille, Blanche de Navarre et Jeanne de Castille, qui se plaisaient à venir prier dans la chapelle qu'elles y avaient fait construire.

Outre ces monuments élevés à la gloire de Marie, le diocèse de Versailles a aussi ses lieux de pèlerinage. Un des plus célèbres est Notre-Dame de Pontoise, et en voici l'origine (1).

A une époque indéterminée, mais antérieure au trei-

---

(1) M. l'abbé Prou, à qui nous devons nos renseignements sur Pontoise, a suivi, pour les faits qui se rattachent à l'histoire de France, Moréri, Villaret, de Serres, Davila ; et pour les faits particuliers, Noël Taillepied, religieux de Saint-François, né à Pontoise vers 1540, auteur de recherches sur les antiquités de Rouen, Pontoise, etc.; et Louis Duval, curé de Notre-Dame de Pontoise en 1686, auteur de deux opuscules sur les antiquités de la ville et de son église, composés d'après les archives de Notre-Dame, qui étaient très-riches en faits et en détails ; les archives de la ville de Pontoise, de la confrérie aux Clercs, de l'abbaye Saint-Martin, sortes d'annales rédigées sous la garantie et le contrôle d'un grand nombre de personnes témoins des faits. L'*Histoire abrégée de Notre-Dame de Pontoise* par Duval porte deux approbations, l'une de Prevost et d'Etienne Gruel, docteurs en théologie de la Faculté de Rouen, à la date du 7 février 1703 ; l'autre de Bosquerard, docteur en théologie, curé de Saint-Nicolas de Rouen, à la date du 7 février 1702.

zième siècle, pendant les guerres sanglantes qui désolaient la France, un pieux jeune homme, brûlant du zèle de raviver dans les cœurs la dévotion à Marie, se sentit inspiré, dit un vieux manuscrit (1), de faire une statue de la Mère de Dieu, pour l'offrir à la vénération publique; et aussitôt il alla se mettre à l'œuvre dans une carrière à Blangis, près d'Abbeville. La statue une fois terminée, on la transporta à Pontoise. Mais là il lui fallait un sanctuaire où l'on pût convoquer les peuples à venir prier la Reine du ciel devant son image. Pour y pourvoir, on s'adressa aux religieux de l'abbaye Saint-Martin, qui avaient sous leur juridiction le territoire où avait été provisoirement déposée la statue. Ces religieux autorisèrent en ce lieu la construction d'une chapelle, et en confièrent le service ainsi que le soin des âmes du quartier à un prêtre nommé par eux. L'archevêque de Rouen vint lui-même, en 1226, dédier ce sanctuaire à la sainte Trinité, sous l'invocation de Marie; et aussitôt les populations commencèrent à y venir en pèlerinage : saint Louis lui-même, attiré par la dévotion générale qui se portait vers ce nouveau sanctuaire, y vint mêler ses ferventes prières à celles de ses sujets.

Mais bientôt la piété des fidèles ne se contenta pas d'une chapelle si modeste et si peu digne, à leur avis, de la Mère de Dieu. Aidés sans doute par les libéralités du saint roi, ils élevèrent, sur le même emplacement, une magnifique église, que l'archevêque de Rouen érigea ensuite en église paroissiale, au mois de juillet 1249, confirmant ainsi l'érection stipulée peu auparavant par les religieux de l'abbaye Saint-Martin; et, chose remarquable, on plaça en dehors, au-dessus du portail principal, la statue vénérée, afin que les pieux pèlerins pussent la voir et la prier la nuit comme le jour.

_____

(1) Duval, *Histoire de Notre-Dame de Pontoise*, p. 4.

On vit alors accourir en foule à la nouvelle église les infirmes, les estropiés, les malades, et, dans la suite, les grands du monde, les rois, les princes et les princesses. En 1369, Charles V y vint en pèlerinage, se plaça, lui et le Dauphin son fils, qui l'accompagnait, sous la protection de la sainte Vierge, en présence d'une nombreuse assemblée de fidèles, fit à l'église de riches présents, et offrit devant la statue de la Mère de Dieu cinq cierges qui y brûlèrent pendant trois jours, et huit autres destinés à y être allumés en diverses fêtes. A son exemple, la reine de Bourbon et la princesse Isabelle, la reine Isabeau de Bavière, femme de Charles VI, la reine Marie, épouse de Charles VII, les enfants de France, le grand échanson Raoul Boutin, plusieurs autres éminents personnages, beaucoup de fidèles de toutes les classes, firent le pèlerinage de Notre-Dame de Pontoise, et apportèrent à l'envi, les uns des ornements pour le culte ou des vases sacrés, les autres des dons divers (1). L'église ne jouit pas longtemps de ces richesses. Vers 1431, les Anglais, maîtres d'une partie de la France sous le règne malheureux de Charles VI, dépouillèrent Notre-Dame de tous les trésors qu'y avait accumulés la piété des princes et des peuples, et détruisirent l'église elle-même : la précieuse statue échappa seule à leurs dévastations. Mais douze ans plus tard, honteux de leur forfait et pressés par le remords, ils voulurent rendre à Marie une église plus belle que celle dont ils l'avaient dépossédée. Déjà ils avaient bâti le chœur, la nef et la tour, lorsque Charles VII, dont Jeanne d'Arc venait de relever la puissance, tomba sur eux et les chassa brusquement de Pontoise (2).

Les Français se hâtèrent d'achever ce que leurs enne-

---

(1) Duval, *Histoire de Notre-Dame de Pontoise,* p. 9.
(2) *Id.,* p. 11.

mis avaient commencé; et tel fut le résultat amené par les
événements, qu'en travaillant pour Dieu ils se trouvèrent
avoir travaillé pour eux-mêmes. Car, quelques années
après, cette même église leur servit de forteresse contre
les Anglais revenus pour reprendre Pontoise : de là,
comme d'une tour inexpugnable, ils résistèrent à tous les
assauts de l'ennemi, le forcèrent à lever honteusement le
siége (1); et l'an 1484, on put faire en paix la dédicace
solennelle de Notre-Dame.

Parmi toutes ces alternatives de prospérité et d'é-
preuve, la vénération des peuples pour Notre-Dame de
Pontoise allait toujours croissant. Le saint-siége, informé
des guérisons, des conversions et des grâces diverses qu'on
y obtenait, désigna, par une bulle du 19 janvier 1550, cette
église comme l'unique station du jubilé de cette même année pour toute la province de Rouen; ce qui y amena tant
de pèlerins que le seul jour du 8 septembre, fête de la
Nativité de la sainte Vierge, on en compta plus de cent
mille. Henri III, de son côté, ordonna, par lettres patentes, d'employer à l'embellissement de l'église tout l'ex-
cédant des revenus affectés au service de la riche et célèbre
confrérie des clercs qui y était établie depuis des siècles.

Ne pouvant supporter cette vénération unanime, un protestant fanatique osa, dans la nuit du 29 septembre 1576,
abattre d'un coup de bâton la tête de l'enfant Jésus que
Marie portait entre ses bras, et alla la jeter dans la rivière
de l'Oise, en passant le pont qui se trouve au sortir de la
ville (2). Heureusement le maître du pont, qui, tous les
soirs, tendait un filet à travers l'arche principale, pour recueillir les objets jetés ou tombés dans la rivière, retrouva
le lendemain matin cette tête précieuse. La population

(1) Duval, p. 13.
(2) *Id.*, p. 16.

émue vint la chercher en procession; on la porta en triomphe jusqu'à l'église Notre-Dame, et on la replaça sur le buste du divin Enfant, devant le portail extérieur, comme auparavant, à la grande joie des principaux habitants, qui craignaient que, pour prévenir le retour de pareilles profanations, on ne renfermât dans l'intérieur de l'église la statue de la Mère et de l'Enfant. C'était là, en effet, l'avis de plusieurs; mais l'archevêque de Rouen et l'évêque de Paris, qui se trouvaient alors à Pontoise, décidèrent le contraire, se fondant sur la dénomination de *Porte du Ciel* donnée à la sainte Vierge et sur une ordonnance de saint Charles, qui voulait qu'à l'entrée de toutes les églises la Mère de miséricorde, tenant entre ses bras son divin Fils, se présentât aux regards des fidèles, pour raviver leur confiance et leur amour (1).

A quelque temps de là, en 1580, une horrible épidémie, qui fit en un seul jour à Paris plus de trente mille victimes, ayant jeté l'effroi dans toute la France, on accourut en procession des endroits circonvoisins à Notre-Dame de Pontoise, la grande consolatrice des affligés. Un jour, ce fut la ville de Senlis venue en masse; un autre jour, ce furent des bourgades des environs de Meaux; une fois même, on compta jusqu'à soixante processions rassemblées aux pieds de la Vierge miraculeuse (2). Excités par ces beaux exemples, les habitants de Pontoise voulurent à leur tour aller en pèlerinage à Notre-Dame de Mantes, distante de sept lieues; et dans l'année 1584, ils accomplirent cette pieuse résolution avec une solennité non pareille. On partit à quatre heures du matin, au nombre de six à sept mille personnes revêtues d'un grand linceul blanc, tenant d'une main une croix, et de l'autre un cierge allumé.

---

(1) Duval, p. 18 et suiv.
(2) Taillepied, p. 44.

En tête, marchaient quatre cents hommes, précédés d'une bannière de satin blanc et d'un chœur de musiciens, qui, chantant les litanies de la sainte Vierge avec autant d'âme que d'harmonie, électrisaient toute cette multitude, laquelle faisait à son tour retentir les airs de ses religieux accents. Après eux, venaient deux mille femmes ou jeunes filles, chantant des hymnes et des cantiques à la sainte Vierge; puis, trois mille hommes ou jeunes gens, suivis de diverses communautés religieuses. Apparaissait ensuite le Saint-Sacrement, porté par des prêtres revêtus de riches ornements, entouré de quatre cents torches ou flambeaux, et de tout le clergé de la ville et des environs, chantant pieusement des hymnes sacrées. On n'arriva que le soir à Mantes, dans un pieux recueillement, après une journée toute consacrée à la prière.

Le lendemain, le cortége se rendit à l'église; on y assista à la messe et à la prédication qui la suivit. Enfin, grand nombre communièrent. La cérémonie finie, on reprit le chemin de Pontoise et l'on revint dans le même ordre, avec la même édification pour tous ceux qui en furent témoins (1).

Cinq ans s'étaient à peine écoulés depuis cette grande manifestation religieuse, que le duc de Mayenne, chef de la Ligue, qui avait une garnison à Pontoise, y fut attaqué par une armée de trente mille hommes, sous les ordres de Henri III, du roi de Navarre, du duc d'Épernon et du maréchal de Biron : alors, les assiégés s'étant retranchés dans l'église de Notre-Dame, on battit cette église en brèche de tous côtés, jusqu'à ce qu'elle s'affaissât sur elle-même; et du magnifique sanctuaire de Marie on ne laissa qu'un monceau de ruines. Cependant, cette fois-ci encore,

---

(1) Taillepied, p. 49.

la statue miraculeuse échappa à la destruction et fut transportée à l'abbaye Saint-Martin.

La ville ne se consola de cette perte que par les progrès toujours croissants de sa célèbre confrérie, dite la *Confrérie aux clercs, Sodalitium clericorum.* Fondée par Réginald de Oléio, elle ne fut d'abord composée que d'ecclésiastiques qui se réunissaient à certains jours pour s'occuper en commun des moyens de faire aimer de plus en plus la sainte Vierge et pour assigner à chacun des membres un acte de piété ou de charité qu'il s'engageait à accomplir d'une séance à l'autre. Plus tard, elle reçut dans son sein des laïques, hommes et femmes, et modifia en conséquence ses règlements, qui furent approuvés l'an 1284 par l'archevêque de Rouen. A dater de cette époque, cette association, si obscure dans son origine, prit de merveilleux accroissements. Plusieurs rois s'y firent inscrire, ce qui la fit surnommer la *Confrérie royale;* et à la suite des rois, les plus illustres personnages, tels que Jeanne de Bourbon, épouse de Charles V, avec ses trois fils, Charles d'Autun et de Vienne, Louis d'Anjou, et Philippe de Bourgogne, la princesse Élisabeth de Bavière, Olivier de Clisson, connétable de France, Milon de Dormans, évêque de Beauvais, chancelier de France, trois archevêques de Rouen, vingt-sept grands vicaires de Pontoise, des évêques de Senlis, des abbés de Saint-Denis en France et autres lieux, des abbesses de Maubuisson et de Poissy, plusieurs chanoines et doyens, plusieurs conseillers et présidents au parlement de Paris.

Avec le développement du personnel, la ferveur des membres et les bonnes œuvres de la confrérie prirent un nouvel accroissement. On vit les confrères s'édifier mutuellement, pourvoir à l'éducation des enfants pauvres, fonder un hôpital pour loger et nourrir les indigents dispenser des aumônes à ceux qu'on ne pouvait y recevoir, et faire des grands biens que possédait la confrérie le plus noble usage (1). Quatre prévôts, dont deux laïques et deux ecclésiastiques, avaient la haute direction de l'œuvre, et étaient élus de trois en trois ans, ainsi que le trésorier. Dotée d'ornements, de vases sacrés et de tout ce qui est nécessaire pour le culte, ayant en outre un doyen avec huit chapelains, sans compter les prêtres que la piété attirait à l'église Notre-Dame, un diacre, un sous-diacre, un clerc, un bedeau et un organiste, la confrérie faisait chanter deux grand'messes par jour, dire soixante messes basses par semaine, et acquitter chaque année quatorze cents messes de fondation (2).

A sa fête principale, qui se célébrait le dimanche dans l'octave de l'Assomption, elle faisait une procession des plus solennelles, où les rois de France faisaient porter leur cierge, tantôt par quelque gentilhomme de la cour, tantôt par le lieutenant général, qui venait offrir les dons du prince. En 1652, Louis XIV se trouvant à Pontoise, la reine sa mère y assista, portant son cierge, soutenue par deux écuyers et suivie de ses dames d'honneur.

Depuis la destruction de l'église Notre-Dame, la confrérie tint d'abord ses assemblées dans l'église des Cordeliers, puis les transféra dans une grande salle convertie en chapelle; et enfin la paix ayant été rendue à la France par l'avénement de Henri IV au trône, on mit aussitôt la main à l'œuvre pour élever un nouveau temple à Notre-Dame sur l'emplacement même du magnifique sanctuaire que la guerre avait détruit; mais malheureusement toutes les calamités qu'on venait de traverser ne permirent pas d'élever un édifice égal à l'ancien; on ne put construire que la petite église qui existe encore de nos jours et qui se com-

---

(1) Taillepied, p. 39 et 40.
(2) Duval, p. 29.

pose d'une grande nef voûtée en bois, de deux latéraux voûtés en pierre, d'une grande sacristie à droite du chœur, et, à gauche, d'une belle chapelle des anciens seigneurs de Marcouville. Le 16 avril 1599, on en fit la dédicace. On y transporta, au milieu des acclamations de la joie publique, la statue, qui, depuis dix ans, était à l'abbaye Saint-Martin, et on la plaça dans une petite chapelle bâtie à l'angle sud-est de l'église, au niveau du sol extérieur.

Alors Notre-Dame avait pour curé Charles de Bouves, un de ces prêtres que dévore le feu sacré, qui réveillent les populations endormies, et répandent tout autour d'eux la vie chrétienne. Dévoué de toute son âme à Marie, à laquelle il se proclamait redevable de toutes les grâces qu'il avait reçues, soit dans l'ordre de son salut, soit dans l'ordre de son ministère, il saisit l'occasion de la restauration de son église pour réchauffer la dévotion de son peuple, que la disparition de la sainte statue avait un peu refroidie. Il prêcha avec chaleur l'amour de la sainte Vierge, rétablit les pratiques anciennes en son honneur, et convoqua tous les fidèles à la récitation du rosaire, qu'il mit en usage et qui produisit les plus heureux fruits. Ses successeurs, parmi lesquels brilla d'un vif éclat de sainteté Pierre Accarie, fils de la bienheureuse Marie de l'Incarnation, travaillèrent dans le même sens, ne négligeant rien pour faire aimer la sainte Vierge de leurs pieux paroissiens. Un obstacle seulement contrariait leur zèle : l'église était pauvre et incapable de se procurer des cloches pour appeler les fidèles aux exercices de la confrérie(1). Ils portèrent au saint-siége l'expression de leur douleur; et Clément VIII, prenant en considération l'antique célébrité de ce sanctuaire, ainsi que toutes les calamités qu'il avait subies, sta-

---

(1) La principale cloche de l'ancienne église avait été transférée à Cambrai, où elle porte encore le nom de *Marie de Pontoise*.

tua qu'au grand jubilé de 1600, comme l'avait prescrit Jules III pour celui de 1550, Notre-Dame serait l'unique station où tout le diocèse devrait se rendre pour gagner l'indulgence plénière (1). La chose en effet se fit ainsi, et l'on recueillit des pèlerins assez d'offrandes pour élever la tour qui existe aujourd'hui et acheter des cloches.

Cependant ce ne fut là que le moindre fruit de ce grand concours. Les peuples, en reprenant le chemin de Notre-Dame, se sentirent attirés à y revenir souvent, comme aux anciens jours; bientôt l'affluence des pieux visiteurs recommença plus nombreuse que jamais, et Marie, qui ne se laisse point vaincre en amour, répondit à cette confiance par des prodiges tels que n'en avait jamais vu ce béni sanctuaire. Le 18 juillet 1630, un enfant mort dans le sein de sa mère est apporté à ses pieds. C'était un dimanche, au moment où allaient commencer les vêpres, et en présence d'une multitude rassemblée; on prie avec foi : ô prodige! l'enfant ouvre les yeux à la lumière, le voilà ressuscité. On le baptise au milieu des acclamations de la reconnaissance publique. Un procès-verbal de ce grand événement est dressé aussitôt et signé par une multitude de témoins (2).

Un mois et quelques jours après, c'était le mardi 27 août, on apporte devant la statue une autre enfant, également morte avant de naître. L'intercession de Marie la rappelle de même à la vie et laisse le temps de la baptiser. Le mardi 24 septembre et le vendredi 4 décembre, même miracle opéré devant plus de trois mille personnes, parmi lesquelles se trouvaient le célèbre André Duval, premier professeur de Sorbonne, et Jacques Charton, grand pénitencier de Paris; et, sur l'avis de ces deux hommes éminents, le procès-verbal de ces faits fut envoyé à l'archevêque de Rouen, qui, après

(1) Duval, p. 32.
(2) *Id.*, p. 33.

avoir soumis la chose à un sévère examen, ordonna un *Te
Deum* d'actions de grâces dans l'église Notre-Dame. A
peine avait-on rempli ce pieux devoir, qu'un autre enfant
mort est apporté aux pieds de la sainte statue. C'était le
samedi 14 décembre, à huit heures du matin. On prie; Marie
semble ne pas vouloir exaucer la demande; on persévère
dans la prière, et le dimanche, à six heures du matin, l'enfant est ressuscité et baptisé (1).

Informé de ces prodiges, un riche bourgeois de Paris
vient recommander à Notre-Dame le succès d'un procès
important, et fait vœu de bâtir, s'il est exaucé, un portique
devant l'image miraculeuse. Il gagne en effet son procès,
accomplit son vœu, et donne de plus à l'église une magnifique croix en or.

Ainsi s'écoula l'année 1630, qui n'avait encore jamais eu
d'égale en prodiges dans les annales de Notre-Dame. L'année
suivante, 1631, ne fut guère moins remarquable. Pendant
les premiers mois de cette année, trois enfants morts dans
les mêmes conditions que les précédents furent rappelés à
la vie au pied de l'autel de Notre-Dame; et la sensation
profonde qu'avaient produite ces nouveaux miracles s'accrut encore par la présence du père Lefébure, qui arriva à
Pontoise au mois d'avril suivant. Ce religieux cordelier
avait été ressuscité de la même manière le 8 avril 1580,
c'est-à-dire cinquante et un ans auparavant; et jaloux de
témoigner sa reconnaissance à la Mère de Dieu, il prêcha
pendant plusieurs jours sur la puissance et la bonté de sa
céleste bienfaitrice, se présentant lui-même comme preuve
vivante de ses discours, puisqu'il lui était redevable de
l'existence; et on ne saurait dire l'effet prodigieux que
produisit un tel orateur aux accents pathétiques, à l'âme
brûlante de reconnaissance et d'amour.

---

(1) Duval, p. 36.

A quelques années de là, en 1640, une maladie contagieuse qui ravagea plusieurs villes de France frappa surtout Pontoise, au point qu'il ne restait plus qu'une centaine
d'habitants ; les autres ou avaient pris la fuite, ou avaient
succombé au fléau. Dans cette extrémité, on se rassembla
pour aviser aux moyens de conjurer un si épouvantable
désastre ; et tous se rencontrèrent dans une commune pensée : « Faisons un vœu à Notre-Dame. » On délibéra, et
l'on promit de placer sur chaque porte principale de la ville
une grande statue en pierre de la sainte Vierge, tenant
l'enfant Jésus dans ses bras, de faire une procession solennelle à l'église Notre-Dame, de lui donner une statue
d'argent du prix de six cents livres, de faire brûler tous
les ans trois flambeaux de cire aux fêtes de la Nativité et
de l'Immaculée Conception, et enfin de s'abstenir de chair
la veille de cette dernière fête. L'archidiacre de Pontoise
fut chargé de formuler ce vœu, et il le fit dans un langage
où respire la dévotion la plus éclairée et la plus confiante
envers Marie.

« Très-sainte et très-auguste Mère de Dieu, dit-il (1),
» le refuge assuré de tous les siècles, animés de cette
» douce confiance que c'est par le sein de votre mater-
» nité que coulent avec abondance les fleuves de la mi-
» séricorde divine pour le soulagement des misères hu-
» maines, et que cette source inépuisable de bonté que
» vous avez toujours fait couler de siècle en siècle pour la
» consolation de tous les misérables ne nous sera pas
» fermée, maintenant que nous sommes affligés par une
» effroyable mortalité, nous avons recours à vous sous les
» auspices et le bon plaisir du Verbe incarné dans vos
» chastes entrailles ; nous vous offrons nos âmes et nos

---

(1) Nous traduisons sur le texte latin, qui a été conservé par
M. Duval, p. 43.

» vœux, à vous l'autel de la puissance et de la miséri-
» corde, à vous en qui s'est épanchée toute la plénitude
» de la divinité et de la grâce; et nous vous promettons,
» par vœu solennel, de faire brûler tous les ans en l'hon-
» neur de votre virginale et royale maternité, aux jours de
» la fête de votre Nativité et de votre Immaculée Concep-
» tion, trois flambeaux de cire qui seront portés proces-
» sionnellement à l'église dédiée à Dieu sous votre auguste
» nom. Nous vous promettons encore de nous interdire
» l'usage de la viande la veille de votre Immaculée Con-
» ception.

» Et afin que l'on sache dans les siècles à venir, ô très-
» chaste et divine Vierge, que le vœu que nous faisons
» pour être délivrés par votre intercession du mal conta-
» gieux qui nous afflige n'a pas été vain, nous vous pro-
» mettons encore une image d'argent du prix de six cents
» livres, qui servira à publier vos bienfaits et notre recon-
» naissance.

» Et pour faire savoir à tout le monde que cette ville
» vous est pleinement consacrée, et se place sous votre
» protection, nous mettrons sur chacune de ses portes
» votre image, de telle sorte que tous les étrangers qui
» viendront ici apprendront, par ce monument durable de
» notre servitude et de notre obéissance, que cette ville s'est
» enchaînée par son vœu au trône de votre souveraineté,
» dont elle veut toujours dépendre.

» Délivrez-nous donc, ô charitable libératrice, ô vous à
» qui l'on ne peut penser sans ressentir une ineffable sua-
» vité, vous dont le nom ne peut être prononcé sans attirer
» une effusion de grâce, délivrez-nous de cette calamité et
» de toute autre qui trouble le culte de votre Fils... Recevez-
» nous, ô divine Princesse, comme vos fidèles vassaux; pre-
» nez-nous sous votre sauvegarde comme vos enfants et
» permettez que la ville de Pontoise, par ce vœu solennel et

» un nouveau droit d'adoption, se dise de votre famille et de
» votre domaine. »

Ce vœu accepté de tous les cœurs et acclamé par toutes
les voix, on s'occupa aussitôt à l'exécuter. On plaça sur
chaque porte de la ville la statue votée, et au-dessous
l'inscription suivante, conforme à l'esprit et au goût de
l'époque :

> Sum quod eram, nec eram quod sum :
> Nunc dicor utrumque ; sum Virgo
> Materque Dei sine labe pudoris.

C'est-à-dire : Je suis ce que j'étais, et je n'étais pas ce
que je suis. Maintenant je suis l'un et l'autre, Vierge et
Mère de Dieu sans atteinte à ma virginité.

Après cette première partie du vœu, on s'occupa à préparer le reste ; mais comme on voulait y déployer toute la
solennité possible, ces préparatifs demandèrent un long
temps, pendant lequel l'épidémie diminua sensiblement ;
ceux qui s'étaient enfuis rentrèrent dans leurs foyers, et au
jour fixé pour la procession, il y vint plus de douze mille
étrangers. Le programme de cette procession, qui nous a
été conservé (1), est un monument curieux du symbolisme
que les peuples d'alors savaient développer dans leurs fêtes
religieuses, des inspirations fécondes que produisait leur
amour pour la sainte Vierge, et surtout de la place honorable qu'occupaient dans la cérémonie toutes les professions
utiles à la société, même celles que nous réputons les plus
viles. Heureux temps où toutes les professions étaient honorées, où chacun, content de son état s'attachait à l'honorer lui-même par une conduite sans reproche, où la religion, enfin, lien commun entre toutes les professions, les
faisait marcher toutes dans une parfaite entente vers un
même but, le bien social et religieux !

---

(1) Duval, p. 53 et suiv.

Deux sergents de ville ouvraient la marche, accompagnés de deux prêtres en surplis sonnant deux clochettes devant la bannière de la sainte Vierge, qui marchait en tête de la procession. Venaient ensuite, à l'ombre de cet étendard, vingt et une corporations d'arts et métiers, représentées chacune par quatre hommes dont un, revêtu d'une belle aube blanche, portait un tableau emblématique; l'autre portait en avant une devise appropriée au tableau; et les deux autres, un flambeau à la main, à côté du tableau, récitaient dévotement le chapelet.

Au premier rang étaient les savetiers. Ils avaient pour tableau emblématique Marie dans un parterre émaillé de fleurs, et, sur un plan plus élevé, une main sortant d'un nuage lumineux et tenant deux sandales que la Vierge semblait regarder. La devise était cette parole du Cantique : *Quam pulchri sunt gressus tui in calceamentis, Filia Principis* (1). O Fille du Prince, que vos démarches sont gracieuses dans ces chaussures!

Venaient ensuite les paveurs avec une sorte de carte géographique représentant d'abord un chemin pavé qui conduisait à la gloire céleste, qu'on apercevait dans le lointain, puis la sainte Vierge qui marchait par cette voie sacrée et montrait du doigt la gloire comme but du voyage; et on lisait pour devise : *Beati qui custodiunt vias meas* (2). Heureux ceux qui gardent mes voies.

Suivaient les vignerons, dont l'un, portant sur la tête un chapeau de fleurs, tenait entre les mains, par les deux bouts, un bâton auquel était suspendue une magnifique grappe de raisin. Devant lui un autre vigneron portait attachée à une petite baguette et ingénieusement enjolivée, cette de-

---

(1) Cant. VII.
(2) Prov. VIII.

vise : *De fructu manuum suarum plantavit vineam* (1). Elle a
planté une vigne du fruit de ses mains.

Puis arrivaient les jardiniers, dont l'un portait une petite gerbe de plantes odoriférantes, surmontée d'une branche de laurier ornée de fleurs ; et devant lui, un autre portait l'écriteau : *Flores apparuerunt in terra nostra* (2). Les
fleurs se sont épanouies sur notre terre.

Les tisserands venaient ensuite, et un d'eux portait,
étendue sur une hampe bifurquée, une aube de la plus
fine toile de Hollande, bordée de dentelles. La devise était
cette parole des Proverbes : *Quæsivit lanam et linum* (3). Elle
a recherché la laine et le lin.

Les serruriers avaient pour emblème une grande clef
dorée ; et pour devise : *Habeo claves mortis et inferni* (4).
J'ai les clefs de la mort et du tombeau. Les cordonniers,
qui les suivaient, portaient deux escarpins blancs avec cor-
dons de soie, et la même devise que les savetiers. Venaient
ensuite les pâtissiers, portant un pain bénit dans une serviette blanche ornée de banderoles, et ayant pour devise :
Panis sine fermento (5). Pain sans levain ; les vanniers, portant une corbeille d'osier remplie de fleurs avec la devise :
Tanquam flos agri sic efflorebit (6). Elle fleurira comme la
fleur du champ ; les mariniers, portant un petit navire
pavoisé de couleurs blanches et chargé de vivres, avec
l'écriteau : *Navis institoris de longè portans panem suum* (7).
C'est un navire qui apporte son pain de loin ; les mégis-
siers, portant au haut d'une hampe bifurquée une toison
parfaitement blanche, avec la devise : *Vellus Gedeonis oper-
tum rore* (8). Toison de Gédéon couverte de rosée. Les

---

(1) Prov. XXXI, 16.   (5) Lev. VII, 12.
(2) Cant. II.   (6) Psal. CII.
(3) Prov. XXXI.   (7) Prov. XXXI.
(4) Apoc. I.   (8) Judith. VI.

menuisiers portaient un sceptre de bois doré, avec cet écriteau : *Sceptrum dominantium* (1). Le sceptre des rois; les potiers, un beau vase doré sur un riche plateau, avec cette devise : *Vas admirabile, opus excelsi* (2). Vase admirable, œuvre du Très-Haut ; les bouchers, un petit agneau dans un bassin d'argent, et lié par les pieds d'un taffetas rouge, avec cet écriteau : *Ostendam tibi uxorem agni* (3). Je vous montrerai l'épouse qui a l'Agneau pour époux. Les tailleurs portaient un manteau impérial, fond d'argent, semé de lis, avec cette devise : *Tulerunt pallium meum custodes murorum* (4). Les gardiens des murailles m'ont ôté mon manteau; les tonneliers, un baril rouge à cercles d'or, avec cette devise : *Ubera tua meliora vino* (5). Vos mamelles sont remplies d'un lait meilleur que le vin ; le tout reposant sur une serviette blanche. Les architectes portaient le plan de la ville, avec la devise : *Civitas justi· urbs fidelis* (6). La cité du juste est fidèle; les marchands de soie, un voile de taffetas de Chine suspendu au haut d'une hampe, avec la devise : *Protegar in velamento alarum tuarum* (7). Je m'abriterai à l'ombre de vos ailes. Les épiciers portaient une cassolette de parfums avec cette devise : *Post te curremus in odorem unguentorum tuorum* (8). Nous courrons à votre suite à l'odeur de vos parfums; les drapiers, une magnifique robe d'écarlate bordée de crépines d'or, et suspendue au haut d'une hampe bifurquée, avec cette devise : *Vellus et purpura indumentum ejus* (9). Elle se revêt de laine et de pourpre. Enfin, les arbalétriers portaient un arc, une flèche et un carquois

---

(1) Ezech. XIX.

(2) Eccles. XLIII.

(3) Apoc. XXI.

(4) Cant. V.

(5) Cant. I.

(6) Cant. I.

(7) Psal. LX.

(8) Cant. I.

(9) Prov. XXXI.

bien rempli, avec cet écriteau : *Posuit me sicut sagittam electam, in pharetrâ suâ abscondit me* (1). Il m'a considérée comme une flèche d'élite et m'a renfermée dans son carquois.

Après ces diverses corporations, suivaient deux bedeaux avec leur robe et leur baguette, le porte-croix accompagné de deux acolytes portant les chandeliers, neuf rangs d'enfants de seize à dix-huit ans, divisés par six, dont le premier rang revêtu d'aubes, portait des cierges allumés, le second un roseau auquel étaient attachées des prophéties ; le premier du troisième rang tenait en main une branche de cèdre avec cette inscription : *Quasi cedrus exaltata sum in Libano* (2). Je me suis élevée comme un cèdre sur le Liban ; le second un cyprès, avec la devise : *Quasi cupressus in monte Sion* (3). Comme le cyprès sur la montagne de Sion. Le quatrième rang portait des cierges allumés ; le premier du cinquième rang l'inscription : *Speculum justitiæ* (4). Miroir de justice ; le second la devise : *Sedes sapientiæ* (5). Trône de la sagesse. Le premier du sixième rang tenait un miroir enchâssé sur un pied, et le second un trône fait en papier peint. Le septième rang portait des cierges allumés ; le premier du huitième cet écriteau : *Quasi cedrus exaltata sum in Cades* (6). J'ai été élevée comme le cèdre en Cadès ; et le second : *Quasi plantatio rosæ in Jericho* (7). Comme la rose plantée en Jéricho. Le premier du neuvième rang portait une palme, et le second un rosier.

Venait ensuite un chœur de musique, chantant, en faux bourdon, les litanies de la sainte Vierge ; et, après ce chœur, douze autres rangs, le premier portant des cierges

---

(1) Isai. XLIX, 2.
(2) Eccl. XXIV, 17.
(3) Eccl. XXIV, 17.
(4) Litan. lauret.

(5) Litan. lauret.
(6) Eccl. XXIV, 18.
(7) Eccl. XXIV, 18.

allumés; le premier du second rang l'écriteau : *Vas hono-rabile* (1). Vase d'honneur; le second : *Turris eburnea* (2). Tour d'ivoire. Le premier du troisième rang tenait un vase de fleurs, et le second une tour crénelée. Le qua-trième rang portait la devise : *Quasi oliva speciosa in campis* (3). Comme un bel olivier au milieu de la plaine; le cinquième l'inscription : *Quasi platanus exaltata sum juxta aquas* (4). J'ai grandi comme le platane sur le bord des eaux. Le premier du sixième rang avait une branche d'oli-vier, et le second une palme; le septième rang des cierges allumés; le premier du huitième l'inscription : *Ego quasi vitis fructificavi* (5). J'ai porté des fruits comme la vigne; et le second : *Sicut lilium inter spinas* (6). Comme le lis parmi les épines. Le premier du neuvième rang portait une vigne chargée de raisins, et le second un lis entre des épines. Le dixième rang portait des cierges allumés; le premier du onzième, la devise : *Fœderis arca* (7). Arche d'alliance; le second : *Fons signatus* (8). Fontaine scellée. Le premier du douzième rang portait une arche en forme de châsse, et le second une fontaine coulante.

Venaient ensuite les religieux capucins, mathurins, cor-deliers, le clergé de toutes les paroisses en chapes, mar-chant avec une grande modestie, à égale distance les uns des autres, précédé de la croix paroissiale, et ayant entre ses rangs les reliques de chaque paroisse, avec un chœur de musique; puis deux enfants, portant, l'un, un laurier orné de fleurs avec l'inscription : *Fulcite me floribus* (9). Soutenez-moi par le parfum des fleurs; l'autre, une bran-

---

(1) Lit. lauret.
(2) Lit. lauret.
(3) Eccl. XXIV, 19.
(4) Eccl. XXIV, 19.
(5) Eccl. XXIV, 23.

(6) Cant. II, 2.
(7) Lit. lauret.
(8) Cant. IV, 12.
(9) Cant. II, 5.

che d'arbre chargée d'oranges et de pommes, avec la devise : *Stipate me malis* (1). Entourez-moi de fruits odoriférants.

Alors apparaissait l'effigie de Notre-Dame, portée par quatre prêtres en dalmatiques, précédée du diacre et du sous-diacre, qui l'encensaient continuellement, suivie du célébrant en chape qui tenait un cierge à la main, entourée de six enfants portant des flambeaux allumés, et de six membres de la confrérie en aubes, tenant des torches.

Après l'officiant, venait le magistrat de la cité, portant un cierge, précédé de six sergents avec leurs baguettes et des deux messagers de la ville en costume, leur bâton à la main, accompagné des deux échevins et du syndic, tenant chacun un flambeau, suivi enfin des messieurs de la ville, portant aussi un flambeau allumé, puis de divers corps de musique, et de plus de douze mille étrangers accourus pour prendre part à la solennité.

Quand on fut arrivé devant l'image miraculeuse, on déposa à ses pieds la statue d'argent qu'on avait vouée, les trois flambeaux et divers présents offerts par la piété des fidèles.

Marie ne tarda pas à montrer combien elle était sensible à ces hommages, et six semaines ne s'étaient pas écoulées, que déjà le fléau avait entièrement disparu ; de telle sorte que le premier dimanche de novembre, on fit une procession solennelle du saint-sacrement pour remercier Dieu de l'heureuse délivrance obtenue par la médiation de sa sainte Mère.

Le succès des prières adressées à Marie attira à Pontoise les paroisses environnantes, qui vinrent processionnellement solliciter la protection de la céleste libératrice. Houilles, paroisse du diocèse de Paris, était alors ravagé

_____

(1) Cant. II, 5.

par une épidémie terrible; les habitants firent vœu de venir en procession à Notre-Dame de Pontoise, et de lui offrir un cierge du poids de vingt livres; le fléau cessa aussitôt ses ravages, et la procession qui devait venir demander la délivrance, vint remercier Marie de la grâce obtenue.

Six ans plus tard, en 1646, une sécheresse prolongée ayant fait craindre une famine dans tout le pays, Pontoise recourut à sa divine protectrice, et fit, le jour de l'Assomption, une procession générale avec toutes les paroisses environnantes à l'église Notre-Dame. Encore ici les prières furent exaucées; la pluie vint féconder la terre, et la récolte fut des plus abondantes.

Le 25 mars 1650, nous voyons Louis XIV renouveler aux pieds de Notre-Dame le vœu de Louis XIII, qui plaçait sa personne et son royaume sous le patronage de la Mère de Dieu. L'année suivante, nous voyons Anne d'Autriche y venir elle-même en pèlerinage et suivre en personne la procession de la ville à Notre-Dame. Le 24 août 1662, les carmélites de Pontoise, pour remercier Marie de la fondation du premier couvent du Carmel réformé, qui avait eu lieu à pareil jour un siècle auparavant, font don à l'église Notre-Dame d'une belle cloche et d'une brillante couronne pour la sainte Vierge, ainsi que d'une robe plus magnifique encore, et d'une couronne de perles enrichie de pierres précieuses pour l'enfant Jésus. Ces deux riches offrandes furent portées par une procession solennelle à laquelle prirent part, avec tout le clergé et les fidèles, la femme du chancelier Séguier et la comtesse de Guiche sa fille.

Vers le même temps, la reconnaissance pour les grâces obtenues inspira à la Prieure de l'Hôtel-Dieu de Pontoise de léguer au sanctuaire vénéré une lampe du prix de trois cents livres; à l'abbesse de Conflans, d'y apporter en pèlerinage de riches présents; au procureur du roi, d'y offrir

un calice en vermeil de grand prix. Et ce n'étaient
pas seulement les particuliers qui avaient à remercier
Notre-Dame des grâces obtenues; les peuples entiers
avaient à la bénir d'insignes bienfaits qu'ils en avaient
reçus. La paroisse de Houilles, en proie une seconde fois à
la contagion, fit vœu de venir en procession à Notre-Dame;
et le mal cessa tout à coup. Pierrelaye, ravagé par la fièvre
putride, fit de même, et fut également délivré. L'année
suivante, le 22 août 1692, Villiers-Adam, paroisse à quelques lieues de Pontoise, affligée d'une épidémie, fut guérie
par le même moyen, et voua à perpétuité par un vœu solennel, une procession commémorative de la procession du
22 août, « jour, dit le vœu, que les malades à l'extrémité
se sont mieux portés. » En 1701, Auvers, autre paroisse
voisine de Pontoise, fut également guérie du *pourpre*, qui
causait une grande mortalité (1). En 1728, Saint-Ouen-
l'Aumône, envahi par une épidémie qui enleva en peu de
temps un grand nombre de victimes, fit vœu d'aller en procession, pendant neuf années consécutives, à Notre-Dame
de Pontoise, d'y faire célébrer une messe solennelle, et
d'offrir à la sainte Vierge trois flambeaux du poids de six
livres; et la paroisse fut délivrée.

Tous ces prodiges suscitèrent une dévotion plus vive encore et plus générale envers le sanctuaire auguste d'où
partaient tant de traits de miséricorde, et portèrent un habitant de Pontoise à donner 3,633 livres de fer pour construire une grille entre le chœur et la nef; un autre à léguer
six grandes pièces de tapisserie pour orner les piliers de
l'église; mais en même temps ils irritèrent la rage de
quelques impies, qui semblèrent vouloir s'en venger par le
crime. Dans la nuit du dimanche 7 mars 1737, ils pénétrè-
rent dans l'église et y brisèrent le marbre commémoratif

---

(1) Duval, p. 78.

où était gravé en lettres d'or le vœu de la ville de Pontoise de 1638. On le remplaça, peu après, par un autre marbre; et pour réparer la profanation, on fit une procession solennelle qui fut comme le prélude de la procession de l'année suivante, lorsqu'au 8 septembre 1738 eut lieu le renouvellement séculaire du vœu qui avait sauvé Pontoise de l'épidémie.

Notre-Dame vit encore en 1742 la paroisse de Saint-Ouen-l'Aumône, ravagée par le même fléau qui l'avait affligée quatorze ans auparavant, revenir comme la première fois trouver sa libératrice. Une procession solennelle fut sans résultat; puis on fit le vœu d'y venir pendant neuf années consécutives et de faire abstinence ce jour-là, d'y offrir trois cierges du poids de six livres et d'y faire célébrer une messe en l'honneur de la sainte Vierge; et à peine le curé et les principaux habitants eurent-ils signé ce vœu, que la maladie, si cruelle et si intense jusqu'alors, cessa tout à coup de sévir (1).

Tel est le dernier miracle dont l'histoire nous ait conservé le souvenir jusqu'au régime de la terreur. Alors, c'était le 30 avril 1791, en vertu d'un décret de l'Assemblée nationale du 3 juillet 1790, on posa les scellés sur les portes de l'église Notre-Dame comme sur toutes celles de la ville; l'argenterie, les tableaux, les ornements du culte, le mobilier sacré, les statues, les bronzes, tout fut enlevé, et le sanctuaire si vénéré des siècles fut converti en un magasin à fourrages.

Empressé de tirer parti de tout ce qu'il venait de piller, le gouvernement le mit en vente, et l'on vit alors un beau trait de dévouement religieux. Un simple artisan, dont le nom mérite d'être conservé, le nommé Debise, au risque de perdre le peu d'argent qu'il possédait et sa vie

_____

(1) Duval cite les noms de tous les signataires.

même, se porta comme acquéreur de la statue et d'une partie du mobilier qui avait servi au culte de Marie. Une concurrence outrée lui fut faite par l'impiété qui le raillait ; mais décidé à tous les sacrifices plutôt que de laisser profaner l'image vénérée, il enchérit sur son adversaire jusqu'à ce qu'on lui adjugeât la statue ; et il la plaça dans un endroit de son jardin, dont il fit une sorte de sanctuaire, où les fidèles venaient prier en secret pendant les mauvais jours de la révolution. Le comité révolutionnaire s'en émut, et par un décret du onzième jour du deuxième mois de l'an III de la République, il chargea ses agents de surveiller ces rassemblements, qu'il appelait des réunions fanatiques. Mais la sainte Vierge protégea si visiblement et sa statue, et Debise, et les fidèles qui venaient la prier, qu'il n'arriva aucun malheur.

Le régime de la terreur passé, et l'église de Pontoise consacrée à saint Maclou rendue au culte, les habitants, désolés de ne point voir rouvrir le sanctuaire de Notre-Dame si cher à tous les cœurs catholiques, réclamèrent d'abord auprès du préfet du département. Celui-ci laissant leur demande sans réponse, ils s'adressèrent à la municipalité de Pontoise. « L'origine de cette église, disaient-ils dans » leur lettre, qui est une confirmation de tout ce que nous » avons raconté, remonte à une haute antiquité. Vous con- » naissez les nombreux miracles opérés dans ce sanctuaire ; » vous savez tous les assauts qu'il a subis de la part des An- » glais : après avoir survécu à tant de ravages de la part » des étrangers, pourrait-il être détruit par des Français » si intéressés à sa conservation ? C'est dans cette église » que la ville de Pontoise et ses faubourgs ont prononcé le » vœu solennel de 1638. Ce vœu s'y renouvelle d'année » en année, et un grand nombre de paroisses voisines » viennent aussi tous les ans y renouveler les engagements » sacrés qu'elles ont contractés à diverses époques envers

» la Mère de Dieu, pour avoir été délivrées de maladies
» contagieuses par son intercession. »

Des lettres si pressantes ne furent pas écoutées, et
Notre-Dame fut mise en vente pour être démolie. A cette
nouvelle, l'alarme fut extrême; des instances plus vives se
firent entendre. Enfin le préfet céda, et le sanctuaire vénéré s'ouvrit à la piété des fidèles. Aussitôt Debise offre
de rendre la statue avec les ornements qui l'accompagnaient, sans rien demander du prix que le tout lui avait
coûté. On admire tant de dévouement et de sacrifice dans
un homme qui d'ailleurs était pauvre; mais on se fait un
point d'honneur de ne pas l'accepter, et la ville prend une
délibération touchante, par laquelle elle s'engage à lui fournir tous les ans, et après lui à sa femme, trois setiers de
blé, valant soixante-douze francs, « comme témoignage, dit
» la délibération, de la reconnaissance publique tant pour
» le don de la statue qui est devenue sa propriété et des
» autres ornements qui ont servi au culte de la sainte
» image, que pour tous les soins religieux et le dévouement
» qu'il a mis à leur conservation. »

Cet acte public terminé, on ne pensa plus qu'à transfé-
rer la statue, du jardin de Debise, à son ancien sanctuaire.
Toute la ville était dans l'allégresse, et l'on employa huit
jours à préparer cette pieuse cérémonie. Enfin le 4 octobre 1800, au milieu d'une foule immense accourue de
tous les points de la ville, on fit le soir, aux flambeaux, la
translation tant désirée, et le lendemain, au grand jour, la
statue fut reposée à la place ancienne où elle avait reçu
les hommages des siècles. En même temps, par un sentiment délicat, on fit à Debise le plaisir et l'honneur de lui
confier le soin d'orner la sainte image aux jours de fête et
de parer sa chapelle. Aussi heureux de cette mission
qu'embarrassé des moyens de la remplir, puisque la révolution avait tout dévasté, Debise imagine un étrange moyen;

il va mettre à la loterie le peu d'argent qu'il avait : ô bonheur! il gagne ; et triomphant de joie, il court acheter une croix avec quatre chandeliers, dont il fait présent à Notre-Dame.

Tant de dévouement excite le zèle de la fabrique ; elle répare les dégâts faits dans le saint lieu par la révolution, remet tout dans la décence convenable, et bientôt on y célèbre les divins mystères.

Ce jour heureux fut comme le commencement d'une ère nouvelle ; les pèlerinages à Notre-Dame recommencèrent. Pontoise reprit l'usage de ses deux processions annuelles, et les paroisses voisines leurs processions votives. Tout alla ainsi jusqu'au 8 septembre 1838 ; c'était le second renouvellement séculaire du vœu de 1638. Cette fête fut célébrée avec tout l'enthousiasme et toute la pompe possible, non-seulement par la population de Pontoise, mais par des masses compactes accourues de toutes les paroisses environnantes. A la suite d'une procession solennelle, les notables de la ville offrirent les trois flambeaux promis par le vœu ; et l'évêque de Versailles, prosterné aux pieds de la statue miraculeuse, renouvela ce même vœu, et consacra sa personne avec son diocèse à la Mère de Dieu.

Deux ans ne s'étaient pas encore écoulés depuis cette éclatante manifestation de dévouement, que Marie se plut à montrer qu'elle était toujours puissante et bonne comme aux âges passés. Le 9 mai 1840, un habitant de Houilles, nommé Picard, ayant apporté devant la statue vénérée le corps de son petit-fils, mort avant de naître, eut, après de ferventes prières et une longue attente, la consolation de voir cet enfant revenir à la vie et recevoir le saint baptême. Un procès-verbal en fut dressé par M. Cordier, curé de Notre-Dame, et toute la paroisse de Houilles fut témoin du fait. En 1849, le choléra qui avait épargné Pontoise en 1832, alors qu'il sévissait si cruellement dans les environs, ayant fait tout à coup invasion dans la ville et enlevé en peu de jours plus de cinquante personnes, on se rendit en procession solennelle à Notre-Dame. On pria avec ferveur; et à dater de ce jour, non-seulement le fléau cessa de faire de nouvelles victimes, mais celles qu'il avait déjà atteintes furent bientôt guéries. Pontoise n'oublia point le bienfait reçu; et l'année suivante, on célébra le jour anniversaire de cette merveilleuse délivrance par une magnifique procession d'actions de grâces à Notre-Dame.

On fit mieux encore peu d'années après. Comme les trois statues établies sur les trois portes principales de la ville en vertu du vœu de 1632 avaient été abattues et détruites par la révolution, on les remplaça par trois statues en fonte, du poids de six cents livres chacune et de la hauteur de trois mètres et demi. Ainsi Pontoise est toujours demeuré fidèle au culte de Notre-Dame, et les paroisses circonvoisines imitant ce bel exemple, continuent aujourd'hui encore les traditions de leurs ancêtres. On en compte jusqu'à douze qui y viennent chaque année en pèlerinage ou procession, les unes par vœu perpétuel, les autres par vœu temporaire.

Cet illustre sanctuaire n'est pas le seul que possède le diocèse de Versailles. A Longpont, dans la vallée de l'Orge, sur le chemin de fer d'Orléans, près de la station de Saint-Michel, Notre-Dame de Bonne-Garde n'a pas moins de célébrité et paraît bien plus ancienne (1). Selon de vieilles chroniques, ce fut Priscus, roi des Carnutes, au temps des druides, qui fit faire la statue aujourd'hui vénérée; selon

---

(1) Voyez *Gallia christiana,* t. VII; l'*Histoire de Paris,* par Félibien; l'*Histoire du diocèse de Paris,* par l'abbé le Bœuf; l'*Histoire de Montlhéry,* par dom Bouillard; la Notice des abbayes et prieurés de France; le registre de la confrérie de Notre-Dame de Bonne-Garde de 1637.

d'autres, ce furent des bûcherons de la forêt de Longpont, qui, à la même époque, trouvèrent dans le creux d'un chêne de cette forêt la statue avec la fameuse inscription, *Virgini parituræ* : A la Vierge qui doit enfanter, et qui élevèrent au lieu même de cette mystérieuse découverte un monument destiné à en perpétuer le souvenir. Ce qui est certain, c'est que, dès le neuvième siècle, la Vierge de Longpont était en si grande vénération, que, l'an 1000, le roi Robert vint lui-même poser la première pierre de l'église que la piété des peuples voulait lui élever; et il était accompagné dans cette cérémonie de l'évêque de Paris, de Guy, seigneur de Montlhéry, et d'Odierne son épouse. C'est là un fait constaté par une inscription sur marbre noir, qui se conserve encore dans l'église.

Cette première pierre posée, Guy et Odierne se dévouèrent tout entiers à la construction de l'édifice; non-seulement ils fournissaient à la dépense, mais ils surveillaient l'ouvrage, et l'on vit même la pieuse Odierne y travailler de ses propres mains, apporter les seaux d'eau aux manœuvres et préparer le ciment.

Quand l'édifice fut achevé, Odierne, préoccupée d'en assurer le service religieux, fit construire près de l'église un monastère, et y établit vingt-deux religieux, qu'y envoya à sa prière saint Hugues, abbé de Cluny.

Une fondation si belle accrut la renommée de la Vierge de Longpont; les rois, les seigneurs, les simples fidèles, y accoururent à l'envi. Dans une charte de l'an 1040, Geoffroy, évêque de Paris, d'où Longpont dépendait alors, célèbre cette église comme « *bâtie et dédiée en l'honneur de la Mère de Dieu* ». L'an 1200, nous la voyons signalée dans l'histoire comme « *lieu de grande dévotion* » (1). En 1304, nous voyons Philippe le Bel y venir prier; les années sui-

---

(1) Le Beuf, *Histoire du diocèse de Paris.*

vantes, il y réitère ses pieuses visites. Plus tard, Louis de France, fils de Philippe le Hardi, y prend l'habit religieux, y mène la vie d'un saint, et y laisse une mémoire bénie, que consacre son épitaphe en lettres d'or sur marbre noir. Saint Bernard en allant au concile d'Étampes, et sainte Jeanne de Valois en se retirant à Bourges, viennent se prosterner aux pieds de Notre-Dame de Bonne-Garde et se placer sous son patronage.

Mais il est un fait qui prouve mieux encore que tous les pèlerinages la sincère dévotion des peuples à la Vierge de Longpont : c'est la donation que tant de pieux fidèles, dans tous les rangs de la société, lui font de leurs biens, c'est la sainte ardeur avec laquelle on se dépouille pour l'enrichir. Sans parler de Charles VIII et d'Anne de Bretagne, qui firent réparer et achever le portail de l'église, nous voyons, en 1070, le moulin de Groteau et ses dépendances donnés par le même seigneur de Montlhéry qui avait bâti l'église et le monastère, puis une autre terre avec deux mesures de froment données par Ameline, fille de Gautier Penel.

En 1076, Godefroy et son épouse donnent la terre de Luisant. De 1086 à 1136, Gauthier de la Bretonnière donne sa terre de Bretigny ; Aymon, cinq mesures de froment ; Guy, fils de Milon, sa terre de Vert-le-Grand, et le petit-fils de ce même Milon, toutes ses possessions qui étaient considérables, en ajoutant qu'il se donnait lui-même au monastère après sa mort pour y être enterré. Robert Payen donne toute la dîme qu'il touchait à Villiers ; Hersende, sœur du prieur, ses terres de Fontaine, de Cossigny et autres ; Frédéric, fils de Gaudry et Isambert, envoie de riches présents ; Gauthier Tyrel, en partant pour la croisade, laisse sa dîme de Viry ; Manassès de Torfou et sa femme Béatrix lèguent leurs terres d'Égly, de Boissy et autres lieux. En 1142, Guillaume, comte de Montlhéry, donne sa dîme de Bretigny et des environs. En 1195, Milon d'Aunay donne un clos à Leuville. Au quatorzième siècle, M. de Villeboisin s'engage à fournir à perpétuité tout le vin nécessaire pour les messes de chaque jour. Depuis cette époque, les donations sont encore plus considérables; et parmi elles, nous distinguons la jolie église de Saint-Julien, qui servait de chapelle à l'Hôtel-Dieu de Paris et qui fut donnée à Notre-Dame de Longpont par un chevalier français, Étienne de Vitry, lequel, dans une tempête, fit vœu de cette donation, s'il échappait à la mort. Il échappa en effet, et il tint parole; c'est ce que nous atteste une pierre placée dans le latéral gauche de cette église.

Ainsi la Vierge de Longpont était aimée non-seulement en sentiments et en paroles, mais en œuvres; et l'on prenait plaisir à déposer à ses pieds des richesses périssables que les religieux du monastère employaient ensuite à la magnificence de son culte, à la réception des pèlerins, au soulagement des pauvres, à l'éducation de l'enfance, à la conservation des chefs-d'œuvre du génie, des trésors littéraires de l'antiquité, en même temps qu'aux études graves et sérieuses, qui profitent tout à la fois à la religion et à la société.

A ces avantages temporels, les souverains pontifes ajoutèrent les faveurs spirituelles les plus signalées. En 1155, Eugène III soumit à l'abbaye, à perpétuité, les églises de Champlans, Boudoufle, Orsay, Pecqueuse, Forges, Nosay et Orangis, c'est-à-dire qu'il lui confia le service religieux de ces églises et leurs revenus. Plus tard, Alexandre III lui adressa une bulle dont le sceau a été retrouvé dans une fouille faite aux environs de l'église, dans l'ancien cloître, et l'on ne peut douter que cette bulle perdue ne contînt aussi des priviléges.

Une chose surtout valut à Notre-Dame de Longpont les grâces particulières du saint-siége, ce fut sa confrérie, dont on trouve des traces, au moins très-probables, jusque dans une charte du douzième siècle, qui mentionne *les Frères de Notre-Dame de Longpont.* Cette confrérie devint une institution si considérable dans le diocèse de Paris, que l'archevêque Hardouin de Péréfixe lui obtint du pape Alexandre VII une bulle d'indulgence, datée du 13 juin 1665, et la fit proclamer tant à la métropole que dans toutes les paroisses du diocèse. Une copie de cette bulle, déclarée authentique par l'archevêque de Paris, est encore aujourd'hui exposée à la chapelle de la confrérie. En la lisant, on y voit avec bonheur le but édifiant de la confrérie, et ce à quoi s'engageaient tous ceux qui en faisaient partie. Il ne s'agissait pas seulement d'inscrire son nom dans un registre, et de faire quelques prières; il fallait se dévouer, chacun selon son rang et son pouvoir, à procurer la plus grande gloire de Dieu, à sauver les âmes, à soulager les pauvres, à sanctifier ses journées par les bonnes œuvres, et venir souvent ranimer sa ferveur dans le sanctuaire vénéré où Marie épanchait plus particulièrement les grâces dont elle est la dispensatrice. Pour encourager de si bonnes et si saintes pratiques, Alexandre VII accorde aux confrères une indulgence plénière, 1° le jour de leur entrée dans la confrérie; 2° à l'article de la mort; 3° à toutes les fêtes de la Conception, de la Nativité, de l'Annonciation, de la Purification et de l'Assomption de la sainte Vierge, pourvu qu'ils aient visité l'église entre les premières vêpres et le soleil couché de la fête, et qu'ils y aient prié selon les intentions ordinaires du saint-siége, après s'être confessés et avoir communié. Le souverain pontife leur accorde en outre une indulgence de sept ans et sept quarantaines, toutes les fois qu'ils assisteront aux messes et offices de ladite église, qu'ils prendront part aux assemblées tenues pour le bien de la confrérie, qu'ils feront quelque œuvre de charité corporelle ou spirituelle, comme de consoler les affligés, de visiter les malades, d'accompagner le saint sacrement quand on le porte à ces derniers, ou de réciter un *Pater* et un *Ave* à leur intention.

Soutenue par ces faveurs spirituelles, la confrérie prospéra jusqu'à la révolution de 1792 : au milieu des désastres religieux et politiques qui signalèrent cette époque, elle disparut. Mais, en 1850, plusieurs personnes s'étant unies dans le dessein de la reconstituer, Mgr l'évêque de Versailles approuva cette pieuse pensée; et par ordonnance du 7 juin 1851 il érigea canoniquement cette association sous le titre de confrérie de *Notre-Dame de Bonne-Garde*. Pie IX, de son côté, qui, par son bref du 24 mars de la même année, avait autorisé l'évêque à cette érection, accorda les mêmes indulgences partielles qu'Alexandre VII, et ajouta aux cinq indulgences plénières concédées par son prédécesseur, sept autres indulgences pour sept jours au choix de l'évêque. L'évêque fit ce choix, et désigna les fêtes de saint Joseph et de sainte Anne, de l'Invention et de l'Exaltation de la sainte Croix, de saint Denis, de saint Benoît, et de saint Marcel, évêque de Paris.

Le registre de la confrérie ainsi rétablie ne tarda pas à se couvrir de noms honorables : déjà, au mois de septembre 1850, Mgr Verrolles, l'apôtre de la Mandchourie, était venu aux pieds de Notre-Dame de Bonne-Garde lui recommander sa mission, et s'était inscrit de sa main sur ce registre : bientôt neuf évêques, dont deux cardinaux, grand nombre d'ecclésiastiques et de fidèles de toute condition, vinrent s'enrôler sous l'étendard de la Vierge fidèle, et, tous les jours encore, la confrérie va croissant en nombre comme en ferveur.

L'église de Longpont ne possède plus de ses anciennes reliques qu'un fragment du voile ou des vêtements de la sainte Vierge et une parcelle de sa ceinture, renfermés dans deux tubes de cristal, scellés aux armes de l'évêché.

26

Il est fait mention au onzième siècle de ces reliques, renfermées alors dans ce qu'on appelait les phylactères de la bienheureuse Vierge.

L'église a également beaucoup perdu de sa beauté architecturale par les mutilations que lui ont fait subir soit les guerres de religion, soit la révolution de 92. Le portail, d'une date plus récente que le reste de l'édifice, appartient au treizième siècle. La statue de Notre-Dame désignée sous le titre de *Porte du Ciel*, *Janua Cœli*, est adossée au trumeau de la porte principale. Au-dessus de cette porte est représentée l'Assomption de la sainte Vierge en trois bas-reliefs : à droite vous voyez la Mère de Dieu sur son lit de mort ; à gauche les Apôtres déposant son corps virginal dans le tombeau ; au-dessus Marie assise sur le trône céleste.

A droite, est une niche surmontée des armes d'Anne de Bretagne, et à gauche est une autre niche portant l'initiale de Charles VIII. L'une et l'autre étaient autrefois ornées des statues de ces princes.

L'intérieur de l'église, dans laquelle il faut descendre par sept marches, est partagé en trois parties, la nef et les collatéraux. Les arcades à plein cintre et les fenêtres étroites indiquent assez l'architecture usitée sous les rois de la seconde race.

La nef, très-simple, compte quatorze piliers ou plutôt quatorze faisceaux de piliers, et se termine par une abside sous laquelle est élevé le maître-autel. A droite, au fond du bas côté, repose, selon l'inscription qu'on y lit, le corps de Guy Ier, seigneur de Montlhéry, fondateur de l'église, et dans le chœur, au pied du maître-autel, celui d'Odierne, sa pieuse épouse. A gauche se voit la chapelle de la confrérie, ornée de nombreux *ex-voto*.

La lampe qui brûle devant le saint sacrement porte l'inscription suivante : *Ex-voto*, 8 septembre 1850

Enfin, pour terminer notre récit, nous ajouterons que le 9 octobre 1850, l'église, réparée par les soins de l'État, a été consacrée par Mgr l'évêque de Versailles ; et un mois après, l'autel de la confrérie de Notre-Dame de Bonne-Garde a été consacré à son tour par Mgr l'évêque de la Basse-Terre à la Guadeloupe.

Outre les sanctuaires que nous venons de décrire, le diocèse de Versailles compte encore un pèlerinage célèbre de la sainte Vierge, c'est celui de *Notre-Dame des Anges*. Il est situé dans la forêt de Bondy, à Clichy-en-l'Aunois. Si l'on en croit la légende en lettres d'or qui se conserve sur une vieille toile appendue aux murs de la chapelle, il remonterait jusqu'à l'an 1212 ; et voici quelle en serait l'origine :

Trois marchands angevins passant dans ce bois, furent arrêtés par des voleurs et attachés en ce lieu à des arbres où ils demeurèrent un jour et une nuit. Se voyant en tel danger, ils se vouèrent à la sainte Vierge ; aussitôt un Ange vient les délivrer, et en reconnaissance du bienfait reçu, ils dressent un petit autel et y placent l'image de leur libératrice. Depuis lors, les nombreux et éclatants miracles obtenus aux pieds de cette image engagèrent plusieurs personnes pieuses à bâtir à cette même place une chapelle, qui fut remplacée, en 1260, par une église capable de contenir cinq à six cents personnes. A droite et à gauche du maître-autel, qui passait pour un chef-d'œuvre, étaient deux chapelles. A droite et à gauche de la nef, s'en trouvaient deux autres. Près du portail, étaient deux sacristies destinées, l'une à couper le pain bénit, l'autre à inscrire les messes, dont le nombre était quelquefois prodigieux. Au pied de ces sacristies, un escalier conduisait à une chambre à feu qui pouvait contenir au moins cinquante pèlerins, et avait entrée sur une grande tribune au-dessus du portail, dans laquelle on chantait l'office. La nef était garnie d'un rang de lustres suspendus à la voûte, et les murailles étaient tapissées d'une foule de tableaux, d'offrandes, de joyaux, d'*ex-voto* divers, parmi lesquels on remarquait le panache d'un guerrier et les béquilles de plusieurs infirmes miraculeusement guéris. Sous le chœur, était creusé et masqué par une voûte, un puits qui alimentait un petit bassin de forme ronde, nommé *la Fontaine miraculeuse,* à cause des nombreux miracles qu'on attribuait à son eau ; et perpendiculairement au-dessus, était suspendu un petit navire en bois qui existe encore, pieux *ex-voto* de plusieurs marins, qui, par l'invocation de Celle que l'Église appelle *l'Étoile de la mer,* avaient échappé au danger du naufrage.

La révolution de 92 détruisit cet édifice, et renversa les trois chênes séculaires où avaient été attachés les marchands angevins. Seulement, près du monument dévasté et de la Fontaine miraculeuse, de pieuses mains plantèrent trois croix, en signe de regret et d'espoir. Cette espérance ne fut point trompée : le 8 septembre 1808, tout le clergé des paroisses environnantes vint processionnellement inaugurer une nouvelle chapelle bâtie sur les ruines de l'ancienne église et y replacer la statue de la Mère de Dieu en présence d'un concours immense de fidèles. Depuis cette époque, de pieux pèlerins continuent de s'y rendre, soit aux fêtes de la sainte Vierge, soit aux autres jours de l'année; et le nombre des *ex-voto* qui couvrent soit l'antique statue, soit les murailles de la chapelle, atteste le grand nombre des faveurs obtenues.

Enfin, au mois de mai 1844, les petits séminaires de Versailles et de Paris réunis, accompagnés du clergé des paroisses voisines, assistèrent au renouvellement des trois croix dégradées par le temps, et à la réintégration de la légende originaire dans l'intérieur de la chapelle.

Tels sont les trois lieux de pèlerinage encore subsistants dans le diocèse de Versailles. Il en est un quatrième, mais

qui n'existe plus qu'à l'état de souvenir : c'est celui de
Notre-Dame de Blanc-Ménil, c'est-à-dire Maison-Blanche,
qui se trouvait autrefois sur la paroisse de Dugny, au diocèse
de Paris, et qui est aujourd'hui sur la paroisse d'Aulnay,
au diocèse de Versailles, en vertu de la circonscription ter-
ritoriale qu'a adoptée le Concordat pour former ce diocèse.
En 1353, une chapelle de la sainte Vierge fut bâtie en ce
lieu, et en 1356 une confrérie y fut établie. C'était l'année
même de la désastreuse bataille de Poitiers, où le roi Jean
fut fait prisonnier par les Anglais. Les Parisiens, qui alors
savaient aimer leur souverain, affligés comme s'ils eussent
perdu un père, vinrent en foule à Blanc-Ménil prier Marie
pour le roi et pour la France si malheureuse. Ce pèlerinage
fut donc d'abord très-fréquenté; puis on le suspendit pendant les troubles qui signalèrent la captivité du prince. On
le reprit ensuite dans les heureuses années du règne de
Charles le Sage. Une seconde fois, on le suspendit pendant
les désordres qu'amenèrent la minorité de Charles VI,
sa démence, les déplorables rivalités, l'ambition et
l'avarice des princes ses oncles; mais quand Paris et la
France, délivrés enfin de la domination anglaise, commencèrent à respirer, après tant et de si rudes secousses,
alors enfin on le rétablit, et pendant toute la seconde
moitié du quinzième siècle il fut très-florissant. On s'y
rendait processionnellement de Paris et des paroisses
voisines, surtout le 25 mars, qui en était la fête principale,
et le 8 décembre, fête de la Conception.

Dès 1356, des indulgences furent attachées à la visite
de ce sanctuaire, et les lettres qui les concédaient furent
signées par huit évêques, confirmées et ratifiées par le
pape Innocent IV. Un siècle plus tard, en 1450, le cardinal
d'Estouteville, légat du saint-siége, et le pape Nicolas V, en
ajoutèrent de nouvelles.

A ce célèbre sanctuaire était attachée une confrérie, accessible d'abord à toutes les professions comme à toutes les conditions, mais qui devint peu à peu spécialement propre aux changeurs et aux orfévres. Cette confrérie obtint de Charles VI, en 1407, la permission d'avoir ses administrateurs ou gouverneurs et de faire annoncer par une cloche, dans les rues de Paris, ses réunions et exercices, qui avaient lieu ordinairement dans une des églises de la capitale.

Ces changeurs, orfévres et joailliers, tinrent à honneur d'enrichir de leurs libéralités l'église de Blanc-Ménil, centre principal de leurs réunions. L'un d'eux, le sieur Jean le Maignan, et Marguerite sa femme, lui firent don de deux statues en cuivre doré, l'une de saint Jean-Baptiste, l'autre de sainte Marguerite ; et la confrérie reconnaissante décida qu'à perpétuité une grand'messe serait célébrée pour les donateurs, aux jours de la fête de leurs patrons, dans la chapelle des orfévres. Plus tard, vers le commencement du quinzième siècle, la cloche de l'église de Blanc-Ménil ayant été volée, Denis le Maignan, parent sans doute du précédent, paya la moitié du prix de la nouvelle cloche.

La confrérie et le pèlerinage durèrent plusieurs siècles : en 1660, on les voit encore florissants l'une et l'autre ; et les confrères font même réimprimer alors, sous le titre pompeux d'histoire, une notice sur leur association, qu'ils dédient à René Potier, seigneur de Blanc-Ménil, président au parlement. Chose étonnante, le pèlerinage ne commença à baisser que quand la chapelle de Blanc-Ménil fut érigée en église paroissiale ; et aujourd'hui il semble oublié. La confrérie des orfévres lui survécut et se soutint à Paris, comme nous l'avons dit ailleurs, jusqu'aux approches de la révolution de 1792.

Si aux lieux de pèlerinage que nous avons décrits jusqu'à présent, nous voulions ajouter les autres sanctuaires remarquables de Marie, nous nommerions : Conflans-

Sainte-Honorine, près Poissy, avec sa très-ancienne église, dont le titre primitif était Notre-Dame des Ardents; Notre-Dame de Taverny, vrai chef-d'œuvre d'architecture gothique, renfermant les tombeaux de plusieurs seigneurs de Montmorency; Notre-Dame de Monceaux et Notre-Dame de Montesson; Notre-Dame de Consolation, à Draveil et à Savigny; la chapelle de l'Annonciation, à Linas; Notre-Dame de Lorette, au petit Groslay; Notre-Dame des Souffrances, près de Chelles; Notre-Dame de l'Ermitage, sur Ville-Parisis; Notre-Dame du Val-Adam, sur Montfermeil; Notre-Dame du Haut-Soleil, sur Thorigny; Notre-Dame de Gournay, aux rives de la Marne; et plusieurs autres sanctuaires. Mais une nomenclature sèche et sans détails édifiants ou instructifs aurait trop peu d'intérêt pour y fixer plus longtemps l'attention du lecteur.

FIN DU PREMIER VOLUME.

TABLE DES MATIÈRES

SELON L'ORDRE OU ELLES SONT TRAITÉES DANS CE VOLUME.

———

FIN DE LA TABLE DES MATIÈRES.